Né en 1956, Jean-Marie Gourio écrit pour différents journaux comme *Charlie Hebdo* et *Hara-Kiri*, dont il est rédacteur en chef adjoint. À la télévision, il est scénariste pour de célèbres émissions d'humour comme *Merci Bernard*, *Palace*, *Les Guignols de l'Info* et *Les Nuls*. Publiées depuis 1987, ses *Brèves de comptoir* connaissent un grand succès et ont reçu deux fois le Grand Prix de l'Humour noir. Elles sont adaptées au théâtre par Jean-Michel Ribes.

Jean-Marie Gourio

UN CAFÉ SUR LA LUNE

ROMAN

Julliard

TEXTE INTÉGRAL

ISBN 978-2-7578-2686-7
(ISBN 978-2-260-01825-4, 1re publication)

Un petit pas pour l'homme,
mais un bond de géant
pour l'humanité !

À Laurent Bernex,
sculpteur d'abreuvoirs
à oiseaux sur la Lune

LE DÉBUT

Le 21 juillet 1969, 2 h 56 GMT, Neil Armstrong était le premier homme à marcher sur la Lune. Quinze minutes plus tard, Buzz Aldrin le rejoignait au pied du LM.

Toujours l'année 1969, le 19 novembre, les astronautes Pete Conrad et Al Bean posèrent le LM sur la Lune dans un lieu appelé l'océan des Tempêtes. Ils furent le troisième et le quatrième homme à marcher sur la Lune.

Le 5 février 1971, la mission *Apollo XIV* fut un succès retentissant, le LM *Antares* alunissait dans la zone de Fra Mauro. Alan Shepard et Ed Mitchele effectuaient alors leur première sortie lunaire.

Le 30 juillet 1971, le LM *Falcon* alunissait à son tour, près de la chaîne montagneuse des Apennins, déposant sur le sol les astronautes David Scott et James Irwin, mission *Apollo XV*.

Apollo XVI permit à John Young et Charles Duke de fouler le sol et de parcourir en vingt heures 26,7 kilomètres au milieu d'un continent lunaire, près du cratère Descartes.

Le 11 décembre 1972, la mission *Apollo XVII* déposait Cernan et Schmitt dans la vallée Taurus-Littrow.

Le vendredi 13 novembre 2009, après l'explosion guidée de la sonde d'observation *LCROSS* au fond du cratère Cabeus, dans l'hémisphère sud, on détectait la présence d'eau gelée en grande quantité, l'équivalent de sept seaux, mêlée aux projections de matériaux ayant résulté de l'impact.

Le 14 octobre 2033, une équipe finissait la construction de la base lunaire Acropole. On y enregistra la naissance du premier bébé lunien.

Un premier temps, on dispersa de l'oxygène fabriqué par électrolyse.

Les années suivantes, un lichen transgénique fut acclimaté, un trèfle, un rhododendron, un maïs hybride, une algue, un champignon, un liseron à fort développement, un lierre et des palmiers, qui colonisèrent les plaines et développèrent une atmosphère. On installa des générateurs géants. Des champs solaires. Des citernes. Des vergers.

On traça des chemins et des routes. Des autoroutes. On remplit des mers, des rivières, des canaux, des mares, des lacs. On lança l'exploitation des mines. Puis on créa des lotissements, des blocs, des quartiers, plus tard des villes, pour accueillir les habitants toujours plus nombreux. Parmi elles, la cité de Paroxis. Quinze mille colons. On construisit un hôpital et une maternité.

Enfin, le 15 juin 2095, on ouvrit le premier café sur la Lune.

Le traité de l'espace adopté par l'Assemblée des Nations unies le 27 janvier 1967 stipule que l'espace extra-atmosphérique, y compris la Lune et les autres corps célestes, peut être exploré et utilisé librement par tous les États. Il ne peut faire l'objet d'approbation nationale par proclamation de souveraineté, ni par voie d'occupation, ni par aucun autre moyen.

UNE PETITE BIÈRE POUR L'HOMME, MAIS UNE PINTE GÉANTE POUR L'HUMANITÉ !

Le jour de l'ouverture, qui était une nuit, laquelle nuit sur la Lune dure quinze jours terrestres, suivie d'une journée longue de quinze jours, le premier patron du premier café sur la Lune, un colosse irlandais, Bob, marié à une Chinoise, TinTao, leva son verre et cria :

— Une petite bière pour l'homme, une pinte géante pour l'humanité !

Alors, tous les clients présents à l'inauguration du premier café sur la Lune, baptisé La Pleine Lune, levèrent leur pinte et trinquèrent en regardant le ciel.

— À la Terre !

Ils restèrent un long moment, leur verre à la main et le bras tendu. On entendait les cœurs s'affoler dans les poitrines.

La Terre flottait, écrasante et légère boule bleue, dans le noir du ciel. Pleine, en cette période de nouvelle terre, elle resplendissait entre les tours de verre des extracteurs d'eau. Du nouveau café La Pleine Lune, et sans bouger, on pouvait voir une armada de tankers plisser d'argent l'océan Pacifique de Honolulu à l'île de Clipperton, l'Australie se dégager d'une gangue de nuages étincelants, en même temps qu'un cyclone se décalait vers la Nouvelle-Calédonie, poussant devant lui des éclairs qui zébraient la haute atmosphère, prêt à frapper l'île de Java et Bornéo, les Philippines, la Malaisie, la Thaïlande. Des paquets noirs précipitaient des trombes d'eau sur Séoul et Tokyo, sur Portland, Minneapolis et la baie de San Francisco. La neige brillait de Denver à l'île nouvelle de New York. Recouvrait toute la côte pacifique du Pérou rongée par la montée des eaux.

D'un coup d'œil, on pouvait voir les lumières de Stockholm clignoter, les toits en tôle des favelas de Rio renvoyer les rayons du soleil tropical en millions d'éclats, les glaces dérivantes dans l'Atlantique nord longer les côtes inondées de Terre-Neuve, de la taille d'un continent.

Jamais café n'avait ouvert sur pareille vue de désolation et de déchaînements grandioses.

Une larme retenue fit trembler les paupières des clients recueillis. Réunis dans une émotion commune, comme en prière, immobiles, les sentiments chahutés, l'esprit troublé et le cœur brûlant, les yeux tout écarquillés et brillants.

La Terre, superbe, si fragile et pure merveille ! Elle l'était d'autant plus, superbe et merveilleuse, qu'on pouvait dorénavant la contempler depuis le comptoir d'un café sur la Lune et le verre à la main ! En se causant. En sirotant. Et bien que l'alcool circulât déjà en quantité non négligeable sur la planète jumelle, il est une vérité toute simple, incontournable sur Terre comme au ciel, le plaisir de boire est « décuplé par mille ! » comme on disait dans les petits bistrots d'en bas, ou d'en haut, selon la position respective des planètes, pour peu que l'on puisse parler tranquillement du temps qui passe et du temps qu'il fait au comptoir du bistrot.

Le patron irlandais ravala sa salive. Sa femme, minuscule paysanne de fine soie rosée, collée contre lui, fit un rot de criquet, alors que le long comptoir de cristal se chargeait de cette étrange lumière bleue venue de la Terre.

MILUS

Évidemment, le premier à la ramener dans ce silence de commencement du monde, ce fut Milus.

— Au premier lever de terre sur le comptoir ! cria Milus, qui se faisait appeler Stilitano, en hommage à un voyou dont parle Genet dans son *Journal du voleur*.

C'était un très vieux livre d'un écrivain ancien qui avait vécu sur la Terre il y a très longtemps, et que Milus avait trouvé sur le sol caillouteux de la vallée de Schroter, un coin de papier dépassait de la poussière, sans que personne jamais se demandât comment ce vieux bouquin était arrivé là. Le livre, sale, vieilli, ne le quittait jamais. Il le portait glissé sur le ventre, comme on porte une arme. Milus mangeait avec, dormait avec. Chaque jour, il en lisait à haute voix les passages les plus crus, souvent même il les gueulait. Les mots de Genet Stilitano Milus résonnaient dans les kilomètres de couloirs des mines pendant les pauses de sécurité. Milus arrivait de la ville de Catane, en Sicile. Il avait dû quitter la Terre en hâte suite à un différend commercial avec une bande de mafieux.

Les gars portèrent la bière aux lèvres et l'avalèrent d'un trait. Ils reposèrent leur verre ensemble et les chocs synchrones firent vibrer longuement le long zinc magnifique qui avait été taillé d'une seule pièce dans un cristal phénoménal de mille neuf cents kilos trouvé dans la mer de la Fécondité.

VÉREX

Le gars qui l'avait taillé s'appelait Vérex. Toujours torse nu, le crâne rasé, Vérex semblait coulé dans le bronze et savamment patiné. Ses veines noires aux reflets verdâtres boulaient sur des muscles longs, froids et précieux comme la carapace des plus gros insectes. Quand il taillait le cristal devant la porte de son atelier, sa peau piquée de mille tranchants lançait des éclats dans les durs rayons du soleil. Certains le surnommaient Diamant, pour quelques autres gars il était Scarabée, pour d'autres encore, il était Pic. Tout au bout du comptoir, la Terre ronde et bleue comme posée sur son crâne lisse, Vérex frottait son ventre nu contre le bar. Il tanguait, cotonneux. Le beau sculpteur avait un jour grillé son cerveau d'artiste aux acides médulines, et cette première bière haute en alcool lui faisait déjà tourner la tête.

BOB

Bob, le patron, serra fort son épouse et lui déposa un baiser sur le haut du crâne. On aurait dit un ours gobant un œuf. Après l'explosion de son pub dans la banlieue de Belfast, Bob avait successivement ouvert un petit bar à Marseille, une petite agence immobilière en Tunisie, une entreprise de pêche au gros à Madagascar, une chasse en Tanzanie, il avait ensuite planté des vignes au Chili, de la canne à sucre en Guyane britannique, du café à Bornéo, plus tard cherché du pétrole à Cuba, de l'or au Honduras, de l'argent dans le désert australien, des perles noires à Tahiti, puis ce furent les pierres précieuses, pour terminer sa course, un peu vieilli et assagi, en Chine orientale, dans les transports de matières dangereuses. Pourtant, c'est un soir de beuverie qu'il fit sauter avec des légionnaires la prison de Xinjiang et libéra, au milieu d'une centaine d'autres prisonniers politiques tout recouverts de sang et de gravats, sa petite fée des prés bleus devenue sa femme, TinTao. Condamnés tous les deux à mort, il ne leur restait plus qu'à s'enfuir sur la Lune. Ils embarquèrent avec un passeur, lui, elle et Spartacus, un légionnaire déserteur qui avait abattu son capitaine d'un tir de fusil, assis sur des caisses d'alcool de betterave russe, dans une navette rouillée probablement volée dans les hangars des domaines Orange. Le passeur, un Grec de Salonique, les avait posés sur la Lune dans les marais de la Putréfaction, près des monts Apennins. Spartacus voulut l'égorger. Bob l'en empêcha. Il glissa dans la main du Grec deux rubis. Un bon passeur pour la Lune, ça valait de l'or.

SPARTACUS

Spartacus s'était assis un peu à l'écart du groupe, à une table près de la porte, devant sa bière qu'il serrait à deux mains. À regarder la Terre.

Spartacus, lui, ne se souvenait de rien. Ni des pays, ni des villes, ni des rues, ni des filles. Même pas du nom sacré de ses camarades de combat, ni du nom des guerres qu'il avait traversées. Pas plus que de tous les ennemis qu'il avait tués et dont l'honneur militaire, tous siècles confondus, voulait qu'on en respectât le souvenir et le drapeau. Il était incapable de fredonner un quelconque chant militaire, d'un quelconque pays, d'un quelconque bataillon. De toute façon, personne ici n'aurait été assez dément pour lui en demander trois notes, un début de refrain. Même pas Vérex, qui pourtant ne jurait que par les armes et brandissait sous le nez du monde ses redoutables ciseaux de sculpteur affûtés au laser. Spartacus légionnaire s'épanouissait dans le vide. Il regardait la Terre depuis la Lune comme une énorme et magnifique bulle de savon, dont l'irisation mobile des masses nuageuses et des typhons confortait la chimère. Continents sans épaisseur. Océans sans profondeur, sans vagues et sans marées. Montagnes sans sommets. Sphère de vapeurs et de vents. Mirage. Anomalie grandiose que cette bille d'eau en suspension, un peu comme ces gros fruits céruléens qui prospéraient ici, que la main traversait sans que leur pulpe en fût blessée, d'où aucune lame jamais ne tirerait un jus, car ces fruits de gaz se respiraient et se condensaient dans les poumons en un nectar sucré très nourrissant qui vous passait directement dans le sang. Spartacus n'en respirait jamais, préférant se nourrir de lichens qu'il mâchouillait toute la journée comme au Pérou on mâche inlassablement la feuille de coca.

Spartacus travaillait sur la Lune comme jardinier. Et gardien des vergers. Jamais il ne dormait. Allongé à même la poussière lunaire, saoulé par l'odeur des agrumes géants, il veillait à la maraude, une lame longue de céramique légère flottant à son côté. Au milieu du silence. Attentif.

— Une autre bière, Spartacus ? cria le patron.

— Une aute bère, monsieur Partacus ? répéta la patronne chinoise, avant d'éclater d'un tout petit rire.

Spartacus hocha la tête. Un minuscule bruit de claquettes fit le tour du long cristal. Le légionnaire desserra l'étreinte de ses doigts sur le verre vide pour que TinTao pût y loger le verre plein.

— Bonne soif, monsieur Partacus !

TINTAO

Ils échangèrent un regard. La petite Chinoise lui arrivait à peine au-dessus de l'épaule, bien qu'il fût assis et elle debout. Une fraction de seconde, il la revit couverte de sang dans les gravats de Xinjiang. Absente. Mortelle et gracieuse. Maintenant, elle lui souriait. Présente. Mortelle et gracieuse. Ses traits de porcelaine terrestre en ce lieu devenus visage de porcelaine lunaire, plus fin mélange encore, d'une âme plus profonde, qui vibrait à chaque sourire, prêt à se briser, gris-rose bleuté. Spartacus posa son regard sur la fine cicatrice violine qui barrait le nez de la petite Chinoise, cheveu d'air dans un quartz, puis sur ses lèvres, à qui la clarté de la Terre donnait l'aspect nacré d'un coquillage. TinTao portait une longue robe de soie rouge qui la moulait, cachait ses seins de riz sous deux fleurs de nymphéa que survolaient des oiseaux-mouches. Plus bas, sous le fin trait d'eau brodé sur sa taille, trois longs serpents or et argent enserraient ses hanches, les deux serpents or et crocs de jade luttant autour de ses jambes serrées, jusqu'à ses chevilles prisonnières, tandis que le troisième serpent argent et crocs de feu glissait dans son dos pour aller frapper au cou un tigre saignant dans sa gueule un oiseau-lyre. TinTao portait sur elle tout l'amour des couleurs et des combats. Elle avait été arrêtée et torturée par le gouvernement capitaliste de la province de Xinjiang pour détention illégale de graines anciennes non stériles et de plants de fleurs. Elle avait vingt ans. Bob quarante. Spartacus trente. À la Légion, ça fait cinquante. Elle tapota de l'ongle la table ronde de tourmaline brune.

— Bonne soif, monsieur Partacus !

Le légionnaire porta lentement son verre aux lèvres. But une gorgée. Elle attendit qu'il en bût une seconde, une troisième. Attentive à ce qu'il fût apaisé. Grisé. Alors elle s'en retourna derrière le comptoir de cristal en riant.

— Partacus, il a tout picolé !

De joie, elle exécuta quelques pas de danse. Le rouge de la soie éclatait comme autant de bouquets sur le cristal du bar et les colonnes de verre, sur le plafond de quartz et les hauts murs de calcite. Sur chacun d'eux, mis en regard, huit octogones d'argent se renvoyaient à l'infini la grâce et la beauté de TinTao. Elle tourna sur les pointes de ses sandalettes, légère, s'éleva doucement dans l'air lunaire, les tigres devenaient serpents et les serpents devenaient tigres, vint avec délicatesse se poser sur le comptoir, sautilla entre les verres, puis, d'une imperceptible détente de ses orteils minuscules, quitta le quartz luminescent et redescendit lentement derrière le comptoir, plume d'ange reposée sur le plancher d'obsidienne, dans cet espace sans gravité. Spartacus n'avait pas tourné la tête. Il avait regardé le reflet de TinTao danser sur l'arrondi de la Terre dans le quartz poli de la baie du café. La pointe de ses sandales sur la surface de la bulle fine. Le tigre et les serpents se combattant dans le vide, faisant jaillir autour de leurs blessures un bain de sang soyeux. Spartacus finit sa bière. On l'aurait à cet instant délicieux frappé salement sur la nuque qu'il n'aurait pas bougé. Rico, Angus, Triton, Franz, Colby, Milus Stilitano, Spot, sept gars teigneux qui travaillaient aux mines, se mirent à frapper le sol de leurs chaussures d'acier, en criant son nom : « TinTao ! » comme on prie une déesse, tandis que Piotr et Taurus, un Russe, un Turc, jetaient en l'air leur gros calot carbone bleu pétrole au fin liseré jaune des douaniers. Bob leva son verre dans leur direction et trinqua.

— À la douane !

PIOTR ET TAURUS

Tout le comptoir reprit en chœur, car les deux fonctionnaires zélés avaient su détourner cinquante caissons de vers des filatures d'élingues et permis à TinTao de filer sa merveilleuse robe de soie en vue de l'inauguration de ce premier café sur la Lune. Personne n'avait encore trouvé mieux que la soie naturelle pour le portage sur chantier des charges extrêmes. Même si deux cent mille vers, dans un commerce de mille milliards de cocons, ne représentaient qu'une goutte d'eau dans un océan de chenilles, les deux fonctionnaires aspirants de brigade risquaient sans coup férir la mort. Mais voir TinTao s'envoler par-dessus un comptoir de cristal dans le soleil rubis de la soie valait qu'on prît sans hésiter les risques les plus fous.

Piotr venait d'Irkoutsk, en Sibérie orientale, où il officia longtemps comme *svopo-inspector* dans la centrale hydroélectrique du lac Baïkal. Une maison des morts. Pour Piotr, la Lune, c'était la liberté. Lorsqu'il y posa pour la première fois le pied, à la descente de la navette de nuit, sa petite fille Lyra endormie dans ses bras, Piotr le méchant ne put contenir ses larmes. Il pleura comme un enfant, longtemps. Chacune de ses larmes touchant le sol lunaire faisait pousser une herbe bleue, laquelle montait précipitamment en graine et donnait naissance à une autre herbe bleue. Piotr Tropovitch, devenu homme de Lune, serrait fort sa petite fille Lyra contre son cœur, surpris et incrédule, sa gamine chérie devenue ange de Lune ne pesait presque plus rien. Ce soir-là, Piotr Tropovitch, nouvel aspirant des douanes de Lune, pleura tellement sur le sol poussiéreux qu'il en créa deux ares de prairie bleue. On enregistra au cadastre cette poussée hâtive sous le nom officiel de parcelle du Bonheur, en date du 11 septembre terrestre 2063, numéro 87564, section 58992 A. La grosse dame du cadastre lunaire qui enregistrait les parcelles avait, comme l'ordonne le règlement, donné à Piotr Tropovitch, aspirant des douanes, domicilié XCV 17 Perseus, un double de l'enregistrement des herbes bleues nées de ses larmes, car quiconque faisait pousser une herbe sur la Lune en devenait propriétaire. Dès cette première nuit sur la Lune, les larmes non retenues du Terrien bouleversé avaient fait du simple douanier nouveau venu ce que l'administration appelait froidement un foncier lunien. Piotr gardait jalousement l'acte de propriété de sa prairie des Pleurs glissé dans l'étui de son arme de service. Personne ne lui chiperait son bonheur.

DES CONFETTIS DANS LES CHEVEUX

Quant à son collègue Taurus, c'était une autre histoire. Il s'était réveillé un matin, sur la Lune, hagard, torse nu, l'estomac plein d'ouzo, dans un conteneur de pêches au sirop. Il se souvenait avoir marié sa fille à un restaurateur ouzbek, puis plus rien. Sur son ventre, à la peinture, une main avait écrit : « Shabbat ». Il découvrit qu'il portait à ses pieds des chaussures à hauts talons qui n'étaient évidemment pas les siennes, des bas résille, une jupe courte en cuir. Des confettis éparpillés dans les cheveux. Un collier de chien. La moustache roussie à la flamme. Un marteau lui frappait la tempe.

Se réveiller dans cet état sur la Terre, c'était déjà dur, alors sur la Lune !

La première heure, Taurus se crut mort. La seconde, il se crut endormi. À la troisième seulement, il se sut éveillé. À la quatrième, il se crut sous l'eau. À la cinquième, enfin, il comprit qu'il était sur la Lune, à poil et sans papiers.

Il fut arrêté. Interrogé longuement. Un tatouage sur son épaule impressionna les enquêteurs : une ancre de marine posée sur un dragon transpercé d'un cimeterre. Cet ancien sous-officier des forces spéciales ouzbekes, bavard et rigolard, bravache, au dossier classé rouge pour vol d'essence et trafic de pneus, ferait une bonne recrue pour chasser les loups, introduits sur la Lune pour choper les lapins échappés des élevages et les cochons sauvages qui pullulaient par centaines de milliers d'individus possiblement porteurs de virus pathogènes. Il refusa le poste de capitaine de louveterie, au motif que sa religion lui interdisait de tuer les animaux. On lui opposa l'argument qu'il trucidait volontiers les hommes. Oui, mais les hommes ne sont pas des animaux ! Après quatre jours de ce dialogue sans issue, sans manger presque et sans dormir, ils lui offrirent de l'alcool de bauxite et se mirent à chanter. Taurus demanda qu'on lui fournît une chaîne en acier, il s'en entoura le torse, banda ses muscles et la brisa comme Zampano dans *La Strada*. On lui proposa un poste de grutier à la mer des Pluies, qu'il refusa. Foreur, sur la faille de Philolaus, sans succès. Taurus boudait. Enfin, en dernière extrémité, un poste de sous-aspirant à la douane de Lune, qu'il accepta sans montrer grand enthousiasme, pour le prestige de l'uniforme, dit-il à ses geôliers saouls, impatients d'en finir, et pour l'arme de service, un Pythagoras Schneider, le modèle léger à double chargeur qu'il avait vu posé devant lui, au milieu des bouteilles et des mémoires, sur la table de smaltite.

On présenta Taurus à son chef direct, Piotr. Immédiatement, les nouveaux Luniens se reconnurent comme deux frères. Il pouvait arriver que la densité de l'air parfois trop chargé en oxygène provoquât une ivresse des sentiments. On les surnommait les frères Taubias, du nom de l'inventeur de la colle à gaz, qui permettait de solidariser sans mélange deux masses gazeuses. En quelque sorte, les frères collés.

TENSION

Taurus alla ramasser les calots qui avaient volé à l'autre bout du café, sous la table de Spartacus. Le légionnaire regarda les morceaux de tissu bleu qui flottaient à ses pieds, avec mépris, et ce gros Turc de la douane qui se pliait pour les saisir. Le légionnaire repoussa les calots de la pointe de sa botte. Caressa son poignard. Rico saisit le manège. La cicatrice qu'il avait derrière la tête se bomba entre ses cheveux ras. Bob avertit :

— Pas d'histoire ce soir, les gars, on ouvre un café sur la Lune !

Taurus revint près de Piotr et posa les calots sur le comptoir devant eux. Piotr, d'un geste plein d'autorité, un peu comme s'il contrôlait une marchandise bloquée en douane, montra du doigt les deux verres vides. Spartacus les surveillait, lointain, la Terre levée haut derrière lui, sans humeur mauvaise, du coin de l'œil. Il haussa les épaules. Bob, le patron, son épaisse barbe rousse devenue pourpre sous les néons, resservit les fonctionnaires, laissant dégorger des bières noires une mousse épaisse à fines bulles ivoire de crème légère.

Les douaniers fixèrent la neige qui se répandait sur le cristal du bar en coulée d'avalanche. Piotr se pencha et y plongea le bout de sa langue, il se mit à laper la mousse à la façon d'un chat qui boit du lait. Taurus, les yeux mi-clos de plaisir, amena lentement le verre à ses lèvres et s'en blanchit la moustache, la gourmandise faisant naître sur ses grosses joues une constellation en spirale de gouttelettes de sueur. De suite, une nouvelle lampée d'alcool attisa son feu intérieur et embrasa son cou, illuminant les insignes de corps cousus sur le col de sa vareuse jusqu'à faire luire ses épaulettes. Taurus en défit les deux premiers boutons, libérant une touffe humide de poils noirs et frisés. Puis il se mit à chanter, à voix basse, une chanson turque, qui racontait le voyage extraordinaire d'un jeune et beau marin d'Istanbul croisant sur tous les océans de la Terre, à bord d'un bateau construit en bois de pluie, tiré par trente chevaux ailés, galopant sur le vent. Le marin finit aveugle, sa langue de beau parleur arrachée par un poulpe, enchaîné à une barrique, et les chevaux noyés dans un tourbillon de la mer Noire. Piotr savait que cette chanson faisait toujours pleurer Taurus. Il attendait, avec gourmandise, que son copain se mît à renifler. Puis, son visage barré d'un grand sourire, il se régalait, môme amoureux, de ce superbe numéro de cirque digne d'un grand clown, quand les larmes perlaient aux paupières de Taurus, coulaient le long de ses joues et inversaient leur trajectoire au niveau du menton pour s'élever lentement dans l'air et finir collées au plafond, car les larmes du Turc, d'une eau pure et légère, sans minéraux, montaient dans l'air. On pouvait les gober. Taurus et Piotr formaient une paire de douaniers de Lune sensibles et facilement pleureurs, bagarreurs, fleur bleue, aux glandes lacrymales tête-bêche, l'un pleurant vers le haut, l'autre pleurant vers le bas.

Spartacus, d'un regard, d'un imperceptible mouvement du doigt que seuls les buveurs repèrent, se recommanda une bière. Calmement. Toutes ces larmes versées, qui semblaient savoir où elles allaient, ajoutaient du mystère à sa peine. Spartacus, sergent-chef légionnaire, savait pleurer, mais à la différence des deux embourgeoisés, il avait toujours vu sa tristesse grossir devant lui, devenir en une nuit de garde large et longue comme un lac, protégé du vent, étale. Une peine profonde et sans mouvements. Qui ne montait ni ne tombait. Une peine de barrage, dans laquelle, un soir de cuite, il était facile de se noyer. Rico regarda la dague qui brillait sur la cuisse du déserteur. Un manche à double tête de mouton. Le grand Bob réitéra sa demande :

— Me foutez pas la merde, les gars, ce soir on ouvre le premier café sur la Lune !

ANGUS

Angus commença à sautiller sur place. Au troisième essai, il réussit à gober une larme du douanier. Angus était grand. Maigre. Les ongles longs et sales. Le nez fin. On le reconnaissait de loin dans les rues à sa combinaison orange rigide de vieille sueur et de graisse d'outils. Il marchait, dégingandé, les bras tenus loin du corps, doigts écartés, à la manière d'un grand oiseau de mer affamé sur un quai. Scintillant dans la poussière soulevée. Parfois il se mettait à courir, à longues enjambées, ruisselant d'eau dans les aurores de gaz brûlants qui, certains soirs de canicule, se formaient au ras du sol. Tout son éclat prenait sa source dans ses yeux d'un bleu pur de cristal aigue-marine. Supérieurement intelligent. Il avait fait des études de mathématiques à Helsinki, et puis, un jour d'hiver, en pleine crise schizophrène, il avait étranglé un chien, avait commencé à le manger, assis au milieu de l'autoroute des Lacs tout enneigée. Les voitures, dans la nuit balte, l'avaient évité par miracle. Angus, pris dans les phares jaunes des brigades d'intervention, parlait aux policiers de la notion de choc mortel vital, différenciant la violence ordinaire et sa souffrance convenue à la douleur extraordinaire à pointe creuse. Il mâchouillait du chien en parlant. Les flics l'avaient embarqué violemment. Battu. Dirigé vers le centre de triage. Photographié. Fiché. Désinfecté. Puis chargé. Il saignait du nez, son arête fine en était tordue, ses lèvres fendues, son front barré de bleu, menotté serré dans la navette pour la Lune. Son sang faisait devant ses yeux un petit nuage violet en forme de lapin. Quelques fines gouttelettes brillaient au bout de ses longs cils blonds. Il riait. Une autre bulle de sang était allée se coller sur un des hublots à l'arrière, dans lequel on avait pu voir la Finlande et puis la Terre entière s'éloigner doucement. Angus Paasinen Vasa Torp reniflait. Les billes pourpres oblongues retournaient se loger dans ses narines tuméfiées. Le garçon, brisé, tout coiffé en épis d'or, rigolard, enchaîné, délirant, leur criait au visage :

— Vous m'avez tué sur la Terre, je vous mangerai sur la Lune !

Une bonne partie du voyage, les gardiens lui donnèrent des gifles sur la bouche et sur les tempes. Il riait toujours plus. Une de ses dents cassée flottait au bout de son nez, ça le faisait loucher. Il soufflait, la faisait tournoyer dans l'espace, la rattrapant du bout de la langue, la remettant dans sa bouche avant de la recracher devant son nez, jouant avec la loi de moindre gravité. Ses yeux brillants. Son corps fin si léger. Heureux. Mutant. Avant de s'endormir comme un gamin, d'un coup, apaisé et souriant, innocent. S'il avait mangé du chien, à cette seconde, c'était un lait maternel rêvé qui remplissait son ventre. Tout était redevenu calme dans la navette. Les policiers somnolaient après avoir joué aux cartes, leur casquette sur les genoux, quand Angus fit son rot comme un bébé repu, un rayon de soleil chaud sur son front bombé.

Dès son arrivée sur la Lune, on l'avait vêtu d'un scaphandre et plongé dans un bain de silicate et d'azote, pour le paralyser. Rasé. Puis transféré en conteneur électrifié. On l'avait enfermé quelques semaines à la prison de la mer du Froid, déplacé à la centrale Copernicus plusieurs mois, pour, au final, l'enrôler dans les mines, quand, après quelques tests en équipe de forage, on s'était aperçu qu'il pouvait détecter la présence de pierres précieuses à travers plusieurs mètres de roche. Le rubis, le diamant, l'émeraude et le saphir émettaient comme un signal sonar qu'il était seul à capter, dans la chaleur étouffante et le tumulte des tunnels.

LES GUAQUEROS

On l'avait joint à l'équipe des Guaqueros, du nom des chercheurs d'émeraudes en Colombie, terme qui signifie littéralement «pilleurs de tombes». Rico, Angus Paasinen, Triton, Franz, Colby, Milus Stilitano et Spot formaient l'équipe des Guaqueros de Lune, entourés de plusieurs milliers d'aventuriers ayant fui typhons et déserts géants, famines, pollutions, guerres, monstrueuses inondations et villes englouties, pour venir s'entasser dans des villages termitières de pierre sèche et de mica, autour des puits de mine qui s'enfonçaient par millions dans les profondeurs de la Lune. On avait répertorié autant de puits officiels et non officiels, de mines autorisées et non autorisées, de forages légaux, de prélèvements sauvages, de simples trous, d'excavations, de tranchées, de piochages, de fosses boueuses, de rigoles alluvionnaires, que de cratères d'impacts dus aux météorites ! L'homme avait creusé en quelques décennies plus de trous sur la Lune que le ciel lui-même n'en avait fait en quatre milliards d'années.

On avait trouvé, au centre du cratère Tycho, à une profondeur de mille deux cents mètres, une émeraude de quatre cent cinquante mille carats, il avait fallu deux hommes pour la porter. Cette pierre fut baptisée la Tortue. Un Anglais trouva un diamant blanc de quinze mille six cent huit carats, près du cratère Autolycus, on lui donna le nom de Cullinan III, en hommage au Cullinan I, de 530,20 carats, taille poire, et au Cullinam II, de 317,40 carats, taille coussin, qui sertit la couronne britannique, deux pierres exceptionnelles qui furent taillées dans un diamant brut de trois mille cent six carats trouvé en Afrique du Sud. Angus entendit à travers la paroi du puits Posidonius un diamant rouge, le plus rare de tous, une gemme de trente-huit mille sept cent soixante-quinze carats, qu'on baptisa le Mogok. La découverte d'Angus avait permis aux Guaqueros de Rico, employés par la Compagnie minière, de voir leur paye multipliée par trois. Personne, sur la Lune, ne devenait richissime, pour la simple raison qu'il n'y avait ici qu'un acheteur pour les pierres, la Compagnie minière de Lune, elle seule faisait les prix. Il aurait fallu revendre ces pierres sur Terre. Mais sortir de la Lune de telles gemmes relevait de l'impossible, personne n'avait jamais pu passer avec une pierre même modeste les cent treize portiques de détection avant l'embarquement, ni réussi à rejoindre la Terre à bord d'une navette volée, car il fallait être pilote chevronné pour affronter sans encombre les quatre cent mille kilomètres de voyage qui séparaient la mine de Lune du premier gros receleur sur Kaboul, tout en sachant que personne, sur la Terre, pas plus le plus grand joaillier que le plus solide banquier, n'aurait pu acquérir, au prix du marché, ces pierres d'une incommensurable valeur. Ces œuvres de Lune uniques faisaient peur. Impossible d'imaginer seulement les cliver, aucun lapidaire sur la Lune n'aurait accepté de les scier, pour ne pas tomber foudroyé. Les gemmes géantes miraculeuses s'entassaient par centaines de millions de carats dans les coffres-forts de la Compagnie minière de Lune. Un trésor de feu si fantastique, si vibrant, si lumineux, si terrifiant, qu'on ne pouvait, au dire des Massaïs qui racontaient l'avoir vu en rêve, le regarder en face sans y perdre les yeux. Mais ces trouvailles étaient relativement rares. Plus ordinairement, les *garimpeiros* qui avaient la chance de mettre la main sur des pierres de taille normale facilement négociables – le rubis ne descendait pas sous les quatre mille carats, le saphir sous les cinq mille, le diamant le plus petit que l'on ait trouvé n'excédait pas les trois cents carats – les vendaient à des commissionnaires, pour la plupart guinéens, qui les revendaient à leur tour au Bureau d'expertise et d'achat des comptoirs des mines. Les gemmes, expédiées tous les mois sur Terre, commençaient leur nouvelle vie chez les lapidaires d'Anvers et de New York, de New Delhi, de Stockholm ou d'Ankara. La mode voulait qu'on portât les petits diamants roses de Lune piqués dans les pupilles, et les belles, allongées dans les prairies biologiques de Central Park, faisaient miroiter au soleil leurs prunelles de diamant. Les plus redoutables traders de la Bourse de Pékin portaient les rubis venus de la mer de la Sérénité dans leur bouche, taillés en pointe, à la place des canines, et des saphirs des monts Carpates taillés en pointe de flèche plantés directement dans la paroi du cœur, le saphir d'un bleu soutenu stimulant les facultés extrasensorielles, l'imagination et l'agressivité, emblème du monde divin et de l'immortalité. Les jeunes amants fortunés couchaient dans un lit d'opale extraite de la mer des Nuées, pierre de la tendresse, de la pureté des sentiments, de la confiance partagée et surtout de la fidélité, dans des draps fins en soie d'émeraude.

NO BAGARRE

Bob, le patron irlandais du café La Pleine Lune, avait placé trois focales vigiles sur la terrasse devant le café, deux autres dans la cour derrière, pour parer aux éventuels mauvais coups. S'il ne craignait pas les Massaïs, ni les Peuls, ni les Birmans, ni les Tanzaniens, ni les nomades touaregs, ni les multiples groupes berbères, ni les Inuits, ni les Guinéens, ni les Indo-Pakistanais, ni les grands mineurs guerriers pashtouns, populations à très forte majorité musulmane interdites d'alcool, amicales et tolérantes, il se méfiait comme de la peste de la folie des Australiens, des Grecs, des clans colombiens, de la violence des anciens militaires yougoslaves, des Turcs, des hooligans de Lune, des Écossais, des fanatiques irakiens, des *compañeros* mexicains, des Texans, des Autrichiens, des Corses et des Chinois. Sans oublier les équipes des docks du golfe Torride qu'on appelait les marins. À force de palabres et de promesses, de conviction, de cadeaux, de rendez-vous, d'acharnement, d'entregent et de pots-de-vin, Bob avait fini par arracher l'autorisation administrative d'ouverture de ce premier café sur la Lune, mais le Bureau des permis de l'administration centrale des nouveaux territoires d'outre-Terre l'avait clairement mis en garde : un dérapage, un problème, une rixe, et la licence d'exploitation lui serait retirée. Le café sur la Lune définitivement fermé. Ouvrir ce café sur la Lune mettait pour l'Irlandais de Belfast un point final à une longue vie d'errances, magnifique et usante. C'était extraordinaire ce qu'il lui avait fallu passer comme chicanes pour ne pas finir égorgé dans un fossé. Bob rêvait de calme, d'amitié, de chaleur humaine, éloigné des fantômes qui rôdaient sur la Terre, enfin de devenir maître de son système, à découper le temps en longues nuits d'amour et courtes siestes de jardin. À l'évocation de cette possibilité, perdre La Pleine Lune, on voyait le visage clair tout piqueté de son de Bob l'Irlandais s'assombrir et tomber en pluie. Partir en bourdon. Alors TinTao lui caressait la joue de ses doigts minuscules en riant. Ça n'arriverait pas. Tout était sous contrôle. Rico savait tenir les gars de son équipe. Spartacus savait tenir ses nerfs. Vérex, le sculpteur, était à surveiller du coin de l'œil. Piotr et Taurus, les douaniers de Lune, ne demandaient qu'à s'amuser.

LES INVITÉS

On attendait quatre flics, Pix, Joyce, Salam, Cali, qui avaient donné le dernier coup de pouce au patron pour qu'il obtînt ses autorisations. On attendait aussi une amie de Bob, Lula, qui avait tenu successivement trois boîtes de nuit à Phnom Penh. Parmi les invités on comptait encore Andrew et Pilo, deux déménageurs qui avaient aidé le patron à installer le long comptoir de quartz, un Anglais, ancien cheminot à Liverpool, son pote corse, un ancien berger, qu'il faudrait sans doute surveiller car cyclothymiques. On attendait les Flying

Stones, pour l'ambiance musicale, Valoche, Grid, Soyzheu, Low et Conchitas, lesbiennes de Lune, chapeaux de cuir Buffalo Hides sur le crâne et lunettes citrines, bottes cow-boy, bouches rubis, paupières diamant, la pointe des seins percée topaze, fouet à manche de mohawkite à la ceinture et couteau de chasse à lame de glace en mercure, cinq *blues sisters* de Lune que Bob Feinn avait rencontrées dans un bar à hôtesses au Kenya, où elles se produisaient sous le nom des Hyènes dans la brume. On attendait aussi, mais sans trop y croire, les officiels, le trésorier central, les recouvreurs du fisc, le payeur général, le responsable des navettes de fret, l'architecte en chef des bâtiments de Lune, le président de la Compagnie générale des eaux, l'adjoint à la répartition des réseaux électriques, le patron du Syndicat des docks, le comptable en chef de la caisse des prêts, le trésorier des Magasins généraux, l'inspecteur général des Postes, un juge, un avocat, des gens influents, puissants, des notables, sollicités par carton en vrai papier, remis en main propre par un ancien champion du monde de marathon éthiopien qui avait fait le tour de la Lune en onze jours, dix mille neuf cent quatorze kilomètres d'une traite, à la vitesse de quarante kilomètres-heure, à grandes enjambées, sans dormir, doté des rations militaires d'amphétamines nouvelle et future générations, performance rendue possible par le manque de gravité. Le patron avait même invité des dignitaires de toutes les religions pour que le comptoir fût béni. Ça n'était pas pour autant une soirée privée. Tous étaient les bienvenus pour boire un verre et trinquer à ce premier soir d'ouverture d'un café sur la Lune. Trinquer joyeusement à La Pleine Lune !

— Et aux Luniens !

Bob Feinn jeta un regard attendri sur ses premiers clients accoudés au cristal géant qui renvoyait la clarté diffractée de la Terre montante sur les murs de calcite et dans les octogones d'argent. Il essuya sur sa joue une lourde larme brillante. Son rêve était en train de se réaliser.

À LA PLEINE LUNE

Un beau rêve, l'établissement se composait du grand bar comptoir proprement dit, d'une belle terrasse à l'avant, surélevée, agrémentée de fougères arborescentes, d'une treille de lianes et de liserons géants à larges fleurs mauves qui distribuaient parfum, ombre et fraîcheur, ces dernières essentielles les jours de fortes éruptions solaires. Dans la cour derrière, on pouvait manger une cuisine de snack ou boire juste un verre, sur les sept grandes tables en lave, et s'y détendre en jouant sur les nouveaux écrans Atomica, ou tout simplement regarder les reflets des étoiles tourner sur l'étang vif-argent aménagé par Bob dans le trou d'un cratère, couvert de nénuphars en plaques fines de tourmaline polychrome, que bordaient des rocs noirs pointus. La Pleine Lune était un établissement orgueilleux mais chaleureux, de bon goût, convivial, un mélange subtil de modernité lunaire et de style planète bleue, un peu comme ceux que l'on trouvait à la fin du XXe siècle sur Terre, pubs en Irlande, en Écosse, tavernes de bois sombre dans le vieux Berlin, bars blancs aux murs chaulés dans le cœur de Tanger, cafés rutilants de miroirs gravés à Paris, verrières cathédrale des brasseries de Bruxelles, âge d'or des cafés à Prague, à Zurich, à Vienne, à Barcelone, à Trieste, à Turin, cafés bruns d'Amsterdam, avant les crises terribles et les grands chamboulements, un vrai beau et grand café chaud à large façade translucide et bleutée d'opaline et baie vitrée en double arcade de quartz poli chapeauté d'un dôme d'écailles, qui donnait l'envie de s'arrêter, de rester longtemps, de parler, de boire, de construire des amitiés, de rire, et de refaire la lune ! Un rendez-vous sans gravité. Haut bâtiment brillant, vivant, décoré de liserons fous que balançait mollement le vent solaire, que signalait une vieille fusée hypersonique X43C de la Nasa repeinte tout en or et dressée bien droite au bord de la grand-route juste devant le bar, surmontée d'une enseigne clignotante marquée du nom du débit et accompagnée d'un slogan qui ornait déjà la façade du bar de Bob détruit une nuit d'émeute, par une bombe à Belfast : VOUS ÊTES ICI AU CENTRE DE L'UNIVERS, slogan qu'il avait repris, espérant sans doute faire de sa vie un cercle parfait. C'est ainsi que Bob voyait son café, et c'est ainsi que son café serait. L'Irlandais n'avait pas tenté la reconstitution fidèle d'un vieux café sur Terre, ça faisait longtemps que sur Terre, les vieux bistrots n'existaient plus.

— Parole d'Irlandais ! lança-t-il, ses paupières gonflées et le visage rougi par l'émotion.

Rico leva son verre et lança à son tour : « Parole d'Irlandais ! » en fixant le patron dans les yeux. Le chef d'équipe des Guaqueros avait bien entendu et compris le vœu silencieux du patron. Un vœu simple. Amical. Donner à boire et à rire aux gens de la Lune qui voulaient un endroit chaud pour se retrouver, épaule contre épaule, par le verbe embarqués, le cœur au bord des lèvres et l'âme illuminée d'un beau soleil jaune d'or. S'attendrir. Se serrer. Pocher dans l'écume de bar l'étrange réunion improbable de voyous candides, dans l'étirement lent des vapeurs sombres d'alcool et la musique. Plus que tous les autres, les Guaqueros, qui faisaient un travail terriblement pénible et dangereux, en avaient besoin.

RICO

Et leur chef plus qu'eux tous ! Le chef Rico avait l'allure d'un gorille, le crâne rasé, pointu, la mâchoire carrée, une ombre bleue de poils sur les joues, le cou épais, les épaules larges, l'estomac rebondi, les bras courts et des grosses mains rouges terriblement puissantes. Ses yeux vifs et brillants, ronds, toujours mobiles, cherchaient constamment à tout voir et anticiper sur tout, des petits yeux clairs de castagneur qui cherchait les coups, que trahissaient pourtant des épanchements verbaux de midinette et un petit sourire de môme, aussi clair, simple et pur que certains soirs il pouvait être triste, sombre et perdu. La droiture, l'honneur, l'amitié, le respect, la force, la solidarité, le courage, l'esprit de bande, le chef Rico semblait avoir été élevé par des loups syndiqués.

Rico Damato avait quitté la Terre, anéanti de douleur, après la mort de sa femme et celle de sa fille, percutées par un chauffard ivre. Le choc avait été si violent que sa femme avait été coupée en deux et sa fille décapitée. Il cessa de travailler, tomba dans l'alcool, la violence. Trouvant son salut parmi la vermine et les voyous. Volant des voitures. Participant à ces combats clandestins qu'organisaient les macs vietnamiens, un homme contre des chiens. Braquant les dealers. Tuant qui on lui demandait de tuer. Il erra cinq ans, de ville en ville, couvert de blessures mal guéries et de poux. Devenant un tel objet de dégoût que la mort elle-même n'y toucha pas. Jusqu'à ce qu'une gitane, un soir de pleine lune et de fête foraine sur le terre-plein central place Pigalle, au pied des hautes pyramides de verre alvéolées où dansaient lascivement des armées de filles nues, entre les stands de tir à la carabine laser, les combats de boxe amateurs et les strip-teases forains, le croisant saoul et désespéré, ne le tire doucement par le bras dans une impasse borgne et, contre le billet qu'il lui restait encore en poche, ne lui murmure à l'oreille ce secret : tous les morts qu'on aimait d'un profond amour s'en allaient revivre sur la Lune. Elles l'attendaient. Rico avait d'un coup ravalé ses larmes et repris ses esprits. Mais comme il voulait le lui faire répéter, prêt à lui donner son vieux pistolet Stinger automatique en paiement, avec l'ultime cartouche qu'il se réservait en magasin, la femme avait déjà disparu dans la nuit. Il avait bien tenté de la suivre, mais la foule les avait séparés. Il vola chez un épicier arabe une bouteille de vin blanc qu'il but d'un trait, assis sur un trottoir à Trinité. Puis il erra dans la ville une bonne partie de la nuit, le nez en l'air. Arrivé square d'Italie, il en escalada les grilles et alla s'allonger dans l'herbe, sur le dos, la cigarette aux lèvres, les mains sous la nuque, à regarder la Lune. Elle brillait, dans toute sa magnificence, entre les lourds nuages de vapeur des centrales thermonucléaires de Maisons-Alfort qu'elle colorait d'une teinte rougeâtre, comme à l'approche d'un violent orage. Le vent s'était levé, agitant les branches des marronniers du square. L'ombre des feuilles semblait chercher une prise pour le prendre et le soulever vers le ciel. Les amas de nuages qui galopaient se firent d'un noir profond. Puis elle réapparut. Le vent faiblit. Un silence s'établit. L'herbe se mit à friser comme une étendue d'eau agitée de petites vagues. Il ramena ses bras le long de son corps. Planta ses ongles dans la terre humide. Il sentait son cœur se déchirer dans sa poitrine. Comme il regardait fixement la Lune, sans cligner des paupières, il lui sembla que la Lune le regardait tout aussi fixement. Ses yeux lui brûlaient. Malgré les larmes qui lui venaient, il reconnut au centre de l'astre comme une bouche de petite fille qui lui envoyait des baisers. À midi, le jour même, à la base de Pantin, Rico avait embarqué.

Quand les services de l'Immigration l'interrogèrent sur ses motivations à l'exil, à l'écart dans un box de quarantaine, vu son état, il inventa une histoire de prise d'otage : il aurait été enlevé par la guérilla tibétaine qui s'opposait, armes à la main, au chantier chinois du grand tunnel sous l'Himalaya, lequel devait relier Pékin à Bombay en passant sous l'Éverest et le plateau du Tibet, filant, en ligne droite, de la mer Jaune à la mer d'Oman, autrement dit mariant les eaux du Pacifique à celles de l'océan Indien. Quant au fait qu'il avait pris la navette de Lune à la base annexe de Pantin, bien loin de la plaine de Chine et de Bombay, il bredouilla quelques phrases incompréhensibles que les fonctionnaires n'écoutaient déjà plus que d'une oreille distraite. Cet homme sale et blessé mais calme et coopératif, tombé du ciel, sous la condition que l'information fût vérifiée, était un pilote de tunnelier, activité rare hautement qualifiée.

On enregistra sa déposition, on le photographia, on le pesa, on le mesura, on prit un peu de son sang, une plaque de sa peau, avant de le transférer dans les cages du centre de rétention au dixième sous-sol de la préfecture.

CENTRE DE RÉTENTION ADMINISTRATIVE

Cinq mille cages de verre blindé empilées dans cette sorte de hangar profondément enterré dans l'acier, pleines de huit mille transitaires, hommes, femmes et enfants, de toutes nationalités. On lui donna à manger et à boire, une pâte vitaminée sous forme d'une longue aiguille rosacée vivante qui s'enfilait sous la peau comme un ver de mer et allait se dissoudre dans la carotide. Instantanément, il se sentit mieux. Tout en bas, une cinquantaine de gardiens armés allaient et venaient par groupes de cinq dans l'agora, pointant les canons vers ces hautes falaises de verre. La cage blindée, au-dessus de lui, abritait deux grands Noirs à la peau ébène, élancés, leur visage scarifié, vêtus de longues robes bleues qui descendaient jusqu'à leurs sandales de cuir ocre usées lacées le long des chevilles. Dans la cage en dessous, tout embuée de respiration, trois Chinoises dormaient, allongées en cercle, serrées, leurs jambes ramenées en forme de nid sur lequel flottait comme un fragile œuf rose un bébé nu de quelques mois. Alors qu'à sa droite un musulman agenouillé sur un tapis imaginaire priait de toute sa foi, dans la cage de gauche, deux sikhs, un adolescent fin comme un roseau et un vieillard barbu au visage gris cendre, magnifiquement enturbannés d'orange, assis droits en tailleur, jouaient aux dés. Il fouilla du regard les centaines de cages de verre les plus proches, à la recherche d'une jeune femme sri-lankaise en sari accompagnée d'une petite fille de neuf ans en robe jaune. Il sentait encore la pression des doigts de la gitane sur son avant-bras. La tête lui tournait, son cœur s'emballait, malaise provoqué par la moindre gravité de la Lune, d'un sixième de la gravité terrestre. Un tout jeune garçon à la tignasse rousse, dont le pantalon de toile épaisse tenait par une ficelle, les pieds nus crottés comme s'il avait voyagé dans la paille avec du bétail, marchait à quatre pattes, tête en bas, collé comme une mouche au plafond de verre, les mains plaquées, les doigts de pied en éventail, dans une cage bondée de mormons. Il écrasait sa figure contre la paroi et riait de toutes ses dents, heureux comme tout. Rico lui demanda son prénom, articulant fort les mots, que le gamin pût les lire sur ses lèvres d'aussi loin. Le gosse lui répondit, Frédéric, avant de poursuivre son périple de jeune drosophile de Lune sur une face opposée.

Rico s'allongea, ses deux mains glissées à plat sous la joue. Longtemps, il contempla dans la cage en dessous les trois Chinoises assoupies et ce minuscule bébé tout rond potelé qui flottait. Sans s'éveiller, une des jeunes femmes leva son bras et d'une pichenette fit tournoyer le petit dans l'espace, pour le bercer. Rico fixait le bébé qui tournait doucement sur lui-même au centre du cube de verre. Le gamin s'éveillait, croisait de ses yeux de chat le regard plongeant de l'homme couché au-dessus de lui, puis il se rendormait, rasséréné. À son tour, Rico sombra dans un profond sommeil. Il revit sa femme, Shamra, et sa petite fille, Automne, mais sa vision fut perturbée par toute une série de noms et de chiffres, de plans, de codes, qui s'affichaient et s'imprimaient dans sa mémoire. À son réveil Rico savait les régions et les villes sur la Lune, les rues, le fonctionnement de la police, la justice, le code pénal et les lois, le nom et l'adresse des administrations, le code des responsables, l'histoire de la conquête de la Lune, ses ressources naturelles, son industrialisation, ses différentes ethnies et leur répartition géographique, les langues, les patois et dialectes, les cultures, les arts, la composition chimique des gaz, la physique du globe, les vents, les phénomènes célestes, l'art culinaire, l'agriculture vivrière, les végétaux, toutes informations qui lui avaient été mémochargées par contact avec le verre conducteur. Tous les transitaires passant par les cages de la rétention administrative recevaient d'office la même éducation dès leur premier sommeil. Les autres nouveaux entrants dont le dossier d'immigration ne présentait aucun litige étaient invités à se rendre au cours des deux premiers mois, à leur guise, au Bureau des connaissances, où une hôtesse leur distribuait en un seul clic sur la tempe tout le savoir pratique pour vivre en harmonie. Une fois les informations vérifiées, son activité de pilote de tunnelier confirmée, on le libéra, muni d'un billet de logement, d'une puce d'identité dans la cuisse, d'une puce de localisation, de contrôle et de tétanisation dans le poumon, d'un bon d'achat aux Magasins généraux et d'une convocation pour le Bureau général d'embauche des mines.

Après trente heures de garde à vue, enfin, la lourde porte d'acier du centre de rétention se referma derrière lui.

LES SEPT

Angus, le sonar, Triton, le plus jeune de l'équipe, artificier, Franz, le conducteur d'engins, Colby, le géologue, Milus, le piqueur, Spot, l'ancien mercenaire français au Rwanda et en Angola, au Mozambique, en Zambie, où déjà il se chargeait du transport des émeraudes extraites de la mine de Mikou qu'il livrait à Tel Aviv, aux Israéliens, avant de se vendre aux Afghans et garder les mines d'émeraudes du Panshir, ce grand soldat tatoué depuis la taille jusqu'au cuir chevelu qui était le gardien armé, chargé de la réception, du transport et de la protection des pierres brutes, et enfin, le dernier, Rico Damato, le chef d'équipe et spécialiste du creusement des tunnels : sept baroudeurs venus des quatre coins de la Terre s'installer sur la Lune.

Sept aventuriers. Sept assoiffés.

Bob Feinn et Tin tao savaient qu'en ouvrant ce premier café sur la Lune ils feraient des heureux, mais la joie qu'ils pouvaient lire dans les regards mouillés illuminés des Guaqueros accoudés dépassait toutes leurs espérances.

Une météorite de la taille d'une bille traversa l'atmosphère mordorée et vint percuter la cloche de la chapelle de la Fraternité, la vibration du bronze se ressentit jusque dans les coudes des buveurs plantés sur le quartz. On eût dit le ciel bénissant La Pleine Lune, bénissant les hommes et les femmes qui s'agglutinaient ici comme des papillons attirés par les lumières haut perchées.

TRITON

Triton ne pouvait détacher son regard de la petite TinTao qui flottait tel un nuage de soie derrière le bar. Les bâtons de dynamite qu'il portait à la ceinture faisaient qu'on laissait toujours un demi-mètre de vide autour de lui pour ne pas les cogner, ce qui l'isolait du groupe et lui donnait un statut à part.

Triton avait la grâce d'un ange et les pouvoirs d'un exterminateur. Il pouvait d'un coup de mauvaise humeur faire disparaître tout un quartier. Ses yeux bleus étaient fixes. Son visage lisse comme celui d'un gamin. Il parlait toujours avec un petit sourire au coin de la bouche. Triton avait vingt ans.

Originaire de Brême, une grande région viticole allemande, c'était un fils de bonne famille dont l'arrière-grand-père avait accumulé une fortune dans la fabrication et le commerce monopolistique des barriques et le négoce international des grands crus. Werther, de son vrai prénom, était né au château dc Weimar. Enfant plutôt timide, il avait sagement grandi dans la haute et puissante bourgeoisie silencieuse des grands domaines viticoles qu'aucune crise économique majeure, aucune terrible guerre, aucun régime politique, même les pires qui soient, aucun bouleversement climatique n'avaient jamais affectée. Werther avait patiemment suivi les cours d'œnologie au prestigieux lycée agricole de Mannheim, où les deux années de strict internat lui apprirent qu'il aimait aussi les caresses des garçons, puis, plus tard, il avait passé avec succès le redoutable concours d'entrée à l'école supérieure d'ingénierie météo de Hambourg. Tout prédisposait ce fils docile de bonne famille à devenir riche héritier des grands vignobles et nouveau châtelain, jusqu'au jour de ses dix-neuf ans, où le jeune Werther fit sauter les trois hectares de chais à grands coups d'explosifs dérobés dans les coffres des carrières de marbre qui appartenaient à la famille. On trouva sur le lit, dans sa chambre, un mot joliment calligraphié sur papier parfumé : « Papa, maman, la Terre me tue, je pars vivre sur la Lune. » C'était signé : « Votre fils qui vous hait de là-haut. »

Il embarqua à Potsdam, dans la proche banlieue de Berlin. Comme on avait détecté sur ses mains des traces de poudre, on lui fit subir le même sort qu'à Rico Damato, on l'interrogea longuement, on l'enferma en cage de verre, on le scanna, on le ficha, on le vaccina, on le nourrit, on l'éduqua durant son sommeil et on le libéra trente-six heures plus tard, muni d'une convocation à se rendre au quartier des artificiers afin qu'il y suivît la formation spécifique au maniement complexe des explosifs dans l'environnement confiné des mines, sous la responsabilité civile de la Compagnie générale qui recherchait tous les hommes capables de risquer leur vie dans les tunnels, en contrepartie de quoi elle faisait table rase de leur passé douteux. Terminé sa période de formation de trois mois, on l'incorpora comme chef artificier à l'équipe des Guaqueros du secteur Alpha, dont l'ancien artificier tupamaro avait fini pulvérisé contre une géode colossale d'améthyste. On n'avait retrouvé que ses grands pieds, sectionnés net au-dessus des fixations de ses chaussures en acier, que les autorités renvoyèrent à la famille par la navette de fret marais du Sommeil-Montevideo, dans un colis réfrigéré, afin que, conformément à la tradition dans les montagnes du Rio Grande, les chairs résiduelles du Tupamaro martyr fussent hachées menu et mélangées à une purée de plantes hallucinogènes puis données en pâture à des coqs sacrés utilisés pour les combats.

Les artificiers ne faisaient pas de vieux os. Ceux qui ne finissaient pas vaporisés ou en bouillie devenaient mendiants dans les villages de mineurs pour avoir perdu une main, un membre entier ou bien la vue. Leur famille était bannie du village. Condamnée à l'errance, sous prétexte que les proches d'un artificier défaillant portaient malheur à la communauté.

Le jeune Werther, rebaptisé Triton, boitait un peu pour avoir reçu, enfant, dans la hanche, le coup de pied d'un cheval aux haras familiaux, mais sur la surface de la Lune ce léger handicap de locomotion importait peu, ça n'entravait pas la marche. Mieux, par triomphe d'une vertu virile, cette claudication venue contrarier son pas souple et onduleux lui donnait au contraire une allure effrontée de gouape, d'aventurier juvénile sorti tout armé de l'œuf. Toujours est-il que la dysharmonie poétique dans son allure n'empêchait pas Triton, l'ange blond boiteux, de partir seul à pied dans la nuit chasser les loups à la dynamite. Il descendait dans le fond des cratères, se laissait encercler par les meutes et les faisait sauter. Les loups connaissaient bien son odeur et le craignaient, lui qui semblait ne craindre rien, ni personne, sinon peut-être un défaut dans la conception des mèches lentes de ses explosifs.

LES BALAFRES

Triton déboutonna sa tunique et dégagea son épaule droite qu'il montra à TinTao. Le tissu épais glissa lentement sur sa peau douce meurtrie. L'odeur de la poudre monta de ses hanches pour se mélanger à la sueur aigre de son aisselle. La température grimpait dans le café, à cause de l'alcool mêlé à ce mélange d'air lourd en oxygène qui chauffait le sang. La chair en avait été arrachée, à sa place une large cicatrice boursouflée et rose fripait la peau, depuis le sommet du bras jusqu'à la base du cou, on devinait la forme d'une mâchoire. C'était le résultat de la morsure d'un grand loup. Triton frôla du bout des doigts les crêtes de chair, à l'endroit où s'étaient plantés les crocs. Il fit signe à TinTao de toucher sa plaie recousue. Elle hésita, éclata de son petit rire, puis tendit sa main par-dessus le comptoir en direction de la blessure. Elle frôla le duvet blanc de sa joue. Ses cheveux blonds. Lentement, elle amena le bout de ses doigts sur la pulpe cicatrisée. Caressa la chair blessée, bombée, tiède, lisse comme du verre soufflé. À son tour, Triton posa ses doigts sensibles sur la cicatrice violine qui barrait le nez de la jeune Tintao, le coup de fouet d'un geôlier de la prison de Xinjiang lui avait claqué en plein visage. Tout le corps de la jeune femme gardait des traces de coups. À ses chevilles comme à ses poignets, la profonde brûlure des entraves. Sur son ventre le fil d'un couteau avait dessiné une longue herbe qui naissait sur son nombril rosé, dans son dos les lanières tressées de cuivre et de cuir avaient gravé un entrelacs de ronces brunes. Fin corps blanc aux veines transparentes et bleutées, comme en perpétuelle convalescence. C'était le rêve de tous de la voir nue, petite TinTao, si belle et jeune patronne, si légère et si fine, fleur bleue, petit dragon, baiser ses seins blancs de porcelaine et glisser une main entre ses cuisses nouées, avec ce rêve secret entretenu par le jeune Triton d'y découvrir le sexe d'un garçon. Mises bout à bout, toutes les cicatrices des clients présents à La Pleine Lune auraient couvert la superficie d'un champ labouré. Rico montra son ventre ouvert en croix, Angus son crâne bosselé à coups de marteau, Spot sa poitrine perforée d'une rafale d'AK 47, Franz son bras droit sur lequel avait roulé une chenillette, Colby son dos marqué à la serpette, Milus sa gorge qu'un fil de fer barbelé dans un camp de travail roumain avait ouverte, le sculpteur Vérex brandit ses doigts en titane et ses ongles d'argent qui complétaient ses deux mains raccourcies, depuis que ses légitimes phalanges avaient été grignotées par un ours du cirque de Moscou, après que le sculpteur, à cette époque clown vedette sous le pseudonyme de Casimir Samovar, se fut écroulé ivre mort et endormi contre la cage des grizzlis, par bonheur fatigués d'un long voyage et repus. Bob montra ses côtes enfoncées par un éclat de grenade protestante, tandis que le gros Taurus commençait à défaire sa ceinture et baisser son pantalon d'uniforme afin d'exhiber ses fesses énormes et noires, brûlées au troisième degré, après une chute à la renverse dans une bassine d'huile de friture. TinTao se retrouva tout d'un coup derrière son comptoir au centre d'un champ de chair mâle minée. Le légionnaire Spartacus fut le seul à ne pas bouger. Il regardait, amusé, ces blessures peu honorables, en sirotant sa bière. Sans doute ses cicatrices à lui n'étaient-elles pas bonnes à montrer. Hors concours. Trop profondes.

Vérex surenchérit en montrant le bout de sa langue meurtrie que son comparse, Radar Popof, clown en second, avait brûlée par jalousie en introduisant un violent acide dans l'embout de sa trompette. Comme ça ne suffisait pas, Vérex remonta le bas de son pantalon de sécurité en mailles de cuivre pour dégager son mollet droit éclaté que le grand prestidigitateur Nikolaï Roumyne avait, après qu'il l'eut enfermé dans une malle bleue ornée d'étoiles, devant un public d'enfants, percé de part en part d'un coup sec de son long sabre – il avait aussi ce soir-là failli lui crever un œil. C'était la grande période vodka du vieux cirque de Moscou, juste avant que le directeur historique, Chatov Gaganovitch soi-même, pris de bouffées délirantes, ne lâchât les animaux affamés dans les rues embouteillées de Smolensk et ne mît le feu au chapiteau. Vérex, encore lui, exhiba le lobe de son oreille droite percé d'une flèche alors qu'il remplaçait la belle Langora, déjà blessée au front, pendant le célèbre numéro du tir à l'arbalète saoul, ça n'était pas prévu, et les yeux bandés, puis il montra son mollet gauche amputé d'une bonne moitié de sa viande, après qu'il eut été mordu par un vieil alligator sur qui les somnifères n'agissaient plus, devant un public de vieillards cacochymes de l'hospice d'État de Kiev, pendant l'attraction aquatique baptisée « Le retour du fabuleux Crocodile Dundee ». Il était temps pour le clown que le cirque s'arrêtât. Bob montra sur sa nuque les cinq trous noirs laissés par un poing américain russe, puis dans le gras de la hanche ce grand coup de baïonnette donné par un GI sous alcool et amphétamines, porté manquant sur la base de Galway. L'évocation des temps anciens n'en finissait pas. Douglas Colby dégagea ses omoplates profondément entaillées par les sangles du parachute qui s'était pris dans les hélices du bimoteur C36 de l'armée égyptienne, lequel vieux coucou devait larguer le géologue sur un théâtre de fouilles archéologiques au cœur de la jungle birmane. Vérex retira sa chaussure et montra ses doigts de pied. Il en manquait trois. À Angus, il manquait la rate, un rein, un testicule et un poumon, raison pour laquelle l'équipe le surnommait Minigus. Franz pressa son poing sur sa cage thoracique, elle s'enfonçait, ses côtes avaient été broyées par le pare-chocs d'un camion de pierres qui avait reculé sans le voir et remplacées par des lames souples d'acier, du coup Franz le conducteur d'engins de mine avait ses poumons comme en cage. Arriva enfin le clou surprise de la petite fête improvisée. Spot glissa son doigt dans l'orbite de son œil droit, il compta jusqu'à trois et fit sauter, dans un petit bruit de bouchon, le globe dans sa bière, laissant l'assistance pourtant pas mal aguerrie stupéfaite, admirative, immobile, conquise et bouche bée ! Tous applaudirent à l'exploit du mercenaire tatoué et se reboutonnèrent. Spot continua le tour, il but sa bière d'un trait, aspira l'œil dans sa bouche, le fit rouler sur sa langue, le coinça dans sa joue, le recracha dans le creux de sa main et le remit bien frais dans son logement, dans un numéro de comptoir parfaitement rodé, preuve supplémentaire, s'il en était encore besoin, que le mercenaire et son œil acrobate avaient bien bourlingué.

Le café La Pleine Lune commençait à sentir bon le bistrot.

BALTHAZAR

C'est le moment que choisit Piotr, il ouvrit sa vareuse des douanes et en sortit une petite boîte en carton gris, de dix centimètres de côté environ, pas plus, qu'il posa sur le zinc. La boîte faisait toc-toc-toc-toc, une chose cognait à l'intérieur. TinTao se pencha, posa son oreille sur le couvercle et se redressa d'un bond en riant quand la chose se mit à frapper plus fort. La boîte avançait toute seule sur le quartz par la force des chocs. Piotr la ramena devant lui. La chose se calma un moment. Puis la boîte se remit à glisser vers l'autre bout du comptoir, en refaisant des toc-toc-toc-toc. Le douanier la bloqua du plat de sa main. Il amena son œil au niveau du couvercle qu'il souleva de quelques millimètres pour vérifier l'état de la chose. Il rebaissa vite le couvercle pour empêcher quiconque de voir le cadeau surprise. Et le manège recommença, toc-toc-toc-toc, l'aspirant Piotr faisait durer le plaisir. Les clients serrèrent les rangs autour du petit carton qui lançait maintenant des chip-chip-chip, la chose se frottait aux parois en carton pour tenter de s'extraire. Quand le suspens fut à son comble, c'étaient dix regards de gosses affamés braqués sur une boîte à gâteaux, Piotr fit sauter le carré du couvercle d'une détente de son pouce. Instantanément, un moineau jaillit de la boîte et sauta sur le comptoir. Il regarda l'assistance en penchant sa tête d'un côté, de l'autre, présentant alternativement ses minuscules yeux noirs ronds et brillants. C'était un vrai petit moineau marron et gris, un jeune, tout fin. Il ouvrit son bec et se mit à pépier. Ce petit cri d'un petit oiseau dans ce bistrot sur la Lune bouleversa Bob Feinn et TinTao. Ce cri pointu venait d'un autre air. D'un autre âge. Bob lança en reniflant :

— Un petit piou-piou pour un moineau, un cri de géant pour les oiseaux.

Dans un réflexe commun, tous se reculèrent sans brusquerie de quelques centimètres pour ne pas l'effrayer, afin de laisser un peu d'air au petit. Même Spartacus le taciturne ne put résister à la curiosité et se leva pour venir voir. Piotr, heureux de son effet, présenta encore le nouveau venu, le moineau Balthazar, et raconta son histoire. C'était un poème.

Balthazar, vrai moineau de bistrot, vrai moineau de Paris, avait été cueilli par un policier belge de ses amis sur le comptoir du vieux café Le Tournebride, un jour de marché, rue Mouffetard, dans le 5e arrondissement de la capitale de la France, alors qu'il picorait les miettes d'un croissant dans la main d'une marchande de fleurs, puis aussitôt transféré à la base des navettes de la plaine de Villejuif par un livreur de plateaux-repas, un exilé russe de Sibérie comme lui, de Tcheremkhovo, attaché à la compagnie privée Orange de transport lunaire et qui faisait dans le petit trafic d'œufs de poissons ; ensuite, caché dans le fond du sac d'une hôtesse israélienne, le moineau de contrebande avait pu passer à l'écart des comptoirs des douanes, loin des contrôles vétérinaires, car toute importation d'animaux et de plantes était strictement interdite ; puis le petit Balthazar avait voyagé, immobilisé, ses ailes et son bec entortillés dans une feuille roulée de papier kraft collant, pour qu'il ne bougeât pas, ni ne criât, à peine si son cœur battait, glissé dans le fond de la poche de la combinaison du pilote que le douanier avait dépanné un jour en épices indiennes pour son beau-frère, une autre fois en flacon de parfum Arpège qu'il souhaitait offrir à sa femme pour leur vingtième anniversaire de mariage et, une fois encore, il lui avait dégotté, par l'intermédiaire d'un antiquaire crétois installé à Dakar, une copie en bois d'ébène du crâne de Mozart, qu'il offrit à sa fille qui commençait à étudier le piano, ce qui avait rendu le commandant de bord de la navette base de Villejuif-port de Paroxis tout normalement redevable d'un service.

Tous les clients de La Pleine Lune hochaient la tête sans quitter le petit oiseau des yeux, captivés par les aventures extraterrestres du moineau Balthazar, lequel sautillait d'un bout à l'autre du comptoir, pas peureux pour un sou et déjà comme chez lui dans le café, en pépiant. D'un coup d'ailes, il sauta sur l'épaule de Bob, il pépia puis sur le crâne de Tintao, il pépia, Balthazar semblait reconnaître, en agissant de la sorte, le couple des patrons comme ses nouveaux parents. Ensuite le moineau s'envola jusqu'au plafond, avant de redescendre en se laissant doucement planer jusqu'à la main que Rico lui tendait. Le minuscule oiseau se posa sur le gros poing serré, Rico ne bougea plus, même pas un œil, même pas un petit doigt de pied, statufié par le volatile de quelques grammes en une drôle de sculpture pompière qu'on aurait pu baptiser : la statue de la Légèreté. Le reste des Guaqueros présentèrent leur bras raide par-dessus le quartz du zinc, et le moineau sautilla gracieusement d'une main de dynamiteur à une main mercenaire, pour saluer poliment tous les clients. Il fit une halte prolongée sur le bord du verre de Spartacus pour y plonger son bec dans la mousse fine, puis il voleta jusqu'à la main ouverte en titane de Vérex, dans laquelle l'oiseau de Lune se mit à contempler son reflet comme dans une glace, ce qui fit dire au légionnaire tout attendri par le piaf que ça n'était pas un moineau, mais une petite moinelle.

ANGE

Spartacus, qui voulait avoir tout oublié, se souvint tout d'un coup avoir eu pour unique compagnie une drôle de moinelle, qui passait à travers les barreaux du mitard du camp légionnaire de Djibouti et venait partager le bout de pain moisi et l'eau sale qu'on lui servait au repas. Il l'avait baptisée Ange. Petite gonzesse vive et délurée de chez les piafs ! Elle avait un grand bec bleuté, un œil à demi fermé, et chantait faux. Une vraie Afar à plumes des rues poussiéreuses et des marchés aux poissons de cette ancienne côte française des Somalies. Puis, lorsque les habitudes furent prises entre eux, qu'une réelle affection profonde lia le légionnaire emprisonné et le moineau gouailleur, qu'ils furent devenus des vieux et fidèles compagnons de mitard, il l'avait rebaptisée Angèle. À force de manger le pain de l'armée dans l'ambiance du trou, Ange avait grisé de la plume et pris du volume sur les hanches.

Un sergent-chef bengali, s'étant rendu compte du manège, fit un rapport. Alors que Spartacus et Angèle partageaient tranquillement le pain dur du bagne, le capitaine de compagnie, un Tchétchène, complètement ivre, fit boucher l'étroite fenêtre et attraper l'oiseau, qu'il pluma, vivant, devant Spartacus qu'il avait fait mettre nu, au garde-à-vous, au centre de la cour d'honneur, et le mangea encore piaillant tout cru ! Le légionnaire s'était juré de le tuer. C'est ce qu'il fit, avant de déserter, d'une balle de fusil tirée depuis une colline à deux kilomètres du campement, en plein front, alors que le capitaine, juché sur le capot d'une jeep, devant la porte grande ouverte des garages, une bière dans chaque main, une couronne de laurier sur la tête et drapé dans une toge, se faisait caresser les pieds par un jeune légionnaire habillé en jeune fille, à la lumière des faisceaux des phares des camions garés autour de lui en demi-cercle, sorte de théâtre improvisé aux armées, et tout ça en chantant ! La cible s'offrait au tir, magnifiquement dessinée, silhouette sombre, immobile, bien au centre d'un rond jaune lumineux. Un coup. La cervelle de l'homme avait volé dans l'air chaud de la nuit africaine comme les plumes rouges d'un oiseau exotique.

La chasse à l'homme qui s'ensuivit fut redoutable.

La Légion poursuivit Spartacus à travers tout le continent africain, une patrouille faillit le stopper au Tanganyika, il évita des tirs nourris alors qu'il tentait d'embarquer de nuit sur un cargo à Port Elizabeth, c'est dans la soute d'un bimoteur des Postes qu'il put rejoindre Saigon après avoir lâché un commando, puis en jonque l'île de Formose, sur un bateau pirate la ville de Kobe, à pied Nagasaki, avant de gagner la Chine sur un petit bateau de pêche, il remonta le Yang-tseu-Kiang à dos de buffle et poursuivit son périple dissimulé sur le toit d'un train de munitions légères destinées à l'armée chinoise stationnée en Mongolie-Extérieure, où il fit la connaissance de Bob Feinn, un soir, quand l'Irlandais avait ramassé un pactole en pariant sur ce légionnaire déserteur qui gagnait partie sur partie de roulette russe dans l'arrière-salle d'un bar d'Oulan-Bator. Il lui avait offert un boulot dans le transport des matières dangereuses, autant de verres d'alcool qu'il pût en ingurgiter, et, pour l'arracher définitivement à ce bouge mortifère fréquenté par tout ce que l'Altaï de Gobi comptait de trafiquants d'armes, d'uranium, de plutonium, de filles, d'enfants, de médicaments, d'organes et d'opium, il avait mis dans la balance une denrée rare dans ce secteur : sa confiance et son amitié.

Spartacus avait tellement bu ce soir-là qu'à la fin de la virée, il appelait Bob papa !

LA PRISON DE XINJIANG

Spartacus se réveilla, deux jours plus tard, dans une ferme d'élevage fortifiée des hauts plateaux, qui servait de base logistique à la compagnie, couché dans la boue et les feuilles de choux au beau milieu d'une douzaine de cochons pie qui l'avaient pris pour l'un des leurs. Spartacus était dans un tel état de décomposition alcoolique qu'une truie de cent dix kilos, aux tétines arrogantes, n'avait cessé de le couver de ses grands yeux bleus, après avoir passé la nuit allongée dans le lisier contre lui, elle en était tombée amoureuse.

On trouvait, dans cette entreprise que dirigeait Bob Feinn, des conducteurs d'engins du génie civil, des pontiers du génie militaire, des paysans chinois en révolte contre l'autorité de Pékin, des moines soldats, quelques anciens légionnaires et des guerriers thaïs. C'est là que Bob rencontra TinTao, la petite Chinoise de porcelaine fine, fleur d'oranger, dragon bleu, elle se chargeait de l'ensemencement des champs et de l'approvisionnement de la ferme en graines. C'est pour cette raison qu'elle fut arrêtée, une nuit d'orage qui l'avait égarée, à Manzhouli, ville district de la région autonome de Mongolie-Intérieure, sur la frontière chinoise, sa mule chargée de plants non stériles interdits à la plantation et de cinq mille bulbes de fleurs. Dans la bagarre, elle avait blessé au ventre, à coups de serpette, deux soldats gardiens de poste.

La veille de l'attaque de la prison forteresse de Xinjiang qui devait libérer la jeune paysanne, une jeune guerrière thaïe, à demi nue, le pistolet mitrailleur tenu à bout de bras au-dessus de sa tête, dansait un ballet frénétique. Elle tombait à genoux. Se roulait sur le sol, dans la poussière. Se relevait d'un bond. Elle chantait. Sa peau avait pris la teinte de la lune gibbeuse montante. La lumière de l'astre faisait briller le grain de son ventre mouillé, comme du mica. Elle tira une longue rafale vers le ciel. Spartacus savait que, tôt ou tard, il serait contraint de quitter la Terre pour aller se cacher là-haut. On disait qu'il était possible d'y refaire sa vie, à condition de ne pas avoir peur de la perdre. Le nouveau Nouveau Monde. Autres lois. Autre poids. Pour avoir traversé les pays les plus torrides, Spartacus savait que jamais, sur la Terre, la misère n'avait été moins pénible au soleil. Peut-être serait-elle moins lourde sur une planète à la gravité six fois moindre ? La petite guerrière thaïe se hissa sur un rocher et envoya une seconde rafale en direction des étoiles. Sa silhouette se découpait en noir sur la lune argent. L'écho des coups de feu se propagea dans les vallées. Spartacus suivit des yeux l'éclat des balles traçantes qui lui montraient le chemin.

L'attaque nocturne de la prison de Xinjiang fut meurtrière pour les troupes chinoises, un court succès pour le commando, car si TinTao et les autres prisonniers politiques et de droit commun avaient enfin recouvré leur liberté, seuls Bob Feinn, TinTao et Spartacus réussirent à prendre la fuite. Au cours des deux semaines qui suivirent, tous les bobenards furent repris, incarcérés dans des prisons secrètes et la plupart d'entre eux exécutés. En pleine rage des combats, Spartacus crut voir la petite guerrière thaïe filer à cheval au milieu des explosions en direction des montagnes, mais c'était un alezan en flammes emportant son cadavre décapité. La monture s'éloigna jusqu'à devenir un point brillant aussi ténu qu'une étoile, elle se jeta dans un précipice et laissa derrière elle une large traînée d'escarbilles et de cendres brûlantes qui prirent, le temps de la chute, la forme d'une éblouissante queue de comète. Pour la seconde fois, la petite guerrière semblait montrer la voie aux fuyards. C'est dans le ciel qu'ils survivraient. La combattante thaïe avait adoré boire, se battre, faire l'amour et danser, elle aurait aimé savoir que ces grands aventuriers qu'elle aimait comme ses frères, maris, pères et amants, finiraient sains et saufs, sur la Lune, accoudés dans un bar, un moineau sur la tête. Mais peut-être le savait-elle, revenue à la vie sous la forme d'un petit piaf thaï de comptoir, qui sautillait de l'un à l'autre en pépiant. Rien n'interdisait de le croire. Rien n'interdit jamais de croire à toutes choses, secrètement. Beaucoup de rêves naissent au comptoir.

BALTHAZAR THAÏ

Le légionnaire regarda la minuscule guerrière thaïe quitter la main de Vérex, elle sauta sur le quartz géant pour aller s'ébrouer dans la mare de bière renversée par les douaniers Piotr et Taurus. Elle rassembla ses pattes sous elle, plongea le clair duvet de son ventre dans la mousse tiède et secoua énergiquement les plumes de ses ailes. Elle projeta en cercle autour d'elle une pluie fine de gouttelettes qui ne retombaient pas, s'élevaient en corolles concentriques éthérées qui venaient s'agglomérer et ruisseler sur les plumes de sa tête. Le moineau-moinelle Balthazar thaï se régalait. C'était sa première douche de bière sur la Lune depuis le zinc de la rue Mouffetard. Trois cent quatre-vingt-quatre mille quatre cents kilomètres à vol d'oiseau ! Le piaf avait bien mérité son rafraîchissement. Bob Feinn tourna le comptoir et vint serrer Piotr fort dans ses bras, il l'embrassa, embrassa Taurus six fois sur ses grosses joues brûlantes, jamais, dit-il, l'émotion lui serrait la gorge, on ne lui avait fait un cadeau aussi beau !

Pour un patron de bar, avoir un petit piaf sur la Lune, ça valait de l'or, même plus que de l'or, qu'on pouvait trouver en creusant le sol de la planète, alors que des oiseaux dans le ciel de la Lune, il n'y en avait point. Curieusement, il avait fallu l'ouverture de ce premier café sur la Lune pour qu'apparût un volatile extra-terrestre de comptoir ! En somme, c'est le zinc qui avait poussé l'espèce *Passer domesticus* à sauter de la Terre à la Lune, comme d'une branche basse sur une autre branche plus haute de la vie. L'oiseau s'était, en quelque sorte, perché sur la branche de Lune. En s'appuyant sur cette découverte fondamentale de comptoir, on pouvait affirmer qu'il suffisait d'ouvrir des bistrots aux quatre coins de l'univers pour y faire apparaître toutes les formes de la vie. Chez Dromaide, sur Mars. Le Trou de Serrure, au centre de l'amas globulaire M80. Le Zanzibar, dans le Grand Nuage de Magellan.

On pouvait aussi affirmer que l'apparition d'un oiseau sur le comptoir d'un bistrot fraîchement ouvert aurait pour effet immédiat – c'est recta ! – de faire rebaptiser l'établissement par ses clients. On ne dérogea donc pas à la règle. La Pleine Lune devint, à cet instant, Chez le Piaf. On ne buvait plus un coup à La Pleine Lune, mais un petit verre Chez le Piaf. C'est le douanier Piotr qui officialisa le baptême. Il leva son verre au-dessus de l'oiseau qui se baignait joyeusement dans les bulles et cria :

— Vive Chez le Piaf !

Tous les clients reprirent :

— Vive le Piaf ! Vive le Piaf !

Le sculpteur Vérex se voyait déjà sculptant dans l'obsidienne un abreuvoir à oiseaux, il se voyait même en sculpter des milliers qu'il irait disperser tout autour de la Lune pour que Balthazar thaï jamais au grand jamais ne manquât d'eau.

Sur Terre, un petite plongeuse carioca de douze ans, le nez collé au hublot embué des cuisines d'un méthanier géant qui naviguait sur l'océan Atlantique au couchant, contemplait le ciel clair et profond par un petit rond nettoyé avec le doigt, en rêvant, un torchon dans chaque main, loin d'imaginer qu'un groupe de gens rigolards alignés dans un bar sur la Lune faisaient la fête à un petit oiseau, en chantant.

Comme pour faire honneur à cette promotion exceptionnelle – c'est vrai qu'à peine arrivé sur la Lune il avait déjà un bar à son nom ! –, Balthazar thaï se lança dans un vol compliqué, harmonieux, un beau ballet dans l'air, depuis le comptoir vibrant jusqu'au plafond, des tourbillons et des piqués, des arabesques, des flèches et des dorsales, il osa même une première sortie dans l'espace lunaire, traversa les liserons mauves géants aux feuilles luisantes de clarté céleste, il passa devant la Terre, quelques secondes lui suffirent à traverser deux continents, un océan, puis il glissa sous les tables de la terrasse en rase-mottes, repassa la porte en vrillant, enfin il se propulsa d'un coup d'aile à la verticale du comptoir de quartz pour revenir se poser doucement sur le sommet du crâne de TinTao. Il replia ses pattes, hérissa ses plumes et gesticula pour imprimer un creux léger dans la coiffure de son hôtesse et puis s'installa confortablement dans ses cheveux comme sur son nid. Coiffée de son moineau, TinTao était encore plus belle, déesse de chez les oiseaux.

Depuis le plus haut plateau de la cordillère des Andes, un observateur bien outillé aurait pu voir la lune pleine, et sur la lune pleine un bar, et dans ce bar une jeune femme en robe de soie rouge, et sur la tête de cette jeune femme en robe de soie rouge un moineau de Paris. M. Jules Verne aurait adoré ça.

Bob, Rico, Angus, Triton, Franz, Colby, Milus, Spot, Piotr, Spartacus, Taurus et le sculpteur Vérex, sensible comme une onde, en restèrent bouche bée. Ce petit oiseau posé sur la tête de la patronne, c'était de la légèreté ajoutée à de la légèreté. Ton sur ton. Le moineau, bien à son aise, entortilla ses pattes dans les fins cheveux noirs. Quand il donna un premier coup d'ailes, la petite TinTao, surprise, éclata de rire et rosit de joie de se sentir soudain soulevée. Il redoubla les petits coups de la pointe affûtée de ses plumes. Alors TinTao s'éleva lentement dans les airs, portée seulement par la force minuscule et suffisante du moineau. Quelques légers coups d'aile encore, et Balthazar entraînait maintenant la jeune femme dans son vol, accrochée à lui par une petite mèche de ses cheveux soyeux.

Elle passa par-dessus les buveurs qui s'écartèrent pour mieux apprécier l'attelage. Spartacus bouscula Piotr, qui poussa Taurus, qui cogna Triton et ses cartouches de dynamite, qui culbuta Milus, qui fit valser le verre de Spot, qui se recula en cognant Colby, qui heurta Angus, qui refoula le gros Taurus, qui s'affala contre Spartacus, qui le repoussa violemment contre Rico, qui l'envoya valser contre Vérex, qui manquait d'équilibre à cause de ses nombreux doigts de pied manquants, tandis que Balthazar et TinTao se dirigeaient en volant vers la porte de La Pleine Lune dite Chez le Piaf. Ils sortirent. Le patron et toute la clientèle se précipitèrent en tas dehors. Le moineau prenait de l'altitude, lentement, au-dessus de la large terrasse en fleurs, enlevant la patronne, aussi légère qu'une plume de son ventre, loin au-dessus du groupe qui la dévorait des yeux en criant et sautillant, admirateurs juste capables de petits bonds, empêchés par les lourdes chaussures d'acier qu'ils portaient et leur servaient précisément à ne pas décoller. Là-haut, TinTao, en extase joyeuse, croisa ses jambes, elle en perdit ses claquettes, qui restèrent à flotter dans l'espace vert opalescent de la treille, puis elle joignit ses mains contre sa poitrine, comme en prière, dans la position d'un bouddha. L'oiseau était si fluet qu'on n'en voyait que les ailes battre sur le crâne de l'étonnante patronne voyageuse. Vraiment, on eût dit la gracile TinTao Dragon bleu devenue Moineautaure, déesse femme, mi-femme, mi-oiseau, comme on croyait qu'il existât sur la Terre, il y a très longtemps, des Minotaures, créatures moitié hommes, moitié taureaux. Mais dans le cas de ce Moineautaure lunaire, les proportions étaient franchement inégales. 99,9 % de patronne et 0,1 % d'oiseau.

Bob regardait le moineau emporter sa femme, inquiet, il demandait à tous, la voix blanche :

— Mais ils vont où ? Ils s'en vont où ?

Ils continuèrent à s'élever.

LA LÉGÈRETÉ

L'énorme Terre, trois fois et demie la Lune, semblait happer la patronne et l'oiseau. Leur silhouette s'amenuisait sur fond de tourbillons nuageux et d'océans. Ils redescendirent, passèrent entre les tours de verre des extracteurs d'eau, rasèrent les Magasins généraux, avant de reprendre de l'altitude. TinTao sentait le vent tiède des ailes du petit Balthazar dans ses cheveux et, dans le profond silence de l'Univers, elle n'entendait que le son ténu et saccadé de leur battement. Parfois, un pépiement aigu perçait. Elle pouvait deviner sur le sommet de son crâne le minuscule cœur du moineau s'affoler et cogner. L'oiseau vira sur sa droite, puis sur sa gauche, puis de nouveau sur sa droite, puis encore sur sa gauche. TinTao, lentement, se balançait. Entre la Lune et la Terre, sa silhouette de soie rouge se découpait sur le continent sud-américain et les sables noirs du désert amazonien. Fleur d'oranger Lotus Dragon bleu survolait la mégapole de Manaus sur la Terre à trois cent quatre-vingt-quatre mille quatre cents kilomètres d'altitude et la ville de Paroxis, sur la Lune, à cent mètres de hauteur. Paysanne acrobate si légère, à un long fil de soie tendu entre planètes jumelles suspendue. Balthazar fit faire un demi-tour à la patronne de La Pleine Lune, ils repassèrent à l'aplomb du café, elle rattrapa ses claquettes sous les acclamations, puis, toujours soulevée par quelques fins cheveux, ils poursuivirent leur périple jusqu'à dépasser les abattoirs municipaux avant de revenir haut dans le ciel au-dessus du bar, ils percevaient les lointains cris de joie des clients, tous le verre levé vers eux, comme à la parade, pour repartir en zigzaguant direction la mer de la Tranquillité. Seuls Bob et Spartacus ne hurlaient pas, le second trop ému et jaloux peut-être de voir la jolie petite guerrière thaïe renaître au bonheur sans venir se poser sur lui, le premier, visiblement courroucé, secouait le douanier Piotr par les épaules en lui demandant sur un ton qu'il voulait menaçant :

— Dis donc, Piotr, il est sérieux, ton Balthazar ? C'est quoi, ce bistrot à Mouffetard ? Et c'est qui, ce flic belge ?

PAROXIS LE HAUT

Balthazar prit encore de l'altitude. TinTao contemplait, ébahie, la ville de Paroxis défiler lentement sous ses pieds, elle lança des bonjours et des baisers aux tout petits bonshommes qui s'agitaient dans le rectangle feuillu de la plantation de liserons géants avant de les perdre de vue. La ville s'étalait en un disque lumineux parcouru de larges avenues et de rues qui s'y croisaient à angle droit, fin réseau organisé autour de son centre politico-administratif et judiciaire. Plusieurs places au revêtement translucide laissaient apercevoir la partie haute de la ville sous-lunienne niveau moins un, protégée des rayons du soleil et de la chute nombreuse de corps célestes, mais qui n'avait jamais été vraiment achevée, laquelle ville niveau moins un s'appuyait sur la ville niveau moins deux, encore plus profondément enfouie et aussi mal conçue que le premier étage de cette agglomération verticale, posée sur un niveau moins trois, lui-même posé sur un niveau moins quatre posé sur un niveau moins cinq, et ainsi de suite, jusqu'à atteindre un nombre tellement important de strates que même les services sociaux et le cadastre semblaient en avoir oublié le compte exact.

Le café La Pleine Lune-Chez le Piaf se trouvait exactement placé sur le bord externe de ce gigantesque cercle de ville orange, à la frontière de la ville visible et de la banlieue, au nord-ouest, au bord de la voie 36. Un trou béant s'ouvrait de l'autre côté de la route. On attendait toujours la construction d'un grand quartier d'affaires. Un panneau géant vantait l'architecture futuriste de cet ensemble de tours en cristaux. Une aubaine pour Bob et La Pleine Lune. Mais il n'y avait en guise d'aménagements tertiaires futuristes que la vieille publicité, une triste représentation holographique de la concentration d'immeubles de bureaux et de banques qui devait être colossale. Une météorite avait frappé en pleine façade les logements provisoires vides à destination des ouvriers. Personne n'avait réparé les dégâts. Un tapis de fougères naines en avait colonisé les murs et les poutrelles tordues. Les travaux du quartier de La Matrice, comme il se nommait au début, s'étaient figés après le creusement des fondations et l'ébauche d'un aménagement des parkings sous-luniens. Les lenteurs administratives entre Terre et Lune, les innombrables et inextricables différends d'ordre politico-financier entre tous les États partenaires, les scandales des pots-de-vin, les problèmes de budget, les guerres, les crises économiques, les avatars climatiques, le prix de l'eau et de l'air, le coût de l'hydrogène et celui prohibitif de l'atome, plus généralement les difficultés paralysantes de gestion d'un territoire libre décrété propriété commune de l'humanité – le traité de l'espace adopté par l'Assemblée des Nations unies le 27 janvier 1967 stipule que l'espace extra-atmosphérique, y compris la Lune et les autres corps célestes, peut être exploré et utilisé librement par tous les États, il ne peut faire l'objet d'approbation nationale par proclamation de souveraineté, ni par voie d'occupation, ni par aucun autre moyen – avaient condamné à mort bon nombre de projets d'envergure, en avaient ralenti certains, en avaient figé d'autres, parmi lesquels le Grand Canal circumlunaire, le nouveau palais de justice ou l'île prison suspendue. Les cent quatre-vingt-douze gouvernements terrestres avaient fini par abandonner la gestion des territoires lunaires à de grosses sociétés privées. L'exploitation des mines aux Américains, l'eau et l'atome à des sociétés civiles chinoises, les grands travaux aux émirats du Qatar, la pensée artificielle et les télécoms à un conglomérat indien. Un bien pour un mal, c'est grâce à ces lenteurs et ces tracas que la Lune avait su garder l'aspect de planète cendre désertique et crevassée que les autochtones aimaient bien. On avait tellement sali et dénaturé la planète mère que garder à la Lune son caractère sauvage n'était pas pour déplaire aux quelque trois millions d'habitants, les gens d'ici n'étaient pas mécontents de voir les nouveaux projets d'aménagement de la Lune avancer au ralenti, on attendait plutôt soit la fin, soit la remise aux normes des anciens chantiers, d'autant que les nombreux chercheurs d'or ou d'argent, de platine, les coureurs de toutes les sortes de pierres précieuses, se faufilaient déjà partout dans ses entrailles comme des armées de mulots. Sorti des villes, tout en prenant soin de ne pas trop s'approcher des gisements précieux et des dangereux villages termitières, on pouvait encore aller pique-niquer tranquillement au fond des cratères et contempler, pendant la nuit lunaire, le profond ciel noir étoilé, se promener en famille sur les dunes de cendre, visiter les monts, s'adonner à la randonnée sur les très nombreuses pistes cyclables ou bien aller se ressourcer et respirer le parfum suave des fruits dans les vergers. D'une certaine manière, ceux qui habitaient dans le quartier haut de Paroxis vivaient sur un toit, à la manière des villes d'Afrique du Nord où toute l'activité professionnelle et privée se passe sur les terrasses. Ce que l'on voyait de la ville de Paroxis illuminée n'était en fait que la partie visible d'un gros iceberg mal fichu, produit urbanistique lunaire aussi douteux que ce que la politique de l'habitat sur Terre avait produit de plus improbable en matière de cités nouvelles néo-grecques posées à même le sol glaiseux des banlieues. Les mêmes hommes produisant les mêmes effets, sur la Lune, nouvelle et jeune conquête, c'était déjà tout vieux. Logements insalubres et commerces en ruine. Alors, au final, on pouvait dire que les résidents du toit de Paroxis, petite cité tranquille et riche en aménagements urbains qui rendaient la vie facile et assez bien dotée en matière de logement, toujours selon des critères ordinaires, s'en sortaient plutôt bien. C'était d'ailleurs une des raisons pour lesquelles la municipalité voyait d'un œil malveillant l'ouverture d'un bar à la surface paisible de Paroxis.

— Ça va nous attirer, comme l'avait dit un adjoint à l'aménagement de la ville, encarté au PPLP, Parti pour une Lune propre, en clôture d'une réunion publique, toute la racaille qui nous empuantit la Lune !

Ce groupe composé de peu d'éléments mais extrêmement virulent en était à défendre, sans rire, le droit du sang contre le droit du sol. Il fallait être de sang lunien pour prétendre avoir le droit de vivre sur la Lune. En conséquence de quoi TinTao avait deux fois plus de risques d'être expulsée que quiconque, car pour l'heure, à la voir passer dans le champ des étoiles, on ne savait plus bien si la jeune fille était de sang humain de Chine ou du sang à la mie de pain des petits moineaux de Paris. Elle était toujours du sang des résistantes. Quand ils passèrent juste au-dessus du toit de l'immeuble du Parti pour une Lune propre, à le raser, le drôle de moineau qui semblait regarder la vie en passereau guérillero de bistrot, gavroche à plumes des comptoirs de Mouffetard, avait dirigé la pasionaria droit sur la hampe dorée qui pointait, elle en avait arraché le drapeau rouge à croix noire qui salissait les cieux, l'avait roulé en boule serrée et expédié dans les airs ! L'étendard vénéneux avait longtemps flotté dans l'atmosphère de la Lune, il en avait même fait trois fois et demie le tour avant d'atterrir au beau milieu d'un village de Massaïs, devant la porte d'une jeune femme, jeune mère, qui, elle, ne voyant aucune haine dans ce tissu coloré décoré d'une lourde croix noire, avait ramassé la belle pièce rectangulaire de tissu rouge venue du ciel, suffisamment longue, large et épaisse pour tenir bien au chaud, dans la longue nuit lunaire, son bébé nouveau-né. Les gens du PPLP se seraient noyés dans leurs sécrétions biliaires en découvrant ce petit Lunien noir aux parents venus d'Afrique, minuscule boule ébène aux grandes paupières maquillées de poudre de zoïzite bleutée, un bracelet rubis à la cheville, si paisiblement endormi entortillé dans le drapeau de leur parti !

Leur rêve aurait été d'affréter mille charters géants pour raccompagner quatre-vingt-dix-neuf pour cent de la population de la Lune sur la Terre et rester seuls sur le gros caillou en orbite, en prenant soin toutefois de se garder quelques métèques pour les servir et les nourrir, chinois pour les cultures, mongols pour les élevages, africains pour le ménage, indiens pour la cuisine, thaïlandais pour le sexe et arabes pour la construction. Mais c'était sans compter la puissance de vie stupéfiante qui avait de tout temps poussé les gens à partir et voyager. De l'Europe à l'Amérique, de l'Afrique à l'Europe, de l'Océanie à l'Asie, de l'Australie à l'Inde, de la Terre à la Lune et de la Lune aux confins de l'Univers. On ne les arrêterait pas ! Et bien sûr, un jour prochain, on irait du café Chez le Piaf à Chez Dromaide, de Chez Dromaide à Chez Orion, de Chez Orion au bar des Trois Années-Lumière dans la nébuleuse de la Lagune, des Trois Années-Lumière au Grand Café des Confins pour y revoir des copains de conquête et boire un coup à la santé du grand Univers ! De café en café, jusqu'à plus soif d'expéditions et de récits de voyages, jusqu'au plus lointain des comptoirs, jusqu'à jamais. Pour voir, pour savoir, pour changer, pour connaître.

Pour le plaisir, le hasard et la nécessité.

ARCHAZEL

Depuis son poste élevé, TinTao pouvait apercevoir dans le lointain les torchères enflammées qui éclairaient en jaune soufre les innombrables villages des mineurs, et bien plus nombreux encore les rougeoiements rampants des nids de lave parmi les champs de caillasse, à l'emplacement des excavations rudimentaires à flanc de cratères et des piochements sauvages dans le régolite, autant de lueurs témoins de cette volonté inépuisable de travailler et de vivre sur toutes les planètes et dans tous les pays.

Elle sauta par-dessus les silos et traversa les vergers bleus qui naissaient dès la sortie de la ville et s'étiraient le long des champs électriques. Puis elle survola le minaret de la mosquée des Nuées, le fin clocher de la cathédrale Arzachel, le dôme doré du temple bouddhiste des Humeurs, autant de témoins encore de cette volonté farouche de vivre et de croire en une autorité vagabonde et céleste, tous ces lieux du culte mitoyens en un seul et même impact ancien de météorite qu'on appelait, à l'instar de la vallée des Songes, le grand cratère des Dieux. Balthazar vira derrière la synagogue et, sentant la soif lui venir, reprit tout naturellement le chemin du bistrot.

Ils furent accueillis comme les héros d'une épopée magnifique, alors qu'en définitive le moineau n'avait fait que survoler tranquillement la contrée. C'était un geste à portée de piaf, pour Balthazar une gloire facile, de même qu'au Tournebride, rue Mouffetard, il se faisait applaudir rien qu'en allant picorer un bout de brioche posé en équilibre sur le bout du nez du patron, quoi de plus simple pour un pierrot, mais pour les habitués accoudés devant leur petit jus arrosé du clair matin, quel poème. Minuscule roman de comptoir !

Le moineau redéposa la patronne derrière son zinc, comme une fine fleur, sous les applaudissements de la troupe des clients survoltés qu'avaient rejoints entretemps les gars de la propreté de la Lune, dans leur tenue de travail vert clair fluo, bottes vertes et gants verts accrochés à leur large ceinturon vert foncé, c'était couru d'avance, les déjà anciens premiers clients de La Pleine Lune avaient accueilli les trois hommes verts d'un tonitruant et joyeux « Salut les Martiens ! ». On pouvait d'ores et déjà affirmer que l'humour de comptoir lunien valait bien l'humour de comptoir sur la Terre. Et c'était rassurant, pour Bobby, le patron, de voir les anciennes vieilles blagues résister aux nouvelles difficiles conditions de vie sur cette autre planète, preuve à l'applaudimètre que la greffe de comptoir était bel et bien en train de prendre, il circulait déjà une sève sucrée de bar sous l'écorce épaisse des consommateurs bien plantés, depuis les branches basses en passant par le cœur jusqu'aux fruits de la parole, en phase de mûrissement, tout en haut.

Bob servit à Balthazar une améthyste d'eau qu'il déposa délicatement sur la tête de TinTao. Le moineau se désaltéra longuement dans la pierre précieuse. Essuya le bout de son bec dans ses cheveux. Il pencha sa tête à droite, à gauche, pour embrasser du regard tous les clients serrés au comptoir, il ébouriffa ses plumes et s'enfonça suavement dans les mèches fines couleur corbeau. Il en saisit une pointe dans son bec, qu'il ramena sous son aile, puis une autre pointe, sous son autre aile, puis il tira un épi de sur le front plat de la petite Chinoise et le glissa avec précision et savoir-faire sous son ventre blanc. Balthazar faisait tranquillement son nid sur la tête de la patronne, devant les regards brillants de tous les clients heureux, ébahis, amoureux, qui n'en perdaient pas une miette : leur belle TinTao, fine, douce, de porcelaine légère, immobile, silencieuse, les yeux mi-clos, les mains posées à plat qui dessinaient précisément ses hanches, se faisait coiffer au comptoir devant eux par le piaf, à petits coups de bec ! Quand cela fut fait, elle reprit le service, son diadème de plumes bien posé sur l'avant de son crâne porteur maintenant d'un joli nid chignon, l'oiseau installé sur elle, comme chez lui, formidablement adapté à son milieu car le moineau, d'un coup d'ailes, savait déjà déplacer la patronne d'un bout à l'autre du comptoir et la déposer, sans se tromper, juste devant le client qui avait commandé. Chaque fois que l'oiseau la soulevait et l'emportait vers un client assoiffé, TinTao éclatait de rire comme une gamine. D'un rire si pur et si étincelant qu'il était possible d'en voir s'élever quelques éclats, les plus purs d'entre les plus purs, cristallisés en infimes agrégats légers d'apophysaire citrine qui se développaient en aurore au-dessus d'elle et du piaf, entre le comptoir et le plafond. Petit nuage brillant des rires clairs de la patronne en état d'apesanteur. Au bout d'un moment, les clients habitués à ce service à la passereau se recommandaient à boire autant à la patronne TinTao qu'au moineau cap-hornier, lesquels volaient d'une bière à l'autre, d'un mot à l'autre, d'un regard à l'autre, d'un rire à l'autre, d'un cœur ouvert à l'autre âme découverte, sans discontinuer.

À ce rythme-là, tant soutenu, l'oiseau parcourrait facilement la distance Lune-Terre rien qu'en volant de verre en verre derrière le comptoir ! On pouvait dire que Balthazar avait le bistrot dans le sang... Éprouvé tout de même par cette longue virée aussi loin du Paris de la rue Mouffetard, Balthazar finit par s'enfouir dans le crin fin de TinTao. Et là, bercé par les mouvements réguliers et coulés de son hôtesse gracieuse, dans le brouhaha incessant des quatorze premiers buveurs bavards, sous l'orage rassurant des mots, Balthazar glissa la pointe de son bec sous son aile repliée et s'endormit, quelques minutes, dans le nid de cheveux chauds, avant de se réveiller, tout frais, pépiant et dispo.

Alors, devenue par intermittence la belle princesse chinoise gardienne de l'infinitésimal sommeil des volatiles, TinTao se pencha, avec lenteur et précaution, pour servir les clients, sans réveiller l'oiseau.

BILLY CRÂNE DE PIAF

Elle remit un verre aux employés de la ville de Paroxis, arrivés depuis peu, et qui n'en étaient qu'à leur deuxième tournée. C'étaient trois agents de surface, attachés, pour le quartier haut, à la propreté de la Lune, un grand Noir kenyan, du Texas, et deux Chypriotes de Nicosie. Trois bonshommes en combinaison vert fluorescent, avec, siglé dans le dos : PROPRETÉ DE LA LUNE. TinTao présentait, chaque fois qu'elle servait, le piaf endormi dans son nid sous le nez du client. Billy, le grand Black à la gueule cassée d'ancien boxeur, débile léger à force de coups au visage, une bosse sur l'arête du nez et les arcades sourcilières violettes gonflées et couturées, tempes grisonnantes, bien qu'il n'eût que quarante-trois ans, pencha la tête à droite, la tête à gauche, puis à droite, puis à gauche, à la manière du petit oiseau. Il but une gorgée. Secoua la tête. Rebut une gorgée. Posa son verre. S'ébouriffa les cheveux comme s'il s'agissait des plumes frisées d'un piaf, sans cesser de fixer la patronne, qui faisait jaillir la bière de la pompe en or. Un coup de son œil droit. Puis un coup encore de son œil gauche. Billy s'appliquait à copier les façons de l'oiseau pour que TinTao le prît sans doute pour un autre petit oiseau sans domicile et lui offrît l'hospitalité douce de son nid de cheveux. À lui, Billy. Qui ne savait plus son nom. Et qu'on avait surnommé, dans les salles de boxe les plus crasses de Stockton, au Texas, Billy Crâne de piaf. Une association mormone d'aide aux désœuvrés lui avait fait quitter la ville de Stockton pour la Lune, où l'on recherchait toujours des colons prêts à remplir des tâches subalternes et peu payées, comme le nettoyage des rues, l'entretien des parcs et jardins, la vidange manuelle des puisards et autres citernes de déchets urbains dont les systèmes automatiques complexes tombaient très régulièrement en panne. La Lune réclamait plus de bras solides et d'âmes vaillantes que ce qui avait été prévu sur papier au début de sa conquête, pour la simple raison que tout ou presque tout ce que les ingénieurs avaient conçu en matière de robotique s'était cassé. Alors, au fil du temps, le quotidien sur la Lune s'apparentait plus à ce qu'avait pu offrir la vie sur la Terre dans la moyenne montagne de l'Atlas saharien, qu'à une existence rendue facile par les miraculeux exploits techniques d'une machinerie toujours aux ordres, colossale, comme dans les vieux films de M. George Lucas. Il valait mieux, et la jeune conquête de la Lune égalait en cela la vieille conquête de l'Ouest, savoir réparer sa navette soi-même ou entretenir sans aide les jointements de son château d'eau. Avec son cerveau tout cabossé, son nez cassé, sa vue basse et ses poumons charbonneux, ses épaules larges, ses cuisses épaisses, ses bras solides, sa poigne, sa bonne volonté, sa bonne humeur, le vieux Billy Bully Crâne de piaf rendait finalement plus de services à la collectivité lunienne que ces tas de robots hors circuit qu'on retrouvait entassés, par centaines, le ventre ouvert au soleil, dans les casses de banlieue.

BLUE OBAMA STADIUM

La première fois qu'on lui avait parlé de la Lune, c'était dans un petit bar de Huntsville. La barmaid lui avait raconté que deux gars du coin étaient partis là-haut et qu'ils s'en sortaient plutôt bien, ils y avaient trouvé de l'or. Billy avait haussé les épaules, soufflé sur son café. Toussé. De l'or. Des paquets d'or. Il avait ri. On aurait dit un message publicitaire du ministère de l'Émigration, qui cherchait à se débarrasser à tout prix de tous les fauchés ruinés que la société traînait à ses basques depuis les explosives grandes crises économiques à répétition : « Vous avez tout perdu ? Souriez ! La fortune brille au-dessus de vos têtes ! Devenez chercheur d'or sur la Lune ! » On avait promis tellement d'or. À la Bourse et ailleurs !

Billy avait pris sa part de tarte aux pommes pour aller la terminer dehors, sur le trottoir encombré par les étals des vendeurs ambulants, dans l'air tiède de la nuit qui tombait. La lune commençait à briller dans le ciel transparent, c'était un signe, au-dessus de la banque. Billy avait déjà son or à lui, c'étaient ses poings, deux lourdes pépites noires, et pourtant, avec tout son trésor, il n'était jamais devenu riche. Alors, ce gros amas d'or qui brillait, paraît-il, dans le ciel étoilé, sous le nez levé de tout le monde, ça le déprimait plus que ça ne le faisait rêver. Il avait déjà entendu tellement de sornettes sur les richesses du sous-sol de la Lune qu'il se demandait pourquoi tout le monde n'était pas déjà riche à milliards ! On y trouvait des saphirs lourds comme des noix de coco, des rubis comme des poings de bébé et des diamants bleus de la taille d'un gros chat ! Ces rumeurs tombaient du ciel sur la quatorzième grande dépression qu'avait connue le continent en à peine cent cinquante ans, comme braises dans le torrent glacé. Les plus gros poivrots élevés par les pires alcooliques parlaient topazes et saphirs au comptoir comme on parlait tornades ou bagnoles. Pour Billy Bully, tout ça n'était que l'éternel roman de bar. De la graine de bobard. On ne peut plus classique. Et il faisait la sourde oreille. Toujours pareil ! Il suffisait de lire quelques lettres d'émigrés prises au hasard dans les montagnes de courrier échangé au cours de ce siècle terriblement chahuté, d'où qu'elles viennent, pour sourire tristement à tous ces mensonges réitérés, car tous ces exilés, malheureux comme les pierres et traités loin de chez eux comme des chiens, se vantaient à l'envi de connaître le bonheur et l'aisance, et s'employaient vertement, à mots jolis travestis, à rassurer leur famille restée au pays. Alors, ces récits de comptoir sur des rubis géants, des diamants par millions de carats et des topazes si lourdes qu'elles en devenaient intransportables ! Qui croire, aujourd'hui, après s'être fait étriller tant de fois, par autant de gouvernements successifs, par tellement de banques, tellement de patrons véreux, et s'être fait assécher autant d'espoirs ? Billy ne croyait plus en rien ni en personne. Même pas en ses poings.

Ce soir-là, au cours du combat qui l'opposait à Colorado Pack Murphy, un Mexicain mi-lourd de souche indienne, comme il ne pouvait quitter des yeux cette grosse lune ronde rousse tatouée suspendue au cou de son adversaire, il reçut un terrible coup sur la tempe qui le laissa sonné à vie. Quand, vers une heure du matin, il quitta la petite infirmerie du Blue Obama Stadium sur une civière, Billy avait tout oublié du court combat. Il pensait être encore à déguster sa délicieuse tarte aux pommes, sur le trottoir illuminé en rose du Quincy, au milieu des vendeurs chinois de météorites porte-bonheur, pierres d'harmonie et anti-stress intensificateur d'impulsions énergétiques, de venin de serpent pour les rides et de fleurs de cactus pour la libido.

Billy les Poings d'or était devenu, en un coup perdant, un seul, Billy Crâne de piaf ! Un boxeur perdu. Un tocard. Un clochard. Traîne-patin. Passablement alcoolique. Alors, pourquoi ne pas partir sur la Lune, qu'il voyait floue depuis le combat ?

— Une nouvelle vie ! Le dépaysement ! L'aventure ! La paie sans doute ! Un logement peut-être, et pourquoi pas l'or, monsieur Billy ? lui avait dit, tout sourire et pleine de bonne volonté, Miss Tudy, la dame du Bureau d'aide aux désœuvrés, en lui offrant une grosse part triangulaire de tarte aux quetsches qu'il dégusterait plus tard, assis dans sa cabane en carton recyclé, sur le trottoir déserté de l'ancien Quincy Bar tombé en ruine, parce que c'est là que, dorénavant, Billy Bully, dit Crâne de piaf, habitait.

Et puis, un beau matin, réveillé en pleine forme, il avait bien dormi, Billy les Poings d'or Crâne de piaf prit ses puces, ses poux, ses champignons, ses gales, ses morpions, ses cicatrices, ses bleus, ses bosses, ses cliques, ses claques, et il quitta la Terre, sans aucun regret, pour un voyage sans retour, direction la Lune, trajet au cours duquel il ne fit que ronfler, et qui fut suivi, étant donné son triste état, de quatre-vingts jours bien tassés de quarantaine.

Balthazar le moineau rouvrit les yeux. Il pencha la tête pour mieux voir cette grosse gueule noire tordue qui le regardait, posée de travers sur un grand corps voûté, vert clair, de perroquet débile, grisonnant, vieilli, sans plumes. Un coup avec l'œil droit. Un autre coup avec l'œil gauche. Coup droit. Coup gauche. Balthazar Gavroche thaï et Billy Crâne de piaf jouèrent comme ça un bon moment à se jeter par-dessus le comptoir de courts regards de côté, gauche, droite, gauche, comme dans une salle de boxe, à l'entraînement, gauche, droite, gauche. TinTao riait de tout son cœur à regarder le grand Billy lui lancer des œillades. Elle lui répondait, entre deux verres servis, d'un clin des deux yeux bien fermés, ne sachant pas dissocier les mouvements de ses paupières, ce qui avait pour effet de rehausser ses pommettes, plisser le bord de ses yeux et retrousser son nez. Le moineau Balthazar jetait un nouveau coup d'œil droit à Billy Crâne de piaf qui, lui, lançait un coup de son œil gauche au moineau blotti dans son nid sur la tête de la patronne TinTao qui, elle, clignait des deux yeux en regardant le grand Black vert, encadré de ses collègues chypriotes, les Kyprianoù, des frères jumeaux, qui avaient pris le boxeur en affection et partageaient avec lui un cube de vie en cinquième sous-sol, sans hublot, mais avec, dans la cuisine, un petit mur végétal.

LES JUMEAUX KYPRIANOÙ

Si Billy n'avait pas trouvé d'or ni d'argent sur la Lune, au moins il y avait trouvé une famille, en la personne de ces jumeaux, qui ne se ressemblaient pas du tout, vu que l'un était très gros et l'autre très maigre, peut-être même n'avait-on jamais vu jumeaux aussi carrément dissemblables, d'autant que le gros portait ses cheveux en brosse et roux, il avait des petits yeux noirs, alors que le plus maigre avait un catogan, les cheveux blonds, et que ses yeux étaient bleu pâle. Le plus gros parlait avec une voix forte de ténor tandis que le plus maigre zozotait très légèrement. Personne n'aurait été capable de dire pourquoi les Kiprianoù se disaient jumeaux. La convention convenait. Et tout ça n'empêchait pas les gens d'appeler les deux frères, qui ne se ressemblaient pas beaucoup, les jumeaux. Peut-être, d'ailleurs, n'étaient-ils pas frères. Seulement de très bons amis. Et encore. De simples collègues, qui se disaient jumeaux. Des jumeaux de travail. Peu importait. Jumeaux de boisson, ils l'étaient certainement, l'un et l'autre vidaient leur verre à la même vitesse ! Mais ici, en vitesse de boisson, on peut dire que tout le monde était jumeau. En un rien de temps, Piotr, Taurus,

Rico, Angus, Kiprianoù le roux, Billy, Kiprianoù le blond, Franz, Spartacus, Triton, Colby, Milus Stilitano, Spot et Vérex, par ordre de positionnement au comptoir, sans oublier Bob le patron, avaient fini trois fûts ! TinTao se grisait au distillat d'air de Lune qu'elle se servait dans un petit bol, et Balthazar thaï, l'air de rien, avait sifflé treize dés d'eau pure dans un œuf d'améthyste. On attendait Lyra, Digitale, Lula, Champ, Low, Ingrid, Conchitas, des filles dont on savait qu'elles aimaient bien boire et danser, ça promettait d'être chaud.

L'ALCOOL DE CRISTAL

Vérex, sur qui l'alcool de cristal qu'il mélangeait à la bière commençait à agir, parlait du génie du sculpteur Brancusi à Spot, qui ne l'écoutait pas du tout, il se massait le crâne de la main droite, marquait exagérément les expressions de son visage, creusait le sillon des rides, pointait les lèvres, comme s'il eût voulu sa face de terre et qu'il en faisait une étude préparatoire à la réalisation d'un bronze, il était capable, dans un accès de colère, de se faire la tête du Damné de Gian Lorenzo Bernini, et, dans un moment d'oubli dans ses rêveries, les traits doux d'une Madone de Michel-Ange.

Il parlait fort, pour faire passer sa voix par-dessus le bruit du torrent qui remplissait son crâne, le sculpteur avait toujours dans la tête le son d'un torrent. Loin de le gêner, cet acouphène bouillonnant au contraire le rassurait car, où qu'il se trouvât sur la Lune, l'eau tumultueuse grondait sans discontinuer à ses oreilles, elle sautait les rochers, tourbillonnait violemment dans les creux de son lit de gravier et de pierres, éclaboussait ses pensées et les gardait au frais dans leur jeunesse.

Vérex aux doigts de titane n'aurait pu vivre sans la présence fantôme de cette folle cavalcade des eaux, jamais il n'aurait pu s'endormir sans en être doucement bercé.

Il expliquait au mercenaire, avec un enthousiasme chiant et débordant, ces fabuleuses sculptures de Brancusi : révolutionnaires ! Il criait le mot dans l'oreille de Spot. En parlant, il ne cessait de lui tapoter le bras. Spot, le mercenaire au visage tatoué, saoulé de paroles, lui tournait franchement le dos. Mais Vérex, emporté par son incompressible amour des belles œuvres et des arts, enchaînait avec l'histoire mouvementée de cette autre sculpture de Constantin Brancusi, *Princesse X*, un sexe d'homme en bronze poli qui fit scandale en 1920 au Salon des indépendants et qu'on retira sur ordre du préfet de police.

Petit à petit, le café La Pleine Lune-Chez le Piaf prenait des airs de vrai bar du coin.

Et Vérex fut à cette seconde et à son insu le premier client bavard grisé par l'alcool que personne n'écoutait ! Le premier pénible de comptoir de Lune dans toute l'histoire ancienne et récente de l'univers.

Spot se retourna et, pour le faire taire, lui mit un doigt dans l'œil.

PREMIÈRE GUEULANTE

C'est la première fois qu'on entendait ça sur la Lune, la grosse voix d'un patron de bar irlandais en colère, un rugissement de bête fauve ! Rugueux, ample, profond, qui sourdait des entrailles du granit et de la tourbe, un vent glacé venu des contrées noires et sauvages de la Guinness ! Bob Feinn se mit à gueuler cette phrase magnifique que, sur la Lune, et pour cause, on n'avait encore jamais entendue :

— Si tu continues à faire le con, Spot, je te sers plus !

Poème magnifique ! Haïku de comptoir ! Aussitôt repris en écho joyeux par la belle TinTao qui volait d'une extrémité à l'autre du zinc : « Tu continues toi le con, je sers plus ! Tu continues toi le con, je sers plus ! », portée par le moineau, refrain qu'elle distribuait à chaque client qu'elle servait en riant, offrant à tous l'éclat laqué de ses pures lèvres cerise, retroussées sur ses fines canines de glace, pendant que Vérex s'essuyait l'œil rougi plein de larmes avec ses doigts de titane en sirotant la bière que Spot lui avait déjà fait remettre pour s'excuser, et que le moineau faisait cui-cui-cui-cui d'un air mauvais, cela signifiait sans doute « Je te sers plus ! » en moineau, à chaque passage devant un buveur, pour ne pas être en reste.

C'était le grand soir des grandes premières, premier comptoir, premières bières, premier vertige, Triton, le jeune Werther, artificier de vingt ans, ceinturé de cartouches de dynamite, fixait amoureusement la patronne, première romance, Bob avait repéré le manège, première embrouille, première blague aussi et tout premier mauvais geste, premières excuses. Le bistrot dégageait son encens.

BLUE MOON

Colby caressait machinalement une petite pierre montée en bijou qu'il portait en pendentif, une pierre commune, un simple caillou, qu'il avait ramassé à Londres, dans Leicester Square, avant de se rendre au port des navettes de la Lower Lea Valley, derrière le vieux parc olympique des Jeux d'été 2012 abandonné. Il y avait bu sa dernière bière terrestre au Blue Moon, un pub tenu par un ancien pilote, qui avait décoré chaque centimètre de son établissement, plafond compris, d'une collection des drapeaux de Lune et de tous les badges sans exception des compagnies de navettes, d'un bon millier de vieilles photos de la conquête spatiale et de ses premiers héros. Bar de vieux nostalgiques des temps héroïques, qui racontaient sans fin, entre deux pintes, que la Lune, c'était mieux avant ! Le patron, qui se disait arrière-petit-fils de James Irwin, lequel héros trônait en poster au-dessus du comptoir cuivre, photographié par David Scott, pendant une marche lunaire de la mission *Apollo XV*, en 1971, près de Mons Hadley Delta, dans la chaîne montagneuse des Apennins, ne décolérait pas contre les nouveaux Luniens qui n'avaient rien connu et ne méritaient pas de vivre là-haut, un ramassis de feignants dont le seul exploit se résumait à monter dans une navette trop chauffée et d'y poser tranquillement leurs fesses ! Il paraît qu'il y avait même des nains ! On disait les Noirs prioritaires pour les meilleurs emplois. On y distribuait des aides aux Touaregs. On offrait des commerces aux Juifs et aux Turcs. Les plaines les plus fertiles étaient réservées aux familles nombreuses roumaines. Les serres aux Yougos. On y encourageait la construction des mosquées. Les gouverneurs des territoires se servaient copieusement dans les caisses, et la mafia contrôlait tout. Quant à la face cachée de la Lune, elle avait été offerte aux milices communistes du nouveau Parti rouge révolutionnaire pour qu'ils y installent leurs camps d'entraînement.

Colby avait écouté cette petite musique de la haine ordinaire en sirotant sa dernière bière, avant de s'envoler. Le géologue, né à Coober Pedy, dans le centre de l'Australie, avec sa tête d'aborigène et son chapeau de cow-boy, en avait entendu bien d'autres et des bien pires encore dans toutes les villes qu'il avait habitées sur tous les continents qu'il avait traversés. Le chômage et la bière attisaient les rancœurs dans les bars de l'East End et dans les banlieues pauvres de l'Essex, comme dans tous les quartiers les plus défavorisés de New York ou dans la Tama New Town, tentaculaire ville dortoir, à l'ouest de Tokyo. Et cette petite musique terrienne, à cet instant, lui revenait. Il triturait le caillou en sautoir et les mots résonnaient.

— Ils ont vendu la Lune aux Juifs, aux Nègres et aux Arabes ! Ils ont fait du cinquième continent une réserve de pédés !

Sempiternellement les mêmes injures. La même humiliation. La même fatigue. Colby n'était pas mécontent d'avoir quitté ce monde-là.

ULURU

Colby se pencha au-dessus de son verre et laissa couler le caillou dans la bière pour le rendre silencieux, provoquant une explosion ordonnée de milliers de fines bulles qui s'agglutinèrent aux aspérités du silex pour en faire une pépite d'or. Quand il le retira de la mousse, le caillou chantait. Une voix si ténue que seul Colby Douglas Nicholls, l'amoureux des pierres, esprit aborigène, l'entendait. Tout petit chant de fraternité universelle fredonné par un caillou. Colby connaissait le chant des pierres sur la montagne sacrée Uluru, qu'on appelait aussi Ayers Rock, dans le Territoire-du-Nord au centre de l'Australie, mais jamais encore il n'avait entendu le chant jovial d'un petit gravier saoul. L'esprit des pierres, lui aussi, s'enivrait. Il imprima un lent balancement à la pierre pendue à son cou. La fit tourner autour de son verre. Inventant une planète de granit en orbite autour de l'alcool. La Terre tournait autour du Soleil, la Lune autour de la Terre et la pierre tournait autour de ce soleil ambré en chantant. Il accéléra la vitesse de rotation de la pierre autour de la bière. Ce mouvement faisait délicieusement tourner la tête. Les aborigènes du bush s'enivraient en se tenant simplement debout dans le vent et en tournant sur eux-mêmes à grande vitesse. Colby suivait des yeux la course de plus en plus rapide de la pierre, il accompagnait son chant en imitant de la bouche le bruit du vent, son nez aux ailes larges juste au-dessus de la mousse et ses deux mains qu'il avait peintes pour l'inauguration de ce premier bar, la gauche en rouge et la droite en blanc, posées bien à plat, de part et d'autre de la pinte effervescente, sur le comptoir. L'intensité du chant du caillou augmentait à chaque révolution au bout de sa chaînette. Plus vite. Et plus vite encore. Plus personne ne bougeait au comptoir. Le chant profond de la pierre recouvrait tous les sons. La voix s'installait dans les corps. Prenait la forme des hommes. Elle les faisait vibrer. Une pierre enfouie sous la terrasse lui répondit, puis une autre pierre plus loin lui répondit à son tour, et d'autres encore, bientôt par milliers. Puis ce furent les loups au loin qui se mirent à hurler. L'eau des réserves à murmurer. Les plantes à bruisser. Une brume ténue d'étincelles s'éleva de tous les feux de camp. Les mineurs allongés dans les tunnels furent pris par les mélodies cristallines qui sortaient de tous les éclats ratissés. Le cœur de la Lune battait. Si haut, si fort, qu'il en tirait vers le ciel les eaux de tous les océans sur la Terre. Le sol trembla en plein centre de l'*outback* australien. Un camionneur, sur la Stuart Highway, crut voir un gigantesque serpent arc-en-ciel jaillir des roches et se dresser devant Uluru, jusqu'au ciel, et soudain replonger pour disparaître dans les entrailles de la

Terre. D'après Colby, les hommes venus vivre sur la Lune avaient emporté avec eux les esprits, ce qui faisait de la Lune une partie haute de la terre sacrée. Jamais les esprits n'avaient été vaincus. Il semblait bien que les esprits des hommes vivants et des hommes morts, des animaux vivants et des animaux morts, aient fait le grand voyage de la Terre à la Lune, et que ce long périple n'ait été pour eux que promenade de santé.

Il se redressa, tout en bloquant le pendentif ivre dans le creux de sa main. Les océans s'assoupirent et les pierres et les loups et les plantes redevinrent silencieux. Les clients de La Pleine Lune recommencèrent à rire et à parler comme si rien ne s'était passé. Rien ne s'était passé. Que le rêve. Et, dans le rêve, les ancêtres perpétuaient le processus de formation du monde. *The dream of the stone turns*.

Colby avala sa pinte de bière d'un trait et en recommanda une sur-le-champ. Le moineau vola jusqu'à lui avec la petite TinTao qu'il baladait toujours à quelques centimètres du sol. La tempête que soulevaient ses battements d'ailes vint caresser le visage aux traits lourds du géologue, Colby avait été Kalaya, l'émeu, Liru, le serpent venimeux, Luunpa, le martin-pêcheur, il sourit à belles dents et souleva son chapeau de cuir pour saluer le petit oiseau comme l'esprit vif de ses ancêtres. Balthazar, naturellement, hérissa quelques plumes de sa tête et Colby y vit un signe de salut. Il renfonça son chapeau sur sa tignasse blanche. Avala d'un trait l'autre pinte qu'on venait de lui servir. Sous la broussaille de ses sourcils, ses yeux noirs pétillaient. À la vitesse où il descendait ses bières, Colby devait avoir un ancêtre buffle ou un frère taureau ! Un cousin ours. Des grands-parents cascade et grotte. Un frère tourbillon de poussière pour avoir tellement soif !

LES ESPRITS DES HOMELANDS

Colby Douglas Nicholls Pemulwu, c'était son nom complet, descendait d'une famille d'aborigènes du peuple bidjigal, des révoltés, dont le plus illustre était Pemulwuy, un héroïque combattant résistant à la colonisation britannique, abattu en 1802, et dont la tête tranchée fut envoyée à Londres accompagnée d'une lettre du gouverneur Philip King soulignant sa bravoure. Quelque trois cents années plus tard, Colby Douglas Nicholls Pemulwu avait été le premier aborigène bidjigal à planter le drapeau de son peuple sur la Lune : une bande supérieure noire, une bande inférieure rouge, un disque jaune au centre, en plein cœur de la mer de la Tranquillité. La surface usée du drapeau brillait à force d'avoir été roulé et déroulé, des années de voyages durant, et glissé dans son sac. Dorénavant, l'emblème se découpait fièrement sur la surface ensoleillée de la planète lointaine, mère des hommes.

Cette nuit de pleine terre, l'aborigène Colby Douglas Nicholls Pemulwu de la tribu bidjigal, nu, face aux mers et aux continents suspendus dans le vide, avait peint tout son corps de points ocre rouge et ocre jaune, ses joues et son front d'ocelles jaunes et noirs, puis, bras tendus, la planète Terre comme posée dans ses mains, il avait chanté, sans discontinuer, les chants sacrés, attirant à lui depuis les Homelands un orage de monstres colorés qui filaient à la vitesse de la lumière pour se jeter dans ses mains ouvertes, foudre qui traverserait son corps en transe pour aller s'enfouir et disparaître par ses pieds dans le sol de la Lune, tout un jour terrestre et toute une nuit. Vingt-quatre heures durant, il fit rentrer dans les entrailles de la Lune les âmes du bush. La poussière soulevée était si dense qu'elle formait autour de sa silhouette une muraille sombre tourbillonnante, la corolle géante et infranchissable d'une fleur. Colby, géologue, avait été guerrier bidjigal passeur d'esprits. Il en sortit exténué, honoré, exsangue, grandi, fier, apaisé, heureux, la peau profondément brûlée par les esprits incandescents, affamé et terriblement assoiffé.

Chaque grande bière qu'il avalait ce soir étonnant d'inauguration du café La Pleine Lune avait le goût sauvage des fumées nées des broussailles enflammées du bush, le goût de la neige fondue sur les Montagnes bleues, de la terre herbue du Queensland, de l'eau des marais, du sable, celui des eucalyptus et des acacias mêlés à l'amertume des orchidées bleues de Chine. Il souleva sa pinte pour trinquer à la santé de l'activiste Burnum Burnum quand une explosion dans un puits de mine fit trembler le sol, suivie de trois autres explosions plus proches. L'onde frappa les bulles au fond des pintes et réveilla les bières. Triton tourna la tête. Plissa le front et donna un léger coup de coude à Colby accoudé à sa droite, pour attirer son attention, et lui souffla :

— Cartouches Trihix, instable, mèche courte, c'est les Mandchous.

Rico lança un regard à Spot, qui le renvoya à Milus, lequel revint sur Colby, placé à sa gauche au comptoir : que foutaient les mineurs guerriers mandchous si près de La Pleine Lune ? En plein dans leur secteur ? Pour ajouter l'art brut à l'inquiétude diffuse qui s'exprimait dans l'air chaud mauve et bleuté du bar, Milus Stilitano tira son vieux livre sale de sa ceinture et se mit à lire, comme à son habitude, sans prévenir, à haute voix, quelques lignes de Genet qui parlaient de fleurs, de bagne et de violence.

C'est à ce moment qu'elle entra. Arrivant de nulle part. Toute petite et seule. Une gamine, vêtue d'une lourde robe anthracite faite de plaques de lave polies rivetées grossièrement articulées. Elle allait, ses pieds nus gris croûtés d'une épaisse couche de poussière argentée cendre. Ses courts cheveux étaient d'un roux renard éclatant, plantés dru, sur une grosse tête ronde posée sur un cou en tee, luisante comme une bille ! Sa bouille mouchetée de son semblait appeler au secours par ses grands yeux verts brillants, perdus et étonnés. Son sourire était bleu, étrange. Elle devait avoir huit ans. Si petite, et masquée par toutes ces épaules d'hommes qui lui tournaient le dos, accoudés, alors personne évidemment ne l'avait vue venir.

LA MÔME LUNE

La petite se fixa au centre du café. Elle plaqua ses longs bras maigres contre son corps, serra les pieds, releva le menton et se mit à chanter. Sa voix fit sursauter tout le monde. Une tonne et demie de viande soulevée par un contre-ut ! Les dix clients affûtés se retournèrent à toute vitesse. Les sept diamants de cinq cents carats que portaient les sept Guaqueros à l'oreille droite jetèrent sept éclats verts. Seul Billy Bully Crâne de piaf, complètement sourd à force des coups répétés sur ses tempes, ne bougea pas. Milus baissa son livre. Vérex prit sa moue inspirée de madone. Rico dévisagea la gamine. En la découvrant dans son dos, il avait tressailli et blêmi. Le gros costaud, poignardé au cœur, vidé d'un coup, bouleversé par ce long cri tranchant incandescent, cherchait désespérément dans les traits esquissés de cette gamine rousse à la bouille ronde le visage de sa petite fille Automne disparue. Les enfants morts réfugiés sur la Lune changeaient-ils leur aspect ? La Gitane de Pigalle n'en avait rien dit. La gosse chantait une chanson triste, comme on en chantait sur la Terre les grands soirs de solitude et de terrible mélancolie, quand les alcooliques, noyés de vague à l'âme, accrochés au rebord ténu d'un immatériel gouffre de théâtre, perdaient toute mesure et se régalaient à déverser des fontaines de larmes chaudes et rassurantes sur les comptoirs. Elle écarta ses bras, ouvrit ses mains, poussa sa voix plus fort. Balthazar étira ses ailes. Le bout de son bec tremblait. Il serra ses griffes dans les cheveux de la patronne. La chanson racontait le triste sort d'une pauvre gamine orpheline sur la Lune, malade et abandonnée, depuis que sa mère avait été tuée par son père alcoolique en furie, avant que ce dernier, inconsolable, ayant compris bien tard sa terrible impardonnable faute, ne basculât dans l'espace infini pour disparaître en pleurant dans le grand Univers, chacune de ses larmes de remords inventant une nouvelle étoile brillante et glacée. Bob, en bon Irlandais de bar, se mit à fredonner dans sa barbe comme un chat roux qui ronronne. Les jumeaux Kiprianoù buvaient en mesure. Lentement. Leur nez dans le verre. Pieds écartés. Le dos voûté. Passé la surprise liée à cette apparition, personne ne semblait plus étonné par la présence de la petite chanteuse des rues. Le comptoir faisait naître ses inhérentes créatures, qui s'accotaient successivement les unes aux autres et naturellement s'adoubaient. Seul Triton Werther, le jeune artificier de vingt ans, souriait froidement à l'évocation larmoyante des déboires familiaux de la petite héroïne de la chanson, lui qui n'avait jamais cessé de haïr profondément sa puissante famille figée dans la nostalgie du siècle où leur fortune avait été faite grâce aux nazis, et qui avait toujours rêvé de voir père et mère, grand-père et grand-mère, cousins, cousines, oncles, tantes, nièces et neveux disparaître en bouillie dans « l' beau ciel étoilé ! » comme disait la rengaine. Mais son sourire de glace se brisa net lorsqu'il aperçut, piqué dans le lobe gauche de la triste petite chanteuse, un saphir de cent cinquante carats, taillé en rhomboèdre, et qui était le signe distinctif des artificiers. La gamine devait être une de ces orphelines rejetées parce que probablement la gosse d'un dynamiteur mineur pulvérisé. Une gosse errante. Bannie. Une petite porte-malheur. Il lui sourit. D'un sourire maintenant compassionnel, affectueux et doux. Celui d'un frangin. C'est comme ça que, toujours, au comptoir des cafés, sur la Lune comme sur Terre, des familles se composaient. Simplement, les gens s'aiment bien et se choisissent. Mais la Môme Lune semblait ne voir rien ni personne. Elle chantait, le regard fixe et dans le vide, au point qu'on pouvait se demander s'il s'agissait d'un petit être humain ou d'un androïde. Jusqu'à ce que ses joues rosissent un peu à la chaleur du bar. C'était bien une petite fille avec du sang, des rêves, des peurs, des larmes et un cœur. De toute façon, jamais aucun androïde n'avait correctement fonctionné, jamais aucun modèle n'avait su garder bien longtemps son équilibre. On était forcé, le plus souvent, d'enlever la partie du bas pour ne garder que le haut, et l'on se retrouvait, au final, avec une grosse tête en carbone à l'esprit électronique borné qui répétait sans cesse : *Try again darling, try again darling, chang shi réng bào you, chang shi réng bào you,* sur une paire de bras articulés et un tronc raccourci posé sur une chaise. Chez les frères Kiprianoù et Billy Crâne de piaf, l'androïde hors d'usage, dormait, sa batterie hors service, dans le petit placard droit du dortoir commun. Le robot avait été chargé de la maintenance de la cellule de vie, et puis très vite il avait commencé à boiter de la jambe droite, de la jambe gauche, il avait perdu son bras droit, l'œil gauche, la parole, la vue, on aurait dit une copie bionique de Billy Bully les Poings d'or à la fin de sa carrière, quand un adversaire plus jeune et sans pitié le démontait patiemment pièce par pièce sur un ring. Télémaque Wantoo, le robot humanoïde des jumeaux Kiprianoù, en totale déperdition, avait été rapidement et très avantageusement remplacé dans les tâches ménagères par Billy Crâne de piaf soi-même, un humain humain, dévoué, souriant, qui ne rechignait devant aucune corvée, fût-elle la plus ingrate, et dont les batteries se rechargeaient facilement, il suffisait de lui dire un mot gentil.

LE REGARD VERT

Billy Bully n'entendait pas la petite chanter mais, s'apercevant que tous les clients s'étaient retournés vers la porte et semblaient bouleversés par ce qu'ils regardaient, il se retourna à son tour, et la vit. Il pencha la tête sur la droite. Sur la gauche. Pour mieux la détailler. Contre toute attente, la gosse détourna son regard vert sur lui. Elle tourna la tête sur la droite, sur la gauche. Billy souriait. Elle s'approcha de lui, se posta bien en face de ce grand Black à la gueule ratatinée sous des cheveux gris et chanta. Comme la Môme Lune se tenait tout près, il pouvait entendre son chant, feutré et assourdi. Ça faisait à son oreille comme le frottement de mille ailes de pigeons quand dans le lointain ils s'envolent en groupe, chassés du trottoir par des gosses qui crient. Elle lui tendit la main, Billy tendit la sienne. Alors la gosse fourra vite sa main dans la grosse main de Billy, eut comme un petite sourire d'extase, quand soudain du contact des deux paumes jaillit une gerbe d'étincelles ! Billy Bully Crâne de piaf, dont les réflexes avec le temps s'étaient émoussés, la retira mais mollement, après avoir ressenti une terrible décharge ! Il secoua fort sa grande paluche dans l'air, faisant claquer ses grands doigts les uns contre les autres, et tout en soufflant sur sa peau brûlée, il baragouina que, attention les gars, la môme était électrifiée ! Par un phénomène que personne n'expliquait encore, plutôt rare, ce qui en faisait une maladie orpheline, il arrivait que certains bébés naissent sur la Lune électriquement chargés, propriété terriblement handicapante, qui condamnait ceux qui en étaient atteints à une vie sans contacts possibles avec les autres êtres, car rien n'isolait le corps de celui qui les touchait de violentes décharges. La douleur qu'on ressentait en les frôlant seulement interdisait les gestes de tendresse et condamnait ces gamins mal nés à une enfance froide, isolée, sans baisers ni câlins, sans tous ces gestes naturels et simples qui prouvent l'affection. Triton éclata de rire. La vie était vraiment une sacrée dégueulasse ! La Môme Lune, fille bannie d'un artificier explosé, porte-malheur esseulée, était de surcroît une pauvre môme électrique ! Apeurée, la Môme tourna vivement les talons et sortit du café en courant. Elle traversa la terrasse illuminée par le grand clair de terre et grimpa dans les treilles serrées de liserons mauves géants pour se cacher là-haut. Elle resta là, immobile et silencieuse, tremblante, pleine d'espoir et dévorée d'envie, dissimulée entre les larges feuilles rondes duveteuses et luminescentes, à regarder les hommes se parler, rire et se toucher, épaule contre épaule, bras contre bras, fascinée par leurs mains libres qui frôlaient amicalement d'autres mains et pouvaient se poser affectueusement sur des épaules amies, de son triste et brillant regard vert. Elle les observait avec faim se donner des petits coups de coude amicaux et se serrer l'avant-bras en discutant véhémentement pour se convaincre. Ils se poussaient. Se bousculaient. Se donnaient des claques bruyantes mais inoffensives dans le milieu du dos. Ses prunelles vives brûlaient d'éclats émeraude. Une larme s'éleva dans l'espace et prit la direction de la Terre, comme attirée par les océans.

La Môme électrique pleurait, seule dans la nuit lunaire, en rêvant qu'une main un jour lui caressât tout simplement et gentiment la joue.

« DIRTY DADDY »

Rico tenta de se raisonner. Il rebut un verre pour se calmer en écoutant le patron qui essayait de rechanter la chanson « Dirty Daddy » sans se tromper mais, n'y tenant plus, il sortit derrière elle. Au centre de la terrasse, il se mit à l'appeler :

— Automne !

Un bruissement là-haut dans les feuilles attira son attention.

— C'est toi, Automne ?

Il leva les yeux et aperçut la frêle silhouette ramassée dans les entrelacs lumineux de liserons. Deux grands yeux verts brillaient entre les fleurs. Il s'approcha d'elle et recommença à l'appeler, d'une voix plus douce, pour ne pas l'effrayer. La Môme Lune électrique ne bougea pas. Seules les étoiles de ses yeux disparaissaient parfois dans un clignement. Alors qu'une larme montait vers la planète bleue, une autre larme tombait au ralenti vers le sol gris de la Lune, fine perle unique, qui ressemblait à la prime enfance de la pluie. Rico fit deux pas vers elle et, sa tête relevée, la regarda flotter un instant, en rotation lente, à quelques centimètres seulement de son visage. Il amena sa main. À peine avait-il attrapé la larme sur le bout de son doigt qu'une étincelle jaune et bleu claqua sur son ongle, tout près de ses yeux, rétractant ses pupilles. Tout devint rouge. Orange. Puis blanc. Argent. Noir. Gris. Enfin la larme déchargée glissa le long de son index, jusque dans la paume de sa main. Le temps qu'il retrouvât la vue, la gosse avait disparu. Il fouilla les feuillages du regard, sans succès. Il la crut enfuie pour de bon. Perdue pour toujours. D'en bas, Rico ne pouvait la voir, mais la gosse était sur le toit. Il attendit son retour, un long moment, en regardant la Terre, qu'un nouveau gigantesque typhon sur l'Asie et l'Inde malmenait. Un iceberg longeait les côtes de l'Australie.

— Rico !

Il se retourna.

— C'est la mienne !

Bob offrait sa tournée. Rico jeta un dernier coup d'œil sur la terrasse du café, la fusée érigée au bord de la route 36 clignotait gaiement, il rentra. Dès qu'il fut revenu à sa place, à gauche au bout du long comptoir de quartz rose palpitant qui se chargeait de l'énergie des corps, la gosse, ivre de curiosité, assoiffée de tendresse, ressauta dans les paquets tressés serré de liserons mauves géants luminescents et s'y enfouit tout entière, qu'on ne pût la découvrir bien cachée si haut perchée, pendant qu'elle regardait vivre, dans ce nouveau lieu chaud, bruyant et coloré, au mur transparent, dans cette grande maison tout ouverte et vitrée, les êtres vivants de son clan. Debout, accoudés, ils buvaient en faisant de grands gestes. Riaient. Un gros barbu chantait tandis qu'une dame en belle robe rouge volait d'un coin à l'autre de la pièce grâce à deux ailes qu'elle avait sur la tête. Tous avaient l'air de bien se connaître. De bien s'aimer. Tous avaient l'air joyeux. Heureux. La Môme reconnut le bonhomme qui l'avait suivie, elle le vit saisir son verre dans une main et tremper dedans le bout roussi de son gros doigt, les paupières closes, soupirant d'aise. Elle vit surtout le grand bonhomme noir à la tête cabossée sous ses fins cheveux gris, celui à qui elle avait tenu quelques secondes la main, sautiller d'un pied sur l'autre, bras écartés, comme s'il dansait. Une main noire, dont elle se souvenait qu'elle était immense. Rugueuse. Chaude. Tordue. Pleine d'os ronds. Avec des replis de peau sèche grise craquelée et des boules dures aux phalanges. À la paume douce comme de l'albâtre. Une main qui avait laissé dans sa main une odeur forte de poils brûlés et de pierre chaude. Une mer tumultueuse de picotements qui allaient et revenaient à toute vitesse de son poignet à la pulpe de ses doigts. La Môme Lune plongea son visage dans sa paume et se délecta de cette drôle d'odeur de la main d'un autre blottie dans la sienne. Sa peau fine de petite fille gardait en mémoire la moiteur de cette peau épaisse d'adulte. Jamais, tout au long de ses huit années de vie, elle n'avait donné la main à quelqu'un. Alors, cette grosse main noire gobant franchement sa minuscule main blanche, c'était un bout du paradis.

La Môme Lune s'installa confortablement dans les treilles. Au bout d'un moment, elle s'assoupit. Les bras repliés sous le menton. La joue posée dans les feuilles. Jambes pendantes. Ses pieds fins emmaillotés de cendre argent balançaient mollement dans les liserons comme deux coques de graines étranges flottant parmi les fleurs. Somnolente, elle observait à travers la grande baie de quartz comment le gros bonhomme à la barbe rousse posait ses lèvres humides sur le front de la petite femme en robe rouge décorée de fleurs, comment elle lui souriait. Comment elle posait à son tour ses lèvres pointues sur la grosse joue ronde du barbu. Comment l'homme à la figure tatouée serrait le cou de l'homme aux doigts d'argent et le secouait doucement en rigolant. Comment les deux douaniers en uniforme buvaient ensemble, bien accrochés l'un à l'autre par le bras, comment ils se nouaient et se dénouaient, sans étincelles ni brûlures. On pouvait tout voir. La gosse se régalait de ce flot d'images bizarres et douces qui passaient lentement devant ses yeux mi-clos. Ce film que l'on projetait sur le mur transparent du bar la rassurait.

Triton l'artificier sortit sur la terrasse et déposa sur une table, en dessous de la cachette de la petite, un cube d'eau minéralisée et un pain de vitamines rose, qu'elle pût boire et manger. Il lui adressa quelques mots en dialecte tupamaro, une phrase de bienvenue qu'il avait apprise d'un cuisinier du campement, convaincu qu'elle était la gosse errante de l'ancien artificier indien pulvérisé. La petite ne bougea pas. Triton répéta la phrase. Elle ne répondit pas. Un de ses bras pendait. Elle dormait. Triton entendait sa courte respiration saccadée dans les feuillages. Il pencha la tête à droite et lui montra la pierre précieuse qu'il avait à l'oreille gauche.

— Tu vois, lui dit-il, toi et moi, on est pareils.

Un loup hurla dans le lointain.

— Un jour, continua-t-il, pris d'une réelle affection pour la gosse, en fixant sans ciller la calotte arctique terrestre toujours plus réduite mais encore resplendissante, tu viendras à la chasse avec moi, je te montrerai le grand loup gris, leur chef, et le loup blanc, son frère.

La petite percevait les mots qui la berçaient à travers son sommeil. Triton montra la Terre de son index tendu.

— Tu vois, c'est là-bas que je suis né, tous on est nés là-bas, sur la Terre, et là-bas aussi, il y a des loups, trop peut-être, oui, c'est sûr, beaucoup trop de loups, des peuples entiers de loups !

Il se tut un instant. Épiant une réaction de la gamine.

Puis il tendit le doigt à nouveau en direction de la Terre et recommença à parler.

— Ma première cuite, dit-il, je l'ai prise là.

Il montrait l'Europe.

— J'avais sept ans, dans les chais du château, directement dans la barrique, à la pipette !

La gosse ne bougeait pas. Son bras pendait toujours mollement à travers les feuillages.

— Mon premier amour, reprit-il, je l'ai connu là, en vacances d'études, une grande Noire, fine, magnifique ! Une Soudanaise.

Il désigna le nord des États-Unis.

— À New York, la plus belle ville du monde... après Rio.

Il montra Rio du doigt.

— Rio, c'est là... et là ! Et là ! Et encore là !

Les favelas s'étaient tellement étendues au cours du siècle passé qu'elles occupaient une partie importante du continent sud-américain déforesté. Des dizaines de millions de gens entassés parmi les ordures à ne pouvoir rien faire d'autre que se battre pour la nourriture et l'eau ou voler. Un océan de pauvreté, confiné sous des tôles, dans la poussière brûlante six mois et six mois sous un déluge dans la boue, qu'on voyait nettement scintiller depuis la terrasse de La Pleine Lune, comme un désert immense de verre pilé.

— Mon deuxième grand amour, je l'ai rencontré là, à Rio, pendant le carnaval, ça peut paraître idiot, c'est pourtant vrai, Ignes Igna Caraçon, un homme, une armoire à glace, gracieux comme un faon, souple et lisse comme un serpent, avec des seins comme ça et un cul d'acier !

Il éclata de rire. Sa mèche blonde retomba sur ses yeux. Franz lui tapa sur l'épaule.

Il lui tendit une bière.

BOIRE UN COUP SUR LA TERRE

— Tu rigoles tout seul ?

Triton désigna du regard l'endroit de la treille où la Môme Lune dormait. Franz regarda ce bras maigre ballant, but une gorgée, puis comme Triton se mit à contempler la Terre immense dans le ciel noir, encore plus grosse et resplendissante en cette nuit d'ouverture du café. À son tour, il tendit son doigt en direction de l'Amérique du Sud.

— Je connaissais un café tenu par deux nains, le père et le fils, juste là, à Buenos Aires, qui s'appelait Bajo del Volcán ! Je me souviens comme on disait, on allait se saouler Bajo del Volcán ! Le père a tué le fils, un soir de beuverie, en l'accusant de payer une sorcière dans l'espoir qu'elle le ferait grandir, il l'a scié en deux, dans la cour, avec la scie à cochon, *muerto colorado del mescal* !

Triton renchérit.

— Une bonne femme, une Bulgare, à Stara-Zagora, qui tenait un bar avec son cochon, un énorme verrat, elle disait à tout le monde qu'ils couchaient ensemble, ils avaient eu des gosses, mais chaque fois, le cochon, à la naissance, il les dévorait ! Ça a fini qu'elle a vendu le cochon et elle s'est mise en couple avec un âne !

Même si ça n'était pas facile, Franz surenchérit à son tour.

— Un bistrot, juste à côté de la morgue de Skopje, en Macédoine, un jour d'accident de train, comme la morgue était bondée, ils avaient rentré les cadavres dans le café, c'était pénible, alors ils ont bu pour faire passer la chose tout en charriant des corps et, au final, ils avaient tellement bu de vodka qu'ils en avaient oublié que les gars par terre étaient morts, ils les ont pris pour des soûlots ! Toute la nuit, ils ont bu avec, le médecin-chef a même dansé avec une grand-mère dont la tête avait été arrachée.

Triton grimaça. Franz ajouta.

— Mais c'est pas sûr cent pour cent sûr, c'est un infirmier de l'hôpital psychiatrique de Tetovo qui m'a raconté ça, un gars qui buvait de l'alcool de bois, tu sais comment ils sont ces mecs-là...

Triton plissa les yeux. Montra l'Europe du doigt.

— Celui-là était joli, Le Petit Pont, en Provence.

— Le Cépage, à Montmartre, à Paris, j'y suis allé souvent là-bas, j'étais tout jeune, un joli bar aussi, confessa Franz.

— La Tour Noire, à Berlin, j'adorais cet endroit.

— Les Arènes, à Pampelune.

— Et Les Rochers Blancs, à Kolpos !

— La Muse, à Palerme.

— Et le Bambou, à Djibouti !

— Tu connais La Rose des Sables à Bûr Saïd ?

— Et toi, tu connais La Tortue, à Abidjan ?

— Le Poste, à Lagos ?

— L'Embouchure, à Conakry ?

— Et Les Sables Noirs, à Maputo !

— Le Bagne, à Manakara.

— L'Éléphant Blanc, à Kimberley.

— Le Tatoo, à Bombay.

— La Résidence, à Port Louis.

— T'es déjà allé aux Toucans, à Melbourne ?

— Et toi, t'y es allé au Kawa, à Malekula ?

— Le Vieux Fusil, tu connais, à Guayaquil ?

— Et La Conquête, à Charleston ?

— Et L'Arc-en-Ciel, à San Diego !

Franz et Colby se faisaient, depuis le bar sur la Lune, la tournée des petits bars sur la Terre. C'était à celui qui avait le plus bu et bourlingué.

— Et La Main Bleue, à Charleston ?

— Et La Caravelle, à Aberdeen ?

— Le Trombone, à Portland !

— La Réserve, à Winnipeg !

— Le Grizzli, à Toronto, qu'est-ce que j'ai pu boire là-bas !

— L'Escale, à Halifax, des nuits entières.

— Et Le Caribou, à Deux-Rivières ?

Franz marqua un temps.

— Tiens ? fit-il remarquer, l'air étonné, je le connais pas celui-là.

Il reprit la main. Désigna un continent du doigt.

— Le Saumon Vert, à Saint-Hyacinthe, tu connais ?

— Et Les Cactus, à Phoenix ?

— Le Glacier, à Baltimore.

— Les Voiles, à Miami !

— L'Iguane, à Tijuana !

— Les Aigles, à El Paso.

— Les Tours, à Dallas ?

— L'Étoile, à Houston ! Ses cocktails !

— La Barrière, à San Cristobal.

— L'Amazone, à Macapa !

— Les Sources, à Rosario ?

— Et L'Iguane, à Port-Darwin, tu connais ?

C'est alors qu'une grosse voix résonna juste derrière eux :

— Moi, je connais !

C'était Spot qui se mêlait à la fête.

— Et Le Carnage, à Vilnius, vous connaissez ?

— Jamais bu un coup au Carnage, dit Franz.

— Moi non plus, reprit Triton...

— C'est un bar de tueurs, et toi, tu connais La Barre à Mine, à Gdansk ? demanda Spot.

— Et toi, La Baleine, à Rostock, tu connais ?

— Et le Stade, à Manchester ? reprit Franz.

— Et La Barque, à Plymouth, tenu par un manchot ?

— Et La Grille, à Antwerpen, c'est deux pédés belgo-chinois qui tiennent ça.

— La Grande Forge, à Düsseldorf, ça vous dit quelque chose ? C'est deux catcheuses lesbiennes qui l'ont ouvert.

— Le Ruban Bleu, à Lausanne, c'est un curé défroqué avec sa femme qui a le bar, il organise des courses de taupes.

— Le Colisée, à Parme, les deux siamois qui servent au comptoir, ça vous dit ?

— Et le cul-de-jatte de Vinnystia qui boit du sang ?

— Et la mère Tape-Dur, à Malagá, vous connaissez ? Elle donne des coups de nichons.

— Et le père la Gamelle, à Bergame ?

— Il a fermé.

— Non ?!

— Si ! Un soir, il a fait le pari de se manger une main, et il est mort.

— Et Tronche-en-biais, à Alger ?

— Toujours ouvert !

— Et Siphon, à Messine !

— Et la grosse Tania, à Kiev !

— Et la grosse Pisse-Dru à Tanger !

Puis ce fut Piotr et Taurus, un premier temps, suivis de Milus et d'Angus dans un second temps, puis de Spartacus et Rico, un troisième temps, qui vinrent se mêler à la fête et lancer dans la nuit étoilée les noms de leurs bars préférés. Parfois ils y ajoutaient une précision géographique ou bien s'étendaient sur la spécialité maison. La Môme Lune, dans son sommeil, avait pris le long train des bars ouverts sur la planète en face.

— Vous vous rappelez, Le Casque, à Yaoundé, le patron légionnaire, qui s'enfonçait des serpents dans le cul ?

— Et Le Jin, à Bamako, dans la cour derrière, les combats de crocodiles !

— Le Singe Vert, à Kinshasa, avec le perroquet qui parlait chinois.

— Et la patronne du Mahajanga, comment s'appelait-elle déjà ?

— Crapaud.

— C'est ça, la vieille Crapaud ! Pleine de pustules, avec son mari pygmée qu'elle portait sur son dos, un feignant qui foutait rien de la journée et qui arrêtait pas de gueuler !

— Et Le Volcan de Jade, à Nagoya, vous le remettez ? Avec le vieux sumo, qui vivait dans une poubelle ?

— Et le Black Blood, à Matsuto, un bar de vampires, on buvait au milieu des chauves-souris !

— Je le connais, je m'y suis fait mordre trois fois ! lança Bob, qui venait les rejoindre, laissant TinTao et Balthazar seuls avec les Kiprianoù et Vérex qui s'était rapproché de Billy Bully Crâne de piaf pour lui vanter le travail du Bernin, le grand sculpteur du baroque romain, tout content d'être autant écouté, sans savoir qu'il parlait à un sourd. Le patron se mêla au groupe des gars disposé en cercle, et la longue énumération des bars sur la Terre reprit de plus belle, et Le Sabre, vous connaissez ? Le Butor à Cordoba ? La Pieuvre ? Le Catchassa ! À croire que tous les pays de tous les continents avaient été visités par ces buveurs invétérés. Toutes les îles de tous les océans et tous les refuges aussi de toutes les plus hautes montagnes ! L'Edelweiss à Pinerolo ! L'Avalanche ! Les Marmottes à Boltigen !

La Cordillère à Lhassa ! Un bar aurait ouvert au centre de la Terre qu'ils y auraient sifflé des tonneaux de vin épicé réchauffé sur les laves !

Franz souriait à l'évocation de toutes ces années de voyages et de comptoirs. Il finit sa bière d'un trait, rota bruyamment et retourna à l'intérieur recommander à boire pour eux tous, tandis que la Môme Lune continuait à rêver douillettement installée sur le tapis chaud des voix.

FRANZ

On peut dire de Franz Tiers Admunsen, le conducteur d'engins, qu'il avait été sur la Terre pilote de tout ce qui se pilote, voitures de course, motos, hélicoptères, vedettes rapides, jets pour la marine nationale belge, il avait été trois fois champion du monde de trial, champion de Belgique de vol acrobatique, cinq fois de suite champion du monde de rallye automobile, il avait même remporté un jour le championnat hollandais de course de tracteurs avec remorque ! Rien de ce qui se conduisait le pied au plancher n'avait de secret pour lui. Il avait fait de l'acrobatie aérienne de nuit sur le pôle Nord, du karting sur le Grand Lac salé, de la motoneige sur le Kilimandjaro, du trial à Katmandou, du bobsleigh sur les glaces du détroit de Béring, traversé le tunnel sous la Manche en hélicoptère, descendu en jet-ski un torrent de lave du volcan la Soufrière, et puis, ce grand voyageur casse-cou invétéré, trouvant son terrain de jeu terrestre beaucoup trop petit, avait rêvé à la Lune. Le grand pilote Franz Tiers Admunsen avait quitté la Terre avec le projet fou de réaliser une première, le plus grand saut à moto jamais vu dans l'histoire humaine des sports mécaniques, un saut de la Lune à la Terre ! Après un élan d'un kilomètre sur une piste aménagée dans les marais de la Putréfaction, Franz devait prendre son envol pour venir atterrir une semaine plus tard près de Phoenix, sur un tronçon d'autoroute dans le désert du Colorado. Il n'obtint pas l'autorisation de vol. Tant pis. Un bout de papier manquant ne l'arrêterait pas. Il décolla, une nuit, devant quelques témoins triés sur le volet. La course d'élan fut parfaite. Mais à peine avait-il quitté le sol lunaire qu'un météore de belle taille vint percuter la roue avant de sa moto et en dévia la trajectoire, l'envoyant vers Mars ! Il fallut mobiliser toute une équipe de secouristes pour aller récupérer le sportif qui dérivait à grande vitesse dans le vide, sa Blue Star en panne, la fourche avant pulvérisée et son réservoir percé. La facture pour les secours fut si lourde que le pilote hors la loi dut signer un contrat de cinq années dans le génie civil comme conducteur d'engins, attaché à la Compagnie générale des mines, pour un émolument de misère, qui finit tout de même par devenir honnête au fil du temps et des remboursements.

I HAVE A DREAM !

Mais Franz Tiers rêvait toujours de ce saut ! De la Lune à la Terre ! Du café La Pleine Lune sur la Lune, au café Le Stardust à Phoenix sur la Terre. Le plus grand exploit sportif de tous les temps ! Le plus fou ! Le plus beau ! Qui resterait gravé à jamais dans la mémoire des hommes. En hommage à son père, Hélix, qui fut le premier homme volant à boucler un tour complet de la Terre, Baltimore-Baltimore, à l'altitude vertigineuse de vingt-huit mille mètres, avec un propulseur solaire de la taille d'un sac de voyage accroché dans le dos. En hommage à son grand-père, Maxence, qui traversa l'océan Pacifique de Guadalajara à Miyazaki en marchant debout dans une bulle de plastique, ce qui fit de lui un dieu vivant au Japon. En hommage aussi à son arrière-grand-père, Grégorius, qui remonta la ligne de métro Pont-de-Levallois-Gallieni en aile volante. En hommage encore à l'arrière-arrière-grand-père Théodus, premier homme-canon du grand cirque Barnum, qui traversa, un jour de vacances scolaires qui affichait complet, la bâche réputée indéchirable du chapiteau planté sur la grand-place d'honneur d'Augsbourg, pour aller percuter et faire exploser, dans un gigantesque cumulonimbus de flammes verdâtres et de fumées blanches toxiques, le premier Zeppelin *Melchior* qui faisait ce jour-là une démonstration capitale de ses capacités militaires devant le général en chef et le roi de Bavière. En hommage encore à son arrière-arrière-arrière-grand-mère, Bérénice Brénus, qui dévala l'escalier de la tour Eiffel assise dans une carapace de tortue géante des Galápagos passée à la graisse de phoque. En hommage enfin à son aïeul Frédéric le Templier, qui fut catapulté, l'étendard à la main, par-dessus les hauts remparts de Bethléem, pendant une bataille épique opposant les Barbares aux croisés, le capitaine des archers atterrit en armure dans un chaudron de soupe brûlante. Pour eux tous, Franz se devait de se surpasser.

En attendant, il revint sur la terrasse en tenant dans ses mains neuf pintes, cinq dans l'une et quatre dans l'autre, ce qui était un exploit moins ambitieux peut-être qu'un saut en moto de quatre cent mille kilomètres, mais une prouesse casse-cou tout de même, et il en fut longuement applaudi !

LA FIERTÉ

Franz lustra sa fine moustache. Passa sa main sur ses cheveux plaqués brillants. Vieille mode terrestre, époque du tango argentin et de l'amour à mort. Ferrari. Corridas. Revolvers à crosse de nacre. Vêtements de peau moulants. Il portait la combinaison noire à manches argent attachée à sa profession avec les manières chichiteuses d'un conquistador désuet dans un vieux film de cinéma. Comme ses côtes avaient été broyées par le pare-chocs d'un camion et qu'il avait fallu les remplacer par des lames d'acier, on avait l'impression que Franz passait son temps à bomber le torse pour s'imposer. On aurait dit un torero mélangé à un culturiste lui-même fait à trente-trois pour cent d'un chanteur d'opéra. Franz résultait de tout un salami de machismes anciens. Ne lui manquaient que le cheval et la selle mexicaine. Pour s'en moquer, les Guaqueros l'appelaient le beau gosse. Franz, qui ne détectait aucune pensée maligne, adorait ça. Il aurait pu être carioca. Castillan. Colombien. Ou bien natif des faubourgs de Buenos Aires. Mais il était né en ballon, au petit matin, les premiers rayons du soleil allumaient un feu sur la fine coque d'acier brossé du dirigeable, sa mère poussait, tout en faisant des photos de la diffraction de la lumière du soleil dans l'atmosphère raréfiée, tandis que son père, tout en tirant d'une main la tête de l'enfant à naître, prélevait des échantillons d'air à des fins d'analyse. À sept mille mètres d'altitude, sous la ligne de l'équateur, quelques degrés à l'est de la dorsale de Carlsberg, en un point T à la verticale de l'océan Indien qui se trouvait tout juste à égale distance de Madagascar, des îles Cocos, de Sumatra, de la Thaïlande, de la Birmanie, de la Chine, de l'Inde, de l'Iran, de l'Arabie saoudite, du Soudan, de la Tanzanie, du Mozambique, ce qui autorisait Franz à revendiquer tout à fait légalement soit toutes ces différentes nationalités, soit aucune d'elles. Tiers Admunsen disait volontiers que sa véritable nationalité, c'était celle de l'Océan. Il s'en faisait un théâtre.

— Je suis le fils des vagues, disait-il, des marées et des vents !

C'était un aventurier à l'ancienne. Franz se disait frère des baleines d'abord, avant d'être frère des autres hommes. Amoureux de ces cétacés surpuissants, capables de descendre à cinq mille mètres sous la surface des océans, d'une seule respiration ! Alors, encore mieux que de sauter depuis la Lune sur une piste dans le désert du Colorado, il faudrait sauter depuis la Lune sur le dos large et rond de la grande Moby Dick, en hommage un peu tardif à ces impressionnantes créatures magiques et gigantesques que l'homme, par inconscience et cupidité, n'avait jamais cessé de pourchasser, et qui avaient presque en totalité disparu. Pour attirer l'attention des médias sur le drame sans fin du massacre de ces bêtes, Franz avait réussi à fixer une soucoupe de verre sur le dos d'une des dernières baleines bleues encore vivantes et, armé de tout ce qu'il fallait pour survivre et manger, il avait séjourné dans cette maison étanche une année entière, emporté sur le dos de l'animal à travers les océans du globe, pour suivre en vrai le périple complet que font ces gros animaux mystérieux en secret. Quand l'incroyable épopée toucha à sa fin, Franz remonta le cours libre du fleuve Saint-Laurent à dos de baleine bleue, jusqu'à Québec, où il fut accueilli en sauveur de la race et véritable héros des temps modernes. Que de souvenirs explosifs ! Que de trésors ! Que d'aventures ! Son cœur battait pour les flots. Et il semblait bien que Tiers

Admunsen fût le seul de tous les Guaqueros de Lune à oser avouer que la Terre lui manquait. Tous affichaient leur détachement, même si parfois un regard attendri trahissait un manque. En trinquant à la Terre, la paupière tremblante, l'œil humide, ils avaient fait montre d'un sentimentalisme exacerbé, mais c'était un sentiment fugace, comme pendant l'évocation amusée des bars du monde. Une fois le verre bu et reposé, les mineurs affichaient à nouveau un détachement viril pour leur ancienne demeure. Rico y avait tout perdu. Triton ne voulait plus jamais revoir les hommes vivant sur Terre qu'il appelait les loups. Spot le mercenaire se foutait de tout. Colby avait fait venir ici tous les esprits d'en bas. Quant à Milus, il craignait trop la mafia qui ne connaissait pas de frontières, il avait reçu une lettre postée depuis Palerme qui disait : *Per voi la terra è finità!* Et Angus était fou. Mais au fond, quand personne n'était là pour rapporter plus tard aux autres avoir vu le cafard amollir les visages endurcis, le rictus au coin des lèvres, une larme couler, en secret, la Terre manquait à tous.

LE VENT DANS LES CHEVEUX

La mer surtout. Ses tempêtes. Et les forêts. La pluie. Son odeur sur la terre. La brume sur les rivières. La neige et puis le vent. Le soleil sur Paris. Le brouillard sur Dublin. Le vent chaud sur Tanger. La pluie sur Jakarta. Il arrivait parfois que l'air sur la Lune sentît comme sur Terre, quand, après la taille des arbres fruitiers, milliers d'hectares de Regalas Gold et Minolias Styron demi-tige, on en broyait les branches chues pour les faire disparaître, alors s'élevait de toutes ces pyramides de sciure fine d'écorce empesée de sève fraîche un parfum entêtant, qui s'étirait et s'étalait, lentement, pour retomber sur la ville en fragrances printanières, qui faisaient tourner les têtes, circuler le sang et battre les cœurs.

LA JOUVENCE

À l'époque de la taille, souvent les mômes quittaient Paroxis la ville basse pour s'égayer dans Paroxis le haut, on en croisait par groupes d'une vingtaine qui marchaient le long des routes, chahuteurs, menés par leur instructeur d'éducation, en direction des vergers, riant et criant dans les rues, surexcités, enivrés du parfum vivant des arbres, comme le premier jour de neige sur Terre avait toujours eu le pouvoir de rendre les gosses indisciplinés, hystériques et joyeux. Ils se plantaient devant les vergers. Respiraient à fond cette liqueur sous les explications de l'instructeur. En regardant la Terre, boule plantée d'arbres, qu'aucun n'avait connue. Puis les files de gamins s'en retournaient dans la ville basse, bien à l'abri, protégés de la violence du rayonnement solaire et de la chute des corps célestes, des gaz, des brusques changements de température, et dont l'air filtré vierge des poussières que l'on respirait au-dehors ne présentait plus aucun danger. Cette sortie dans les parfums était pour les gosses assoiffés d'espace une friandise terriblement frustrante. Parfois, l'un d'eux fuguait, aussitôt repris flânant parmi les arbres et envoyé en internat dans la mer du Froid. Il n'y aurait vraiment pas de quoi s'enorgueillir plus tard d'une enfance sur la Lune pour les enfants d'en bas, confinés dans des quartiers enfouis.

FOKINE

Un seul môme d'en bas réussit à s'enfuir à la tête d'un groupe de quinze gosses qui voulaient vivre libres sur la surface de la Lune, il se faisait appeler Fokine. Âgé de treize ans, pas plus. Une tignasse épaisse de cheveux bleu métallique tout ébouriffés, à travers quoi passait le lobe pointu de ses oreilles indigo. Son visage aussi était d'un beau bleu, après qu'il eut plongé sa tête dans le gros pot de peinture spéciale pour fuselage de navette, un jour de corvée à la mission libre des pompiers bénévoles, laquelle teinte pénétra profondément sa peau pour la marquer définitivement, l'intérieur de sa bouche et sa langue, jusque dans l'émail de ses dents qui brillaient d'un bleu électrique quand il riait. On l'interna dans un établissement psychiatrique pour enfants. Il s'évada. On le mit dans une institution pour jeunes personnes dépressives. Il s'évada. On le mit dans une famille d'accueil, tout en bas du plus bas quartier de Paroxis le bas, au plus loin du ciel et des étoiles. Il s'enfuit. Emportant partout sur sa gueule le bleu de sa révolte. Il avait une balafre bleue plus foncée sur la pommette. Le nez cassé. Des petits yeux noirs brillants de fièvre et de malice, avec un trait de malignité et d'innocence mêlées, sous des longs cils épais bleu ciel qui adoucissaient d'un fin voile azur leur éclat. Son visage était long, ses dents longues et pointues, écartées, plantées sur une mâchoire épaisse qui le désignait pour la bagarre. Sa voix portait. Sous ses ordres, les quinze fuyards formèrent une tribu étroitement soudée et, se déplaçant sans cesse, se mêlant un temps à des groupes de mineurs peuls et cinghalais ou se cachant parmi les gitans, ils ne furent jamais repris.

On les voyait dévaler les cratères en bande, en criant. Faire des razzias de fruits céruléens dans les grands vergers. Et jouer. Jouer ! Toujours jouer, en mômes libres et légers ! Main dans la main, former de larges cercles et tourner vite, vite, toujours plus vite, jusqu'à s'envoler ! On les entendait chanter, dans les longues et froides nuits de cristal stellaire. Montait du tréfonds des cratères une chorale d'anges brigands qui serrait le cœur et donnait des frissons, seize voix sœurs, qui s'élevaient dans les cieux étoilés, mêlées aux escarbilles tourbillonnantes des feux roux dans le lointain. Parfois, ils redescendaient dans Paroxis le bas pour cambrioler la cellule de vie cossue d'un riche. Ils volaient de quoi manger dans les grandes surfaces du niveau moins deux. On parlait alors des exactions de la bande à Fokine ! Leur nom et leur visage garnissaient les murs des bureaux de la brigade des mineurs de la préfecture de police, Amadeus, Silatchich, Zacharie, Vendomine, Étarke, Houzon, Palette, Stanolus, Salvador, Altamira, Bakongo, Carroll, Castro, Graaf, Lishimin et Fokine, seize cœurs de gamins qui n'en faisaient plus qu'un.

Quant aux autres gamins de Paroxis le bas, peu d'entre eux auraient pu supporter bien longtemps la vie d'en haut. Pour des gosses qui voulaient chacun leur cube de repos individuel, des combinaisons à la mode et de marque, des écrans et des jeux, un bureau pour faire ses devoirs, déjeuner à heure fixe, vivre libre était trop effrayant. Il y avait bien une autre grande ville, à quelques kilomètres de là, que pour des raisons de confort et de sécurité on avait voulu aussi souterraine, qui s'appelait Tanker. On connaissait aussi Lansberg, un secteur industrialisé, sur la face cachée de la Lune, qui ne voyait jamais la Terre dans son ciel. Mais les gens du bas préféraient quand même rester tranquillement chez eux qu'aller voir chez les autres. Parfois, ils sortaient en famille, pour une promenade de santé à travers les monts, pour prendre le soleil du matin sur la pente d'un cratère quand revenait le jour, mais ils rentraient vite se mettre à l'abri du vide et des radiations solaires dans leur ville enfoncée.

LA LIBERTÉ

Pour la Môme Lune, au contraire, vivre dans une ville enfouie aurait été mortel. Il lui fallait les rues et les milliards d'étoiles. Dormir sur le sol, l'oreille collée aux pierres qui la berçaient du cliquetis profond des laves. Pouvoir s'approcher au plus près des villages pour voir vivre et travailler les hommes. Elle les avait vus danser, rire, pleurer, se battre, se serrer, se poursuivre, se réchauffer, se nourrir, s'aimer. Des hommes et des femmes se caresser. S'embrasser. Se mêler. Elle avait vu les bébés naître. Des bras les tenir. Des seins les nourrir. D'autres bras les bercer. Elle avait vu les villages s'agrandir à toute vitesse. Les anciens colons laisser leur place. Les vieux mourir. En quelques années seulement, elle avait vu la vie se répandre sur le sol de la Lune comme une prairie avance. Elle avait vu la vie défendre chèrement sa vie. Affamée. Assoiffée. Arrogante. Arbitraire. Amoureuse. Insatiable. La Môme rouvrit les yeux. Elle se redressa. Les feuilles du liseron avaient laissé la trace de leurs nervures sur sa joue. Elle voyait maintenant sur la terrasse de ce lieu nouveau ces hommes pareils et si dissemblables qui buvaient tranquillement sous la treille en parlant haut et fort de gloires passées, de prospérité future, de voyages, d'intrigues, d'alcool et de conquêtes, qui montraient le ciel du doigt, qui riaient et qui chantaient, la vie s'était posée là et, dans un précipité rapide des sentiments que provoquait ce drôle de lieu, elle changeait son goût amer en sucre comme un fruit qui mûrit. La Môme Lune passa le bout de sa langue brûlante sur ses lèvres sèches. Ils avaient l'air moins seuls et plus heureux, ceux qui mordaient dedans ! Ils pouvaient entrer dans ce cube de lumière, leur verre vide, et ressortir aussitôt à l'air libre, le verre plein ! C'était magique ! Plus ils pénétraient dans ce bâtiment au mur de quartz et plus ils en revenaient, leurs yeux brillants, en riant ! La troupe bougea. Les uns après les autres, sans cesser de se parler – jamais la Môme des rues n'avait vu des hommes aussi bavards ! – ils s'en retournèrent au comptoir, rejoindre Billy Crâne de piaf, Balthazar, TinTao, Vérex et les jumeaux Kyprianou. Chacun avait repris exactement sa place, comme si tous avaient un bout de ce quartz qui lui revenait. Piotr s'était remis au bout du comptoir, avec à sa droite le gros douanier Taurus, qui avait à sa droite Rico, lequel pouvait voir en enfilade Angus le fou, Kyprianoù le roux, coude à coude avec Billy Crâne de piaf, et puis Kyprianoù le blond qui bloquait Billy sur sa gauche, Franz, Spartacus le légionnaire, Colby, Milus, Spot le tatoué, et enfin, à la sortie du virage, Vérex le sculpteur aux doigts de titane.

Triton resta seul dehors à regarder au loin. Il reprit son discours pour la gosse perchée là-haut, là où il l'avait commencé. Il entendait sa courte respiration dans les feuillages. Il crut même entendre battre son cœur. Il tourna lentement la tête, le temps pour lui d'apercevoir les grands yeux vert émeraude qui le regardaient fixement.

— Un jour, tu viendras à la chasse avec moi, je te montrerai le grand loup gris, leur chef, et le loup blanc, son frère, un jour, petite, tu me donneras la main, et un jour viendra où je te prendrai dans mes bras.

— Et pourquoi pas tout de suite, beau gosse ?!

Triton se retourna. Il découvrit une femme aux longs cheveux noirs, les paupières maquillées à la poudre d'or, ses grosses lèvres mauves, deux ronds roses sur les joues, moulée dans un interminable fourreau de cuir qui contenait deux seins ronds et durs siliconés qui pointaient comme deux boutons démarreurs de navette, ses jambes étaient longues, fines et musclées, ses mollets boulaient sous des bas de latex noirs incrustés de pierraille, ses mains étaient fortes, avec des ongles longs recouverts de brillants, ses pieds étaient immenses ! C'était Digitale. Dans les boîtes à Trois-Rivières, dans la banlieue nord de Montréal, on l'appelait Caribou. Dans les pubs de Havre-Saint-Pierre, c'était Couille de saumon. Dans les bars de Chicoutimi, c'était Pine d'ours. Sur la Lune, c'était Digitale, du nom de la fleur des sous-bois. Elle était serveuse. Danseuse. Chanteuse. Strip-teaseuse. Elle avait été catcheuse dans le sirop d'érable pour un manager de Shawinigan. Videuse. Boxeuse nue, au casino de Sault Ste. Marie, en pleine réserve indienne. Elle avait fait la plonge et la cuisine. Quand les finances l'imposaient, elle déchargeait les camions de viande de renne à Buffalo ou les cargaisons de crabe des neiges sur les docks de Baie-Comeau, sous le nom de Bear Drinker, l'Ours qui boit. En tablier d'équarisseur aux abattoirs d'Ottawa, elle était plutôt un homme. En robe rose fendue d'entraîneuse au Pink Paradise, elle était plutôt une femme. Au comptoir des bars, elle était vraiment un ours. Dragueuse, amoureuse, dévoreuse, saoularde et bagarreuse. Ogre et ogresse. Quatre-vingt-quinze kilos de muscle, de silicone, de botox et de fond de teint ! Fleur bleue au cœur fragile, à l'âme de midinette, à la circonférence d'un arbre adulte. Elle fixa Triton de ses grands yeux gris-noir. Son sourire était carnassier. Elle planta ses mains sur ses hanches.

— Alors ? Et moi, on m'invite pas à entrer ?!

Elle fit deux pas en avant. Se planta bien droite devant Triton qui faisait tout d'un coup beaucoup plus petit. Elle lui passa la main dans ses fins cheveux blonds.

— Tu sais que t'es beau, toi ?

Elle lui caressa la joue, le repoussa sèchement sur le côté et entra dans le café en gueulant :

— Stratosphère ! Stratosphère ! Est-ce que j'ai une gueule de stratosphère !

DIGITALE CARIBOU COUILLE DE SAUMON PINE D'OURS !

Elle alla se coller au comptoir comme une ventouse, dans l'espace laissé par le jeune Triton, entre Spartacus et Colby, pas bien grand, l'épaule du légionnaire et celle du géologue s'attiraient mutuellement, les espaces au comptoir se referment toujours vite comme un trou dans un métal à mémoire de forme, que Digitale agrandit d'un bon coup de coude sur la gauche et d'une bourrade sur la droite. Elle inspira profondément l'air chargé du parfum de ce bouquet inattendu de clients mêlé aux vapeurs d'alcool, ses narines affamées s'ouvrirent en grand, découvrant deux gros trous roses, sanguins comme des branchies, on aurait dit un poisson préhistorique sorti des profondeurs obscures de la fosse océane qu'une main charitable rejetterait à l'eau ! Digitale happait le bar. Les yeux fous de bonheur. Le cœur plein de gratitude. Elle claqua ses grandes mains baguées sur le quartz du zinc. Elle n'en croyait pas ses yeux. Elle se tapa sur le haut des cuisses plus fort encore.

Merde alors ! Un bistrot ! Sur la Lune ! Avec un comptoir ! Et des gars accoudés, avec des bonnes grosses gueules et des gros bras ! Une pompe à bière en forme de tête d'éléphant armée de six trompes en or incrustées de rubis, rutilantes, d'où jaillissait une mousse épaisse et blanche comme la neige ! Un gros patron barbu, hirsute, revêche comme un grizzli ! Et une patronne minuscule, avec un piaf sur la tête ! Merde alors ! Elle fit un tour sur elle-même, comme une toupie, en jurant dans des langues approximatives glanées au bord des lèvres, au bord des verres, au bord des nuits :

— *Nombre del dios del inferno hijo de puta ! me hacen brillar las bolas en el vino tinto ! I kiss the buttocks of angels ! Dio è il moi amore ! Gésù è il moi fidanzato !*

Elle éclata de rire. Et puis, sans transition, elle se mit à pleurer. Ses larmes surprirent tout le monde. Les dix-sept regards qui s'étaient posés sur elle se détournaient maintenant. Même Balthazar thaï qui fixait, curieux, la nouvelle cliente s'enfouit profondément dans le nid des cheveux noirs de TinTao et rebaissa ses paupières. Plus personne ne parlait. Plus personne ne bougeait. Plus personne presque ne respirait. Les larmes de Digitale tombaient sur le sol du café La Pleine Lune en inventant de minuscules clochettes argent. La montagne Digitale Caribou Couille de saumon Pine d'ours, selon le bar, la province ou la planète, accouchait d'une souris grise de grâce et tous étaient gênés. Spartacus se décala légèrement sur sa gauche et Colby Douglas sur sa droite. Elle chialait comme une gamine. Hoquetait. À nouveau, elle éclatait de rire. Et puis Digitale recommençait à pleurer. Il aurait existé un autre café ouvert sur la Lune, on aurait pu croire qu'elle s'était saoulée là-bas en face ! Digitale finit par se ressaisir. Elle essuya ses yeux et son nez. Elle avait du mal à parler, la gorge serrée par l'émotion d'être à nouveau dans un café, et c'était plutôt gratifiant pour Bob et TinTao de voir l'effet que faisait sur les gens leur beau grand bistrot ! Elle réussit tout de même à dire :

« Dites donc, c'est bien joli ici ! » en reniflant. Et elle se commanda quelque chose à boire, un alcool fort, un double, avec de la glace ! Non, un triple, quadruple, sec !

FILLE DE BAR

Digitale avait toujours vécu dans les bars, les boîtes, les pubs, les snacks, les traquenards, les rades, les bouges, depuis l'âge de douze ans, où elle avait décroché sa première place de serveuse en salle, service de jour, au Gremlins, à Longue-Rive, jusqu'à sa dernière place de barmaid topless au LoveStar, à Sioux Lookout, trois ans plus tôt, à l'âge de trente-trois ans, juste avant d'embarquer pour la Lune avec son grand beau fiancé du moment, Yachine, un Turkmène, souteneur en fuite, qui chercha, dès leur installation aux baraquements des monts Caucase, à la prostituer sur les chantiers de construction du parc Disney. Il fut abattu, un soir, dans un entrepôt de la banlieue de Lansberg, alors que Digitale l'attendait à la maison, dans sa plus belle robe rouge lamée, devant un plat de pâtes aux boulettes. Elle avait cru en lui, quand il avait juré, main sur le cœur, vouloir changer de vie ! Se ranger ! Ouvrir sur la Lune un magasin de fitness et d'articles de sport ! Et peut-être, pourquoi pas, adopter un enfant... Elle avait l'âge de fonder une famille, bientôt elle aurait trente-six ans. Mais au final, Digitale n'avait jamais tenu la caisse d'un petit magasin de sport. Elle n'avait jamais non plus tenu dans ses bras un enfant.

À la mort de Yachine, pauvre comme les pierres,

elle dut vivre d'expédients. Un peu dans l'agriculture, un peu dans les mines, un peu dans les élevages hors sol des cocons de cochons chenilles. Triste. Seule. Loin de tout. Digitale Caribou Couille de saumon Pine d'ours était une fille de comptoir, un homme de bar, un travesti de boîte, une lesbienne de cabaret, un pédé de guinguette, une alcoolique de boui-boui, un défoncé de mastroquet ! Un peu tout ça, contenu dans un seul corps démesuré, moulé dans un fuseau brillant de latex noir. C'était sa vie. Ses jours. Sa nuit ! Pas du tout une paysanne à plein temps, ni un éleveur près de ses bêtes ! Avec les grands yeux clairs, perdus et heureux et confiants d'une petite gamine, prunelles innocentes mariées au regard fixe d'un tueur, et, cerise sur ce gâteau déjà lourdement décoré, le sourire doux et désarmant et futé d'un gamin découvrant les dents jaunes d'un vampire, en un rictus pouvant se durcir pour devenir les lèvres froides épaisses et mauves d'un boucher au sortir des frigos. Pour picoler toute une nuit avec elle, il ne fallait pas avoir peur. Les pics de tendresse alternaient avec les pics de violence. Elle vous embrassait sur la bouche, vingt minutes plus tard elle vous mangeait le nez. Elle vous donnait sa paye. Vous cassait un bras. Vous embrassait. Vous enfonçait deux côtes. Quand Digitale déclarait son amour, c'était à la vie, à la mort ! Mieux valait éviter les bars où Pine d'ours prenait l'ascendant sur la fleur et buvait à la mort, à la mort !

À LA VIE !

Mais ce soir Digitale Caribou avait envie de boire, à la vie, à la vie ! tant elle était heureuse de pouvoir s'accouder à nouveau au comptoir d'un café. C'est en se retrouvant par miracle dans ce bar sur la Lune qu'elle se rendit compte à quel point l'endroit lui avait manqué. Elle n'en revenait pas d'avoir survécu au manque. Digitale des sous-bois regardait autour d'elle, sans ciller, sans pouvoir se rassasier des éclats de quartz renvoyés et multipliés à l'infini par les grands miroirs argent. Ses yeux devenaient mauves et gris, bleus et gris, verts et gris, roses et gris-bleu, selon les lumières qu'ils accrochaient, d'une douceur infinie. Une longue mèche de cheveux barrait sa joue jusqu'à ses lèvres mouillées d'alcool qu'une boucle venait caresser. Un peu de la poudre or qui couvrait ses paupières s'était envolée et brillait à la pointe de ses cils. Un fin trait de larme tremblait encore au bord de ses yeux, modifiait l'espace, en courbait les lignes. Digitale regardait le long comptoir lumineux s'enrouler sur sa gauche autour du corps des hommes. Une buée montait des bières, les bulles dorées venaient éclater en surface et envoyaient valser dans l'air une bruine blanche et bleutée qui tournoyait et se mêlait à la respiration rauque des buveurs pour lui souffler au visage une haleine fiévreuse de bar qu'elle connaissait bien. Digitale avait vu le jour dans les cuisines graisseuses du Stone Age, percé sa première dent au Yellow Snake, fait ses premiers pas accrochée à un tabouret de bar du Swing Bridge, elle avait appris à lire au Frog Jelly près du lac Érié, à compter au Green Falls près du lac Michigan, elle avait connu son premier amour à l'âge de dix ans au Golden Carp près du lac Huron, un pêcheur à la truite de quatorze ans, beau comme un ange, gagné son premier billet de cent dollars au guichet du Jade Ring, un bar de bookmakers de Welland, en pariant un seul petit demi-dollar sur un vieux lévrier à trois pattes dans une course truquée sur la piste clandestine du parc de la Pointe-Taillon, et avait démarré sa vie de professionnelle comme serveuse au Gremlins, près du lac

Supérieur, pile le jour anniversaire de ses douze printemps. On lui avait offert pour l'occasion un couteau de chasse et son fourreau qu'on fixait sur le haut de la cuisse, qu'elle pût se défendre en rentrant chez elle après le service, car il faisait nuit très tôt dans cette région. Très vite, Digitale avait su s'en servir. Elle avait planté un jeune garde-chasse qui avait cherché à abuser d'elle. L'homme, qui se croyait supérieur, avait vite déchanté. Digitale l'avait étripé comme un vulgaire silure. Et puis, pour s'amuser, elle lui avait gobé un œil.

LA CHALEUR ET LES PEURS

Le réchauffement climatique et les crises économiques avaient plongé tous les pays du monde dans un bain de violence et de démerde individuelle jamais atteintes. Alors, dans la région des Grands Lacs, comme dans toutes les autres régions semi-sauvages du globe, on avait suivi le courant, on était revenu aux anciennes façons simples et rudes de vivre, on était trappeur, pêcheur, chasseur, piégeur, voleur, alcoolique, bourlingueur et petit rêveur. La nouveauté, par rapport aux anciens qui avaient vécu la dureté des grands espaces, c'était qu'entre deux verres d'alcool promptement séchés, on pouvait dorénavant regarder la Lune resplendir sur les cimes des montagnes enneigées et se demander :

— Je fais quoi ? J'y vais où j'y vais pas ?

On regardait la Lune comme une ville nouvelle illuminée de l'autre côté d'un immense lac.

Digitale n'avait connu que les éclats de rire et les cris des buveurs, les bavardages à n'en plus finir sur rien, les engueulades pour un nœud sur un fil de pêche, les embrassades, les blagues, les pleurs, les paris idiots et les bagarres, et les heures silencieuses où les poivrots dormaient au bar comme chez eux, la tête posée sur le comptoir. Alors Digitale s'enivrait de l'odeur du tabac pris dans leurs vêtements, du parfum aigre de la sueur dans leurs cheveux, du fumet âcre de l'alcool qui suintait en fine pellicule sur leur peau, le tout mêlé à l'odeur molle de la vase des lacs et de l'eau tiède endormie sur les roseaux couchés. Souvent, leurs verres brillaient des écailles de tanches et de carpes qu'ils venaient de vider. Il pouvait arriver qu'elle déposât secrètement un baiser tendre sur la main moite abandonnée ouverte d'un buveur inconscient. Qu'elle glisse sa paume, doigts écartés, dans une tignasse. Qu'elle caressât une joue. Dans les bars des chasseurs de Sainte-Monique, Caribou était connue pour ne boire qu'un mélange de bière brune, de poudre noire et de graisse à fusil. Une fois par mois, au Broken Bone, elle cuisinait amoureusement un ragoût de grizzli aux airelles qu'on mangeait en buvant des tonneaux de vin de glace. Au Golden Seal, une boîte de Mont-Tremblant, on disait d'elle qu'une nuit, après l'amour, elle avait dévoré un de ses amants ! De la tête aux pieds, Digitale puait le bar et l'amour du comptoir. C'était un roman. Et ça se voyait ! Et ceux qui ne le voyaient pas le sentaient. Une odeur forte d'alcool, d'amitié, de solitude et d'embrouilles. Ça fleurait bon le cow-boy en talons aiguilles, dont l'esprit des grandes plaines avait trouvé sur la Lune un excellent terreau. S'échappait d'elle un fort et précieux antidote qui poussait à la consommation délicieuse et sans crainte de tous les pires poisons. On devinait la forme d'un couteau de chasse sur le haut de sa cuisse, sous sa robe. Son cœur battait dans une veine de son cou. Elle avait retrouvé un chez-elle ! Et rien, ni personne, ne pourrait jamais l'en éloigner.

COUP DE FOUDRE

Elle croisa le regard de Bob, puis, tournant son visage sur sa gauche, elle plongea ses yeux dans les yeux bleu pâle de Spartacus. Ils restèrent un long moment à se regarder fixement, et si l'on avait cru que Digitale se perdrait dans les prunelles du légionnaire, maintenant on ne savait plus qui des deux se noyait dans le regard de l'autre. Spartacus mâchouillait nerveusement l'intérieur de sa joue. Une lumière dorée dégringolait de sa mèche blonde dans ses cils, si longs et si épais qu'ils imposaient à ses yeux clairs leur ombre. Les yeux de Spartacus avaient pris à la Terre son bleu et à la Lune sa cendre. Sa peau avait pris à la pierre son grain. Ses plis sur la nuque au sable leur épaisseur humide. Ses lèvres étaient fines, sa bouche tombante. Ses poils de barbe courts et durs comme des pointes d'épingle. Une cicatrice trouait sa gorge. Une lame fine avait ouvert son nez tout du long. Digitale se serait bien vue y faire passer lentement la pointe de sa langue. Poser ses lèvres sur cette dépression de chair qu'une balle de fusil avait ouverte dans la viande, et faire venir à sa bouche tout son sang. Tout le monde observait le manège, prêt à intervenir, au cas où. À séparer les deux bêtes qui se toisaient lourdement. Triton rentra dans le bar. Se plaça calmement un mètre derrière cette créature dont on sentait bien qu'elle hébergeait un ogre affamé, tandis que Franz, calé à gauche, se préparait à ceinturer Spartacus. Digitale ressentait la chaleur rayonner depuis la poitrine large de cet homme qui la fixait, et Spartacus crut voir les épaules de la jeune femme frissonner. Contre toute attente, elle fit un pas en avant et se colla contre Spartacus, qui ne bougea pas, terriblement gêné, ses grands bras le long du corps, les mains ouvertes. Digitale glissa sa tête dans le creux de son épaule. Et puis elle commença à onduler son corps. À se frotter. À danser. Tout contre lui. Sans peur et sans retenue. Tous crurent à cette seconde fatale que l'histoire allait mal tourner, que le légionnaire plein de bière repousserait violemment cette danseuse inconnue, folle et impudique. L'assistance retenait son souffle dans l'attente de la grande culbute. Il n'en fit rien. Digitale chantonnait à son oreille un petit air de boxon. Traversait à l'aveugle la forêt vierge des pensées intimes de cet homme ultra-violent. Elle se laissait aller dans un total abandon. Elle avait l'air heureuse, et épuisée. Selon qu'elle levait ou baissait ses paupières or, elle présentait le visage d'un jeune homme que la peine adoucirait au point de lui donner les traits fins du visage triste et doux d'une jeune fille perdue, ou bien celui d'une jeune femme que les péripéties glauques d'une existence de bar auraient endurci au point d'en métamorphoser les traits délicats en ceux d'une sale petite gouape. Elle dépeçait le légionnaire non pas avec le fil de sa lame mais avec son cœur. Et ça marchait. Le militaire fut allégé de ses mille peaux. Il serra Digitale. Il se mit à danser. Rajeuni et léger comme un adolescent qui viendrait d'endosser l'uniforme coloré de l'infanterie de marine. Elle lui passa la main dans les cheveux. Les ébouriffa par jeu. Spartacus secoua la tête, sourit, se faisant d'un coup la gueule crâne d'un voyou des rues dépeigné.

Par le courage de Digitale, le bar fut emporté.

LE PARFUM DES FLEURS

Voyant que plus personne ne s'intéressait à elle, la Môme Lune sauta de la treille et vint boire l'eau fraîche qu'on lui avait laissée. Puis elle s'assit à table et se mit à manger le pain rose au parfum de fleurs. Elle regardait dedans. Debout, le long du quartz qui palpitait, le petit groupe d'hommes et de femmes qui soudain s'excitait. Le gros bonhomme barbu servit la fille brune. Elle but le verre d'un coup ! Ensuite, le barbu servit le grand homme blond qui avait dansé avec la grande fille brune en robe noire. Lui aussi but le verre d'un coup ! Alors le barbu, toujours lui, resservit un autre verre à la fille qui l'avala encore d'un seul coup ! Il resservit l'homme blond. Il but. Il resservit la fille brune. Elle but. Puis l'homme blond rebut. La femme brune rebut. L'homme rebut encore et la femme rebut à son tour ! L'homme rerebut. La femme aussi ! L'homme et la femme buvaient chacun leur tour et toujours de la même manière, cul sec. Chaque fois qu'ils reposaient le verre vide, ils étaient applaudis ! C'était drôle à regarder, bien installée dehors sur la terrasse, tout en se régalant d'un pain sucré aux pétales artificiels de fleurs. Souvent, la Môme avait écouté les gitans jouer leur musique, elle les avait vus danser joyeusement et raconter des histoires, ou bien jouer la comédie autour des brasiers, en faisant de grands gestes et de grands mystères. Ici, c'était pareil ! La table sur la terrasse était au bord d'un feu. Ce feu mettait le feu dans ses yeux. Ce feu mettait le feu dans ses cheveux.

Balthazar vint l'y rejoindre. Il se posa sur la table, bien devant elle, pour la regarder manger, pépiant d'impatience pour lui faire honte, il sautillait, et moi ! et moi ! et moi ! S'il avait pu s'arracher les plumes de la poitrine, il l'aurait fait, pour attendrir la gosse en lui montrant d'un air triste ses petits os souffreteux et cassants, et ses pauvres guibolles en allumettes ! Attendant qu'elle lui donnât une miette de son pain rose qui avait l'air si délicieux ! Si gros ! Pour une si petite fille ! Balthazar représentait une nouvelle race de moineaux capables de picorer à tous les comptoirs et à toutes les tables de tous les bistrots, et ça sur toutes les planètes où une apesanteur ferait valser et tomber des miettes. Arrogant. Vif. Pas timide. Pas peureux. Pas patient. Pas poli quand il s'agissait de casser la croûte. Voire chiant ! Balthazar représentait ce nouveau pierrot interplanétaire pas gêné du tout et qui vous suivra partout jusque sur la planète Neptune pour picorer la tartine que vous avez glissée entre vos dents. Le genre de pierrot pas gêné qui, avant même de dire bonjour à une petite grand-mère martienne qui fait ses gaufres, ira directement se poser sur ses antennes pour réclamer.

LES MIETTES

Sur la Terre, quand on laisse tomber une miette de pain ou de croissant, celle-ci tombe verticalement, d'un mouvement rectiligne et accéléré. Son accélération constante est égale à l'intensité de l'apesanteur, et elle est la même quelle que soit la miette. Cela signifie que la miette, au bout d'une seconde de chute, a acquis une vitesse de 10 m/s ; au bout de deux secondes de chute, elle a acquis une vitesse de 20 m/s, et ainsi de suite. La vitesse v que la miette a acquise au bout d'un temps t est de la forme v = 10.t.

Sur la Lune, de même, la miette qui tombe verticalement en chute libre a un mouvement uniformément accéléré, mais son accélération est égale à l'intensité de la pesanteur lunaire, c'est-à-dire six fois moindre que celle sur Terre. Au bout d'une seconde de chute, la miette acquiert une vitesse de 1,7 m/s ; au bout de deux secondes de chute, elle acquiert une vitesse de 3,4 m/s, et ainsi de suite. La vitesse v que la miette a acquise au bout du temps t est de la forme v = 1,7.t. Par exemple, une miette qui tombe d'une hauteur de cinq mètres mettra une seconde sur la planète Terre et environ 2,5 secondes sur la planète Lune. En une seconde, la miette ne tombe sur la Lune que de 0,8 mètre. Laissant tout le loisir au moineau de la gober ! Ainsi Balthazar, devenu moineau de Lune, pourrait gober six fois plus de miettes au café La Pleine Lune sur la Lune que sur Terre au comptoir du Tournebride. Vraiment, à voir Balthazar sautiller devant la Môme qui mangeait son pain, on était en droit de se demander s'il n'avait pas fait tous les calculs !

LE VENT DES AILES

Quand le moineau se posa devant elle, la Môme eut un mouvement de recul. Elle n'en avait jamais vu ! En image, oui. Jamais en vrai. À travers les grilles du zoo, dans la mer de la Connaissance, qui portait bien son nom, le parc animalier s'étendait sur cinq hectares. La gosse avait pu admirer des spécimens de bêtes avec des plumes ramenés de la Terre, mais c'étaient des animaux de grande taille, des autruches, des émeus, des oies, des poules, des canards, des flamants roses, des ibis, des cigognes, rien que des oiseaux qui marchent, d'autant qu'on leur avait immobilisé les pattes sur des tapis roulants qui faisaient le tour des cages, de façon à ce qu'ils ne sortent pas du trajet mangeoire-abri-pataugeoire, mangeoire-abri-pataugeoire, et ne se blessent pas en se cognant les uns aux autres. On voyait donc passer les bêtes alignées comme à la parade, pour la plus grande joie des gamins. Mais jamais elle n'avait vu de près une aussi petite bête à plumes, aussi habile et rapide à se déplacer dans les airs, qui vivait tranquillement ici, entre amis, libre, comme chez elle ! Qui n'avait pas peur des gens. L'oiseau faisait même son nid sur leur tête ! Il vous fixait, de son œil rond, en penchant la tête, d'un côté, de l'autre, comme pour vous appeler et vous faire réagir. Et moi alors ?! J'ai faim ! Elle vient quand, cette miette ?! Égoïste ! C'était drôle de se faire engueuler par cinq grammes de duvet en colère !

La Môme Lune suivait le petit oiseau marron de ses grands yeux verts étonnés. Le pain rose à la bouche. Les coudes plantés sur la table. Les fesses sur le bout de la chaise. À l'aise. Elle balançait ses pieds. Le moineau vint en sautillant se poster entre ses coudes, il leva la tête en direction du pain, puis, d'un coup d'aile, il alla se poser sur sa main, puis sur le pain. Elle secoua le pain. Balthazar s'envola, puis revint gober une miette qui s'était détachée et flottait juste devant le nez de la gamine. Elle secoua le pain de fleurs à nouveau. Balthazar exécuta une jolie vrille et revint frôler sa joue. La Môme éclata de rire. L'oiseau avait touché sa main, caressé sa joue du bout de son aile, et n'avait rien ressenti ! Aucune mauvaise décharge électrique ! L'oiseau s'était posé sur elle, sans éprouver aucune douleur qui l'aurait fait fuir ou, pire, qui l'aurait tué. Il allait sur la Môme électrique comme sur n'importe quelle petite fille ordinaire. La gamine, ivre de bonheur, tendit son doigt, pépia pour imiter l'oiseau et l'oiseau miraculeusement vint s'y percher ! Elle remua son doigt, et l'oiseau s'envola, pour venir se poser sur sa tête ! Puis il revint se percher sur le bout de son doigt tendu. Planta son bec dans le pain, arracha une miette, disparut dans le liseron, pour vite réapparaître, plus affamé encore et plus culotté. Elle pinça une miette entre ses lèvres bleutées et l'oiseau vint y becqueter. Son bec était doux. Lisse. Poli comme une pierre.

Tiède. Le premier baiser que reçût la Môme Lune sur les lèvres lui fut donné par un moineau de bistrot. Aussitôt, la Môme s'éparpilla quantité de miettes sur toute la tête ! Elle se redressa sur sa chaise. À attendre, sans bouger. Les yeux ronds. La bouche serrée, à se retenir d'éclater de joie pour ne pas l'effrayer. À espérer que le moineau prît ses cheveux roux pour un grand champ de miettes ! Il vint se poser sur ses cheveux. Bien sur le haut du crâne. Et, grattant par-ci, sautillant par-là, l'oiseau picora tranquillement ce trésor de pépites éparpillées parmi la paille rousse de ses cheveux drus. Un petit coup de bec ici, un autre coup de bec là. Le moineau s'essuya les mandibules sur l'avant de sa tête, puis il repartit à l'arrière briser une miette de la toute pointe effilée de son outil. La gamine plissait ses yeux de contentement. Tordait ses doigts de pied. Mordillait ses lèvres. Mains serrées sur le bout de pain. Elle riait. Ça la picotait de partout ! Elle sursauta quand il alla glisser son bec derrière le lobe de son oreille. Se tortilla sur sa chaise quand il alla tirer frénétiquement sur un poil fin qui brillait sur sa nuque. C'était irrésistible, pénétrant, acide, doux, énervant, rigolo. La pointe de ses griffes provoquait partout des picotements minuscules et légers. Qui lui faisaient courir des frissons tout au long du dos. Les chatouillements explosaient de part et d'autre de ses vertèbres, allaient rouler sur ses omoplates et s'enfonçaient dans la chair de sa nuque, renaissaient sur ses tempes, sur son front, sur ses joues, et finissaient en microscopiques implosions de jouissance électrique dans la pulpe de ses lèvres serrées. Comme elle plissait fort ses paupières, de petites larmes coulaient. L'une d'elles coula sur l'arête de son nez, attirant l'attention du piaf. Il se pencha par-dessus le front de la Môme, accroché à quelques brins de ses cheveux courts comme à une herbe rase qui aurait poussé sur un caillou. Quand la larme se décrocha, le piaf s'envola et la goba au vol, juste avant qu'elle ne s'écrasât lentement sur la table, comme une perle fine de pluie tiède et salée, avant de revenir se poser sur le tapis ras de ses cheveux roux qui sentaient la fumée et le feu. Il releva la tête. Gonfla sa gorge. Ramena sur son œil rond la peau grise de ses paupières. Il ouvrit et referma plusieurs fois son bec fin. Aspirant une quantité infinitésimale d'air bleuté de cette clarté de Terre qu'embaumaient les fleurs géantes des liserons. Attendant que la larme coulât bien au fond de son gosier. Le moineau se désaltérait maintenant des larmes de joie de la gosse après l'avoir longuement picorée. La Môme Lune aurait voulu rester toute sa vie immobile avec le moineau Balthazar en pension sur sa tête. Quelques grammes de chair au contact de sa peau, pour n'être jamais seule, plus jamais.

Elle se remit à grignoter son pain, en prenant bien soin d'en envoyer partout ! Elle baignait dans un nuage de miettes que le piaf agrandissait de ses incessants battements d'ailes. Il passait et repassait. Virevoltait. Zigzaguait. Dans un sens. Dans l'autre. À quelques centimètres de ses yeux. Sous son nez. À faire cent fois le tour de sa tête. À frôler son cou. Elle tentait de le suivre du regard mais, comme elle l'attendait sur la droite, il arrivait voltigeant sur sa gauche, quand elle s'attendait à le voir surgir à gauche, c'est par-dessous son menton qu'il faisait son apparition. Elle riait ! Riait ! Comme jamais de toute sa vie de petite fille elle n'avait ri ! Empourprant ses pommettes sur sa bouille ronde tachetée de son. La Môme se régalait. L'oiseau se régalait ! Et, quand il fut repu, alourdi, ballonné, la gosse et lui avaient mangé tout le pain, pas une miette n'en restait, le petit moineau de bistrot, devenu presque aussi gros qu'un moineau de restau, s'installa tout naturellement sur la tête de la petite et s'endormit presque aussitôt. Elle resta assise là. Le dos et la nuque raides. Sans bouger.

À travers la façade de quartz, Rico n'en avait pas perdu une virevolte. Bouleversé par le jeu de la gosse et de l'oiseau. Tandis que Digitale et Spartacus éclusaient crânement verre sur verre sans se soucier d'autre chose que de leur concours. Il n'avait pas quitté des yeux la petite. Cherchait désespérément dans cette môme sa gosse morte. Un moment, il l'avait retrouvée dans son sourire retenu, prête à éclater de rire pour de bon. Et puis dans sa façon de manger à toute vitesse. Et aussi comment elle balançait les pieds sous la table. Et puis dans sa manière de jeter des regards en coin. Enfin, c'était une preuve supplémentaire, à sa façon d'écarquiller les yeux de surprise. Et à sa façon de faire la moue. Sans oublier sa gourmandise ! Sa gentillesse ! Sa générosité à distribuer son pain. Son amour des bêtes et sa douceur ! Tout ce que faisait la Môme Lune lui rappelait sa fille Automne ! Parce que, bien sûr, tout ce que faisait une petite fille jouant à donner des miettes à un moineau rappelait une autre petite fille s'amusant au même jeu. Rappelait toutes les autres petites filles joueuses. Alors, c'est vrai qu'Automne et la Môme Lune avait partagé ensemble leur pain avec l'oiseau. La Môme Automne Lune et Balthazar moineau de bistrot guerrière thaïe. Tous mêlés en un instant de grâce légère. En deux corps. En un.

LES CLOWNS

La gamine et Rico échangèrent leur regard. Il lui fit un signe de la main. La gosse ne bougea pas, son piaf toujours endormi dans le champ de ses cheveux.

Angus, qui se trouvait au comptoir à la droite de Rico, se retourna, fit un signe à la gamine, il lui tira la langue, tira sur ses joues, tira sur ses oreilles, tira sur ses cheveux, s'acharna sur son nez, tira sur le col de sa combinaison vers le haut, en exorbitant ses yeux, comme un pendu, bref, il tira sur tout ce qu'on pouvait tirer, exactement comme il l'avait fait son dernier soir sur Terre à la légion de flics qui l'avaient embarqué. La gosse, amusée, regardait ces hommes qui lui faisaient des grimaces en buvant, alignés, les épaules des uns collées aux épaules des autres, dans cette maison de verre dont les lumières colorées ne cessaient de changer. Jamais elle n'avait vu ça. Elle riait ! Tout en prenant bien soin de ne pas tressauter pour ne pas réveiller l'oiseau. C'était un exercice de contrôle terriblement difficile pour une gamine qui crevait d'envie de sautiller partout ! Un des Kiprianoù se tourna à son tour. C'était le roux. Il regarda la gosse. Haussa les épaules. Et dit au patron qu'il ne fallait pas les laisser entrer, ces mômes-là, sales et quémandeurs ! Et que tout ça, c'était de la racaille de rue ! S'ils l'avaient entendu, Rico, d'abord, lui aurait envoyé direct son poing dans la gueule et Angus, ensuite, aurait fouillé dans sa chemise pour lui donner un coup de marteau ! Mais tous les deux faisaient les guignols de comptoir pour la petite et n'écoutaient rien, pas plus la chanson que fredonnait Billy Crâne de piaf que les cris d'encouragement de Piotr à l'endroit de Spartacus et Digitale qui picolaient comme des robots. En un claquement de doigts, Rico et Angus, Guaquero en chef et sonar, s'étaient transformés en Ricochet et Angustatave !

Le visage de Vérex s'illumina ! Le sculpteur, qui avait été clown, reposa son verre et s'élança dans le café pour participer comme toujours à la parade des clowns qui boivent. Il se mit à se tortiller. À couler d'un coup sous le niveau du comptoir. À revenir lentement en surface, en grimaçant. La danse était difficile à comprendre, mais après qu'il eut répété plusieurs fois le mouvement, on s'aperçut qu'il imitait un cycliste dont le vélo aurait eu des roues ovales ! Il avançait en pliant et dépliant ses genoux, ce qui le faisait monter et descendre au gré des roues tordues de ce petit vélo imaginaire, ce qui représentait pour un grand professionnel comme lui franchement le minimum du minimum syndical des blagues de clown homologuées. Alors, pour ajouter un accent dramatique à ce personnage d'auguste si mal loti, le sculpteur Vérex, redevenu le grand Casimir Samovar, retrouvant ses automatismes, se mit à pleurer à chaudes larmes invisibles, plissant ses paupières, gonflant ses joues, tirant sur son cou veineux, afin d'expliquer qu'avec un vélo foutu comme celui-là, il ne serait jamais à l'heure pour manger le gâteau ! Il passa une première fois. Une seconde fois dans le dos des clients accoudés qui, sans se retourner, se redressaient pour laisser passer le clown. Puis Casimir Samovar Vérex repassa une troisième fois sur son vélo voilé. Et puis une quatrième fois ! Et une cinquième fois ! Toujours plus grimaçant, toujours plus larmoyant, toujours plus amoureux de son énorme gâteau fictif ! On ne pouvait plus l'arrêter dans son numéro de clown triste exaspérant. Il était redevenu le clown qu'il avait été, grinçant, nerveux, acide, hurlant, terreur des petits enfants ! Tandis que Rico et Angus s'étranglaient mutuellement en tirant la langue ! Kiprianoù le roux s'en était bien sorti. Au lieu de recevoir le gros poing de Rico en pleine poire et un bon coup de marteau sur l'omoplate de la part d'Angus, il pouvait assister à une représentation gratuite des trois frères Vodka, le gros Ricochet, Angustatave le maigre et Casimir Samovar le saoul, en personne ! À les voir faire des grands gestes et des grimaces, on pouvait se demander si l'on se trouvait dans un bistrot ou dans une cour d'école. Toujours est-il qu'à cette minute, la population de la Lune pouvait s'enorgueillir de compter trois mômes de plus ! Les nouveaux sales gosses de La Pleine Lune !

Le patron irlandais en était tout ému. Par le hasard de la perspective, Bob Feinn, depuis son poste derrière le bar, pouvait voir, au premier plan, Billy Crâne de piaf chanter en louchant sur sa bière, derrière lui, Rico tirant la langue, encore derrière, Angus danser la valse, ensuite, Vérex passant et repassant dans l'encadrement de la porte sur un vélo tordu imaginaire, avec, en fond, une petite fille assise à table, portant sur le haut de sa tête un oiseau qui, lui, portait sur sa tête la Terre, dans sa resplendissante plénitude. Et ça n'était pas fini. Car encore derrière, au loin, en haut des dunes argentées qui fermaient l'horizon, on pouvait discerner, dans un nuage de poussière soulevée en tempête, un groupe important d'hommes, de femmes et d'enfants qui approchaient en colonne. Les Touaregs.

LES MURMURES

Bob serra le bras de TinTao. Fortement ému par toutes ces images superposées. Il lui murmura, comme s'il se parlait à lui-même :

— Vraiment, y'a qu'au bistrot qu'on peut voir ça...

Spartacus tourna son regard en direction des guerriers dans le lointain. Digitale se retourna aussi. Rico s'approcha de la porte. Chassa de la main Vérex, qui arrêta de pédaler. Colby, Franz, les douaniers Piotr et Taurus, Billy Bully Crâne de piaf et les Kiprianoù restèrent le nez plongé dans leur bière. Balthazar se réveilla en sursaut et s'envola dans la treille. La Môme Lune sauta derrière lui dans le haut des liserons. Se redressa pour mieux voir le groupe des hommes qui venait. Le moineau, pour voir encore mieux, se posta sur sa tête. La gamine, sur la pointe des pieds, plus le moineau, vigie tendue sur la pointe de ses pattes, mesuraient bien à eux deux un mètre vingt-cinq. Les Touaregs descendaient lentement la pente vers la ville. Enveloppés dans leur manteau de laine, le visage masqué par le voile indigo. Tous portaient un imposant saphir sur leur front et les éclats mobiles formaient une constellation d'étoiles en mouvement. Le temps que Bob Feinn finît sa pinte, ils s'étaient enfoncés dans la cendre et avaient disparu. Puis ils réapparurent sur un pli de la Lune. Disparurent à nouveau. On disait des Touaregs qu'ils marchaient sans jamais s'arrêter, droit devant eux, les quinze jours terrestres que faisait la nuit lunaire, sans boire, sans manger et sans dormir, avant d'établir leur campement pour les quinze jours terrestres d'une journée lunaire. On racontait qu'ils avaient le pouvoir de disparaître à l'intérieur des roches, des cratères et des volcans. On disait d'eux qu'ils entraient et sortaient à loisir des immenses coffres-forts bondés de la Compagnie des mines en traversant le rempart des murs, comme une tribu dématérialisée de fantômes, on racontait qu'ils y campaient au sommet des dunes de pierreries et s'y faisaient de grands feux de diamants. On racontait beaucoup de choses sur tout. Et même beaucoup de choses sur rien. Les lumières et les sons lunaires poussaient à la rêverie. Alors il avait été grand temps d'offrir à ces longues flâneries spirituelles l'outil d'un comptoir et de son alcool.

C'est Spot, le mercenaire au visage tatoué, qui déclencha la première grosse rêverie de ce comptoir unique sur la planète, poussé par son alcool :

— Et pourquoi on y entre pas, nous, dans les coffres de la Compagnie des mines ?

À part Billy Crâne de piaf, tous sursautèrent. Bob se pencha en avant, poings serrés sur le comptoir, et lui demanda de répéter. Rico se planta dans l'encadrement de la porte, les mains sur les hanches. D'un mouvement du menton, il réitéra la demande de Bob. Et c'est avec une certaine jouissance que Spot le tatoué s'exécuta. On avait même l'impression que cette idée lui trottait dans la tête depuis longtemps, qu'elle lui pesait, et pouvoir la lancer au comptoir d'un bistrot le soulageait. Il toisa la bande du bar du haut de ses deux mètres.

— Pourquoi on les braque pas, nous, les coffres de la Compagnie des mines ?

S'ensuivit un trou d'air. Tous attendaient la réplique. S'observaient. Ne bougeaient que leurs yeux devenus fiévreux à l'évocation des trésors. Bob planta ses prunelles dans les pupilles de chacun des Guaqueros. Il fulminait. Et, comme à l'accoutumée, c'est Milus Stilitano qui brisa le silence, planté à la gauche du mercenaire qui avait soulevé le tabou. Il regarda Colby qui s'était redressé, il lui répéta, en le regardant droit dans les yeux, d'un air de chat qui aurait vu passer une grosse souris :

— C'est vrai ça, pourquoi on les braque pas, les coffres de la Compagnie des mines ?

— C'est vrai ça, pourquoi on les braque pas ? reprit Angus, en écho chantant.

Digitale explosa de rire.

— Alors moi, cria-t-elle, je regrette pas d'être venue !

Rico haussa la voix.

— On braque pas les coffres, parce qu'on braque pas les coffres !

— Et pourquoi on braque pas les coffres ? répéta Spot.

— Parce qu'on braque pas les coffres, un point, c'est tout !

Rico reprit son souffle. Les veines battaient à ses tempes.

— Merde ! À peine le café ouvre que ça commence déjà, les conneries de bistrot !

Rico était fatigué, l'emploi de chef d'équipe et conducteur de tunnelier sur la Lune lui convenait très bien, et il ne se voyait pas du tout refaire des conneries. Le projet était insensé !

Tous se regardèrent, déçus par le manque évident de profondeur du discours, à part Bob, le patron, responsable, et qui se félicitait de voir parmi ses clients un employé des mines moins fou que les autres. Le jour où il ouvrait son grand beau café, promesse d'une retraite calme et heureuse sur la Lune, il y était déjà témoin de la constitution d'une solide équipe de braqueurs ! Témoins, Piotr et Taurus, Vérex, les jumeaux Kiprianoù, dont on ne savait jamais vraiment ce qu'ils pensaient, sans oublier la nouvelle cliente extravagante venue de nulle part et que personne ne connaissait, tous, ils l'étaient aussi. Et pourquoi pas aussi la Môme Lune ? Qui ne disait rien, écoutait tout et observait tout de ses grands yeux curieux ! Spot se plia en deux et replanta ses coudes sur le comptoir.

— Moi je dis ça, c'est histoire de...

— De quoi ?! reprit nerveusement Rico.

— De rien...

— Alors ta gueule !

Spartacus se retourna vers Rico.

— C'est vrai, pourquoi vous les braquez pas, les coffres des mines ? Depuis le temps qu'ils vous cassent les couilles à vous faire creuser comme des cons...

Rico haussa les épaules. Le légionnaire renchérit :

— Si vous avez besoin d'un coup de main...

Spartacus éclata de rire, et ça faisait longtemps qu'on n'avait pas entendu un rire sortir de cette gorge-là.

LES COFFRES-FORTS DE LA COMPAGNIE DES MINES

Rico vint reprendre sa place sur la gauche du comptoir, entre Taurus et Angus. Tous se remirent dans l'axe de leur pinte, le nez au-dessus de la bière. Le regard dans le vague. Sans parler. Parce que le mal était fait. Ils rêvaient. Les coffres-forts de la Compagnie des mines, c'étaient des millions de pierres précieuses amassées, des milliers de milliers de carats ! Un trésor tellement immense qu'aucun esprit humain n'en pouvait dessiner le contour. Aucun homme, aucun commando, aucune milice ne pouvait s'imaginer en être le propriétaire. Autant poser la voûte de la Voie lactée sur sa table de jardin. Un projet géant. Inattaquable. Inconcevable. Intransportable. Invendable. Dévorant. Terrifiant. Irradiant. Tout un soleil éblouissant de rubis, de diamants, de saphirs et d'émeraudes, de topazes et d'améthystes grands comme des cellules de vie, on pouvait tenir dans la pierre à cinq bonshommes debout. Bob et TinTao regardaient au-dehors la fusée couleur or clignoter au bord de la route 36 par-dessus les têtes des clients recueillis. Digitale écoutait ce drôle de silence. On aurait pu entendre les pierres cliqueter dans tous les crânes. Même le moineau Balthazar, petit voyou de Paris, toujours perché sur la Môme Lune, semblait réfléchir à ce braquage, un minuscule rubis de trois carats lui tournant dans le crâne comme la bille d'un sifflet. Les feuilles les plus sèches des liserons participaient à l'évocation de ces richesses par leur bruissement. Les colonnes de bulles fines qui montaient dans les verres en ramassant au passage toutes les lumières du bar rappelaient les irisations des opales arlequin. Tout s'y mettait. Tout brillait. Tout vibrait. Et la Terre elle-même au premier chef, gigantesque cristal brut d'aigue-marine suspendu au-dessus de tout, joyau que personne n'aurait pu se payer mais que tout le monde, depuis des siècles, s'était appliqué à saloper. Alors celui-là encore, on aurait mieux fait de le voler, plutôt que le laisser entre les mains de ses légitimes et oublieux propriétaires ! Cette idée née spontanément dans l'air du bar n'échappa pas à la vigilance sagace d'Angus le sonar. Il la saisit de la pointe d'un cheveu.

— Et si on volait la Terre ? s'exclama-t-il, tout joyeux.

— Pour en faire quoi ? demanda Franz Tiers Admunsen, d'une voix très calme, sans quitter son verre des yeux, pour qui ce genre d'idée était monnaie courante.

— Rien, répondit Angus, tout triste.

— Alors non, conclut Franz.

— Pourquoi non ? demanda Angus en sautillant sur place.

— Parce que c'est non ! reprit Rico sèchement, qui sentait sa troupe s'emballer sous l'empire de l'alcool.

— Voler la Terre, c'est non, confirma Franz froidement, comme s'il rayait d'un trait un article sur un document administratif.

— Pour la mettre où ? demanda Vérex, qui la voyait peut-être déjà dans son jardin.

— Vous commencez à me faire chier, tous, murmura Rico, collé au comptoir, énervé, la gosse dehors troublait toujours ses esprits, dressée dans les feuillages à surveiller les dunes.

— Les coffres-forts de la Compagnie générale des mines, ça, ça vaut le coup ! soupira Franz, en souriant de toutes ses belles dents blanches de danseur mondain.

Tiers Admunsen avait raison. Mieux valait laisser la Terre à sa place et s'occuper de ses oignons, comme il se plaisait à le dire, imaginant que cette expression ancienne à base de légume terrestre faisait aristocrate. Et ces fameux oignons nouveaux dont il fallait s'occuper dorénavant, Franz commençait à les faire frire dans son esprit en surchauffe. Vider les coffres-forts des mines et réussir à prendre la fuite avec cet Himalaya de pierreries, cela représentait probablement le plus grand défi de tous les temps ! Le père, Hélix, le grand-père, Maxence, l'arrière-grand-père, Grégorius, l'arrière-arrière-grand-père, Théodus, et l'arrière-arrière-arrière-grand-mère, Bérénice, sans oublier l'aïeul, Frédéric le Templier, auraient tous reconnus par ce vol hors norme en Franz Tiers le grand légitime courageux, spectaculaire et valeureux descendant des Admunsen ! À parier que le grand arbre généalogique aurait plié du haut en bas ses branches d'admiration.

À la gauche de Milus, Colby secouait sa tête, et on aurait bien dit qu'il faisait oui de son chapeau. Triton l'artificier caressait sa ceinture, contemplant la belle TinTao, petite trafiquante de graines et de bulbes de fleurs sur les hauts plateaux de la Chine, qui rêvait déjà à des bouddhas géants de jade et de rubis. Les clients du café La Pleine Lune, le piaf compris, à peine le bar inauguré, à peine passé le quatrième fût de bière, et malgré quelques réticences, semblaient se muer lentement mais inexorablement en association de malfaiteurs. À qui la faute ? Au bar lui-même ? Au comptoir, qui liait les hommes les uns aux autres en passant par leurs coudes et les faisait rêver en ligne à d'extraordinaires aventures interdites ? Aux coudes eux-mêmes, qui assuraient aux hommes une bonne stabilité au fur et à mesure des nombreux verres bus, leur autorisant une pensée haut perchée, libérés des contraintes de l'équilibre, devenus cousins germains des grands arbres balancés entre le sol et le ciel, tremblant dans le vent, bruissant, bavards, et comme saoulés par le tournis ? Au temps, qui prenait tout son temps, et qui passait en zigzaguant, laissant tout loisir aux oisifs luniens alcoolisés de faire des plans sur la comète ? Aux cœurs vivants, qui voulaient battre toujours plus fort ? À l'esprit des comptoirs, qui amarrait l'âme des adultes à l'âme vive des enfants ? Pour quel rêve ? Et quel voyage ? Pour aller où ? De Piotr le douanier à Vérex le sculpteur, en passant par Billy, par Angus, par Triton, par eux tous ? Exploration de comptoir. Périple alcoolisé. Verre-trotters. Drôle de galère ! Paris, Lisbonne, Dakar, New York, Melbourne, Moscou, Tokyo, Pékin, Rio, Tanger, Séoul, dans toutes les villes, des points lumineux se mirent à clignoter. On aurait dit, joli mirage, toast boréal, que tous les bars de la Terre fêtaient la naissance de la bande de La Pleine Lune ! Bars de jour, bars de nuit, bars de toute la vie ! L'encouragement était le bienvenu. Ils en auraient besoin ! Parce que, franchement, les coffres-forts de la Compagnie générale des mines de Lune, c'était un gros morceau ! Comme aurait dit Bérénice, l'arrière-arrière-arrière-grand-mère de Franz Admunsen en dévalant les escaliers de la tour Eiffel à bord d'une carapace de tortue géante des Galápagos passée à la graisse de phoque, les coffres de la Compagnie des mines, les petits gars, c'est pas de la tarte !

UN MILLION DE TONNES D'ACIER

Cent mètres de long, sur cent mètres de large, sur cent mètres de hauteur ! Un gigantesque cube d'acier posé au centre du cratère Maginus, d'un diamètre de cent quatre-vingt-quatorze kilomètres, plaine désertique entourée d'une haute chaîne de montagnes. Le cube d'acier seul brillait au centre de la dépression. Aucun bâtiment alentour. Pas une route. Ce cube qui contenait les coffres ne possédait pas d'entrée visible, pas de sortie, pas de porte pour le personnel, pas de rampe d'accès pour les camions, pas d'enceinte de protection, pas de miradors, pas de fosses, pas de frises, pas de champs électriques, d'alarmes, pas de lasers, pas de vigiles, rien qui rappelât une présence humaine et un quelconque service de sécurité. Pas de sigle non plus de la Compagnie des mines sur aucune de ses faces polies. Les parois d'acier, que l'on disait épaisses de trois mètres, se présentaient à la lumière du Soleil et de la Terre aussi lisses que des miroirs. On n'avait jamais vu entrer quelqu'un dans les coffres, ni en sortir personne. Aucun véhicule de transport des mines s'en approcher. Pourtant, on savait que les merveilleuses pierres précieuses étaient amassées là en collines étincelantes. Dans ces coffres-forts gigantesques, propriété inaliénable de la Compagnie générale des mines, dans cet impressionnant hexaèdre régulier parfait d'un million de mètres cubes posé comme un dé géant sur le sol de la Lune. Trésor si grand, si puissant, que les cloisons de trois mètres d'épaisseur en acier trempé n'en arrêtaient pas les feux. La nuit, les gemmes enflammaient les couches basses de l'atmosphère. Et l'on voyait, depuis la Terre, les soirs de nouvelle lune, quand l'astre tourne vers la Terre son hémisphère plongé dans la nuit noire, ces feux multicolores tourbillonnants. On attribuait volontiers ces feux follets aux panaches de fumée incandescents des aciéries. Ce trésor était une folie. Un monstre. Et, pour bon nombre de Guaqueros, un dieu. Une divinité faite, à l'image du ciel, de mille milliards de brillants. Mais pour quelques autres garimpeiros, en plus petit nombre, ce trésor énorme et obsédant n'existait pas. Ce n'était qu'une invention des grands patrons des mines, une légende, un leurre, pour pousser les mineurs à chercher, creuser toujours plus longtemps et plus profond, à suer sang et eau dans l'espoir de découvrir à leur tour une de ces gemmes géantes extraordinaires, au risque d'y laisser leur santé et leur peau. Ce coffre n'était rien qu'un gigantesque cube vide d'acier bleu.

LE CHANT DES GEMMES

À part Bob le patron peut-être, personne ici ne voulait croire en la probabilité d'un pareil subterfuge, et pour la bande du bar, les coffres renfermaient bien des montagnes éboulées d'inestimables pierreries. Colby le géologue les avait entendues chanter. Surtout les opales, dont il avait appris à reconnaître la voix dans les galeries, chez lui, à Coober Pedy. Angus sentait vibrer les plus gros rubis dans ses mâchoires, lorsqu'il creusait sur le chantier de Clavius ou Mauralycus, non loin du cratère Maginus, si près d'eux, les diamants de dix mille carats lui envoyaient des décharges électriques à la base du crâne et dans les articulations des doigts. Angus adorait ces douleurs vives et précises que lui infligeaient les pierres. Ce qu'il préférait, c'étaient les piqûres nombreuses et simultanées qu'elles pouvaient causer dans son dos. Une volée de flèches. Les rubis étaient les gemmes qui piquaient le plus profond. Tout d'un coup, cent pointes brûlantes se fichaient dans la peau de ses omoplates, alors Angus le sonar sursautait en poussant des cris de douleur mêlée à du plaisir, marqués par la surprise, qui résonnaient dans les étroites galeries basses des mines, il surjouait ses sensations pour s'en faire tout un théâtre débridé délirant schizophrène. On pouvait dire qu'un fou hurlait dans le ventre chaud de la Lune. Ceux qui travaillaient dans un proche périmètre étaient aussitôt prévenus qu'Angus avait repéré un rubis de très grosse taille. Les hommes exténués, assoiffés, étouffés, écrasés par la chaleur et la rareté de l'air, tassés dans ces boyaux étroits qui pouvaient descendre jusqu'à deux mille mètres dans les entrailles de la Lune et s'y ramifier en de multiples réseaux qui débouchaient sur d'autres réseaux et formaient en sous-sol une incroyable chevelure de tunnels, ces hommes éloignés de tout, à quatre cent mille kilomètres de la Terre et à moins deux kilomètres encore sous la croûte de la Lune, encouragés par ces cris, retrouvaient un peu de cœur à l'ouvrage. La découverte des plus beaux cristaux passait souvent par sa gorge. Angus le fou avait reçu de la nature la voix de la beauté.

Soudain, pour réveiller le bistrot engourdi dans sa rêverie, Angus Paasinen Vasa Torp le sonar poussa un de ses cris célèbres ! Instantanément, les regards vagues des Guaqueros accoudés sur le quartz se mirent à briller. C'était le cri aigu du gros diamant brut ! Angus enchaîna avec le cri plus grave de la découverte des émeraudes, quand une gemme lui catapultait à travers la paroi des tunnels une décharge droit dans la pulpe des dents ! Puis il exécuta en enfilade tout le répertoire des plaintes et extases, le cri de la découverte des saphirs, le gémissement des tourmalines, le glapissement des amétrines, le hurlement clair et net des améthystes, le feulement du jaspe, les petits jappements presque inaudibles de la cornaline, de l'agate, de la turquoise, des cristaux de sélénite, de smithsonite, de larimar, de l'obsidienne, on aurait bien dit qu'Angus faisait l'amour et prenait son plaisir dans les tunnels profonds avec les plus belles pierres et que ce bruyant plaisir lui remontait maintenant par vagues au comptoir du bistrot ! Personne ne pouvait imaginer le sort d'Angus s'il s'était retrouvé dans les coffres-forts, enseveli sous une avalanche de pierres, à hurler de bonheur sous la torture de toutes ces piqûres et de toutes ces morsures simultanées. À nager dans les éboulis de diamants et se pâmer d'extase dans un ruisseau d'émeraudes et de rubis. La cervelle aurait grillé. Le cœur n'aurait pas tenu.

LES LANGUES CHAUDES

Et celui de Digitale à son tour allait flancher, submergée du bonheur de se retrouver miraculeusement mêlée à cette bande de bons tordus comme elle croyait ne plus jamais avoir la chance d'en rencontrer, buveurs et potentiellement braqueurs. Angus se mit à sautiller sur place en battant des bras, les yeux fermés, la bouche ouverte, qui découvrait des dents de devant absentes que les flics finlandais avaient cassées. Encore un peu, Digitale Caribou aurait pris le gaillard dans ses bras et, pleine d'un amour plus fort qu'elle, aurait fourré violemment sa grosse langue épaisse dans sa grande gueule ouverte, amoureuse folle de ce grand con en combinaison orange graisseuse qui prenait son pied au comptoir en faisait tout un barouf. Angus lui faisait penser à un jeune gars qu'elle avait connu et aimé à

Lac-Édouard, un chasseur de renards qui sentait fort comme eux, il lui mordillait les doigts de pied amoureusement badigeonnés à la confiture d'airelles, elle adorait ça. Spartacus lui faisait penser à un grand gaillard qu'elle avait connu et aimé à Jonquière, un routier au long cours qui lui faisait l'amour dans le camion, en roulant, il l'asseyait sur lui et c'est elle qui conduisait le monstre d'acier sur les routes glacées, en l'aimant, elle adorait ça, traverser les villages en klaxonnant ! Rico lui faisait penser à un gars qu'elle avait connu et aimé à Charlesbourg, un capitaine de brise-glace sur le Saint-Laurent qui l'aimait dans une cabine aménagée à la proue du bateau, là où l'étrave casse l'épaisseur des glaces dans des craquements terrifiants, ça la faisait rire et elle adorait ça, quand le sexe épais de son bel amant la pénétrait avec violence dans ce vacarme de casse terrible ! La petite patronne TinTao lui faisait penser à une jeune femme qu'elle avait connue et aimée à Joliette, la jolie Chinoise tenait la caisse principale dans un supermarché d'armes, elles s'aimaient dans des couches de ces papiers graissés qui servent à emballer les fusils, les revolvers et les chargeurs d'armes automatiques, elle adorait ça, s'exciter pour l'amour en jouant à la roulette russe ! Digitale avait bien connu un Triton à Val-D'or, un Franz à Val-Barrette, un Colby à Ottawa, un Bob Feinn à Grand-Remous, lourd barbu roux qui tenait une fumerie de saumons à Charleston et qui l'aimait dans les fumées odorantes des épices et du bois de bouleau alourdies des parfums gras et écœurants des poissons, elle adorait ça, cette puanteur mélangée à son eau de Cologne qui l'excitait et lui soulevait le cœur, elle les avait déjà tous connus et tous déjà aimés, tous abandonnés, et n'avait qu'un souhait, tout recommencer ! Digitale Caribou Couille de saumon Pine d'ours avait un cœur suffisamment grand pour y faire entrer plusieurs fois tout un café. Tous les petits verres d'alcool qu'elle avait ingurgités avec Spartacus à toute vitesse la rendaient romantique et gourmande.

Elle déposa un baiser sur les lèvres tendres de Triton qui se tenait à sa droite, puis se retourna pour déposer un baiser sur les lèvres dures de Spartacus, à sa gauche. Elle passa sa main sur la braguette du légionnaire, tandis qu'elle caressait de son autre main le sexe du jeune artificier à travers son pantalon.

Digitale embrassait et caressait ces deux hommes ensemble avec un tel naturel que rien ni personne dans le bar ne voyait rien à y redire. La faim, le désir, l'amitié, l'amour, le sexe avaient traversé l'espace pour s'installer sur la Lune avec une grande facilité. L'envie de chair, de sucs, de fragrances, de caresses, de langues amoureuses, de replis déshonorés, de doigts audacieux s'y voyait augmentée par ce sentiment aigre-doux de solitude et d'isolement que l'on pouvait ressentir ici sur la Lune plus qu'ailleurs, et par cette si drôle et si douce, si magnifique légèreté offerte par un état de moindre pesanteur à des corps nus enlacés, interpénétrés et d'une plasticité nouvelle. Il n'était pas rare de surprendre un couple faisant l'amour dans le ciel, sous les clartés de la Terre, libres et lumineux comme une nouvelle race de lucioles, ou flottant sur le lit défait des plus hautes branches resserrées des vergers, parfois aussi en groupes volants d'amants emmanchés qui faisaient penser à des partouzes de papillons blancs de nuit ! Ici, des anges heureux passaient sans ailes et le sexe pendant. Ce qui multipliait cette haine viscérale des militants du PPLP, déjà connus pour leur racisme, envers les amoureux des corps légers, qu'ils appelaient les singes terriens puants pornographes ! Groupe d'extrémistes radicaux et violents, dont on savait d'ailleurs qu'ils baisaient les jeunes enfants pakistanais ou indiens qu'ils employaient pour rien dans leurs riches demeures des beaux quartiers, taillées dans les couches les plus profondes de gypse, et dont les larges pelouses d'herbes bleues qui en tapissaient le pourtour témoignaient que les gamins violés avaient dû pleurer à en mourir, et dont beaucoup de propriétaires, parmi ces grands bourgeois fascistes décadents, s'enorgueillissaient d'être des amis très chers de la puissante famille Lester, actionnaire principal de la Compagnie générale des mines, détentrice pour le coup du phénoménal trésor. Raison de plus pour faire sauter la banque et filer avec le magot !

Mais filer où ? Sur Terre ? En navette ? Pilotée par qui ? Vers quel port ? Et que faire du trésor ? Le revendre ? Mais à qui ? Et comment ? À quel prix ? Et comme aurait dit l'arrière-arrière-grand-père de Franz, Théodus, qui fut le premier homme canon du grand cirque Barnum, déjà se faire les coffres-forts des mines, comme aurait dit ma pauvre mère Bérénice, les petits gars, c'est pas de la tarte, mais alors refourguer un trésor pareil, mes lascars, ça sera pas du gâteau ! Le patron semblait du même avis que ces ancêtres illustres. Personne ne pourrait jamais revendre ça ! Et, même si ces gens riches et puissants de la Compagnie des mines le dégoûtaient, il leur devait leur appui auprès de la préfecture, ce jour où il avait fallu à la commission attribuer ou non à Bob Feinn l'autorisation d'ouvrir son bar. Ils s'étaient même, pour la circonstance, désolidarisés des avis négatifs émis par les excités du PPLP. Bob devait un peu aux gens des mines d'avoir pu ouvrir son beau café. Son petit bijou. Son rêve. Mais il devait surtout à Spartacus la vie sauve de sa belle TinTao, son lotus bleu, son petit dragon, son cœur, son âme, arrachée à la prison forteresse de Xinjiang où on l'avait torturée, où on devait l'exécuter ! Imaginer TinTao morte le fit tressauter. Bien plus qu'imaginer son café fermé ! Il siffla sa pinte, pour retrouver son calme et sa sérénité. Il la regarda, depuis le bout pointu de sa claquette jusqu'au dernier cheveu noir dressé sur le toit de son petit chignon. Elle était fine comme des lianes emmêlées. Nue, Tintao offrait au regard une peau fine translucide et bleutée. Les pointes de ses seins roses tendues dures au toucher comme des perles fines. Sa taille étroite était sertie d'une chaînette d'or qui frôlait son nombril aussi proéminent qu'un pois chiche, d'où filaient vers son sexe les bords rosés boursouflés d'une longue et douce cicatrice au goût salé. Les poils de son pubis noirs et touffus bouclaient haut sur son bas-ventre rebondi comme un œuf. Sa fente, humide sous les doigts de Bob, exhalait un parfum de bois de rose chaud et mouillé. Ses fesses rondes et fermes, quand on les écartait, laissaient voir un petit trou du cul sombre, nacré comme l'opercule refermé d'un coquillage. Bob aimait y enfoncer profond le bout de sa langue, écouter TinTao pousser des petits gémissements de plaisir offusqués. Il la maintenait en l'air avec deux doigts seulement, offerte suspendue, ses cuisses largement ouvertes et mouillées devant sa bouche, Bob la suçait lentement, la léchait doucement, durant de longs moments d'un temps épais ralenti, la dévorait, faisait glisser sur le fil de sa langue la vulve de la jeune femme légère, déposée sur le bord de ses lèvres comme une bulle de savon, alors la petite fiancée lotus dragon bleu descendait comme une plume sur son sexe qu'elle branlait de ses mains soyeuses et lustrait des fils de salive tirée de sa bouche entrouverte.

Bob posa son regard sur le ventre de son petit grand amour. Sur ses seins que les plis de la soie soulevaient. Sur son cou, si fin, dont les veines rapportaient au soleil du bar les battements de son cœur. Sur ses lèvres cerise, que la pointe de sa langue brillante d'alcool venait de caresser. Sur ses yeux étonnés et rieurs. Sur cette cicatrice bleutée qui barrait l'arête de son nez et rappelait à tous, à tout moment, l'enfer d'où elle venait. TinTao tourna son visage vers Bob. Leurs regards se croisèrent. Se mélangèrent. Lui n'en revenait pas d'être aimé d'une aussi douce et fine et belle compagne, et elle n'en revenait pas d'être aimée d'un aussi fort et fidèle compagnon. À croire que la chaleur du bar ajoutait encore de la braise à leur romance. Elle frappa le sol du talon, s'éleva dans l'air, amenant ses lèvres contre les lèvres tendues du grand Bob qu'elle embrassa, suçota, picora, les doigts accrochés dans sa barbe, le temps de redescendre, pour aller servir Vérex assoiffé et jaloux qui râlait. Bob, tout retourné par les bécots pointus de sa petite amoureuse volante plus vivante et belle que jamais, remit une bière à Spartacus. Il lui sourit. Et il lui beugla quelques vers d'une ballade irlandaise, en levant son verre au-dessus de sa tête, d'une voix d'ogre pleine d'une affection et d'une reconnaissance infinies, en ébouriffant ses cheveux de son énorme main.

— On fera comme tu voudras ! Quand tu voudras ! Tout ce que tu voudras ! *You saved the woman of my life ! You saved the woman of my heart ! You are my brother ! and I'll always follow you !*

Spartacus leva son verre à son tour et trinqua.

— Alors, aux coffres !

Tous les buveurs au comptoir levèrent leur verre et crièrent dans un bel ensemble :

— Aux coffres de la Compagnie des mines !

Même Billy Bully Crâne de piaf, dont il semblait que l'alcool avait eu le pouvoir de lui réparer les tympans, à moins que ce ne fût l'évocation du casse du millénaire, brailla de sa belle vieille voix éraillée : « Aux coffres ! » en sautillant léger d'un pied sur l'autre comme à l'entraînement, et Digitale, qui leva son verre plus haut que tous les autres verres, sa main gauche posée sur l'épaule droite de Spartacus qu'elle ne voulait pas lâcher, son visage illuminé d'un sourire de gamine sauvée des désarrois de la solitude et qui ne saurait plus où donner de son cœur, porta un toast à la petite patronne, l'œil mouillé, comme si la Chinoise légère qui venait de souder ses lèvres aux lèvres de son amant fût sa propre amante et que ces baisers tendres lui fussent destinés, ou bien qu'elle fût sa propre sœur.

— À TinTao !

TRINITROTOLUÈNE

Une très forte explosion se fit entendre. Suivie d'une seconde plus forte encore. Suivies d'une alerte. Triton l'artificier exulta en qualifiant l'épais champignon de poussière noire qui s'élevait à l'horizon de sacré putain de putain de tir ! Des sirènes résonnèrent dans toute la ville. Personne ne bougea. Un gigantesque bloc de rocher passa dans le ciel, projetant son ombre sur les toits en terrasse, pour aller s'écraser loin dans les décharges d'ordures du Golfe central, soulevant un nuage de détritus qui retomberait en pluie de-ci de-là sur les mers et les cratères, plusieurs jours durant, ce qui aurait sans doute pour effet immédiat de multiplier les pétitions des résidents en colère, jusqu'à ce qu'on réparât enfin les grands incinérateurs et qu'on obligeât les villages de mineurs à plus de discipline. Voyant la taille du caillou projeté comme un rien dans les airs, Triton lança aux membres de l'équipe qui avaient applaudi au passage de la météorite folle catapultée par des garimpeiros qui devaient maintenant pleurer leurs tympans :

— Ça, les gars, c'est du travail de barjos d'Australiens !

Hormis les dangers que représentaient ces énormes blocs propulsés n'importe où et n'importe comment à travers l'espace par des mineurs peu précis dans le calcul des charges, hormis ces gigantesques dépôts d'ordures plus ou moins légaux qui empuantissaient certains coins de la Lune, on avait constaté que les bactéries qui s'y développaient s'infiltraient en profondeur, elles y proliféraient et dévoraient les sols devenus sous leur action friables, alors que les lourdes attaques répétées à grands coups d'explosifs brisants élargissaient déjà, à elles seules, les profonds canyons et fragilisaient les failles. Tout concourait à faire de la Lune une grosse et fragile pierre ponce. Mais tant qu'on y trouverait toutes ces richesses enfouies, personne en haut lieu ne souhaiterait intervenir en interdisant l'habitat sauvage et polluant et l'usage abusif et souvent amateur des matières explosives. Cette fragilité de la Lune et de son sous-sol n'était d'ailleurs pas pour déplaire à la bande nouveau-née des braqueurs de La Pleine Lune, quand on sait qu'il faudrait vraisemblablement accéder aux coffres de la Compagnie générale des mines en creusant tout un long réseau d'autres tunnels avec des outils de fortune. Lorsque les sirènes se turent, Balthazar rerentra à toute vitesse dans le café, passa juste entre le verre de Digitale et celui de Spartacus hauts comme deux tours, pour revenir se poser sur la tête de la patronne. Le moineau tenait dans son bec un brin fin de laine bleu, avec comme projet de le nouer aux cheveux de TinTao pour en tapisser le fond de son nid. Il pépiait de contentement. Un brin de laine sur le sol de la Lune représentait sûrement pour un petit oiseau un trésor rarissime. Bob déclencha la colère du piaf quand il saisit délicatement le fil entre ses doigts et qu'il l'en retira. Il l'examina. C'était un bout de laine tombé d'un manteau touareg. Le moineau ressortit aussitôt du café et revint très vite, un autre fil bleu indigo dans le bec. Il se reposa sur le chignon de TinTao. Fixa crânement Bob. Ébouriffa ses plumes pour expliquer qui était le maître ! Puis il cacha vite l'autre brin de laine bleu dans l'épaisseur des cheveux noirs. Bob se dirigea vers la porte du bar. Sortit sur la terrasse. Balthazar avait mis deux petites minutes aller-retour pour rapporter de la laine, ce qui voulait dire que les Touaregs et leurs manteaux n'étaient pas loin. La Môme Lune se tenait debout dans les treilles à regarder fixement au loin, alertée par un bruissement dans l'air. Bob tendait l'oreille.

Il entendit d'abord des pleurs de bébés, et puis la grêle lointaine des éboulis de cailloux sous les pas nombreux d'un groupe important qui descendait lentement la pente vers le fond du cratère, que les engins des hommes avaient creusé pour y construire le quartier de La Matrice, fondations d'un complexe fantôme, de l'autre côté de la route, abandonné par les promoteurs peu après le lancement des travaux. On n'entendait de ces hommes et de ces femmes du désert que le bruit des pas et ces cris d'enfants que les mères portaient enveloppés sur leur dos. Ils descendirent dans le creux de la dépression et continuèrent à marcher dans le fond de ce trou labouré aussi étendu qu'un grand lac artificiel asséché, qui aurait caché les ruines d'anciennes constructions, après qu'on l'eut mis en eau, en noyant des villages. Ils allèrent jusqu'à s'engager dans ce labyrinthe de murs abandonnés qui racontaient les débuts de la conquête désordonnée de la Lune, qu'on avait appelés complexe commercial, parkings, cinémas et discothèques, piscine, spas, restaurants, bowlings et salles de jeux, prévus pour occuper les sous-sols de ce nouveau quartier de bureaux et de banques. Tout avait péri avant d'avoir vécu. Les promoteurs, pris dans des histoires de détournement de fonds et de fausses factures, avaient fui sur la Terre. Abandonnant ces ébauches de chantiers aux pluies de météorites et au temps. À la poussière poreuse qui recouvrait tout très vite. Les Touaregs ralentirent leur marche. Ces hommes et ces femmes violemment chassés des déserts de la Terre par d'autres hommes retrouvaient sur la Lune un temps à leur mesure. Un pays dur et libre et sans guerre. Et toujours ils allaient à la recherche de l'eau. Seules les bêtes manquaient. Hommes, femmes, enfants et vieillards avançaient seuls sans avoir à guider aucun troupeau de chèvres, de moutons ou de dromadaires. Ils se nourrissaient de lichens. Buvaient le suc amer des épines de tulles. Mâchaient les jeunes pousses de trèfles. Les adultes les plus forts transportaient, sanglées sur leur dos, des larves géantes de courtilières dont on tirait un lait vert visqueux au goût d'euphorbe très nourrissant. Aux abords du groupe uni en mouvement s'élevaient parfois des glapissements. Ils avaient apprivoisé ces quelques loups qui suivaient le groupe des hommes et qui étaient au fil des jours devenus, par la force du lien, des loups bleus. Quand revenait le plein jour sur la Lune, les femmes se couchaient sous les tentes et les hommes, exténués, s'allongeaient sur le sol autour des feux finissants. Bientôt, ils seraient recouverts de la poussière dense de la Lune emportée par les vents et resteraient ensevelis, jusqu'au premier quartier de la terre et plus tard encore jusqu'au crépuscule de la Lune et le retour de la nuit, signal d'un nouveau départ.

LE CAMP DES HOMMES BLEUS

La Môme Lune grimpa sur le toit. Elle s'y assit. Les jambes relevées qu'elle enserrait de ses bras. Le menton sur les genoux. Toujours dévorée de curiosité. La gosse courait toujours après les vivants. Elle regardait de ses grands yeux émeraude écarquillés ces gens libres à l'allure sauvage qu'elle n'avait encore jamais vus. Les hommes du désert s'arrêtèrent au milieu des chicots de constructions abandonnées, au fond du trou. Et commencèrent à allumer des feux. Un, puis deux, puis trois foyers disposés en triangle, qui propulsèrent des gerbes d'étincelles dans la nuit. Ils montèrent leurs grandes tentes, puis étalèrent sur le sol des tapis jaunes et pourpres qui semblaient vouloir remettre le sol noir de ce cratère en fusion.

Les enfants couraient dans le réseau des murs et des murets en ruine, devenaient des petits esprits rouges quand ils passaient en criant près des feux. La Môme Lune aurait aimé jouer avec eux. Elle resta un long moment à regarder les hommes qui se prosternaient en direction de la Terre, les femmes qui faisaient cuire la nourriture en soufflant sur les braises qui illuminaient leur visage cuivre et enflammaient le lourd saphir sur leur front, les visages brûlés disparaître dans l'ombre du campement de toile avant de réapparaître sous les éclairs des flammes grenat ravivées. La gosse regardait ces visages enflammés sous la toile bleue, ces étoiles flottantes sur des épaules rondes engoncées dans l'épais manteau de laine grise. La Môme aurait rêvé traverser le campement endormi, s'allonger près des femmes pour se blottir contre le paradis de leur ventre ou se glisser entre les corps chauds recroquevillés des enfants.

Passa un météore chevauché par tout un groupe de gosses conduit par un enfant plus grand, au visage bleu, qui illumina quelques secondes leur camp. Étaient-ce Fokine et sa bande ? Le météore disparut entre les cubes des Magasins généraux. Peut-être était-ce un mirage ? Bob Feinn s'était avancé jusqu'à l'enseigne de son bar, au bord de la route, et contemplait l'univers en se grattant la barbe. Tout ici semblait un mirage, comme ces enfants des guerriers bleus qui faisaient des pirouettes dans l'air accrochés en grappe à la queue d'un couple de loups bondissant par-dessus les feux. Bob se retourna. Contempla avec fierté son grand café illuminé. Tourna sa tête en direction du campement touareg qu'éclairait maintenant un second triangle de feux. Regarda le café. Regarda le camp. Les lumières et les feux. D'un côté, les hommes qui buvaient. De l'autre, les hommes qui priaient. Là, des hommes qui s'enivraient à se parler, debout et serrés les uns contre les autres, à rêver d'aventures. Là, d'autres hommes qui s'enivraient aussi mais d'une autre manière, serrés les uns contre les autres autour des feux, à se raconter des récits de voyages sur la Terre et dans l'espace, quand ils avaient pris les navettes à Agadez, menés aux machines volantes comme un troupeau de chèvres, entre deux rangées de soldats. Ils racontaient comment, sur Terre, la lumière de la Lune leur apparaissait sur les dunes blanches et froides et comment, sur la Lune, la lumière de la Terre jetait des ombres d'un noir épais, multiples, sur les crêtes aux roches tranchantes et blanches éblouissantes des cratères. Les femmes chantonnaient pour leurs petits. Le saphir de leur front brillait dans les yeux des bébés sur qui elles se penchaient pour offrir leur sein. Là, les poches de pollen des liserons géants éclataient les unes après les autres, lâchant des petits nuages de graines translucides d'un bel or luminescent, s'éparpillant dans les cheveux de la Môme Lune haut perchée. Là-bas, en bas, les escarbilles des feux triangulaires qui zigzaguaient dans l'air chaud créaient des fontaines ascendantes de minuscules rubis éphémères qui venaient mourir sur le dos voûté des guerriers. Les étincelles les plus vives s'élevaient par-delà la route et allaient se mêler aux graines de liseron les plus légères. Là-haut, on entendait rire et danser Billy Crâne de piaf, ses lourdes chaussures en acier claquaient sèchement la mesure sur le sol du bar. Ici, on entendait les femmes chanter et les loups bleus couchés dans les rochers leur répondre. Billy, le vieux boxeur de Huntsville au Texas, les femmes du désert et les loups formaient un chœur inattendu qui prit Bob Feinn aux tripes. Au milieu de la route, en pleine nuit, sous la clarté de la Terre, le patron riait de bonheur. Le slogan fixé sur la fusée dressée disait : VOUS ÊTES ICI AU CENTRE DE L'UNIVERS. Ça avait l'air d'être vrai. Il s'écarta pour laisser passer une colonne de véhicules à chenilles qui transportaient des ouvrières agricoles, pour la plupart vietnamiennes et philippines, avec des Mexicaines, quelques Portoricaines. Les femmes se levèrent et s'agglutinèrent contre les vitres pour ne pas perdre une miette du spectacle de ce grand bar tout allumé à la sortie de la ville. On voyait qu'elles riaient. Chahutaient. Une Portoricaine souffla sur le carreau de la fenêtre et dessina un cœur dans la buée, qu'elle transperça d'un coup de langue. Le chauffeur lui-même écarquilla les yeux et ralentit, forçant le second chauffeur à ralentir pour admirer les lumières du bistrot, il faillit lui rentrer dedans tellement la vision de La Pleine Lune l'absorbait, on pouvait lire sur ses lèvres ce cri venu droit du cœur : « Merde alors, un bistrot ! », ce qui aurait été le premier accident de la circulation provoqué par un bar sur une route de la Lune ! Bob leur fit un salut de la main, puis les deux véhicules disparurent en direction des collines, laissant juste derrière eux le sifflement pointu de leur moteur. Revenant au centre de la route 36 à nouveau déserte, Bob envoya un baiser de la main dans la direction de la jeune Portoricaine chaude comme une braise qui, sans savoir que ce magnifique bar était à lui, lui avait déjà offert son cœur. Bob, que la bière et le bonheur chaviraient, se crut, le temps d'une illumination, avec son grand café ouvert au centre de l'Univers, installé au cœur de tous les désirs.

LES RAISINS DE LA COLÈRE

Les vingt-neuf jours et demi terrestres que durait la journée lunaire, depuis l'aube à l'aube, étaient découpés en tranches de vingt-six heures de travail, suivies de treize heures de repos. Les ouvrières agricoles travaillaient donc vingt-six heures, puis se reposaient treize heures, retravaillaient vingt-six heures d'affilée avant de s'en retourner aux baraquements pour treize heures de temps libre, et ainsi de suite, jusqu'à avoir accompli, le temps d'une journée lunaire de sept cent huit heures, quatre cent soixante-huit heures de travail environ pour deux cent trente-quatre heures de temps non travaillé. Ce même rythme valait pour les élevages. Dans les travaux publics, on travaillait un peu moins. Moins aussi dans les commerces et les bureaux. Ce rythme aberrant sur la Terre convenait à peu près bien sur la Lune, disons que ces ouvrières qui n'avaient pas vraiment le choix devaient s'y faire, l'état de moindre pesanteur permettant, quand il s'agissait de travaux des champs lents et répétitifs mais peu pénibles, des sessions d'activité plus longues. On n'en était pas encore revenu à l'ancien système de l'esclavage, mais toutefois on pouvait parler de surexploitation d'une main-d'œuvre terriblement pauvre qu'on avait retirée des régions terrestres dévastées par le réchauffement climatique, avalées par l'avancée des déserts ou bien englouties par la montée spectaculaire du niveau des océans. Bob savait que ces filles pleines de jeunesse et de révolte finiraient par venir boire des coups dans son bar, draguer les poivrots et danser ! Elles lui rappelaient ces jeunes filles de Belfast qui, le vendredi soir, quittaient la conserverie et venaient directement dans son grand café pour se saouler, pour oublier leur semaine de fatigue et leur vie pleine d'humiliations.

LA LUMIÈRE DES GUERRIERS

Quant aux Touaregs, on parlait pour eux de déportation, les derniers représentants de ces habitants du désert ayant été chassés et embarqués dans les navettes spatiales sous la contrainte, quand la guerre pour l'eau sur la plupart des continents était devenue trop âpre et meurtrière. Les derniers puits fertiles avaient été confisqués et les oasis transformées en forteresses. Mais ces hommes et ces femmes avaient très vite su faire du désert qui couvrait une grande partie de la Lune leur pays. Ils étaient ici chez eux. Plus libres encore qu'ils ne le furent sur la Terre, marchant sur le dos de la Lune qui, dans une époque encore toute récente, leur servait d'éclaireur. Ils allaient à pied dans sa lumière, devenus eux-mêmes une partie de cette clarté qui tombait sur la Terre, et participaient à son rayonnement de leurs feux. C'est comme ça que les nomades tibétains et mongols s'endormaient sur la Terre sous la lumière venue pour part de leurs frères touaregs.

Bob traversa la route. Passa la haie des pics en acier tordus pointant des blocs de béton concassés qui avaient dû être l'embryon d'une rampe d'accès aux innombrables parkings. Il s'approcha du bord du gouffre, un temps protégé du vide par des plaques soudées de métal qui avaient été volées une à une par les mineurs pour s'en faire des toits solides pour leurs abris. Tout en bas, une demi-sphère de lumière pourpre couvrait sous sa cloche l'éphémère village de tentes. Le camp touareg et le café La Pleine Lune tremblaient dans la nuit d'une chaleur identique. La Môme Lune, la main en visière, regardait une autre petite fille qui s'était écartée du groupe et avait escaladé un pic de pierre rousse, et qui la regardait aussi, sa main ramenée pareillement au-dessus des yeux. Deux gosses identiques qui se faisaient face, une môme des rues et la gosse du désert. Les femmes rechargèrent les feux en brindilles. Le patron leur fit de grands gestes et, légèrement penché en arrière pour ne pas partir dans la pente, leur cria des mots de bienvenue. Sa voix semblait ne pas porter et ses cris se perdre dans les poussières. Il cria plus fort encore. Les femmes ramenèrent leur voile bleu sur leur visage. Alors des jeunes enfants se mirent à sauter de rocher en rocher, cherchant à apercevoir cet homme là-haut qui les appelait. On s'agitait autour des foyers. Il vit les loups s'enfuir.

Bob s'aperçut qu'un groupe d'hommes s'était mis en mouvement et venait dans sa direction. Ils remontaient lentement la pente caillouteuse, portant des jarres taillées dans des géodes roses de calcédoine. Des enfants les suivaient, à quelques pas derrière, évitant les pierres qui se décrochaient et roulaient vers le fond du trou. Parfois l'un d'eux glissait, entraînant avec lui une coulée de gravier, puis il remontait la pente, multipliant les efforts, comme un insecte léger tombé dans un entonnoir de sable. Ces hommes paraissaient anormalement empesés pour la faible gravité lunaire, parce qu'ils portaient aux pieds de lourdes sandalettes à semelle de plomb pour alourdir et ralentir leur marche. Ils s'enfonçaient dans la caillasse. Bob les guidait de sa voix. Les hommes ne parlaient pas. Leur respiration était courte et leur toux rauque, ils crachaient souvent, à force d'avaler la poussière. À mi-pente, ils croisèrent un chemin plus praticable et continuèrent à progresser lentement en direction de cet homme qui les hélait, penché au bord du précipice. Les profondes jarres de calcédoine qu'ils portaient étroitement sanglées dans leur dos scintillaient sur leur manteau de laine, et même si ces volumineuses géodes n'ajoutaient pas à la difficulté de la marche un poids supplémentaire, elles les gênaient par leur volume et faisaient de ces hommes habituellement déliés des scarabées caparaçonnés.

Bob se recula derrière les ferrailles pour laisser aux hommes la place de passer. Et puis, les voyant apparaître au sommet du gouffre, bien plus grands et forts qu'il ne les avait imaginés, il se recula encore un peu jusqu'à la route. Les adultes étaient trois, les enfants quatre, déjà proches de l'adolescence, vêtus d'un patchwork de lambeaux de combinaisons des employés des centrales qu'on retrouvait dans le périmètre des décharges, et de bandes découpées dans les manteaux de laine, pris sur les corps abandonnés au vent des plus vieux d'entre eux qui étaient morts. Leur visage était cuivre, leur peau sèche brûlée par les rayonnements solaires et leurs lèvres craquelées. Tout un fin réseau de ridules noires parcourait leurs joues à force de plisser leurs yeux. Les enfants du désert lunaire ressemblaient à des vieux petits hommes au regard noir terriblement vif, brillant, contrairement aux enfants cachés de la ville enfouie, qui vivaient, eux, à l'abri du soleil, à l'abri du froid de la nuit, à l'abri de la soif, de la faim, des poussières et du vent, à l'abri des étoiles et du ciel, à l'abri de tout, le plus souvent confinés dans des chambres stériles, élevés dans la phobie de microbes inconnus, à la peau rose et aux joues rebondies, aux cheveux peignés régulièrement désinfectés, aux ongles courts brossés, aux mains potelées, au regard vague plein de tristesse et d'ennui.

Les hommes décrochèrent le voile qui masquait leur visage. Le plus âgé des trois s'approcha de Bob et le salua, ses deux mains tendues, leur paume bleue. Bob posa ses mains à plat sur celles du vieil homme. Le regarda fixement. Deux petites billes noires brillaient intensément dans l'orbite profonde de ses yeux. Une poussière blanche croûtait au bord des narines de son nez en bec d'aigle. Ses lèvres grises, sèches, souriaient sur des dents fortes, ivoire. Un rang de petits saphirs brillait, piqués de sous sa lèvre à la pointe de son menton. La peau de son cou, noire comme une peau morte, distendue, cachait une maigreur terrible, mais cette maigreur ne trahissait en aucune manière un état de faiblesse. Cet homme, visiblement âgé, se tenait droit. La tête haute. Ses épaules emmitouflées, qui portaient la jarre de calcédoine sans trembler, témoignaient de sa force. Ses mains étaient courtes et robustes. Il ne tremblait pas. Il passa l'ongle de son pouce sur ses lèvres et désigna de sa main tendue la façade illuminée derrière laquelle des hommes buvaient. Bob se retourna. La petite TinTao, dressée debout sur le comptoir, exécutait pour Digitale une danse de chez elle. Bob hocha de la tête et fit signe aux hommes de le suivre. Il avança vers son bar en meneur du groupe de nomades. En traversant la route, il jeta un coup d'œil sur le côté, pour voir les ombres épaisses des hommes suivies des ombres longues des jeunes adolescents avancer en colonne. Bob Feinn, qui avait dû abandonner l'Irlande dans la haine, la violence et les flammes, vivait un drôle de rêve. Comme une nouvelle révolution. Maintenant, les hommes bleus du désert se regroupaient devant son bar comme devant un puits du Tibesti.

Le café La Pleine Lune, rapidement rebaptisé Chez le Piaf, était en passe de devenir le bar de l'Oasis.

Spot tapa sur l'épaule de Milus, qui avertit à son tour Colby, qui fit un signe à Rico, qui enjoignit à Franz de regarder ce qui se passait à l'extérieur d'un coup de menton. Les alertes passaient toujours de gars en gars comme une onde à la surface d'un liquide, ça pouvait partir d'un clin d'œil d'un côté pour finir en tempête de l'autre. Digitale, habituée à ces signes rapides que se font les clients des bars, se retourna prestement. Spartacus fut cueilli par le parfum léger qui s'échappait de ses cheveux balancés, on s'attendait plutôt à ce que cette fille sentît la bière et l'essence, la viande grillée, le soufre des laves, le plomb fondu, la dynamite, l'herbe bleue née des larmes et le vent, Digitale dégageait une odeur de fruit que le légionnaire n'avait pas sentie depuis longtemps, la framboise. Spartacus avança sa main pour toucher ses cheveux emmêlés, mais le charme fut rompu quand elle siffla comme un cow-boy en direction de la troupe des Touaregs. Balthazar s'envola pour aller se poser sur la tête grise du grand Billy Crâne de piaf, pour mieux voir dehors. Bob ramenait avec lui sept nomades qui pouvaient être, si on en croyait la légende, sept fantômes perceurs de coffres-forts. Ils s'arrêtèrent aux marches de la terrasse, déposèrent les jarres de calcédoine contre les treilles de liserons et, refusant d'aller plus loin, les trois adultes s'assirent en tailleur, le dos calé au muret qui en faisait le tour, tandis que les quatre adolescents, obéissant au patron, contournèrent la bâtisse pour aller remplir les sept cônes translucides derrière le café, dans l'étang artificiel. Le reflet des jeunes hommes sur la surface d'argent explosa quand ils plongèrent les géodes dans l'eau pure du cratère. Puis ils s'agenouillèrent et burent longuement avant de faire disparaître leur tête sous les vagues que leur jeu et leur soif inextinguible avaient créées. L'image de la Terre tremblait dans les plis et replis de l'eau. Accroupis dans la poussière détrempée, ils restèrent un moment à goûter la fraîcheur du lieu. À contempler l'Afrique dont on leur avait dit qu'ils en étaient les quatre fils et qui, à cet instant, depuis le désert arabique jusqu'à la vallée du Rift, semblait s'ouvrir en deux et creuser plus au sud une large fosse jusqu'à l'océan Indien, le long du fleuve Zambèze. Le sud de Madagascar avait coulé. Un continent resplendissant de glace détaché du pôle Sud dérivait au large de la Namibie. Un long panache de fumée blanche s'étirait sur le tropique du Capricorne, sous l'île de Sainte-Hélène, expulsé d'un fer à cheval volcanique nouveau-né, immense trait de poussière parallèle au trait de vapeur jaunasse qui montait des abattoirs de Paroxis et s'étalait par-dessus les ateliers de maintenance des téléphériques et les poudreries des mines avant de dépasser les échangeurs. Plus loin encore, derrière la bretelle d'autoroute éclairée d'orange et les casses de navettes, des lasers tournaient dans le ciel saturé du camp des gitans. Une odeur de graisse animale chaude leur arriva des ateliers de retraitement des déchets vivants.

Une fois remplies les jarres, ils les rapportèrent devant la haute bâtisse. Ils les alignèrent contre les liserons. Puis, comme les trois hommes assis tendaient leurs mains ouvertes, ils y versèrent de l'eau. Le plus âgé but, se lava le visage, il rebut, et puis il se relava la face. L'eau ruissela le long de son cou. En nettoya les fanons. Fit apparaître une boursouflure au niveau de la glotte, comme la cicatrice d'une pointe de flèche. Ses lèvres bougeaient. Il remerciait son hôte pour cette eau venue du cratère. Il priait. Mais aucun son ne sortait de sa bouche. Les autres ne parlaient pas. Ils buvaient, et se penchaient en avant, leur visage vers le sol, en remerciement.

LE REGARD DE JAÏNI

La Môme Lune sauta du toit pour se dissimuler dans les feuillages et apercevoir de ces adolescents nomades le visage brûlé de soleil et les cheveux rouges dégoulinants d'eau, de ces adultes muets à la peau sombre les yeux noirs et brillants qui disaient tout. Elle croisa le regard de Jaïni, le plus jeune, qui devait avoir dix ans, et fut saisie par le feu de ses pupilles étincelantes enfoncées dans la peau terne de sa figure vieillie par les terribles rayonnements du soleil. Il la fixait, immobile, comme statufié en croûte de poussière et de cristaux, les pieds nus enfoncés dans le sol de régolite, le corps alourdi par ces lanières de métal qu'il portait entortillées à ses jambes, depuis un large bracelet de cuivre incrusté de rubis fixé à ses chevilles jusqu'à un anneau de bronze qui enserrait ses cuisses au-dessus de ses genoux, pris dans ses jeunes chairs. C'était un enfant, un homme, en même temps un petit vieillard. Il ramassa une pierre et la lança par jeu en direction de la fillette cachée. Elle la saisit au vol. La lui renvoya. Il la saisit à son tour et la renvoya en direction de la Môme Lune. La gamine sauta sur une table, puis dans la treille, puis sur le toit, puis disparut, pour réapparaître sur une cosse de liseron, accélérant par ses mouvements la libération du pollen or. Sa vitesse était si grande qu'on ne la voyait pas voltiger dans les airs troublés d'un brouillard fin de graines légères. Elle disparut à nouveau. Jaïni la cherchait du regard. Puis, tout d'un coup, elle resauta sur une table de la terrasse, créant une grande gerbe d'étincelles, s'accroupit, reprit son élan, pour se propulser d'un bond sur la pointe de la fusée qui clignotait sur le bord de la route, elle s'immobilisa sur le haut de l'enseigne, fit un signe au jeune garçon, puis sauta au milieu de la route dans un éclair blanc et disparut dans les ruines du chantier. Alors que Jaïni s'attendait à la voir voltiger de bloc en bloc brisé, dans la masse du béton effondré, il entendit un petit rire étouffé juste derrière lui. Il se retourna, pour découvrir deux grands yeux verts brillants qui le fixaient à travers les feuilles géantes des liserons.

Le jeune garçon n'avait jamais vu personne se déplacer aussi vite et aussi joliment dans les airs, la petite fille dansait, vive comme un esprit, en laissant derrière elle des arcs électriques et des éclairs qui claquaient en dispersant une forte odeur de brûlé. Une petite fille libre avec dans son âme enfoui un vivant feu de brindilles. Le cœur de Jaïni battait fort, les coups passaient dans le sol, dans les racines étales des plantes, de feuille en feuille, se répercutaient de branche en branche jusqu'à la Môme cachée dans les feuilles dont les nervures épaisses se mirent à battre, faiblement, comme des veinules contre ses joues. La Môme sentait dans ses joues danser le cœur de Jaïni. Mais elle aurait pu sentir aussi le cœur de Franz Tiers et celui de Spot qui n'avaient jamais vu non plus une personne humaine capable d'une telle vitesse de déplacement, et qui battaient la chamade. La dernière fois que Spot le tatoué avait senti son cœur s'affoler, c'était en passant à travers le pont pourri d'une jonque chinoise pour atterrir au milieu de cinq tonnes de cocaïne, quatre-vingts millions de dollars en billets et une imposante cargaison de cobras pour la soupe. Les milliers de serpents n'avaient déclenché chez lui aucune émotion particulière, c'étaient plutôt les sous. Si Franz Tiers sentait la gamine capable de pulvériser le record d'escalade de l'Éverest dans la chaîne de l'Himalaya sur Terre, en quelques minutes seulement, aller-retour depuis Lhassa, sans oxygène et sans chaussures, le mercenaire la voyait plutôt parcourir les puits de mine à grande vitesse, porteuse des sacs du butin des coffres qu'elle remettrait à un comparse posté à la sortie pour charger les gemmes dans une navette rapide des douanes volée, planquée dans les hauts contreforts montagneux du cratère Maginus, trajets que la Môme électrique effectuerait, minuscule étoile filante dans les boyaux étroits, autant de fois qu'il le faudrait, jusqu'à arasement complet des collines de pierreries. La Môme électrique en avait la vitesse. Ce qui ne résolvait pas le problème incontournable qu'il fallait entrer dans les coffres-forts. Spot aurait volontiers pris le vieux guerrier touareg dans ses bras, l'aurait saoulé cent heures d'affilée pour lui faire avouer comment ils passaient les cloisons d'acier, lui et ses troupes, et puis, s'il le fallait, il lui aurait cassé les côtes et tous les autres os et aussi les dents. Mieux valait que Spot ne se mêlât jamais de rien. Que Franz Tiers Amundsen ne traçât pas non plus de plan sur la comète et ne convoquât pas ses illustres ancêtres à la table des décisions. Que Digitale Caribou ne commençât pas à boire trop et à vouloir se battre. Que Triton ne fumât pas une cartouche de dynamite.

Que Spartacus ne sortît pas son poignard. Qu'Angus ne prît pas son marteau qu'il portait dissimulé sous sa chemise. Que le sculpteur Vérex ne fît pas un discours sur les arts premiers qui aurait énervé tout le monde. Que Colby ne fît pas entrer dans le bar tous les esprits affamés et colériques des Homelands. Que Billy Crâne de piaf, se croyant redevenu boxeur, n'envoyât pas un direct dans la gueule à Kyprianoù le blond. Que Piotr et Taurus armés ne perdissent pas leur bonne humeur. Que Balthazar enfin ne lâchât pas une fiente dans la bière de Rico Damato, ce qui l'aurait rendu probablement fou. Mieux valait que personne ne bougeât et bût son coup bien tranquillement. Chantât. Draguât. Rigolât. S'engueulât. Se battît. Tout ça dans les limites d'une soûlographie pas bégueule bien comprise, gourmande, virile, violente, fraternelle, sportive, poétique et toujours courtoise. Bob Feinn avait juré, devant la commission d'attribution des licences lunaires qui l'auditionnait, sans perdre de sa concentration, ni son sérieux – il avait juste un peu rougi aux joues mais personne ne l'avait remarqué –, que La Pleine Lune serait ni plus ni moins comme un petit café de village, un jour de marché. Avec une brigade pareille, ça n'était même pas la peine de rêver ! D'autant que les Flying Stones, conviées à venir jouer de la musique pour la belle soirée inaugurale de cette première licence, Valoche, Grid, Soizheu, Low et Conchitas, dans un terrible fracas, venaient de planter leur navette dans les grands vergers conservatoires fédéraux, juste derrière l'étang, après avoir pulvérisé les sphères fluorescentes de navigation guidée marquant l'entrée de l'espace aérien contrôlé de la ville, et réussi à éviter miraculeusement les bouclettes enrubannées des magnifiques fausses anciennes cariatides de marbre au fronton est du bistrot. Le 21 juillet 1969, quittant le LM une demi-heure après le commandant de mission Neil Armstrong, Buzz Aldrin, pilote du module, mettant le pied sur la Lune, avait déclaré :

— Quelle vue magnifique ! Une magnifique désolation !

Le 15 juin 2095, à peine un siècle et demi plus tard, Bob Feinn, sortant sur le pas de sa porte après sa compagne TinTao, sur la terrasse arrière du café La Pleine Lune, ne put qu'acquiescer aux mots du célèbre astronaute d'*Apollo XI*, pour y ajouter les siens.

— Quel bordel ! Elles me font chier, ces connasses !

C'était vraiment une magnifique désolation.

LES FLYING STONES

La navette fumait au milieu des vergers, le nez planté dans la tourbe artificielle, toute droite, parmi un amas de troncs brisés. Les tuyères du moteur Viking, pleines de feuilles carbonisées et de branches broyées noircies, finissaient de cracher des flammèches en poussant un sifflement aigu. V-SSM-15. C'était une bécane volante de seconde génération déjà ancienne, six places assises modifiées pour douze, une soute à bagages, complètement dépassée, cabossée, rouillée, dangereuse, dévoreuse de combustible enrichi, recalée plusieurs fois au contrôle technique et qui n'avait plus le droit de voler depuis longtemps. On voyait que les ailes, l'une bleu pétrole métallisé, l'autre marron foncé mat siglée d'une société de gardiennage, avaient été récupérées à la casse derrière l'autoroute et remontées au black par des garagistes peu regardants, ou par les Flying Stones elles-mêmes, qui avaient tâté un peu de la mécanique pendant leur période biker, avant qu'elles ne quittassent le gang des Gypsy Jokers australiens pour s'en aller sillonner, en minibus brinquebalant, les routes et les pistes poussiéreuses du continent africain, de salle des fêtes en hangar militaire, de bar en bouge, de campus en prison, sous leur nouveau nom de scène, les Hyènes dans la brume, rebaptisées, sur les portes coulissantes du van, Yennes dalam kabut, pour la simple raison que le nom du groupe avait été peint, dans un atelier de Douala, au Cameroun, par un jeune artiste indonésien qui ne parlait et n'écrivait, pour d'obscures raisons sectaires, que le malais de son village de Pinang, opiomane, cocaïnomane, priapique, alcoolique, magnifique garçon au sexe long de quarante centimètres avec un gland tatoué, que les pêcheurs de thons du coin avaient surnommé Pousse de bambou et aussi Alcool de pneu.

La navette crachota dans l'air du verger une dernière flammèche. Un dernier pet blanc de combustion. Puis la porte avant gauche s'ouvrit lentement, dans un terrible grincement de rouille, avant de se décrocher complètement du fuselage froissé et de tomber sur le sol jonché de débris. La Môme Lune sauta du toit sur une grande table en lave. Le ventre de la navette lui était passé à ras de la tête, et l'arc électrique qui s'ensuivit avait vraisemblablement fini de griller tout ce qui restait de l'électronique embarquée encore valide. Une fumée bleue s'échappait du cockpit. On entendait des rires. Des invectives. Des bris d'objets. Des « Merde ! » et des « Pousse-toi ! ». Une jambe nue bottée de rouge sortit de la ferraille, suivie de trois bras ensemble, deux têtes, une autre jambe en bas résille de résine noire chaussée d'une bottine or et argent à talon mercure, puis une jambe nue bottée de jaune vif apparut à son tour, une autre tête chapeautée cow-boy, une main gantée d'acier rouge, un bras tatoué de flammes, un autre couvert de scorpions multicolores, une paire de fesses en string, une seconde jambe bottée de rouge, un autre chapeau de brousse, une ceinture avec un poignard brillant, un pied nu, un sein libéré par la rupture des petits rangs d'améthystes d'une bretelle de body, un dos nu dont les incrustations de topazes dessinaient la planète Mercure et trois de ses anneaux, une longue chevelure rousse hérissée par l'électricité accumulée dans la cabine, un autre bras entortillé à une autre jambe tendue, deux cuisses ouvertes qui laissaient voir une culotte noire brillante aux reflets bleu-vert en cristaux assemblés de magnétite et de pierres de larimar, c'était comme une araignée géante qui tentait de passer la porte de la carlingue en râlant, toutes ses nombreuses pattes emmêlées, tous ses yeux ronds furibards, les cinq Flying Stones propulsées vers l'avant de la navette par la violence du choc ne faisaient plus qu'une créature arachnéenne courbaturée et malpolie, ivre, excitée, rigolarde, qui revenait tout droit d'avoir picolé sur les docks avec ces gars violents et bagarreurs, trafiquants de tout, qu'on appelait les marins. Malgré les cris, les rires, les injures, les gloussements, les palabres et les râles des filles emmêlées entassées, on entendit comme le bruit sourd d'une caisse qui dégringolerait de la soute à bagages jusqu'au poste de pilotage en se cognant partout. Un dernier choc violent. Un gros craquement. Puis un grand cri de rage impuissante. Dès lors, ce fut un brouillard gris qui s'échappa du cockpit, un brouillard qui sentait la pluie et le froid, la mer, le mazout, la friture, la bière et la ferraille des ports. L'araignée de bras et de jambes noués disparut dans sa matière. Maintenant, la brume qui fuyait du cockpit éventré envahissait le verger, enveloppant la carcasse pliée de la navette, la mare, les tables de lave de la terrasse arrière du bar, jusqu'à venir au nez de Bob Feinn qui trembla du haut en bas, car c'était l'exacte réplique du parfum froid de l'Irlande, la nuit, sur le trottoir devant les pubs bruyants, illuminés, alignés et perdus dans la brume comme des chapelets d'îles, sur les ports du Nord en hiver. C'en avait la couleur, la texture, le même goût salé et amer du vent. Il serra TinTao dans ses bras. Bientôt, on ne vit plus rien à la ronde, ni le verger conservatoire, ni les lumières de l'autoroute, ni le ciel étoilé, ni la Terre. Pas plus la façade arrière du bar, disparue dans cette brume lourde, clone des brumes de Belfast, que les filles voulaient offrir au patron irlandais pour l'ouverture de son beau bar, et dont la boîte récupérée auprès des marins des docks s'était ouverte dans l'accident, laissant le brouillard se répandre partout et se coller sur tout, sans contrôle. Un brouillard terrestre, ça s'utilisait avec parcimonie, comme une rare et fine épice météorologique qu'on sortirait de temps en temps de sa boîte, qu'on manipulerait avec précaution, qu'on respirerait avec beaucoup de respect les petits matins de tristesse, les nuits si longues et lourdes parfois de nostalgie. Mais jamais bien sûr on ne renversait dans l'air lunaire toute la bonbonne d'un coup ! Ce brouillard noya complètement Bob et TinTao, la Môme Lune qui, affolée, fila se cacher sous une table, puis il rentra dans la salle du café, envahit lentement le comptoir où Angus Paasinen se mit à sautiller pour le dévorer à coups de dents, tandis que Billy Crâne de piaf se lançait dans un blues mélancolique, après avoir reconnu dans cette fumée l'âme errante de Memphis. En quelques minutes, tous les clients se retrouvèrent englués dans cette soie. Digitale, légèrement ivre et déboussolée, s'en remplit les poumons, car elle trouvait que cet air sentait terriblement bon la vase et la brume des Grands Lacs. Une fois qu'il eut traversé le bâtiment de part en part, il ressortit sur la terrasse devant, où il noya les liserons qui disparurent dans sa matière humide et froide. Très vite, la bâtisse entière fut prise dans cette brume maritime épaisse mêlée à la rouille des usines, elle-même mélangée à la tourbe fumée de la lande du Connemara. Puis elle enveloppa doucement le groupe des Touaregs, tomba sur leurs épaules, comme un nouveau vent froid encore inconnu, chargé de poussière, venu de la nuit du désert. Les hommes bleus, assis sur le sol, ramenèrent leur épais manteau de laine sur leur tête. Le plus vieux guerrier sortit de sa poche quelques brindilles qu'il éparpilla au centre du cercle et enflamma. La fusée de l'enseigne disparut à son tour, seule perçait encore un peu de sa lumière clignotante. La brume s'arrêta à la route, d'où on ne voyait maintenant plus rien du grand bâtiment qu'un nuage gris, si lourd, si dense qu'il en était imperméable à la lumière. Une colonne de longs véhicules blancs à chenilles ramenant au campement l'équipe des ouvrières agricoles en fin de journée, que venait de relever l'équipe opérationnelle montante, ralentit, jusqu'à rouler au pas. Les deux cent trente filles des champs, harassées, sales, curieuses, assoiffées, les joues griffées, collantes de sueur, la bouche pleine de poussière, s'étaient agglutinées contre les vitres, espérant apercevoir à leur tour ce grand bar tout neuf tout illuminé, que l'équipe montante des Vietnamiennes et des Philippines leur avait décrit avec mille exagérations, mais elles ne purent voir qu'un haut nuage gris qui bouchait la vue jusqu'à l'horizon. Les chauffeurs, terriblement déçus – le goût de la bière leur était venu au bord des lèvres depuis déjà une bonne heure –, accélérèrent et prirent sèchement le premier rond-point après le gouffre de La Matrice, de très mauvaise humeur. Même si c'était pas pour boire, c'était juste pour voir ! Le mouvement des véhicules décrocha une langue de brume qui s'étira sur la route et s'immobilisa en son milieu, donnant à cette portion de voie, coincée entre le bar et le gouffre, l'allure d'un quai en bord de mer, avec son phare qui clignotait perdu dans le brouillard.

Bob mit ses mains en porte-voix pour appeler les Flying Stones accidentées dans les arbres et maintenant disparues dans la brume ! C'était un geste exagéré, mais le patron débordé ne savait plus trop où donner de la tête. TinTao se mit à les appeler aussi, pour jouer avec Bob aux clientes englouties. Rien de moins qu'une mer d'Irlande fantôme s'était invitée à l'inauguration du bar. Ce parfum puissant tournait la tête. Embarquait l'humeur. Prenait aux tripes. Nouait la gorge. Tout d'un coup, les clients restés dans le café se mirent à improviser une chanson de marin, comme s'ils étaient saouls, dans un pub de Belfast ! Le jeune Jaïni, assis dehors près du feu, se mit à jouer de la flûte et sa musique traversa le coton de la brume pour se mêler au chant des hommes accoudés. Tous ces moments disparates, ces sons mêlés, ces échos, ces images floues, ces collages faisaient chavirer les sens, le café faisait son travail d'embrouille et poursuivait sa grande œuvre d'empoisonnement. L'Irlande s'invitait sur la Lune et noyait les Touaregs !

LA MER D'IRLANDE

Les Flying Stones crièrent que tout allait bien. Leurs voix lointaines traversaient la nuit épaissie, enfin leurs rires, et bientôt de nouveau leurs bordées d'injures, quand il leur fallut escalader les rochers pointus, redescendre la pente dans les coulées de caillasse, en direction du bar invisible, puis passer la mare et les rangées de tables qui formaient des murets de lave en quinconce à hauteur des hanches. Bob retourna à l'intérieur de son bar, légèrement titubant, derrière le comptoir de quartz qui diffusait dans le brouillard sa lumière rose et bleu pulsative. Ses joues, son nez rouge, ses grosses mains brillaient. Sa barbe s'augmentait du volume des gouttelettes de brume gris-vert odorantes qu'il ramassait à chaque mouvement du menton. Il planta ses pognes sur le bar. Inspecta la bande. Les clients alignés ne dépassaient que par morceaux de cette purée de pois. Rico, sa tête et ses épaules. Digitale, son visage, le haut de sa tête ayant disparu, ses seins pointant comme deux presqu'îles sur un corps perdu. Triton, lui, n'avait plus sa tête, quand celle de Vérex, rasée, la face grimaçante, flottait encore dans la brume comme un ballon fripé ! La mousse des verres rejoignait la mousse de l'air. Les mains se montraient, les doigts jouaient, puis disparaissaient comme par magie dans ce nuage. La grosse tête noire aux tempes grises de Billy Bully Crâne de piaf accompagnait de son mouvement de pendule la ballade irlandaise, et son souffle court inventait des tourbillons gris-bleu. La gentille Miss Tudy, du Bureau d'aide aux désœuvrés de Huntsville, aurait été rassurée de voir Billy Bully les Poings d'or, son protégé, chanter dans ce bar avec autant de ferveur que le dimanche matin à la chorale de la mission, englouti dans les vapeurs de l'encens, et la joie d'avoir sauvé une âme au bord du précipice l'aurait remboursée au centuple du prix exorbitant du billet pour la caisse toujours à moitié vide de l'aide sociale. Billy Bully eut une pensée émue pour sa bienfaitrice, et il se mit à brailler plus fort encore ce qu'il croyait être un vieux chant indien ! Dans une déchirure du brouillard, on vit que Kyprianoù le roux était en train de lui siffler son verre. Kyprianoù le blond, lui, avait complètement disparu dans la masse nuageuse. On ne voyait plus Milus non plus. Un peu du haut lustré du chapeau de Colby. Le jeune Triton, qui s'était depuis un moment écarté du groupe, tentait de voir quelque chose dehors par l'encadrement bouché de la porte. Un minuscule rougeoiement témoignait de la présence des sept Touaregs, sur la droite, accompagné du son de la flûte, et c'était tout. Un gosse enfermé la nuit dans sa chambre et fixant un rai de lumière sous la porte, bercé par la voix de ses parents à travers la cloison, n'aurait pas vu plus. C'est l'idée saugrenue qui lui vint aussitôt. L'image d'un môme blotti dans le cocon de son lit, derrière la porte de sa chambre fermée à clef. Il avait fallu qu'une vieille navette s'écrasât sur la Lune et fît exploser son chargement de brouillard contre un bar pour que le jeune artificier de vingt ans en fuite retrouvât une sensation douce et triste de sa petite enfance. La psychanalyse de comptoir nécessitait chez le jeune Werther de Brême, fils de riches châtelains, un déploiement de moyens d'un luxe inouï, à la hauteur de ce qu'il avait quitté. Derrière lui Bob Feinn, le cœur emporté par les tourbillons de brume, de plus en plus rouge d'émotion, les bras écartés, les poumons gonflés prêts à craquer, entonnait une ballade irlandaise, « The Wild Rover », « Le vagabond sauvage », « J'ai été vagabond sauvage pendant longtemps, et je dépensais tout mon argent en whisky et en bière, mais maintenant je reviens avec beaucoup d'or, et je ne jouerai plus le vagabond sauvage ! » qui le fit virer au violet ! Piotr et Taurus, l'un russe et l'autre ouzbek, reprirent la chanson en chœur, sauf que Piotr évoquait la vodka et les brouillards sur la taïga, alors que Taurus évoquait l'ouzo et les fumées rouges du Bosphore, au bord duquel il avait rencontré son premier amour, une lavandière bulgare avec une croupe de vache et une moustache d'ours, qui lui avait donné cinq enfants, tous morts emportés par une vague géante au cours du creusement du grand canal entre mer Noire et mer Caspienne, mais tout ça, pour peu qu'on ait bien bu et que l'on s'attachât plus à la chaleur des sentiments exprimés qu'à leur forme, sonnait tout à fait l'Irlandais du Nord ! Sur le même air, Vérex chantait une berceuse vénitienne et Angus, revivant l'hiver sur Helsinki, sifflait l'hymne national finlandais ! Chacun chantait son refrain et tous au final chantaient la même chanson. Triton attendit le dernier couplet du « Vagabond sauvage » pour se mettre à chantonner, d'une voix cassée qui restait bloquée dans le fond de sa gorge : « Je rentrerai chez mes parents pour confesser ce que j'ai fait, et je leur demanderai de pardonner à leur enfant prodigue, et quand ils m'auront embrassé comme avant, je leur promettrai de ne plus jouer le vagabond sauvage ! » *I have been a wild rover for many's the year, and I spent all my money on whiskey and beer, but now I'm returning with gold in great store, and I never will play the wild rover no more !*

Balthazar sautilla de tête en tête, depuis TinTao jusqu'à Piotr, de Taurus à Angus, de Billy à Digitale, s'arrêta un moment sur le chapeau de cuir de Colby dont la partie supérieure dépassait de la brume comme un caillou poli, chercha à se repérer dans le brouillard qui masquait tout, penchant sa tête d'un côté, de l'autre, l'œil droit, l'œil gauche, puis il s'élança à l'aveugle dans la brume épaisse pour venir se percher sur l'épaule de Triton. Et, comme tout le monde chantait dans le bistrot, lui aussi commença à gazouiller sa partition mélancolique ! Triton se tut pour écouter l'oiseau tout ébouriffé contre son oreille. Il pépiait un chant moineau parisien, qui racontait le lever du jour sur le quartier encore préservé de la butte aux Cailles, les brouillards dans les jardins du Luxembourg, les miettes de pain devant la boulangerie rue de Rochechouart et les petits bouts de croissant éparpillés sur le comptoir du buffet de la gare de l'Est. Pit ! Pit ! Pit ! C'était le refrain. Pit ! Pit ! Pit ! Et, dans son deuxième couplet, le chant moineau évoquait la brioche légère rue Caulaincourt et la gaufre chaude, l'hiver, à Montmartre, le pain de mie doré d'un croque-monsieur place Pigalle, et la meilleure baguette tradition vendue toute chaude dans le bas de la rue des Martyrs, dans l'ombre des plus hautes tours de bureaux du monde, érigées en cinquante années à peine, dans un Grand Paris bouleversé. Mais les miettes de pain dorées brillaient toujours sur les trottoirs, pour les moineaux, dans l'ombre acier des plus grandes constructions humaines, car c'était l'âme immortelle de Paris. Pour preuve, on avait choisi d'ouvrir au pied de la tour MK-Miramax de mille cinq cent trente-deux mètres de hauteur, place d'Italie, une boulangerie baptisée Au Vieux Fournil.

C'était un joli chant d'oiseau, mélancolique et mélodieux.

Enfin, Balthazar se tut, pour écouter Triton qui reprenait un couplet du « Vagabond sauvage » : *I'll go home to my parents, confess what I've done, and I'll ask them to pardon the prodigal son, and when they've caressed me as oft'times before, I promise to play the wild rover no more.* Puis le moineau se remit à gazouiller, pit ! pit ! pit ! le refrain, pit ! pit ! pit ! Alors Triton sifflota avec lui la douce ballade des boulangeries de Paris et la complainte des miettes de trottoir, le pain aux raisins devant le vieux lycée Malesherbes, les croûtes de meringue rose sur le trottoir devant le collège à Trinité, les graines de millet quai de la Mégisserie, et même les grains de farine pris dans les poils des girafes du zoo de Vincennes, ou encore ces croûtons secs lancés aux zèbres du jardin des Plantes, et enfin, mais c'était plutôt rare, un reste de biscotte à picorer dans une cage de la ménagerie, face au cours lent spongieux et verdâtre de la Seine, entre les crocs d'un lion ! L'artificier et l'oiseau jouaient la même musique. Les pupilles du piaf brillaient. Une goutte minuscule perla à la naissance de son bec. Les oiseaux jamais ne pleurent, mais là, on pouvait se le demander ! Paris, capitale mondiale des miettes, ça laissait des traces profondes, même dans la petite cervelle d'un moineau. Le sifflet de l'oiseau, celui de Triton, le fin filet de la flûte de Jaïni installé près du feu faisaient naître dans l'obscurité du brouillard comme trois pointes de flèche effilées, en triangle, équidistantes, trois cristaux baguettes sonores qui vibraient si fort, si réel, qu'on aurait pu les prendre dans sa main et les sertir sur un bijou. Le son mélancolique prenait sa forme. C'eût été alors possible de porter monté en bague un air de flûte ou un chant d'oiseau.

Balthazar s'élança dans la brume pour aller se poser sur l'épaule de Jaïni. Le jeune Touareg sursauta, mais le vieux lui posa sa main forte sur la cuisse. Jaïni n'avait jamais vu d'oiseau. Rassuré par Abdesselaam, il ne bougea pas. Continua à jouer de la musique. Ses trois frères, qui eux non plus n'avaient jamais vu d'oiseau, fixèrent, curieux, prudemment distants, cette petite bête qui allait dans l'air et se posait à sa guise sur les gens immobiles. Balthazar quitta l'épaule de Jaïni, sauta sur sa main gauche et s'installa sur la flûte. Jaïni écarquillait les yeux, il louchait sur le petit animal effronté qui s'était posé tout près de ses yeux et dont il avait senti les griffes minuscules l'agripper. Les trois autres adultes, qui étaient deux fils et le cousin du vieux Adbesselaam, riaient de la couardise des plus jeunes. Eux avaient vécu un temps sur la Terre et connaissaient bien le vol des oiseaux. Enfants, ils avaient joué à imiter le battement de leurs ailes en dévalant les dunes du Grand Erg de Bilma. Tous portaient un nom d'étoile, Zosma, dans la constellation du

Lion, Aldebaran, dans la constellation du Taureau, Mizar, dans la Grande Ourse. Ils donnèrent à l'oiseau le nom d'une étoile de la constellation de l'Aigle, Altaïr. Le pierrot pouvait se vanter de porter un nom à rallonge digne d'un important prince des airs, Balthazar Gavroche thaï Altaïr, un bien grand patronyme pour un si petit oiseau ! Reliés d'un trait dans l'espace, les lieux de naissance de ces différents noms du piaf auraient fait apparaître une figure géométrique allant du patron auvergnat du petit café Le Tournebride de Mouffetard aux Touaregs du Mourdi installés sur la Lune, en passant par l'Irlandais du bar La Pleine Lune de Paroxis, une forme géométrique triangulaire visible dans l'espace depuis Vénus ou la planète Mars et portant le nom de nouvelle constellation du Piaf.

Balthazar Altaïr sauta de la flûte de Jaïni pour atterrir en bas dans le creux de la main du vieux Abdesselaam, près des braises, l'aïeul tenait ses mains posées dos à plat, la paume ouverte, sur ses mollets croisés emmitouflés de laine, rouges des flammes du feu, avec les ombres noires longues de ses doigts qui dessinaient maintenant sur et autour du moineau comme les barreaux d'une cage en fer. Altaïr le piaf, blotti dans les replis rêches de la peau, pouvait voir entre les phalanges de la main crépiter les flammes jaunes et suivre l'envol étincelant des fins éclats vermillon de brindilles incandescentes, à quelques centimètres seulement devant son bec. Le vieux Touareg ne semblait pas craindre la brûlure de la flamme, après avoir, lui et les siens, toujours bravé celle plus terrible encore, plus impitoyable et plus meurtrière du soleil. Balthazar se redressa sur ses pattes, leva la tête, la pencha, œil droit, œil gauche, pour découvrir les sept regards brillants rougis des lueurs des braises, soulignés des voiles bleus, qui plongeaient vers lui, le mettant au centre d'un cercle resserré d'épaules poussiéreuses sur fond d'étincelles et de profond ciel noir étoilé. Au Tournebride, pour attirer autant de regards simultanément sur lui, il fallait au moins qu'il tirât d'un coup de bec l'as de cœur du paquet de cartes pendant la belote ! Ici, il n'avait rien à faire pour être le centre du monde, il lui suffisait d'être un oiseau, et d'être là ! Il s'ébroua dans le creux de la main d'Abdesselaam. Gonfla son duvet d'air chaud et naturellement il s'éleva, sans bouger une pointe d'aile ni un petit bout de queue, devenu plus léger que la plus légère de ses fines plumes. Il se posa sur l'épaule de Zosma, ses griffes s'enfoncèrent dans la laine épaisse du manteau, il en pépia de joie, s'élança sur le genou d'Aldebaran, puis il remonta se poser tout là-haut sur la tête de Mizar, le plus grand des sept. Il y fit une courte pause, pour savourer la situation. Balthazar passait d'un homme bleu du désert à un autre homme bleu du grand désert lunaire, comme il passait à Mouffetard des longs cheveux blonds de la fleuriste aux boucles rousses de la boulangère, du nez rond du patron quand celui-ci y posait une miette à la main glacée aux veines saillantes du vieux Soliman, qui venait tous les matins boire son café là, en attendant que Balthazar vînt le saluer. Entre Maud la fleuriste et Aldebaran, entre Franky du Tournebride et TinTao de La Pleine Lune, il était le plus petit et léger dénominateur commun. Il avait fait traverser l'espace à la main de Soliman qu'il avait posée sur la main d'Abdesselaam. Il avait relié l'épaule de Zosma à celle de la boulangère place de la Contrescarpe. Balthazar n'avait fait que ça, de sa courte vie de piaf de comptoir, sautiller d'une personne à l'autre, d'un client triste à un client heureux et dessiner des pointillés entre eux, d'un petit bar à l'autre, d'un quartier populo à l'autre, et maintenant il sautillait d'une planète à l'autre, où déjà il prenait ses aises et recommençait à sautiller d'un bras à l'autre, d'une épaule à l'autre, d'une tête sur l'autre, ne lui restait qu'à attendre l'ouverture d'un second bistrot dans le quartier pour pouvoir sautiller du comptoir de l'un sur le comptoir de l'autre, d'un bar ouvert à l'autre bar ouvert sur la Lune, et bientôt sur Mars, d'une épaule sur l'autre, d'une tête sur l'autre, du café Chez les Verts au grand bar du Dôme de Tharsis, juste à côté de la brasserie L'Olympus Mons, après Chez Amazonis, un peu avant le pub, le 6,36 Millibars.

C'est facile à trouver !

UNE VIE DE PIAF

Balthazar sautillait, comme son père piaf avait déjà sautillé de rade en rade à Vitry-sur-Seine, à Ivry, jusqu'à la limite de Villejuif, un peu sur Choisy-le-Roi, c'était son secteur, où il rencontra une moinelle qui vint pondre, on ne sait pourquoi, dans un trou de mur aux arènes de Lutèce, tout près de la place Monge, si loin du Mickey Bar où elle et lui avaient l'habitude de venir picoler des gouttes, les patrons étaient gentils et il n'y avait pas de connard de chat. Balthazar naquit dans le 5e arrondissement de Paris, et, dès son plus son âge, il sautilla sur les comptoirs. On peut même dire qu'après la pierre et le crin de cheval de la garde républicaine qui tapissait le nid, ses pattes n'avaient connu que le zinc des bars et le perchoir des buveurs voûtés accoudés. Il se posa sur sa première branche à l'âge de deux mois seulement, et c'était sur un citronnier nain au café Les Arènes, fermé depuis. On dit le bar héréditaire chez les hommes, il l'est aussi chez les moineaux ! Son père mourut écrasé par une voiture de police, alors qu'il traversait à pied l'avenue de Choisy, une capsule de bière sur la tête pour faire le mariolle. Balthazar ne le sut jamais. Quant à sa mère, surnommée Bec rouge dans les bars, parce qu'elle ne buvait que les gouttes de vin rouge tombées des verres, elle s'était même vue, vers la fin de sa vie, surnommée méchamment Bec violet, la vieille moinelle décrépite allait boire l'alcool directement au bord des moustaches des clients saouls qui la sifflaient et l'enivraient de leur haleine mauvaise, elle termina sa vie tristement dans un tunnel du métro, entre la station Glacière et la station Corvisart, au milieu d'une bande de pigeons sales et malades, de grillons aveugles, d'un couple de vieux pythons et de quelques rats. Une rame du métro à grande vitesse réduisit son corps en poussière, et cette poussière de plumes et de petits os mêlés fut vite avalée par les flots de voyageurs pressés. Rico, qui vécut un temps dans le métro, en avait peut-être respiré. L'âme de la moinelle vivait-elle dans le corps de Damato ? La mère de Balthazar l'avait-elle rejoint sur la Lune en prenant ce grand corps costaud pour vaisseau ? Faudrait-il l'appeler dorénavant Damato Bec violet ? Rico, qui cherchait désespérément à ramener à lui l'âme de sa femme et de sa fille, avait ramené sur la Lune l'âme d'un oiseau. Vu depuis ce comptoir sur la Lune, l'Univers ressemblait de plus en plus à un grand livre pour enfants.

Balthazar finit son tour du groupe assis autour du feu sur le haut du crâne de Safir, que l'adolescent avait protégé du brouillard froid d'un pan de son manteau de laine, puis sur l'anneau d'or que Yacine portait au pouce de sa main droite. Le gamin, effrayé par cette drôle de bestiole volante inconnue, avec un dard entre ses yeux ronds fixes et brillants, ne bougea pas, se recroquevilla sur lui, pour ne pas attirer les rires des plus vieux et ceux plus vexants encore de ses trois frères, Mizar, Jaïni et Safir, qui avaient subi l'épreuve du monstre ailé avec succès, mais Balthazar sentit un tremblement de peur quitter cette main pour lui remonter dans les pattes jusqu'au bout du bec, Yacine avait la peau glacée. C'était pour Balthazar Altaïr un sentiment de puissance encore inconnu. Faire peur, c'était très inhabituel. Il fixa le jeune Touareg droit dans les yeux. Les pupilles du jeune homme étincelaient. Autour de ces prunelles tournaient comme en orbite des points or, minuscules planètes en mouvement dans l'humeur vitrée de ses yeux. Le soleil noir de ses pupilles emprisonnait dans son champ tout un système stellaire. Balthazar Altaïr pencha sa tête à droite, à gauche. Jaïni se remit à jouer de la flûte. La Terre apparut dans une déchirure du brouillard. Le vent fit trembler la flamme. Effilocha la brume. Attisa les braises, soulevant de nouvelles escarbilles qui entrèrent dans les yeux de Yacine et y créèrent un nouvel astre captif, annelé de veinules, un Saturne qui se réfléchissait sur le bord de ses paupières mouillées. Le moineau se sentit aspiré par le regard étoilé du nomade. S'il était possible de se noyer dans les yeux d'un autre, Balthazar Altaïr allait découvrir qu'il était aussi possible de s'y envoler. D'un coup d'ailes, il entra dans le regard noir de Yacine, environné d'étincelles qui s'y dispersèrent en météores enflammés. Un univers de planètes multicolores s'ouvrait devant lui. Balthazar Altaïr allait à la vitesse de la lumière, d'une galaxie à l'autre, dans cet œil infini. L'œil de Yacine contenait une Voie lactée. Le moineau frôla Ellébore, contourna Hérian, fit trois révolutions autour de la planète Bérénice, traversa la constellation du Trèfle où mille milliards de blocs de glace se percutaient dans d'immenses gerbes d'éclats. Balthazar s'en sortit indemne, pour aller se poser sur Octavias, dans la galaxie du Chaudron, où TinTao, juchée sur une bille d'eau bouillonnante, couverte de duvet blanc, chantait en langage oiseau. TinTao l'attrapa dans sa main, l'embrassa, le trempa dans la bille d'eau brûlante, il n'en ressentit aucune douleur, puis elle lui arracha tranquillement une à une toutes les plumes de la queue pour se les planter dans les cheveux qu'elle avait blancs comme la neige la plus pure. Balthazar se réveilla en sursaut ! Perdu et moite. Passé le temps de la réacclimatation, qu'il retrouvât ses repères, il pépia. Il s'était endormi dans la chaleur du feu, confortablement installé sur le pouce de Yacine, les pattes repliées sur l'anneau d'or, bercé par le son de la flûte de Jaïni et la voix de Piotr Tropovitch, le douanier, qui chantait un chant russe, sa voix arrivait du bar, légèrement étouffée, comme alourdie de brouillard. Pleine de neige. Alors que la flûte de Jaïni soulevait un vent de sable. Depuis la Lune, la banlieue de Moscou et les collines plissées d'Agadez semblaient le même tout petit village. Balthazar pencha la tête à droite, à gauche, et il la sentit anormalement lourde. Maintenant, Altaïr le moineau faisait partie de la tribu des hommes bleus car, pendant son sommeil, Abdesselaam lui avait fixé sur le front un éclat de saphir pas plus gros qu'un grain de blé. Éclisse précieuse juste de la taille d'un rêve de piaf. Au Tournebride, un client, pour faire le malin, c'était un jour de marché, lui avait collé une boulette de chewing-gum sur le front, que Balthazar avait mis une semaine à se retirer complètement des plumes ! Ce mauvais souvenir lui hérissa la crête, et puis il revit la boulangère, Tazmine, son cou épais et blanc, ses gros seins bien pour se poser, ses mains potelées, le sucre glace brillant toujours un peu sur sa blouse et la farine échappée des pains qui poudrait son nez. Le mauvais souvenir du chewing-gum s'adoucit. D'autant que le bonhomme qui lui avait fait ça s'était plus tard jeté sous le métro à grande vitesse, après qu'on lui eut retiré son droit de garde des enfants parce qu'il buvait, et qu'il eut perdu son emploi de gardien de parking au quarantième étage de la presqu'île chinoise suspendue au-dessus des complexes portuaires de Villejuif. Un gardien de parkings qui meurt sous le métro doit aimer passionnément la tristesse des lumières froides. Pauvre M. Sadihi Jadam, qu'on appelait affectueusement la Taupe. Au fond, le piaf se sentait écartelé entre le chewing-gum et le saphir ! Il faisait partie des deux mondes. Un saphir collé sur un chewing-gum lui aurait mieux convenu. Un bon compromis. Le saphir chewing-gum ! Un vrai bijou de la rue. Balthazar était moineau avant tout.

Moineau un jour, moineau toujours !

ARABESQUES

Quand ils se levèrent pour rejoindre leur campement, chargés des jarres pleines d'eau, Balthazar Gavroche thaï Altaïr les suivit. Le piaf descendit avec eux la pente raide vers les ruines de La Matrice. Sous la chaleur des feux, les couleurs sortaient des tapis comme un lierre rampant et avançaient dans la poussière, plante envahissante, vivante. Les couleurs recouvraient la surface poudreuse du sol. Les rouges, les jaune safran, les jaune paille, les ivoire, les verts et les or escaladaient les pierres qu'ils peignaient et recouvraient de leurs motifs précieux, et toujours avançant, s'immisçant dans toutes les failles, tous les surplombs, toutes les anfractuosités, ils remontaient les pentes sèches de ce gouffre artificiel. Depuis une rosace centrale pourpre et argent qui bouillonnait et laissait s'écouler depuis son cœur, comme une plante en croissance accélérée, au centre du camp, ses tiges colorées, des arabesques bleu nuit succédaient à des enroulements gris-rose qui s'allongeaient sur le sol mat. Les femmes, assises autour de cette rosace, encerclées par les longs motifs vivants qui filaient autour d'elles, faisaient cuire le repas sur des bols de braises retirées aux foyers, tandis que des kyrielles d'enfants couraient en désordre derrière les langues de couleur, sautant à pieds joints dans les flaques vermillon et violet écoulées des tapis de laine rehaussés de la lueur des feux de brindilles, qui les tachaient jusqu'aux genoux et les éclaboussaient parfois jusque dans leur chevelure.

Balthazar n'avait jamais vu pareil spectacle.

Partout les traits de couleur filaient sur le sol comme des serpents et s'emmêlaient pour y former des milliers d'entrelacements arc-en-ciel. Le sol de La Matrice se couvrait entièrement d'un tapis de pigments qui vivaient. Les couleurs arrivèrent devant le groupe des hommes qui descendait avec précaution vers le fond du trou, passèrent sous leurs pieds, continuèrent à se répandre sur la roche derrière eux. Balthazar vit en dessous et autour de lui les tourbillons pourpres envahir les champs de cailloux, toute la gamme des violets du plus clair au plus soutenu venir s'y loger intimement, dans le grain fin de la haute falaise de laves anciennes mordues par les dents des bulldozers, au temps déjà lointain du démarrage des gigantesques travaux. Chaque poussière, chaque pierre, chaque éclat de mica, chaque aggloméré de fer, chaque galette plate de plomb prenait la teinte vive d'un ornement. La vague des couleurs atteignit le rebord du gouffre, sauta les blocs de béton brisés, s'attaqua aux plaques d'acier pliées et aux ferrailles tordues sur lesquelles le sang et l'or s'entortillèrent comme des lianes. Et la progression ne s'arrêta pas là. Les motifs redessinèrent le bord de la route et aussitôt après la route elle-même, dont le lissé se prêtait à une plus grande précision des géométries, ils s'incrustèrent dans le sol jusqu'au pied de la terrasse de La Pleine Lune, où la vague, d'un coup, stoppa. Un ressac de couleur vint lécher les marches et les éclabousser de vert émeraude et de jaune citron. Et puis plus rien. L'immobilité des teintes et le silence. Le brouillard se dispersa. Laissant passer pleinement la clarté de la Terre. L'un après l'autre, tous les clients accoudés au bar se retournèrent lentement. Même les Flying Stones, qui venaient d'arriver en tâtonnant dans le bar, encore un peu brumeuses, un peu ivres, et commotionnées, furent tétanisées par autant de beauté. La Môme Lune, perchée dans les liserons, aux premières loges, ouvrit si grand ses yeux vert émeraude qu'ils en concurrençaient la taille des fleurs ! Au loin, sur le rebord du gouffre, les lignes de couleur montaient maintenant haut dans les airs, on aurait dit qu'elles voulaient aller s'entortiller là-bas dans les forêts et les tours des villes de la Terre, se prenant les unes dans les autres, se nouant, se poussant, s'aidant à monter, les veinules les plus claires prenant appui sur les artères les plus foncées, les teintes mariées tuteurant les primaires, et puis, s'élevant depuis les trois côtés de l'abîme dans le ciel de nuit illuminé de leur clarté, les lianes se courbèrent et se développèrent au-dessus du gouffre en un dôme ténu qui vint se refermer précisément sur lui-même en allant s'appuyer sur les blocs de béton brut qui longeaient la route, créant dans cette fosse profonde et vide de La Matrice un cocon immense de fils multicolores tissés. Une dernière vague de cliquetis se fit entendre jusqu'au comptoir du café, dont la façade chatoyait des mille milliers de couleurs vives du dôme, avant que ne retombât le profond silence sur cette bulle vivante. On entendait seulement monter du fond du trou les cris de joie des enfants du désert qui couraient toujours après les couleurs, et jouaient à s'en asperger.

LA MÔME VIGIE

La Môme perchée riait. Elle se mit droite. Sauta sur la boule d'acier rose posée sur la toute pointe du dôme du bistrot, et qui tournait lentement en équilibre au sommet du grand bâtiment fait de lave, de marbre, de quartz et d'acier. La Môme perchée pouvait de là tout voir à trois cent soixante degrés. Gamine perdue devenue petite vigie du café ! Éblouie. La lumière des filaments de couleur irradiait jusque haut dans le ciel en émettant un son léger d'étincelles électriques. La gosse tournait sur la grosse boule en mouvement. Bras en croix. Elle regardait, dans le lointain, un train de camions navettes glisser sur le rail central de l'autoroute presque désert. Briller, sous les puissants projecteurs des rampes de lancement, les navettes Lune-Terre rouges aux ailerons blancs, et les navettes Lune-Lune blanches aux ailerons rouges, dressées dans l'aire ouverte de la gare, et les gyrophares des véhicules de la police des frontières en patrouille qui jetaient sur leurs fuselages des éclats bleus. Les arcs des lasers pour la découpe des viandes traçaient des parallélépipèdes violets à travers les verrières grillagées des grands abattoirs. Un orage de particules lourdes mordorées se formait sur l'horizon des fermes. Tout en bas, la navette foutue pliée des Flying Stones continuait à fumer mollement au milieu du tas d'arbres brisés. Des ombres rapides se faufilaient déjà entre les tôles pour la piller. La mare renvoyait le reflet plissé de la Terre. Le grand parking des chenillettes dormait sous ses projecteurs orange, sous la garde des chiens électroniques. La Môme Lune ferma les yeux. La boule vibrait sous la plante de ses pieds. Petite figurine posée sur la Lune comme sur une planète boîte à musique. Elle les rouvrit. Des torchères enflammées s'élevaient sur les forages des poches de gaz. Elle referma ses paupières. Attendit. Les rouvrit. Les referma. Les rouvrit. Les referma. La Terre dans le ciel. Le cocon. Les torchères. L'autoroute. Les vergers. Les grands moulins. La mare. Les citernes. Le cimetière. Les tours de verre des extracteurs d'eau. La caserne. Le cocon. Elle rouvrit les yeux. Sursauta ! Un visage tout bleu collé contre son visage lui souriait à pleines dents ! Fokine, alerté par les fumées autour de la navette et les lumières touaregs, avait rappliqué avec toute sa bande, et pendant qu'ils fouillaient consciencieusement l'épave, lui, le chef des enfants sauvages, exempt des corvées de pillage, avait sauté sur le dôme d'acier du bar et tournait maintenant sur la boule avec la fille aux cheveux roux. Il portait une casquette marron. Un foulard rouge noué autour du cou. La Môme Lune écarquilla ses grands yeux verts. Fokine se pencha encore plus. À la toucher. Ses lèvres bleues proches de ses lèvres à elle.

— T'as de beaux yeux, tu sais ! Embrasse-moi !

Il reçut une décharge électrique qui l'envoya dans les airs ! Quand il se reposa sur la boule près de la Môme, il lui sourit méchamment.

— Tu sais qui je suis ?

Elle fit non de la tête. Il bomba le torse.

— Fokine ! Seigneur de la Lune ! Et toi, t'es d'où ? J'te connais pas !

Il détailla ses vêtements grossièrement rivetés. Regarda ses pieds noirs alourdis d'une gangue de poussière et de cendre agglomérées.

— À te voir comme t'es, tu viens pas de la ville !

Elle ne répondit pas. Lui sourit. Sa tête ronde brillait dans la lumière de La Matrice. Jamais Fokine n'avait vu une figure aussi gourdasse et innocente ! Aussi bizarre aussi. Aussi douce. Aussi jolie. Elle soupira. Puis elle s'assit, sans s'occuper de lui, les genoux serrés ramenés sous le menton, qu'elle entourait de ses bras. Fokine s'assit près d'elle. Dans la même position. Sans s'occuper d'elle. Silencieusement. Ils restèrent là, l'un contre l'autre, en haut du dôme de La Pleine Lune, à tourner comme des petits mariés sur un gâteau. À se jeter des coups d'œil furtifs sur le côté. Quand elle se grattait un genou, il se grattait un genou. Elle éternua. Il éternua. Elle se moucha du revers de la main. Il se moucha du revers de la main. Elle ne bougea plus. Il ne bougea plus. Elle ferma les yeux. Il ferma les yeux. Elle tourna la tête vers lui. Il tourna la tête vers elle. Elle le dévisagea de ses grands yeux émeraude. Il la dévisagea de ses petits yeux brillants.

— Je m'appelle Héclixe, dit-elle.

— C'est moche ! répondit Fokine en riant. Dorénavant, tu t'appelleras Zarmine, avec tes grands yeux verts !

— Zarmine, répéta la Môme Lune électrique.

— Tu connais pas ma bande ?

Il montra du doigt les ombres qui grouillaient parmi les décombres et les branches cassées.

— On est tous des fuyards ! On est libres ! Et le premier qui dit le contraire, on le renvoie sur Terre à grands coups de pompe dans le cul !

Comme Zarmine regardait vers en bas les silhouettes furtives monter et descendre le long des tôles froissées, il posa sans hésiter une main gourmande sur son genou. Une décharge électrique l'envoya valser pour la seconde fois dans les airs ! Fokine atterrit sur le rebord du dôme et remonta jusqu'à la boule d'acier.

— Tu sais te défendre, toi ! Pourquoi tu nous rejoins pas ? On est des enfants libres ! On a mangé nos parents !

Zarmine sursauta. Fokine, content de son effet, montra du doigt ses acolytes qui continuaient à piller tranquillement la navette endommagée. Il prenait son plaisir à effrayer la petite trop crédule.

— Amadeus, il a fait cuire sa mère. Silatchich, il l'a mangée crue. Zacharie, il l'a mise en conserve. Vendomine, elle a fait une soupe avec son père. Étarke, il a broyé son père et sa mère pour les mettre sur des tartes. Houzon, il les a coupés en rondelles et cuits au jus. Palette, il les a fourrés dans la galette. Stanolus, il a mis sa mère dans son père et il les a fumés. Salvador, il les a salés. Altamira, elle en a fait des confitures. Bakongo, il les a mis en boîte. Carroll, elle en a fait de la poudre. Castro, il les a cuits en pâté. Graaf, il en a fait une daube. Lishimin, qui est végétarien, il les a donnés à manger aux cochons !

La Môme électrique écarquilla ses yeux. Fokine éclata de rire.

— Mais non, je rigole ! On les a que tués et découpés au laser !

Il désigna la Terre du doigt.

— Tu savais que là-bas, sur la boule bleue, les enfants, on les bat ? On les viole ! On les fait travailler dans les usines et dans les champs comme des esclaves ! Tu savais que dans certains pays, on leur fait faire la guerre dès l'âge de six ans ? On met des explosifs dans les berceaux, sous les bébés qui dorment, pour aller les faire sauter dans les grands magasins ! À une époque, dans les pays que tu vois là-bas, sous les gros nuages, à droite de la grosse mer, Zarmine, écoute-moi bien, on les enfermait dans des camps, et on les brûlait dans des fours !

Zarmine le regarda, effrayée, stupéfaite. Comment savait-il ces choses-là ?

— En plus, c'est vrai ! On nous fera pas ça sur la Lune, foi de Fokine, on tuera pas nos bébés !

Il se leva. Hurla comme un jeune loup.

— Qu'ils se la gardent, leur Terre ! Mais la Lune est à nous ! À nous ! À nous ! À nous !

Fokine resta un long moment la main tendue à désigner la planète Terre coupable de crime contre l'enfance et recluse dans le ciel noir des accusés, devenu procureur dans un immense tribunal. Le visage de Fokine avait durci. Fokine avait la rage. On voyait qu'il pouvait être un redoutable ennemi ! Carnassier. Et puis son long visage bleu s'illumina à nouveau d'un sourire radieux, sur des dents pointues bleues. Il se rassit.

— Si tu te demandes comment je sais tout ça, confessa-t-il avec fierté à la Môme Zarmine qu'il trouvait songeuse, c'est Face cachée qui me l'a appris !

Face cachée était un vieux bonhomme qui vivait sur la face cachée de la Lune. Une sorte d'ermite qui avait été libraire sur la Terre et continuait à distribuer des vieux bouquins sauvés du pilon et du temps, à quiconque voulait en lire. Ils étaient peu nombreux, ceux qui allaient solliciter ses services, dans son trou dans la montagne entièrement tapissé de vieux papiers. Mais un seul demandeur curieux représentait pour Face cachée une jolie victoire de la conscience contre l'oubli. Peut-être était-ce lui qui posait des livres un peu partout sur le sol de la Lune, comme ce *Journal du voleur* de Genet que Milus avait trouvé par hasard, dépassant de la poussière ? Un mineur péruvien avait trouvé *Cent ans de solitude*, de García Márquez, dans le golfe des Iris. Un autre *Les Vitamines du bonheur*, de Raymond Carver, en parfait état, dans le cratère Copernicus. Un guerrier massaï avait trouvé dans une crevasse un roman sur la vie de Johnny Cash. La Môme Zarmine fixait tristement la Terre que le chef de la bande des pillards au regard furieux avait décrite comme une planète sauvage pour les gosses, que le vieux Face cachée, l'ancien bouquiniste d'Amsterdam, militant et humaniste, lui avait racontée. Fokine, redevenu tout à fait calme, en profita pour enrouler doucement son bras autour des épaules nues de la gosse qu'il sentait émue, reniflant la proie facile, sans résistance et affaiblie. Une nouvelle décharge le renvoya dans les airs ! Fokine retomba dans les arbres du verger, au milieu de sa bande. Leva le nez en direction de la Môme qui tournait sur sa boule. Retira sa casquette pour la saluer.

— On se reverra, Zarmine ! Souviens-toi de mon nom, Fokine ! Tu entendras parler de nous !

Et ils disparurent dans les feuillages et les fumées. La Môme Lune, petite Zarmine, resta toute seule, assise sur sa boule brillante à tourner, tourner, tourner, sous les étoiles, dans l'odeur fauve du jeune garçon qui avait sauté. Elle avait une fraction de seconde senti la pointe de ses lèvres bleues sur ses lèvres à elle. Elle fixa la Terre un long moment, essayant d'imaginer un homme glissant un bébé dans un berceau bourré d'explosifs. Un frisson parcourut son dos. Les hommes qui buvaient en bas n'étaient pas des hommes comme ça. Ni les hommes bleus du désert. Ni le moineau qui avait piqué son bec à la commissure de ses lèvres. Elle ressentait intimement que jamais aucun de ces êtres ne lui ferait de mal. Zarmine eut la douce sensation que plus jamais elle ne serait triste et seule, non, jamais plus seule sur la Lune, plus jamais.

LE SON DE LA FLÛTE

Le café La Pleine Lune faisait maintenant face à cet œuf gigantesque et précieux. Devant et derrière le comptoir de quartz, personne ne bougeait plus. Arriva alors une vague de parfums mélangés. Puis un souffle léger de vent tiède qui la chassa pour installer une seconde vague de fragrances, plus subtiles encore dans cet air préparé, juste avant que ne parvînt le son de la flûte de Jaïni. Quelques notes essentielles. Tous les clients, sauf Billy Bully Crâne de piaf qui ne s'arrêtait plus de danser, et les Kyprianoù qui tournaient le dos, accrochés à leur verre, et qui n'auraient pour rien au monde lâché leur bout de comptoir, sortirent sur la terrasse, suivis de Bob Feinn et TinTao. Le café semblait posé comme un rocher sur une mer de fleurs, dont les lumières vives coloraient les peaux. Ils s'avancèrent prudemment jusqu'aux marches. La petite TinTao descendit la première en silence, la seconde en chantant, la troisième en priant. Après un temps d'hésitation sur la dernière marche, elle posa le pied sur ce tapis vivant. Les couleurs giclèrent sous sa semelle ! TinTao sursauta en riant, puis elle posa la pointe de son autre pied, tout doucement, créant de nouvelles arabesques vives et fuyantes comme de jeunes serpents, qui allèrent s'enrouler aux anciens motifs encore immobiles, pas pour bien longtemps ! Car soudain ils se déroulèrent et créèrent en quelques secondes une forme nouvelle qui s'incrusta dans la matière et se fixa. Tout était vivant. Ce qui bougeait, ce qui ne bougeait pas. Les couleurs attendaient. Comme un monstre de beauté qui somnole. Un arc-en-ciel qui dort. TinTao revint sur la terrasse au milieu des clients stupéfaits, en riant. La vue de ces merveilles avait donné à ses yeux noirs la transparence violette des améthystes. Les femmes touaregs au fond du cratère se mirent à chanter. Leurs voix, plus la chaleur tremblotante des feux, faisaient frissonner doucement le dôme filé. Les feuilles de la glycine. La peau des vivants. Dans le désert du Tchad, sur la Terre, une fleur sortit et s'ouvrit entre deux cailloux, bousculant un scorpion qui glissa le long du monticule de sable soulevé. Il existait bien une intelligence humaine supérieure dans le grand Univers, capable d'offrir autant de beauté contre un peu d'eau. Colby Douglas Nicholls Pemulwuw s'avança, exposa sa poitrine découverte aux lumières pour faire entrer tout le chant des femmes touaregs dans le caillou pendu à son cou. Angus s'était hissé sur une table, il s'y tenait debout, figé dans sa salopette graisseuse orange, bras écartés, bouche ouverte, en plein délire. Rico lui serrait le mollet, qu'il ne sautât pas les treilles pour aller s'entortiller comme un insecte dans les soies de couleur. Spot ne bougeait pas. Un fil remontait le long de sa jambe, glissait sur son ventre, sur sa poitrine, il s'enroula autour de son cou et vint danser devant son visage tatoué, il balançait comme un serpent en transe devant d'autres serpents. Les dessins de sa face se mirent à danser au rythme des ondulations du reptile en pigment. Tous les clients firent un pas en arrière. Le serpent lui mordit les joues, le front et le menton, lui incrustant dans la viande de fins rubis, et puis il retomba au sol. Bob Feinn regarda la pendule atomique sur le fronton du bar. Cligna des yeux. Incrédule. Puis il regarda à nouveau les chiffres. Il fit signe à TinTao de vérifier à son tour la grande horloge. Aucun doute possible : il y avait seulement deux heures lunaires que le bar était ouvert !

Un petit point bleu, rouge et rose, s'éleva au-dessus du dôme et s'immobilisa, puis se laissa glisser en direction du café La Pleine Lune. C'était Balthazar Altaïr, qui avait ramassé toutes ces couleurs dans les plumes en se laissant caresser par les gamins d'en bas. Il frôla la tête des clients et fila se poser sur le comptoir. Son cœur battait fort sous un brin de duvet. La tête à gauche. La tête à droite. Il arpenta le zinc comme un nouveau patron. Selon qu'il se tenait de face, allait en sautillant de côté ou tournait la queue vers la triplette des buveurs, on aurait dit un rouge-gorge, une mésange bleue, une mésange verte, une charbonnière, un verdier ou une perruche citron, et quand il hérissait ses plumes, toutes les couleurs se mélangeaient pour lui donner la robe d'un chardonneret. Si le café avait été rebaptisé Chez le Piaf une première fois, on pouvait maintenant le rebaptiser Au Piaf transformiste ! C'était joli, et ça faisait bien bar de nuit ! Il se percha sur la pompe à bière. Se regarda dans l'or qui brillait. Sa mise le rendit mal à l'aise. Tout ce chatoiement l'encombrait. Et ce bijou si beau, si riche, si lourd. Trop lourd. La boulangère du Tournebride ne l'aurait pas reconnu ! Ni le vieux Soliman ! Il lui aurait certainement dit, assis devant son café, à sa table habituelle :

— C'est bien, petit, sur la Lune, tu as réussi !

Mais son œil aurait dit le contraire :

— Tu es devenu bien brillant !

En se moquant un peu. Gentiment.

— Petit comme tu es, tu brilles plus que la Lune !

Balthazar se revit picorant une miette sur les doigts noueux du vieux Soliman. Il se revit sautillant sur le journal plié devant lui, ce jour où il avait fait tomber le porte-monnaie de l'ancêtre sur le sol du café, vide. Ce jour encore où il était allé se poser sur le rebord de sa fenêtre, au seizième étage condamné d'une vieille tour insalubre en attente de démolition, porte de Brévannes, il avait vu que le vieux dormait dans une chambre minuscule avec au moins vingt autres vieux, tous plus vieux les uns que les autres, il y avait même parmi ces vieux plus vieux que les vieux quelques vieux morts, tout grouillants de vermine, que picoraient des pigeons, au milieu des monticules de fientes, des rats obèses et des œufs brisés, que plus personne n'avait l'idée d'enterrer. Comment le vieux Soliman pouvait-il passer de cette chambre mortuaire au petit café du coin ? Sans qu'on n'en sût rien ? Et combien étaient-ils, ces tristes paumés, malheureux, brisés, qui trouvaient au Tournebride, au Moulin, au Stix, au Cirque, au Balard, au Levant ou au Sancerre encore un peu de repos et de force pour continuer à vivre parmi les vivants quand ils dormaient au milieu des morts de peu d'importance laissés à l'abandon ? Les banques avaient tué les gens, et puis pour se venger les gens avaient brûlé les banques, et puis les banques avaient à nouveau tué les gens, qui avaient tué d'autres gens, qui en avaient aussitôt tué beaucoup d'autres, avant que les banques ne rebrûlent, et bien vite ne ressuscitent, pour faire mourir des milliers de gens à leur tour. La Terre ne s'en sortait pas de ces cycles de croissance folle suivie de terribles effondrements meurtriers. Hors les pays ou les continents à feu et à sang, les petites gens comme Soliman vivaient petitement dans des petites rues à l'ombre de tours gigantesques et vides. Le vide avait gagné partout. On appelait cette folie architecturale onirique démesurée parfaitement inutile la maladie de Dubaï. Bureaux neufs et inutiles. Tours neuves qui faisaient la course à l'altitude et qui, sans acquéreurs, restaient avec leurs millions de mètres carrés de bureaux pour les trois quarts vides, superstructures de surfaces commerciales étouffantes, parcs d'attractions gigantesques qu'on construisait sur des terres arables et qui finissaient à l'abandon, champs pétrolifères qui entraient dans les villes, plaines éoliennes assourdissantes, vieilles centrales atomiques obsolètes et polluantes, parkings géants surplombant des quartiers mal conçus, mal gérés, mal aérés, mal desservis, insalubres, dangereux, sales, chers, abandonnés aux petits seigneurs de la drogue, de la prostitution, aux patrons du trafic de viande humaine et des jeux, territoires abandonnés des états, surpeuplés et grouillants ! Les gens disaient :

— Mais comment c'est possible de vivre comme ça à notre époque ? On est en plein Moyen Âge !

Même si personne ne savait plus bien ce qu'avait été le Moyen Âge, l'expression perdurait.

— Plus ça va, et plus c'est pire !

Refrain connu.

Balthazar Gavroche thaï se débarbouilla dans une flaque de bière claire bombée sur le zinc. S'ébroua vivement sous le nez de Billy Bully, que l'alcool ami avait renvoyé loin dans les nuits bleues de son cerveau. Les couleurs jaillirent de ses plumes et disparurent dans un crépitement lumineux en forme de bouquet final. Billy sursauta devant ce minuscule feu d'artifice improvisé. Sourit. Mélancolique. Et replongea en lui, en marmonnant. Balthazar rebut un peu de la bière éparpillée. Un moineau de comptoir reste un moineau de comptoir ! Un piaf ébouriffé, voleur de miettes, qui sent la bière, le vin blanc, le marc de café, l'encre du journal et le tabac froid ! Et ce gros saphir qu'il portait au front, il l'offrirait à la Môme Lune, contre un morceau de pain de roses. Pit ! Pit ! Pit ! Trafic de pain et de bijoux ! Balthazar Gavroche thaï Altaïr gonfla son torse duveteux. Et pépia méchamment, en hérissant la crête, en se tordant le bec, en sortant les griffes, en étirant ses pattes grises, en bloquant ses genoux, en écartant les ailes, en sortant le cou, qu'il était un seigneur du bar ! Un voyou de Paris émigré sur la Lune ! Un révolutionnaire ! Il pépiait si fort et si bizarrement, un pépiement étranglé, que Bob, puis TinTao, Rico, Digitale, enfin tous les clients du bar sauf Billy Bully Crâne de piaf et les jumeaux Kyprianoù, l'un perdu dans son monde et les autres dans leur verre, se retournèrent. Le piaf put voir, depuis le comptoir tiède, la Terre légère suspendue au-dessus du cocon multicolore gigantesque bruissant dans les feux touaregs, la vieille fusée clignotante de l'enseigne VOUS ÊTES ICI AU CENTRE DE L'UNIVERS, et vingt clients serrés les uns contre les autres dehors sous la treille de liserons roses luminescents, qui le fixaient avec une inquiétude non feinte dans le regard et le verre de bière brillant à la main. Trop d'événements. Trop de fatigue. Trop de bière, peut-être. Toujours est-il que Balthazar eut un malaise et se renversa, pattes en l'air, à plat sur le dos au milieu du comptoir !

Drôle de moineau de bistrot...

LA TROISIÈME HEURE

Il se réveilla dans les lasers, les cris et les fumées, écrasé, ballotté, enfiévré, comme en couveuse, coincé entre les seins de Soizheu, la chanteuse des Flying Stones, qui dansait et criait en lévitation sur un podium électromagnétique improvisé dans un coin de la salle du bar, depuis que tout le matériel avait été cabossé dans l'accident et pillé par la bande à Fokine. Soizheu avait sauté sur le piaf de comptoir et se l'était fourré entre les nichons, comme elle le faisait déjà en Afrique avec tous les petits animaux malades qu'elle trouvait sur le bord de la route ou dans les villages que le groupe traversait. Soizheu se vantait d'avoir le nichon guérisseur. Quelques années plus tôt, elle avait gardé le sexe d'un ancien fiancé coincé dix jours entre ses globes, la bite enflée de Michiko Toyoma qu'elle aimait d'un amour fou ficelée contre elle jour et nuit. Le vieux petit Japonais d'un mètre dix, arrière-petit-fils de kamikaze, y avait glissé son sexe tout enflé, jusqu'à ce que sa verge guérît, par imposition de mamelles, d'une méchante piqûre de scorpion rouge sur le gland qui aurait dû être mortelle, alors qu'il faisait l'amour à la terre, et que son appendice avait défoncé un nid, un soir de lune rousse, sur la plage de sable noir au sud de l'île volcanique de Mishitaya. Balthazar profitait de cette couche aux draps crème doux et laiteux, épais et lourds, remuants, après que beaucoup d'autres convalescents eurent bénéficié de cette chambre aux miracles. Soizheu, grande brune d'un mètre quatre-vingt-dix, avec une lourde tignasse bouclée, les lèvres noires, le cou sanglé d'un barbelé d'or, le pubis brillant d'une poudre de diamants, les fesses scarifiées au fouet, chantait un vieux standard de hard rock évolutif hébreu, accompagnée par le chœur des Flying Stones à demi nues, petitement couvertes de quelques losanges de mica arlequin, la tête coiffée de leur célèbre chapeau de cuir Buffalo Hides, avec sur le nez les lunettes citrines et toujours aux pieds des bottes de cow-boy incrustées de pierreries à grosse semelle de plomb, la ceinture portée à même la peau, bouclée sur le traditionnel couteau de chasse à lame de glace mercure des itinérants du spectacle. Les lasers installés au plafond du bar rappelaient les anciennes boîtes de nuit sur la Terre. Leurs instruments étant hors d'usage, les Flying se mirent à jouer niveau XXX de la musique obsessionnelle traditionnelle bouddhique magicicada septendecim zen rock Appalaches, en faisant vibrer leur épiderme sous les plaques de mica disséminées sur les endroits les plus sensibles de leur corps nu surexcité, comme le font les cigales, en été, dans les régions les plus chaudes et arides de la Terre. La fréquence et la modulation de la cymbalisation inventaient une musique déroutante et envoûtante. Augmentaient les battements de cœur. Dilataient les veines. Donnaient une sensation d'épaississement de la peau et de massification du corps. Gonflaient les sexes qui entraient lentement en érection. Balthazar Altaïr, pris dans la tourmente de ces terribles vibrations, pépiait comme un rocker sous acide entre les seins lourds de Soizheu. Valoche, qui avait fait tatouer une cervelle sur son crâne rasé, sautait sur place, balançant aussi ses gros seins roses aux tétons transpercés de topazes dans les traits acérés des lumières qui cassaient les pupilles, près de Low la foldingue, dont la tissasse vitrifiée brillait en rebondissant sur ses épaules nues comme une cascade de glace, jusqu'à ses reins brillants de sueur, ses petites fesses dures et rebondies, lisses, douces et bleutées, transparentes, que le bout recourbé des langues de cheveux d'eau léchaient comme deux rochers polis dans le torrent, et de Grid, la rousse, originaire de Trieste, qui avait fait à elle seule tomber tout le personnel d'un gouvernement fasciste compromis dans des partouzes géantes avec animaux de la jungle et de la ferme mélangés, maqués par un ancien dompteur roublard du cirque de Moscou qu'avait bien connu le sculpteur Vérex anciennement Samovar le clown, oui, comme on dit, la Lune était petite ! et enfin de Conchitas, la grosse blonde, une Française qui avait eu des ennuis sur Terre pour avoir laissé tomber dans la soupe de blé vitaminée des gosses un petit sachet de poudre verte hallucinogène, alors qu'elle officiait comme chef cantinière en district de montagnes.

Valoche, Low, Grid et Conchitas se tenaient en ligne derrière Soizheu la chanteuse, jambes écartées, bras écartés, fesses tendues, tremblantes, l'anus planté d'un rubis de la dimension d'un doigt, tout leur corps agité de spasmes, et la soutenaient de leurs cris quand elle vociférait son poème en postillonnant des braises minuscules après s'être mis le feu à la langue. TinTao et Bob Feinn tapaient gaiement dans leurs mains. C'était un joli début de concert. Le mur des sons, aussi épais qu'il pût être, n'empêchait pas la flûte de Jaïni de passer. Cette drôle de petite mélodie touareg trouvait parfaitement sa place dans le corps du colosse bruyant. Par un miracle des fréquences, il en était même l'égal. Chaque note de la flûte de l'adolescent venait éclater sur chaque vibration du mica, en huit notes, qui allaient à leur tour exploser sur d'autres plaques fines de mica qui les cassaient et les recassaient encore. Quand la flûte eut conquis tout son espace, les femmes nomades se remirent à chanter et leur chant vint s'augmenter de la force des cris des filles qui dansaient frénétiquement, les voix des femmes du désert, au creux de La Matrice, et celles des filles de la route s'harmonisaient pour créer un chant étrange, terriblement violent et doux, à l'image du ciel de nuit et des planètes d'un bleu-noir velouté et d'une force inconnue. Les voix puissantes mélangées faisaient tressauter la Môme Lune toujours perchée sur la boule d'acier du dôme qui tournait. Une image lui revint de son père qui dansait, devant l'abri troglodyte, la partie droite de son visage crevassée, sous un croissant fin de la terre pour réclamer la clémence des dieux, un chapelet de grenades autour du cou. Il lui avait donné le bijou qu'il portait à l'oreille gauche, le saphir de cent cinquante carats taillé en rhomboèdre qui était le signe distinctif des artificiers, inquiet, dévoré de mauvais pressentiments et mal préparé pour ce qu'il avait à faire. Et puis elle ne l'avait plus jamais revu. Une terrible explosion avait pulvérisé et éboulé tout le cratère de Cassendi. L'onde de choc avait été si violente qu'elle avait renversé la petite à plusieurs kilomètres du tunnel où son père avait été atomisé, alors qu'elle s'était agenouillée sur un môle de pierre et priait pour sa sauvegarde. Le coup qu'elle avait reçu dans son corps s'y était installé à vie. Concentré dans le muscle de son cœur, qui reproduisait à son échelle l'explosion primitive chaque fois qu'il pulsait. Boum ! Boum ! Boum ! La musique qui tapait dans le dôme et venait battre dans la boule d'acier augmentait la détonation dans sa poitrine et provoquait le réveil de ses pires souvenirs, adoucis toutefois par le temps. Jamais la petite Lune n'avait eu les sens autant chahutés. Les sensations lui revenaient, et lui revenaient encore, en boucle. Le grand bonhomme noir au nez cassé et aux yeux jaunes mouillés lui avait touché la main dans cet endroit inconnu où tout le monde parlait fort en riant et en faisant de grands gestes, l'oiseau s'était installé sur sa tête et avait longuement picoré sa nuque et son cou, Fokine le fuyard avait posé sur ses lèvres électriques ses grosses lèvres bleues ! Ça chahutait. Tout chavirait. Tout cognait. Tout se mélangeait. Tout résonnait. Tout tremblait. L'âme, le cœur, le ventre, dans une même machine à tambour !

BIENTÔT LA GUERRE

Un camion débâché passa en bas sur la route 36, chargé d'une vingtaine d'hommes en uniforme du Parti pour une Lune propre. Le véhicule militaire léger de transport de troupes ralentit. Ses chenilles patinèrent d'abord dans les couleurs vives qui la traversaient en reliant le cocon touareg à la terrasse du bar, puis les mélangèrent, pour y imprimer deux traces noires dans les enluminures arrachées et mortes. Il alla en roulant au pas jusqu'au rond-point planté sous les tours des extracteurs d'eau et fit demi-tour, pour repasser devant le bar, zigzaguant à petite vitesse dans les arabesques, pour les salir et les tuer. Spartacus sortit sur la terrasse de La Pleine Lune pour regarder passer ces hommes dont il connaissait la violence et le pouvoir de nuisance. Il y avait d'anciens commandos boliviens, des militaires slovènes, des fascistes congolais, des spécialistes américains de la torture, des traqueurs sud-africains, des commandos indiens et des voltigeurs irakiens. Le haut du panier de la terreur. Si ces gars-là arrivaient à entrer dans le bar, c'en était fini de la licence du café ! Triton vint se placer à côté du légionnaire. Mains sur les hanches. Exhibant ses bâtons de dynamite. Les miliciens lancèrent une poignée de tracts qui s'envolèrent et vinrent s'éparpiller à leurs pieds ou se prendre dans les liserons géants aux magnifiques fleurs mauves. Ceux qui arrivèrent aux mains des femmes nomades finirent paisiblement dans les feux sous les théières de cuivre. Les tracts disaient ce qu'ils avaient toujours dit, depuis des siècles et des siècles de saloperie humaine, sur la planète Terre et maintenant sur la planète Lune, car partout où l'homme allait, il emportait avec lui, dans ses bagages, sa haine et ses excréments : « Dehors les Juifs et les Bougnoules ! » Le texte injuriait aussi les gouines et les pédés, les handicapés, les malades mentaux, les Nègres, les Arabes, les Jaunes, les gros, les alcooliques, les drogués, les adultères et les gosses délinquants, préconisait qu'on les renvoyât sur Terre ou, mieux, qu'on les expulsât sur des planètes inconnues, qu'on leur interdisît de respirer l'air qui coûtait sur la Lune aussi cher à produire que l'eau, qu'on les privât en conséquence d'accès aux robinets, qu'on les confinât, à jamais, dans le noyau brûlant de la planète où ils s'emploieraient aux tâches de maintenance des centrales électriques à magma, jusqu'à crever ! On se serait cru revenu sur la Terre. Rien de bien nouveau sous la plume sanglante de ces hommes dont on savait qu'ils étaient des violeurs, des pilleurs et des égorgeurs, des parfaits citoyens en règle, qui jouissaient dans Paroxis et dans toutes les petites villes environnantes d'une parfaite impunité. Les fleurs aux balcons, nom que l'on donnait aux petits bourgeois lunaires, approuvaient ces exactions, à condition toutefois de n'en rien savoir. Ne rien voir et ne rien entendre. Sur la Terre comme au ciel !

Digitale se précipita sur la terrasse et se mit à les injurier en leur faisant des doigts d'honneur. Ils exhibèrent, par-dessus la ridelle en titane du camion, des poignards à double lame crantée. Caribou tira son long couteau de chasse, qu'elle avait glissé dans un fourreau sur le haut de la cuisse, sous sa jupe, et le brandit vers le ciel en promettant de leur couper les couilles et de les leur faire bouffer ! Elle hurlait sa haine, dans la musique folle des Flying Stones et les éclats des lasers, les larmes aux yeux. Ces hommes, aux uniformes en acier noir à flamme et potence rouges gravées, l'avaient arrêtée, battue, violée, une nuit où ils étaient en chasse et cherchaient à casser du Turc, du Chinois ou du pédé, et, pour finir en beauté, ils l'avaient allongée sur une pierre et avaient feint de la décapiter ! Digitale était restée des heures, inconsciente, dans les éboulis, gardée par une meute de loups qui l'avait encerclée pour la protéger. Un grand loup blanc avait léché ses plaies. Il s'était allongé contre elle pour la réchauffer de son pelage. Ils lui avaient rendu la vie. C'était une image étonnante et, en même temps, convenue. Les meutes de loups plus fraternelles que les sociétés des hommes, ça n'était pas la première fois qu'on voyait ça. On aurait pu croire, on l'aurait voulu, on avait même beaucoup prié, que sur la Lune nouvellement conquise, les choses se changeraient en mieux. Mais il n'y aurait pas plus de renouveau des âmes des hommes sur la Lune que chez les grands navigateurs qui découvrirent sur la Terre de nouveaux continents pour y fonder leur royaume. Le rêve infantile sombrait encore, que ces aventuriers oublient enfin leur penchant ordinaire à devenir des loups pour construire un monde nouveau, plus juste, plus fraternel, plus doux, et plus aimant. Rêve crevé. Il n'y avait d'ailleurs aucune angoisse métaphysique dans ce simple et triste constat d'échec. Seulement, la vie sécrétait invariablement ses mêmes poisons, la pourriture des sentiments et des idées lui était intrinsèque, substantifique bogue, de même qu'il fallait souffrir souvent et bien mourir un jour. Voilà tout. Lune ou pas Lune, on en était encore là ! Mais rien n'empêchait d'être l'exception qui confirme la règle ! Le café La Pleine Lune, Chez le Piaf, ou encore Chez le Piaf transformiste, était sorti de la dure roche lunaire pour ça. Comme le disait tranquillement, en son temps, Marinette, la patronne du bar Le Coq cuit, dans la banlieue d'Anvers :

— Ici, on boit un coup, on cause, on s'aime et on se protège !

Puisse le café La Pleine Lune exaucer le vœu fraternel de cette petite bonne femme au cœur joyeux et tendre, habitante généreuse de la planète Terre, Europe, Belgique, commune de Merksem, près du square des Érables, au numéro quatre de la minuscule rue des Soucis, un gros chat roux endormi devant la porte, une puce repue sur son dos.

Bob sortit sur la terrasse pour calmer Digitale qui s'excitait de plus en plus violemment contre les miliciens tortionnaires, elle mimait de les égorger de son couteau en les insultant copieusement, il la chopa par le col et la rentra de force dans le café. Elle se laissa malmener. Tirer. Pousser. Traîner. Elle souriait. Bob sentait bon le brouillard, la sueur et la bière. Sa main forte serrait son bras. Enserrait sa taille. Il lui avait tapé sur les fesses ! C'était doux qu'on la forçât à revenir à l'intérieur du bar, alors que toujours, sur la Terre, quand la grande Caribou Couille de saumon Pine d'ours, pleine de whisky-fuel poivré à la poudre de fusil jusqu'à la garde, devenue violette, explosive, commençait à trop déconner, on cherchait plutôt, le patron plus tous les serveurs aidés de tous les clients pas peureux, à la faire sortir qu'à la faire rerentrer ! Il la planta contre le bar, en lui criant ces mots qui lui tirèrent d'autres larmes :

— Tu bouges plus, tu restes à ta place !

Arrivée dans ce bar il y a si peu de temps, elle avait déjà sa place ! Sa place à elle, au comptoir du bistrot, sur la Lune. Elle était là chez elle. Bob Feinn lui offrait ça. Une planche de salut pour y poser les coudes et flotter au milieu d'autres pirates de bar, sans risque de se noyer. Entre Spartacus, le légionnaire, à sa gauche, et Triton, le jeune artificier, à sa droite. Il a toujours existé dans les cafés d'habitués un plan de comptoir, comme il existe, pour les banquets, un strict plan de table. La Pleine Lune, c'était ça : au bout à gauche, Piotr, le douanier ; à sa droite, Taurus, douanier en second ; dans le virage, c'était la place à Rico Damato, le tunnelier ; puis venaient Angus, le sonar, Kiprianoù le roux, du service de la voirie, Billy Bully Crâne de piaf, le boxeur brisé, Kiprianoù le blond, puis Franz, le conducteur d'engins, et Spartacus. Ensuite, c'était la place de Digitale, sa place à elle ! Son petit bout personnel de comptoir ! Son beau cadeau ! À droite du légionnaire, à gauche du jeune et beau Triton Werther. Venaient ensuite, à la droite de l'artificier, Colby Douglas Nicholls Pemulwuw, le géologue aborigène, puis, dans le retour du comptoir, à droite, Milus Stilitano, le Sicilien, le piqueur de roche, ensuite, Spot, le mercenaire au visage tatoué, et Vérex, le sculpteur ancien clown au crâne rasé. Chacun avait trouvé tout simplement sa place au bar et y revenait par réflexe sans avoir l'idée saugrenue de prendre au hasard celle d'un autre gars. On peut dire qu'il y avait une place naturelle pour chacun des doigts de la grande main de comptoir ! Jamais on ne verrait un pouce prendre celle d'un petit doigt. Même s'il était assez habituel de voir un majeur boire dans le verre d'un index.

LE GRAIN DES PEAUX

À part les Kiprianoù qui ne voulaient pour rien au monde retirer leur grand nez de la mousse épaisse de leur verre, prisonniers du liquide comme des papillons dont la trompe se serait prise dans les étamines collantes d'une fleur au calice profond, et Rico qui surveillait à travers la baie encore embrumée d'Irlande les paramilitaires qui passaient et repassaient toujours sur la route, tous les autres clients s'étaient écartés du quartz géant pour se tourner vers les Flying Stones en transe. Vérex ne pouvait détacher ses gros yeux exorbités des cinq beaux culs agités des filles qui dansaient, il se les imaginait déjà coulés en bronze dans sa fonderie d'arrière-cour, magnifiques et puissants Maillol extraterrestres libérés d'une partie des contraintes de la pesanteur et légers comme des nuages bien potelés. L'eau qui lui rebondissait dans la tête sous forme d'acouphène torrentiel se mêlait à leurs cris. Il se balançait d'un pied sur l'autre, envoûté pour moitié par la bière, pour moitié par la beauté, à se demander comment il ferait pour les ramener toutes chez lui, sans qu'elles le sautent à mort et le dévorent jusqu'à n'en rien laisser que trois métacarpes à la fin. Vérex aimait passionnément l'amour. À le voir faire son petit bec pointu avec les lèvres, ses mains posées sur sa poitrine, sa tête légèrement penchée sur le côté, on pouvait en conclure que là encore le sculpteur tombait amoureux. La fréquence des vibrations de la musique, qui faisait bander, n'était pour rien dans l'affaire. La beauté des corps le mettait dans une extase artistique profonde. Les poètes de bar ont cette folie dans l'œil. Ils écrivent sur des bouts de papier des mots comme s'ils les saisissaient dans leur vol et qu'en rater un au passage les mettrait dans un tel état de déprime qu'ils finiraient par en mourir. Il fallait choper les mots tout de suite. Et les courbes. Les lumières. Les odeurs. Et la puissance terrible des petites choses. Le grain des mots. Le grain des peaux. Le gros grain des rires et le grain fin des peines. Le comptoir remplissait pleinement son office vital d'accélérateur des particules mentales, son travail de libération du rêve. Vérex partait en voyage dans le corps musclé des filles. Sa main déjà caressait les seins de Grid la rousse et il les patinait de sa salive. Il glissait ses doigts entre les fesses de Low et les écartait pour en ressentir l'élasticité, sur le ventre de Conchitas il plissait la peau et la graisse pour en faire les vagues courtes d'une mer, le sexe de Valoche s'ouvrait au contact de sa bouche et libérait un jus qu'il lierait intimement aux métaux fondus, enfin, s'il avait pu glisser sa tête entière dans le sexe de Soizheu, il l'aurait fait, pour réhabiter ce que Courbet peignit comme *L'Origine du monde* et que Vérex voyait depuis son île du bout du bar comme une Enfance de l'art.

L'excitation qu'il montrait, après seulement quelques verres en compagnie du zinc, sa folle envie de reproduire en bronze ces formes voluptueuses, de créer tout un monde puissant à portée de la main, poussait forcément à se demander comment et dans quel bar, et dans quel lieu, quel comptoir, et de quelle taille, jusqu'à quelle heure, l'Univers tel qu'il était avait été pensé ? Discuté. Bataillé. Par quel Vérex de rade artiste monstre omnipotent ? Remettez-nous ça qu'on invente la vie, l'espace et le temps ! Et après on y va ! Oui, d'accord, mais où ? Qui était le patron, à cette heure plus que tardive de création du monde ? Qui était la grande patronne de ce beau café d'avant le grand Univers ? Qui était la jolie serveuse à avoir tout entendu de cette grande bataille de mots et de projets fous ? En faisant les yeux au ciel de temps en temps. En traînant un peu les pieds. En râlant. Ciel qui d'ailleurs n'était pas encore là, dans le ciel. Mais par bonheur, ce petit mouvement des yeux encore inconnu en donna l'idée, en même temps qu'il en montrait la direction, le ciel serait là-haut, une fois pour toutes, c'était facile, il suffisait pour s'orienter de regarder les yeux au ciel de la serveuse et de faire pareil pour découvrir au-dessus de sa tête la belle voûte bleutée ! Un vrai pari de comptoir, cet Univers terrible blindé de tout ce qui tourne. Tous ces soleils et ces trous noirs ! Milliards d'étoiles en feu ! Millions de milliards de planètes glaciaires ! Big bang ! Fruits surabondants et survitaminés d'esprits alcooliques fous dangereux libres et cyclothymiques ! Combien d'hectolitres de bière haute en degrés fallait-il ingurgiter et en quelle compagnie de barges pour mettre en œuvre un pareil chantier ?! Pas un client, dans ce bar d'avant le temps, pour racheter l'autre ! Ce fut le grand apéritif maelström, au café L'Avant-Tout. Vérex aurait sans doute été court en neurones pour mettre sur le papier une esquisse fidèle de cette démesure. Lui aurait en buvant inventé les saisons. Le printemps, l'été, l'automne et l'hiver. C'était à sa pogne. Et c'était déjà bien ! Une vraie idée de clown, ces feuilles qui poussent comme une barbe sur les arbres et ces mêmes feuilles qui changent de couleur avant de tomber au sol. Saisons qui ont toujours servi et qui d'ailleurs servent encore. Même si l'on se plaît à dire, dans les bistrots sur la Terre encore et toujours, qu'il n'y a plus de saisons ! Elles sont bien là. Planquées derrière les arbres. C'est du costaud ! Une feuille de la taille d'un petit doigt suffit à y loger les quatre. Même si l'on peut mettre au crédit des piliers de bar que c'est vrai, souvent, les saisons se marchent dessus.

Sa barbe toujours pleine de brume, Bob Feinn, rouge de bonheur, jeta un regard périphérique sur son bistrot nouveau-né. C'était un beau bébé, lourd, joufflu, costaud, braillard et agité, insatiable, les fesses roses, et qui descendait ses biberons à la vitesse de la lumière ! Par contre, il n'était pas bien sûr que cet esprit bon enfant convînt à tous les officiels invités qu'on attendait toujours, à savoir le directeur institutionnel de la zone Paroxis, le conseiller général élu de la région du Second Quartier-Mer des Nuées, le trésorier municipal, le recouvreur du fisc, le payeur général, le responsable des navettes de fret, l'architecte en chef des bâtiments de Lune, le président de la Compagnie générale des eaux, l'adjoint à la répartition des réseaux électriques, le patron du Syndicat des docks, le comptable en chef de la Caisse des prêts, le trésorier des Magasins généraux, l'inspecteur général des Postes, un juge, un avocat, et enfin, le pompon ! des dignitaires de toutes les religions pour que le comptoir fût béni ! À voir les Flying nues crier en se tordant d'extase, l'anus rubis, Bob Feinn se demandait si l'idée d'inviter les religieux était bonne, même s'il avait toujours fait bénir et baptiser ses comptoirs par des ecclésiastiques, avant qu'ils ne le fussent par les verres renversés des clients.

LA VOIX DE GABRIEL

Le quartz géant du comptoir de La Pleine Lune s'appelait Gabriel. Le comptoir Gabriel. Comme l'archange Gabriel, messager de Dieu, qui annonçait dans le

Nouveau Testament la naissance de Jésus. Ça n'était pas n'importe quel facteur ! Et ça n'était pas non plus n'importe quel comptoir. Le comptoir Gabriel venait sur la Lune annoncer la naissance de l'amitié et de la fraternité autour d'un verre ! Une amitié, une fraternité qui avaient quitté la Terre en plein désarroi pour coloniser l'espace. Quitte à rencontrer d'autres vivants dans l'Univers, autant que ça le fût devant un verre, pas vrai ? Le comptoir Gabriel brillait déjà pour ce grand jour où il faudrait briser la glace entre les Terriens et les autres vivants. Tout le monde aime la bière. Sur Terre, les hommes, les femmes, les mouches, les chiens, les chats, les hérissons, les cochons, les chouettes et les moineaux, les vaches, les bœufs, les grenouilles, tout le monde buvait de ça ! Un extraterrestre à tête de mouche, bec de chouette, corps de chien et pics de hérisson, ailes de moineau, pattes de grenouille, langue de vache, coudes d'homme, foie de bœuf et caractère de cochon devrait aimer la bulle. Forcément ! Bob passa la main sur la surface lisse du zinc de quartz. Il pouvait en sentir les vibrations, les frissons, comme ceux qui auraient parcouru une peau humaine. Ce quartz rose avait pour particularité de pouvoir emmagasiner l'énergie des clients accoudés, la vibration de leurs sentiments, de sorte que l'assoiffé esseulé ressentirait toujours la présence des autres, rien qu'en s'y appuyant. Toucher ce long comptoir dont l'extraction délicate du sol rocheux lunaire avait pris des semaines, la taille et le polissage par Vérex plusieurs mois, c'était comme toucher celui qui l'avait touché avant vous. Rien qu'en posant ses coudes sur la surface, on se sentait miraculeusement moins seul. Bob racontait qu'il avait parfois la sensation de caresser le bois précieux poli arraché à l'épave d'un bateau qui aurait navigué dans l'espace, planches bavardes et pleines d'histoires.

TinTao, elle, parlait du murmure de la pierre des temples, elle évoquait la force douce transmise par les ondulations provoquées par des nageurs lointains à la surface d'un lac. Les hauts verres d'alcool qu'on y posait faisaient passer les oscillations dans le cristal de l'air et l'on pouvait percevoir les vocalises d'un champ électrique. À sa façon, le zinc parlait. Et il fallait s'attendre à voir, dans l'avenir, des clients saouls lui répondre et lui faire la conversation. C'était un outil parfait pour aider l'esprit du buveur solitaire à tout lentement s'effilocher. Un piège à guêpes de zinc ! Le doux traquenard parfait. Un frère de bar. L'alter quartz ego. Les corps qui se frottaient à lui y laissaient leur empreinte profonde, le comptoir Gabriel se chargeait de tout ce que les clients accoudés ressentaient, de tout ce dont ils se défaisaient, de tous leurs désirs, de tous leurs rêves, de leurs remords, de leurs regrets, de tous leurs souvenirs. En résultait cette sensation immédiate de s'alléger dès qu'on en effleurait seulement la surface. Puis celle de se lester, en contrepartie, de la peau épaisse et chaude des autres. C'est ainsi que le comptoir pouvait soulager un vieillard de sa peine en lui faisant passer dans le sang la vigueur d'un plus jeune, lequel, une fois englouti quelques verres, sombrait dans une douce mélancolie de voir le temps s'enfuir et faiblissait de se sentir d'un coup terriblement pauvre et mortel. Le vieux rasséréné et le jeune nostalgique. C'était de la belle alchimie ! Gabriel le comptoir accomplirait sans faille son miracle avec beaucoup de vélocité et de maîtrise, mais le zinc, sur Terre, d'une manière plus ou moins contrôlée, avait toujours fait ça ! Troquer les corps et réduire les distances, quand les uns viraient aux autres en s'emmêlant les esprits et les questions. Quand l'amoureux avait peur de la mort et se cuitait, tandis que le malade crevard comptait ses sous pour aller acheter des fleurs et oubliait de compter ses jours. Tous les deux coude à coude. Devant deux verres de blanc. Il faudrait bien qu'un jour enfin la fraternité l'emporte. Dans une proximité de zinc extraterrestre réinventée, définitivement. Il fallait faire confiance au jeune comptoir Gabriel. On en aurait besoin !

LA FRATERNITÉ

Le véhicule militaire se gara, tous feux éteints, sous le panneau publicitaire brisé vantant la construction prochaine du magnifique quartier avorté de bureaux, de commerces et de banques de La Matrice, tandis que les arabesques meurtries par les lourdes chenilles reprenaient couleurs et vie. Le son chaud de la flûte de Jaïni se condensait en bruine mercure au-dessus des hommes en armes qui transportaient un froid glacial dans leurs uniformes d'acier. La voix de Soizheu poussa sur eux une averse de chant brûlant. Billy Bully Crâne de piaf tanguait d'avant en arrière, le cœur en nage et les pieds en bateau, tout content, heureux comme un môme enrhumé dispensé d'école. Les Kyprianoù, attaqués par la boisson et la force de la musique, commençaient à mollir sur leurs jambes et riaient comme deux benêts.

Depuis l'âge de dix ans, les jumeaux Kyprianoù ne s'étaient jamais quittés, depuis ce matin où le plus maigre avait sauvé de la noyade le plus gros en lui tendant une perche alors qu'il s'enfonçait dans un silo à grains, piégé, comme dans des sables mouvants. Le plus petit avait regardé longtemps son gros copain s'enfoncer dans le maïs, en rigolant, sans comprendre, jusqu'à ce que n'en dépassât que le visage bouffi, tordu, empourpré, et ses yeux terribles, hagards, ce regard fou, terrifié, étonné, misérable, écarquillé, brûlant, celui d'un enfant en train de mourir alors qu'une minute plus tôt il était en train de jouer au corsaire ! Où voulez-vous transporter cette image dans votre âme, tout au long de votre vie, sinon de bar en bar, coloriser cette photo obscène de la mort qui s'installe ? Miracle ! Quand sur l'image de la mort l'emporte l'image de la main tendue du copain qui vous sauve ! Ces deux mains, de bar en bouge et de bouge en pub, de café en buvette, de tripot en estaminet, ne s'étaient plus jamais lâchées. Peut-être était-ce pour cela qu'ils avaient accueilli dans leur cube de vie Billy Bully Crâne de piaf, tout nouveau sur la Lune et complètement perdu ? Immédiatement, ils avaient vu dans son regard mouillé le même désarroi effroyable que dans les yeux du gamin Kyprianoù ce jour de stupide noyade dans le grain. Ils l'avaient trouvé un matin, nu, désorienté, au milieu du parking des hangars de la voirie. Billy Bully regardait la Terre là-bas, loin dans le ciel. Il avait froid. Il tremblait. Il avait peur. Les jumeaux, aussi dissemblables et liés qu'un œuf et une poule, avaient su transporter leur fraternité insoluble jusque sur la Lune colonisée, et la revitalisaient encore à coups de bière et de musique, penchés sur le beau comptoir Gabriel du bistrot de Bob et TinTao. Ils s'aimaient. Souvent, ils se lançaient un clin d'œil et un sourire complices, accrochés au cul du camion de la voirie, toujours surpris de se retrouver là, tous les deux, vert fluo, super-contents, extraterrestres, légers et vivants, après avoir été embauchés pour nettoyer tous les jours un petit bout de la Lune. Ça n'était pas un travail tuant. Les villes sur la Lune étaient plutôt propres, par la simple intervention des lois de la physique, on hésitait à se débarrasser des détritus sur la voie publique car ce que vous jetiez vous suivait dans la rue et, en quelque sorte, vous désignait du doigt, à cause du manque de gravité et de l'aspiration provoquée par le mouvement de l'air pendant la marche. D'ailleurs, les inséparables Kyprianoù se réjouissaient déjà de cet emploi du temps allégé qui leur laisserait pas mal de temps libre pour aller boire un coup au bistrot ! C'est bien pour ça qu'ils hésitaient à quitter leur place. Pas question de se décoller du comptoir avant que leurs coudes n'aient germé dedans et que des racines solides n'y soient profondément ancrées.

Des cris joyeux s'élevèrent dehors. Les jumeaux plongèrent leur nez plus profond dans la mousse. La Môme Lune se mit debout, pieds joints, sur la boule d'acier du dôme. Mains sur les hanches. Alertée par les rires légers et les sifflets. La bande à Fokine passa en courant et en criant devant la terrasse du bar, devant Triton et Spartacus toujours en sentinelles, avant de traverser la route et d'aller encercler le camion chargé des hommes noirs de la milice en armes, pour les asperger des cent couleurs vives arrachées aux arabesques, puis ils s'enfuirent sous les menaces entre les fils du cocon géant et dévalèrent la pente du gouffre de La Matrice, en direction du campement touareg. Fokine au visage bleu volait à la tête du groupe des quinze enfants rebelles. Ils se faufilèrent entre les tentes et les feux, soulevant des tornades d'escarbilles qui retombèrent en grêle de cendres vermillon sur les hommes et les femmes assis, sur les enfants aux joues barbouillées des pigments envahissants, sur les bébés accrochés aux mamelons, endormis entortillés dans les manteaux. Les gamins nomades encerclèrent Fokine et tournoyèrent avec lui dans les airs lumineux, jamais on n'avait vu un aussi grand vol d'enfants ! Tous ces gosses en mouvement formaient une météorite nouvelle, et, s'il fallait lui donner un nom, on l'appellerait Enfance 6008-XB-12-ZM-15, avec toute l'emphase scientifique que l'on met habituellement à nommer un objet céleste que l'on vient de découvrir. Cette envol de mômes alla rebondir sur les fils du cocon géant, roula sur la pente caillouteuse, pour reprendre de l'altitude dans les courants chauds ascendants qui montaient du fond du gouffre artificiel. Les saphirs que portaient les gamins touaregs à leur front étincelaient sur toute la surface de cette étoile de jouvence précieuse. Nous baptiserons ce météore Lucioles ! Puis le vol éclata en deux bandes, d'un côté celle à Fokine chef des fuyards, de l'autre celle des mômes bleus, nomades du désert, qui se déposa lentement autour des feux pour boire de cette eau fraîche offerte par les hommes d'en haut. Les gosses, tout ébouriffés, en sueur, riaient de ce bien-être que leur donnait la source, se poussaient autour des jarres, gloussaient de contentement, protégés dans leurs joyeuses agapes par les fils du cocon qui se refermèrent pour tisser une voûte serrée, pleine, étanche, au moment où les miliciens postés en ligne au bord de La Matrice jouaient à les viser de leurs armes, tandis que d'autres sortaient leur sexe pour l'exhiber aux yeux des femmes touaregs qui berçaient doucement leur bébé dans le sifflement des théières, et que d'autres encore urinaient dans leur direction en hurlant des insultes salaces.

Triton regardait les hommes en noir crier leurs saletés, en caressant ses bâtons de dynamite. Spartacus leva les yeux vers le ciel, vers la Terre. Il faudrait bien qu'un jour, là-bas, comme ici, comme partout où le cœur des hommes battrait, cessât cette merde. Que finissent à jamais ces haines dégueulasses. Spartacus légionnaire commando avait soudain l'alcool fleur bleue.

Amadeus, Silatchich, Zacharie, Vendomine, Étarke, Houzon, Palette, Stanolus, Salvador, Altamira, Bakongo, Carroll, Castro, Graaf, Lishimin et Fokine disparurent dans le dédale des ruines, aussi rapides que des esprits malins. Le cocon s'ouvrit à l'autre extrémité du chantier abandonné pour les laisser passer, et il se referma solidement derrière eux. La Môme Lune aperçut un nuage de poussière filer à toute vitesse vers l'horizon. Son cœur battait fort. Si puissamment qu'il la faisait décoller de la boule d'acier du dôme à chaque coup. Si l'amour sur la Terre donnait des ailes, c'est ce qu'on disait communément, ici, sur la Lune, l'expression se vérifiait ! La Môme faisait des petits bonds sur le toit du bistrot comme une sauterelle. Un homme de la milice se retourna et, la voyant sautiller sur le dôme du bar comme un petit gibier, la visa de son fusil. Un point rouge apparut sur son front. Une sirène retentit. Un véhicule de police du district s'approchait en zigzaguant, mais ça n'étaient pas les zigzags malveillants de la milice, il s'agissait des zigzags caractéristiques par abus d'alcool des fonctionnaires de la police ! Les flics coupèrent sèchement la route aux miliciens qui s'approchaient du bar et se garèrent devant la terrasse, l'avant pointu du véhicule de service déjà bien pourri enfoncé dans les liserons. Les paramilitaires rangèrent leurs armes et remontèrent dans leur camion. Les quatre flics que Bob Feinn avait invités pour les remercier des petits services rendus au moment du passage de son dossier en commission des licences commencèrent à descendre du Hummax. Le chauffeur ouvrit sa portière, sortit une jambe, posa un pied sur le sol, tenta de s'extraire du véhicule, glissa sur les arabesques colorées et s'étala de tout son long ! C'était le capitaine Pix, un ancien flic de la préfecture des Territoires unis, en France, qui avait demandé sa mutation dans le nord des Unions mais que sa hiérarchie avait expédié à Paroxis. Une erreur administrative. Plutôt une sanction disciplinaire pour ce flic de nuit qui passait plus de temps à griffonner des petits poèmes dans les bars qu'à courir après les voyous. Il rêvait du soleil et des palmiers d'Oslo. On lui avait donné la Lune. Ça lui allait aussi. La Lune, pour quelques poètes, c'est la pointe du stylo. Plus un premier grand comptoir ! Pix avait tout pour être heureux. La Lune, l'alcool, la poésie, les gyrophares, les sirènes, les armes, les potes, et des nuits à rallonge pour se perdre dans la nuit. Joyce et Salam, les deux lieutenants qui venaient de l'île de New York, sortirent en titubant et Cali, un ancien des brigades narcotiques à Bogotá, resta assis à l'avant, il dormait, la double pointe de son fusil laser qu'il tenait serré entre ses jambes enfoncé dans les trous de nez. Vérex se mit sur la pointe des pieds pour voir dehors. C'est eux, les flics de Pix, qui lui fournissaient les acides dont il se brûlait consciencieusement le cerveau, qu'ils se procuraient dans les saisies au greffe du tribunal, pour arrondir leurs fins de mois. Spot le mercenaire regardait les flics s'extraire péniblement du véhicule en pensant avec gourmandise aux coffres-forts bondés de la Compagnie générale. Mais même eux, ces petits flics un peu voyous, n'avaient jamais réussi à faire sortir une gemme de belle taille des frontières de cette planète et filer sur la Terre pour la marchander à bon prix, sinon ils n'auraient pas trafiqué petitement dans l'acide et les armes démobilisées retirées des services. Qui saurait passer les systèmes de contrôle jusque-là parfaitement étanches ? Qui trouverait la porte d'entrée des trésors dans ce cube d'acier poli gigantesque ? Digitale Caribou, qui avait une sainte horreur des flics, commençait à s'énerver en les voyant approcher, à sauter sur place, à tourner sur elle-même comme une toupie dans les stridences acides de Soizheu. La grande brune à la langue brûlée des Flying faisait vibrer de plus en plus rapidement les plaques de mica sur son épiderme. Digitale, fleur des bouges, sentait venir un sang noir dans ses terribles mains. Et c'était pas de la blague !

Caribou pouvait déchirer des plaques d'acier de plusieurs millimètres comme une feuille de papier, quand, les samedis soir de paie, des gars venaient de partout parier sur elle dans des concours de force pure au Frog Jelly du lac Érié. Billy Bully Crâne de piaf, entre deux balancements, jetait un coup d'œil sur cette puissance de la nature avec des seins gros comme sa tête. Un putain de morceau à combattre ! Ses poings posés sur le comptoir de quartz revivaient. Se densifiaient comme la pierre. Reboxaient. Sans qu'il ne bougeât le petit doigt. Billy combattait sur le ring de sa cervelle cassée cette masse terrifiante aux longs cheveux noirs qui s'emmêlaient autour de ses avant-bras comme les serpents de la Gorgone ! Coup droit ! Coup gauche ! Ta droite ! Uppercut ! Ta garde, Billy ! Monte ta garde ! Droite ! Gauche ! Droite ! Gauche ! Enchaîne ! Seuls son regard qui s'était durci et son pied droit qui dansait trahissaient que Billy Bully les Poings d'or était remonté sur le ring et qu'il était en train de combattre. Ses mains ne bougeaient pas. Ni ses épaules. Ni son torse. Ses pupilles par contre filaient de gauche à droite, de sa bière à la bête à abattre, à la vitesse de l'éclair. Les Kyprianoù, qui, depuis longtemps, avaient appris à le connaître, après l'avoir vu maintes fois boxer dans son sommeil, souriaient de le savoir planté crânement entre les cordes mythiques du Blue Obama Stadium, face à Digitale Caribou la tueuse des Grands Lacs, et qu'il lui donnait une leçon ! « Un cours de grâce pugilistique face à une force brouillonne. » C'est ce que la presse écrirait le lendemain sur Billy Bully les Poings d'or, revenu, après un passage à vide de plusieurs années, à son plus haut niveau ! Le cœur des jumeaux Kyprianoù battait fort pour leur pote. Gagner, même si c'était en rêve, c'était toujours gagner ! Beaucoup de vieux boxeurs tombés dans l'alcool se faisaient démonter la face et finissaient en tas de viande sanguinolente dans de terribles cauchemars éthyliques et se réveillaient en hurlant, pleins de sueur et de terreur, le lit trempé d'urine. Billy Bully Crâne de piaf avait le rêve victorieux. Ce serait bien que la presse l'écrivît aussi un jour, fît son gros titre de ce rêve victorieux du boxeur cabossé, au lendemain d'une nuit particulièrement agitée. « Une leçon de grâce pugilistique face à une brute de traversin ! »

LES ORTEILS SUCRÉS DE SOIZHEU

Les Flying Stones avaient fait venir avec elles, sur cette scène improvisée contre la cloison opalescente, Angus Paasinen Vasa Torp le sonar fou. Sa combinaison orange graisseuse brillait des milliers de minuscules diamants de la sueur des filles que la chaleur de son corps attirait. Il s'était mis à genoux. Léchait les pieds de la chanteuse. Pointait le long bout de sa langue entre les dents qui lui manquaient. Ses cils épais et recourbés posaient un voile doux sur son regard halluciné, accrochaient sur leur extrémité la sueur des ventres, la vapeur des peaux, la distillaient, la condensaient pour en faire des larmes qui glissaient le long du fil blond jusqu'à mouiller ses pupilles, ajoutaient une peine de fête foraine à sa drôle de figure de jouisseur paumé. Il semblait ne plus trop savoir où il était. Milus Stilitano, Franz, Bob, Colby frappaient frénétiquement dans leurs mains, tandis que le caillou saoul suspendu au cou de l'aborigène recommençait à crier. TinTao courait au plafond. Elle riait. Chantait. Son image à l'envers explosait sur les octogones d'argent. Ce premier café sur la Lune allait permettre à ses habitants amoureux des zincs de ne plus savoir où ils étaient, en étant là. Ne plus être nulle part en étant au bistrot. Ailleurs pas loin, au coin de la rue ! La nuit dans le jour et le jour dans la nuit. Braises incandescentes vivant dans l'eau froide. Arpenteurs immobiles. Embarqués. Compris. Serrés. Bousculés. Engueulés. Aimés. Détestés. Protégés. Taclés. Boudés. Importants. Chéris. Sales. Jolis. Sur Terre, les soirs de cuite, il arrivait qu'un client malheureux et véhément criât :

— Je demande pas la Lune !

La Lune, non demandée, aujourd'hui, était donnée à tous devant une bière à la bulle légère et à l'amertume profonde. À l'alcool puissant. Le reflet de la Terre sur le verre épais et l'odeur de la Lune sur la mousse déposée. Sa poussière sous les ongles des buveurs braillards. Dans leurs cheveux. Dans les moustaches. Il y aurait bientôt les godillots des maçons crottés de boue lunaire, en train de rigoler, de brailler comme des damnés. En train de s'engueuler autour du nom d'un client mauvais payeur. Travailleurs que l'économie sur Terre avait tués depuis longtemps, et dont la Lune avait soudain besoin pour se construire. Le grand retour du prolo lunaire, c'était inattendu. Il y aurait bientôt dans le bistrot de Bob des peintres en bâtiment, à la peau brunie d'avoir passé trop de temps à ravaler un immeuble, sous les terribles rayons du soleil que l'atmosphère légère filtrait mal, venus là au bar s'accouder, se reposer, peinards, se remettre. Se refaire du courage. De la volonté. De la force. Assoiffés. Exténués. Mécontents peut-être d'avoir avancé le chantier pour un patron chiant et radin. Contents quand même du beau boulot, que la clarté venue de la Terre dans son dernier quartier rendait encore plus beau. Il y aurait près d'eux la marchande de ces minuscules fleurs bleues en clochette, qui poussaient aisément sur cette planète, et qu'on s'offrait tous les trois ans pour la grande fête des Météores, venue boire un petit apéritif avec sa copine qui peignait des trèfles sur des boîtes à bijoux. Fleuriste sœur jumelle de la marchande de fleurs qui allait passer et perdre un peu du temps terrestre au Tournebride de la rue Mouffetard. Sur la planète jumelle. Dans un ciel jumeau superbement étoilé. On y verrait les gars du garage des navettes vider leurs verres en ponctuant leurs longues déglutitions de tonitruants « Bon, c'est pas qu'on s'ennuie ! » ou bien « Bon, c'est pas le tout ! » avant de repartir, un peu à la bourre, aux ateliers de refuselage : « Faut bien qu'on refusèle, nous, on est l'équipe des refuseleurs. » Et des flics douteux, qui, eux, arrivaient déjà. Pas en retard. Il faudrait se préparer à entendre, un soir de cuite, un client malheureux et véhément, crier, bras écartés, comme crucifié, malin, roublard, une larme ténue au coin de son œil rougi par la peine de devoir rentrer : « Franchement, Bob, je demande pas la Terre ! » pour être resservi. Le dernier verre ! Comme sur la Terre, là-bas. La dernière Terre avant la Lune.

— Le dernier ! Bob ! Le dernier pour la Lune !

Comme un dernier pour la route. Drôle de route ! Tous ces derniers pour la route. Pour quelle route ? Interminable route. Qui allait où ? Qui menait où ? Ils verraient bien, en arrivant là-bas. Résidence des Astres, immeuble Big Bang, au fin fond de l'Univers, après le rond-point.

L'avantage, avec les bistrots, c'est qu'à l'impossible, tout le monde est tenu.

LA QUATRIÈME HEURE

Au loin, une colonne de gitans se mit en marche, avec en tête du cortège une haute croix enflammée suivie d'une grande Vierge bleue tenue par quatre hommes vêtus de noir. À l'est, les Rover des gars des docks approchaient, à petite vitesse, ralentis par les contrôles policiers. À l'ouest, une meute de loups hurlait, et le vent portait leurs voix sombres vers les lumières du camp touareg. La Môme Lune électrique Zarmine sauta dans la treille. Amusée, intriguée, un peu affolée aussi, par tous ces mouvements qui, d'un peu partout, convergeaient vers eux. Elle connaissait bien les gitans pour avoir vécu un temps à leur côté, quand la communauté des mines l'avait rejetée après la mort de son père artificier. Une femme l'avait recueillie, Asmara, nourrie, sans jamais la toucher, par peur des terribles décharges électriques. Elle la laissait dormir à l'entrée de son abri creusé dans la roche, la petite refusant de s'y enfoncer plus, de peur qu'on l'y retînt prisonnière. Asmara la berçait de sa voix. Elle la nourrissait comme on nourrit un chiot errant et peureux, en lui lançant des boulettes qui voltigeaient lentement, tournoyaient, que la petite attrapait en rigolant.

Mais dorénavant la Môme Lune n'avait plus besoin qu'on lui jetât des boulettes par crainte de l'effleurer. Un oiseau s'était posé sur sa main pour partager son pain, il avait suçoté la toute petite commissure de ses lèvres, picoré dans son cou, et il n'était pas mort. Il était même bien vivant ! Il dansait ! Balthazar avait quitté le canyon des seins de Soizheu pour la pointe du mamelon de Low, il s'y accrochait de toutes ses griffes comme à une baie rose sur un buisson de fruits sauvages frappé par le vent, il battait des ailes, puis il avait sauté sur le nombril de Champ, sur la langue percée de Valoche, était passé entre les cuisses de Grid, avait caressé son sexe de la pointe de ses ailes rapides pour s'y désaltérer et s'y baigner, puis il s'était posé sur la tignasse détrempée d'Angus le sonar, accueillante comme un paquet flottant d'algues folles, mèches molles odorantes emmêlées, nouées, racées. Et maintenant, Balthazar thaï le piaf déjanté volait sur le dos au-dessus des clients déchaînés ! Plein comme un œuf. Pour un oiseau, c'était joli. Une virevolte. Le mouvement léger faisait dans la tête de l'oiseau une révolution. Renversement d'un cerveau de piaf dans l'espace. La douceur. La précision. La folie. Presque rien. Balthazar Gavroche thaï, avec son petit bec brillant des goûts et senteurs des filles, tournait dans l'air lunaire comme une nouvelle planète à plumes. Un nouvel enfant de l'espace. Petit Big Bang piaillant en oiseau des mots d'amour de la taille d'un moucheron. Piotr Tropovitch et Taurus, les douaniers qui avaient organisé la venue de l'oiseau depuis la Terre, regardaient le piaf virevolter dans l'air devenu brûlant du bar avec une immense fierté dans le regard. Puis ils revenaient sur les seins de Soizheu. Recherchaient le piaf du regard. Puis replongeaient sur les hanches claires larges et veloutées de Conchitas. Et de nouveau ils suivaient l'oiseau dans ses évolutions heureuses. Fixaient en salivant le pubis de Grid la rousse. Les ailes de Gavroche. Les aisselles de Low la foldingue. Les plumes de Balthazar et les poils des filles devenus matière unique et douce dans les prunelles brillantes des deux fonctionnaires saouls. Beau va-et-vient gourmand et amoureux. Cent caresses dans ces duvets rapprochés. Balthazar vint frôler la chevelure inversée de TinTao qui dansait au plafond, la tête en bas, soies électriques, délicate petite Chinoise à l'envers suspendue comme une chauve-souris brune au visage translucide, aux fines ailes repliées de laque vermillon. Le gros Taurus, l'ancien sous-officier des forces spéciales ouzbèkes aux fesses brûlées dans le bain de friture, se mit au garde-à-vous, pieds serrés, son énorme ventre en avant, et salua militairement le cul des filles et le petit oiseau d'une claque des doigts de sa main droite tendus sur son sourcil droit, juste sous la marque blanche de sa casquette, faisant trembler tout son front cramoisi.

Les flics approchaient. Pix avait déjà mis un pied sur la terrasse. La Môme Lune, perchée dans sa treille, fixait de ses grands yeux verts ces quatre gars de la police qui titubaient mollement dans l'air léger et s'approchaient, équipe étirée, encordés les uns aux autres par le fil invisible de leur fonction. Les miliciens de noir vêtus s'étaient réinstallés dans leur camion et attendaient, tous feux éteints. Les arabesques touaregs se reformaient patiemment autour d'eux sur la route. Retressaient autour des fascistes une mer de couleur. Le chant des femmes montait toujours de La Matrice, mêlé aux cris des gosses et à la flûte de Jaïni, à la prière des hommes. Au chant des loups bleus. Le capitaine Pix, arrivé le premier au centre de la terrasse de La Pleine Lune, se retourna pour attendre ses gars. Joyce et Salam, les deux anciens flics de l'île de New York, lui firent signe que tout allait bien. Les miliciens avaient remisé les armes. Joyce, le petit rouquin, les joues tachetées de plaques rouges, portait toujours au cou la médaille de la bravoure de la ville de New York qui avait, il y a plus d'un siècle terrestre, honoré son ancêtre, jeune recrue de la NYPD. Joyce avait un arrière-arrière-arrière-grand-père policier, mort à vingt et un ans dans les décombres du World Trade Center. Joyce évoquait sans cesse le souvenir de ce jeune flic mort sous les poutrelles d'acier incandescentes. Salam, lui, avait eu deux ancêtres de sa famille, deux caporaux chez les pompiers, un à la FDNY, l'autre à la Rescue Company, morts avec trois cent quarante-trois autres collègues, dans les mêmes conditions terribles, ce jour d'attentat. Ce moment dramatique dans l'histoire du

World Trade Center les avait liés profondément, comme il avait rapproché les familles des flics et des pompiers de New York. Joyce avait toujours entendu son père, Paradis Flint Mulligan, flic aussi, évoquer l'action de ce jeune policier qui était son arrière-arrière-grand-père, fierté des Mulligan, lequel avait toujours entendu son propre père, J. Scots Virgile Mulligan, lieutenant au commissariat central 1 du Bronx, faire allusion à son arrière-grand-père héroïque.

CALI SINCELEJO

Cali Sincelejo, le Colombien, un géant voûté aux longs cheveux raides noués sur la nuque, aux mains roses, brûlées à l'acide, s'était arrêté au beau milieu de la route et détaillait le cocon lumineux géant. Œuf monstrueux explosif de couleurs. Aux contours de fils lentement balancés dans la chaleur montée des feux. Respiration lente d'une œuvre monumentale. Jamais aucun produit saisi par les narcotiques de Bogotá n'avait été capable de créer pour celui qui y touchait pareille grandiose vision magique et délirante. La haute silhouette sombre de Cali se découpait sur les feux multicolores du miracle touareg. La pointe en diamant du fusil laser qu'il portait dans son dos diffractait ces fréquences pour en faire un soleil qui lançait des éclats dans ses cheveux. Le lieutenant Cali Sincelejo ressemblait à un de ces saints catholiques de pacotille coutumiers des autels de jungle improvisés par les Indiens dans les églises de palmes près des champs de coca de la vallée de l'Aburrá, autour de Medellín. Il tanguait. Un gros nuage rouge vif apparut sur la Terre, des poches de gaz brûlants explosaient en surface, l'Australie recommençait à flamber. Il leva les yeux vers le ciel. Pria pour ses frères et sœurs restés au pays, à Palmira, devenue en cent ans une décharge publique radioactive haute comme une montagne, doublée d'un site d'enfouissement de fûts de dioxine profond comme une mer.

Les vents de sable sur la province chinoise du Wuhan dessinaient comme un cœur.

Les eaux de l'Atlantique finissaient de submerger Bucaramanga, à la frontière de la Colombie et du Venezuela. Bangkok sombrait lentement dans un océan mercure. Cali se retourna. Fixa le bar de l'autre côté de la route. Il lut, d'une voix forte, pleine d'émotion, de passion, de nostalgie, de tristesse, de rage, de joie, d'envie, de soif :

— À la Pleine Lune !

Puis il se dirigea en titubant vers les lumières de la façade, laissant dans son dos le cocon de La Matrice et la planète Terre en feu. La Môme Lune électrique Zarmine se mit en boule dans le liseron luminescent. Sous elle, les quatre flics prirent leur élan et poussèrent la porte du bar. Un poing énorme jaillit de l'air mauve brûlant du bar et frappa violemment le visage du capitaine Pix. Pix partit en arrière et percuta Joyce, qui percuta Salam, qui percuta Cali. Les quatre hommes s'élevèrent, bras et jambes emmêlés, à travers les liserons. Les flics s'éloignèrent lentement dans l'espace saturé des pollens libérés brusquement des poches qu'ils avaient fait exploser. Ils atterrirent dans les gravats sur le bord de La Matrice. Se remirent debout. Sous les rires et les cris de provocation des miliciens du PPLP. Ils reprirent comme si de rien, en titubant, la direction du bistrot, qui brillait au loin comme une île de bière blonde dans l'océan de la nuit. Avec la volonté farouche, chevillée au corps, d'y boire coûte que coûte un bon coup. Pix salivait en pensant :

— Un café sur la Lune ! Un café sur la Lune !

On l'entendait penser jusqu'à la mer de la Connaissance. Comme un enfant sur la Terre, il y a bien longtemps, cherchait à travers les nuages et la nuit épaisse les clochettes illuminées sur le traîneau du Père Noël, en criant :

— Il est là ! C'est lui ! Il est là !

Des applaudissements retentirent tout au long du bar. Des rires. Des cris de joie. Des encouragements. Le feulement de fauve de Bob qui hurlait pour que ça cesse, suivi du petit commandement désapprobateur et rieur de TinTao :

— T'arrête, toi Caribou, sinon je sers plus !

Le gros Bob et la belle TinTao, l'Irlandais et son grand amour petit Dragon bleu, en ouvrant ce premier café extraterrestre, venaient de créer les conditions optimales à l'apparition du premier coup de poing dans la gueule au bistrot sur la Lune, si loin de la Terre, au grand comptoir de quartz, perdu dans le bel Univers.

UN PETIT COUP DANS LA GUEULE POUR L'HOMME, MAIS UN POING DE GÉANT POUR L'HUMANITÉ !

Bob, Rico et Spot sautèrent sur Digitale pour la ceinturer. Les chaussures d'acier claquèrent sur le sol de fluorite. Suivit une bagarre, tandis que les quatre flics, Pix, Joyce, Salam et Cali, retraversaient la route, groggy, en direction du bar. Même avec trois gars sur le dos, Digitale se débattait tellement qu'il fallut l'assommer de plusieurs coups de poing sur le haut du crâne. L'asseoir à une table près de la porte, la tête dans les bras. Qu'elle se remît doucement. Elle saignait un peu de la lèvre. Quelques gouttes de fruits rouges. Ses longs cheveux s'étalaient largement sur la plaque de lave. Une mer. Elle ronflait. Balthazar vint se poser sur sa tête. Et, comme à son habitude, il commença à tirer sur les cheveux les plus fins pour s'en fabriquer un nid. À croire que l'oiseau avait manqué d'affection quand il était petit, à vouloir toujours se confectionner des maisons sûres et douillettes sur le crâne chaud et bien rond des humains. Digitale rota bruyamment. Gavroche s'envola. Le nid semblait peu sûr. Les masses lumineuses prises à l'intérieur du grand comptoir de quartz battaient comme un cœur qui s'affole. Boum ! Boum ! Boum ! Boum ! Le comptoir vivant avait senti la violence de Digitale et s'en était ému au cœur de sa matière. On l'entendait accélérer. Puis les battements ralentirent. Jusqu'à n'être plus qu'une lointaine pulsation qui passait à travers les verres et les coudes des clients appuyés. Les jumeaux Kyprianoù avaient déjà replongé le nez dans les bulles, penchés, dans leur tenue vert fluo des employés de la propreté de la Lune, tandis que Billy Bully Crâne de piaf finissait son combat loin dans sa tête, son âme brisée boxait. Droite, gauche, Bully ! Gauche, droite, Poings d'or ! Bouge ! Bouge ! Attention, Bully ! Le comptoir se mit à battre sa lumière avec la pensée profonde et secrète de Bully. Boum ! Boum ! Le quartz géant savait la boxe. Tous les comptoirs la savent un peu. Ce quartz découvert sur la Lune et taillé par Vérex savait des choses que les comptoirs sur la Terre ne savent pas tout à fait. Pas à fond. Ou seulement effleurent. Ou simplement devinent. Les doutes des clients. Les envies. Les peurs. Les secrets. Les pensées. Le comptoir vivait. Le comptoir pensait. La pierre au cou de Colby Douglas Nicholls Pemulwuw l'aborigène et le comptoir s'échangeaient des informations sur la vie. Ils se parlaient. C'est ainsi que les esprits du bush étaient entrés dans le cristal. Que l'esprit des Guaqueros, de Billy Bully, de Balthazar et des autres avait fusionné avec sa lumière, en son cœur. Avec un comptoir pareil, on ne risquait pas de se sentir seul, loin de la Terre et des océans. Les cendres du volcan islandais Eyjafjöll entré à nouveau en éruption il y a cent ans continuaient à s'étirer en long panache gris, noir et bleu, à se déverser sur tous les continents. À manger les herbes. À brûler les bêtes. Le nuage dessinait un lézard gigantesque à trois têtes. Colby regardait le lézard géant. Son cœur battait fort dans le cristal.

DEUXIÈME GUEULANTE

Dans le bar, Bob Feinn avait réussi à calmer ses troupes :

— Pas de bordel à La Pleine Lune, sinon je serai fermé !

Le mot « fermé » sonnait comme un avis de fin du monde. Après avoir goûté à ce premier café sur la Lune, il semblait tout à fait inconcevable de se retrouver sur la Lune sans un seul bistrot ! C'était suicidaire. Criminel ! De décréter une fermeture administrative pour un coup sur la tête et un peu de boucan. Sur cette planète d'un diamètre de trois mille quatre cent soixante-quinze kilomètres, redevenue satellite sans comptoir où se poser ! Une anomalie terrible. Sur le

Soleil, admettons. Comment servir une bière sur un noyau à quinze millions de degrés ? Mais là, franchement, c'eût été monstrueux de fermer ce havre de mousse fraîche ! Bien planté sur cette petite boule jolie en orbite autour des cafés du monde, à trois cent quatre-vingt-quatre mille quatre cents kilomètres de la Terre mère seulement. Un jet de bouchon ! On pouvait presque se dire bonjour, d'un geste amical de la main, depuis les bistrots de là-bas, Londres, Lagos, Séoul, Belgrade, Dacca, jusqu'à celui d'ici. Ces moments fraternels de bar à bar, de planète à planète, méritaient qu'on les protégeât toujours. Ils font, ils ont fait et feront beaucoup de bien à tous. Solidarité sans faille des accoudés à travers l'espace. Comme une douce franc-planèterie. Un lien qui comme une onde traverse le vide et vient toucher l'épaule de celui qui boit. Qui parle. Qui écoute un peu en rêvassant. Il s'envole. Solidarité tendre entre les envolés. Un coup de coude comme un battement d'ailes. Et parfois un coup de poing. Un coup de pied. Un mauvais coup donné avec la tête. C'est la loi du genre. Vive la loi.

D'un coup, Fokine et sa bande, les seize évadés, sautèrent par-dessus les flics qui finissaient de traverser lentement la route et ils se propulsèrent sur le dôme comme une escadrille de petits voyous. Ils se posèrent autour de la Môme Lune qui avait repris sa place tout en haut du bar pour voir loin, et tournait assise, souriante et gourmande, apeurée et fragile, sur sa grosse boule d'acier. Fokine s'assit près d'elle, tout contre, l'épaule presque contre l'épaule, la cuisse presque contre la cuisse, entourés d'Amadeus, Silatchich, Zacharie, Vendomine, assis en étoile juste en dessous d'eux, à leur poste, les quatre plus proches lieutenants tenant chacun son point stratégique cardinal. Les cheveux courts d'un roux renard éclatant de la Môme Lune

Zarmine se mariaient bien au bleu métallique du visage et de la tignasse épaisse tout ébouriffée du chef Fokine, reflets mêlés, pointes à charge neutre de cheveux emmêlées, sourires en coin, canines pointues, prunelles brillantes, silences complices, forts battements de cœurs, respirations bruyantes, sous la clarté des étoiles en poudre et de la Terre mélangées. Pix, Joyce, Salam Arthur et Cali Sincelejo, le géant aux mains brûlées, avaient atteint la terrasse. Maintenant, ils passaient sous la treille, sous les regards mauvais de la bande de fuyards posée sur le toit. Fokine ne bougea pas, aucun gosse ne bougea. Fokine regardait ailleurs. Il fixait avec gourmandise les genoux ronds de la Môme Zarmine et ses petits pieds sales et crottés. Le chef se demandait comment elle pouvait errer tous ces jours et ces nuits, ces mois et ces années sur la Lune, avec des pieds si petits.

La musique des Flying Stones faisait vibrer le dôme du bar. Enveloppait tous les fuyards dans une même note vibratile. Augmentait encore la cohésion des gosses entre eux. La Môme Lune se sentit devenir les autres gamins. Elle et eux. Plus grande et plus forte. Devenir plus profonde. Plus épaisse. Plus lourde. Plus heureuse. Jamais la Môme Zarmine n'avait été augmentée d'autrui. C'était une sensation étrange, unique, rassurante, jouissive, d'être soi seule Zarmine et en même temps tous les autres à la fois. La Môme Lune électrique, Chef Fokine, Amadeus, Silatchich, Zacharie, Vendomine, étarke, Houzon, Palette, Stanolus, Salvador, Altamira, Bakongo, Carroll, Castro, Graaf, Lishimin, en un seul et même gamin. Un seul ! Sur le toit du café La Pleine Lune. À recevoir les ondes et les cris et la chaleur des clients d'en dessous. Qui, eux aussi, tous unis le long du quartz géant taillé en comptoir vivant par le sculpteur Vérex Diamant dit aussi Pic, les quinze premiers gars accoudés, les Flying Stones, Bob Feinn, la frêle TinTao, même Balthazar thaï moineau gavroche de Mouffetard, cherchaient, en buvant, en se touchant, en se frôlant, en se parlant, en s'engueulant, sans se le dire, sans le savoir vraiment, à n'être plus qu'un. Un. En attendant l'entrée des flics. Et peut-être l'arrivée de quelques notables de la ville curieux de visiter ce nouvel endroit de convivialité, que Bob Feinn souhaitait voir chez lui pour des raisons d'entregent, tout en espérant qu'ils ne viendraient pas s'en mêler pour des raisons évidentes de choc des cultures et des boissons. Ça n'était sans doute pas le meilleur moment pour que l'évêque de Paroxis vînt bénir le comptoir, en compagnie du grand rabbin et du grand recteur de la mosquée, suivi par le curé des navettes et le prêtre officiant des mines, lui-même accompagné des sœurs de la Fidélité de la Lune et des carmélites des Météores. Les Flying Stones, qui un temps s'étaient calmées, recommençaient à vibrer et à crier leur chant dans des fréquences hautes et cassantes. La cymbalisation poussée des plaques de mica sur la peau humide des filles en transe tapait dans les bas-ventres. Tout le monde bandait dans le bar. Le vieux Billy Bully Crâne de piaf, rajeuni, frappait frénétiquement le sol de ses chaussures d'acier, créant une danse d'étincelles. Les douaniers Piotr et Taurus se faisaient servir l'alcool dans leur calot en chantant faux la vieille rengaine des douaniers de Lune. Le ton remontait. Bob jetait sur sa joyeuse troupe des regards mauvais, autoritaires, respectueux, doux par instants, amoureux, épatés, les mêmes fulgurances qu'ont les meilleurs dompteurs sur les grands fauves. Spartacus s'était assis face à Digitale Caribou Pine d'ours, encore bien dans les vapes. Il la regardait dormir. Contemplait les petites gouttes de sang vermillon qui tombaient de sa lèvre ouverte pour dessiner sur la lave sombre une fleur aux pétales tremblants. Chaque gouttelette tombée faisait pousser ce coquelicot sauvage. Le légionnaire Spartacus se demandait depuis combien de temps il n'avait pas regardé, d'aussi près, avec autant de gourmandise et de surprise, quelqu'un dormir. D'aussi près quelqu'un saigner. D'aussi près quelqu'un qui rêve. Avec autant de plaisir et de gêne aussi, détaillé la joue bleuie d'un mauvais coup écrasée sur une main rougie posée à plat sur une table de bar. Il passa ses doigts dans les longs cheveux étalés de Digitale Caribou. Sentit la caresse des mèches lisses, fines, entre ses phalanges. Il ravala un flot de salive. La douceur du contact hérissa les poils de ses bras. Digitale ouvrit les yeux. Spartacus retira précipitamment sa main. Elle se redressa. Hagarde. Elle avait senti le poids d'une main dans ses cheveux pendant son absence, Spartacus avait cherché à lever ses odeurs comme on fait sortir un gibier du bois, comme elle le faisait elle-même, jeune serveuse dans la région des Grands Lacs, glissant sa main dans la tignasse graisseuse et pleine de vent des poivrots endormis dans les bars de chasseurs de Sainte-Monique. Elle regarda autour d'elle. Redécouvrit le bar et sourit au monde comme à la première enfance du vivant. Heureuse comme tout. Le bar était réel. Bruyant. Bordélique. Odorant. Brûlant. Beau comme un soleil de midi que l'on pourrait considérer droit en face. Digitale n'avait pas rêvé. Elle essuya le sang sur sa bouche et cria :

— C'est possible de boire un coup dans cette turne ?!

Balthazar s'était envolé pour aller se poser sur la tête de Vérex, qui semblait le plus calme. Le sculpteur regardait devant lui, dessinait le corps des quatre filles nues pour en faire un buisson de chairs, sans bouger. Seules ses mains caressaient de loin ces masses splendides. Creusaient les hanches. Sortaient les seins. Collaient les fesses aux fesses. Les sexes aux bouches. Enroulaient les cuisses aux cuisses. L'oiseau, sur le crâne rasé de Vérex, cherchait la bonne position. À l'image des grands oiseaux de mer qui dorment, mangent, se reproduisent, élèvent leurs petits, vivent à même les cailloux quand ils ne sont pas dans les airs, Balthazar thaï cherchait à s'aplatir contre son hôte. Se mouler. L'eau coulait quelque part. Il pencha sa tête à droite. À gauche. À l'instar de ces oiseaux qui vivent près des liquides, Balthazar entendait la cavalcade, des fontaines, un torrent, car les acouphènes liquides de Vérex passaient dans le petit piaf à travers l'os déséпaissi de son crâne par les acides. Le moineau se mit à s'ébrouer gaiement, se laver, frapper de la pointe de ses ailes le haut du crâne de Diamant Pic, plonger son duvet et son bec sous la surface brillante de cette eau vive qui coulait dans l'esprit frais du sculpteur. Balthazar se baignait dans le rêve sonore du sculpteur-fondeur comme en un torrent limpide. Posé sur le haut de son crâne luisant. En pépiant.

Milus Stilitano avait une fois encore tiré de sa ceinture son livre, sale et jauni, taché de la sueur de son ventre, marqué de la graisse de ses doigts, *Journal du voleur*, et criait dans le vacarme du bar des lignes de Genet :

— « Limité par le monde, auquel je m'oppose, découpé par lui, je serai d'autant plus beau, étincelant, que les angles qui me blessent et me donnent forme sont plus aigus, cruelles mes découpures. Il faut poursuivre les actes jusqu'à leur achèvement. Quel que soit leur point de départ la fin sera belle. C'est parce qu'elle n'est pas achevée qu'une action est infâme. »

Milus se tenait droit, jambes écartées, le livre devant les yeux, la main gauche à la ceinture, comme quelqu'un qui se prépare à se battre. Ses mèches couvraient ses yeux quand il lisait. Chaque mot qu'il disait était comme un coup de poing. Ses lèvres étaient fines, très sombres. Sa joue droite tremblait. Ses ongles longs, noirs, taillés pointus. Il répéta, en direction des Flying Stones qui sautaient sur place, dans une cascade assourdissante de coups de bottes, bras le long du corps, les pieds joints, balançant violemment leurs seins de haut en bas à la manière des danses de mariage massaïs :

— C'est parce qu'elle n'est pas achevée qu'une action est infâme !

Milus tourna la tête vers les quatre flics qui se parlaient sur la terrasse. La Terre et le cocon touareg se touchaient intimement. Deux œufs collés par le suint passé dans leur coquille poreuse. Stilitano murmura ces mots de Jean Genet qu'il s'était fait tatouer sur le ventre, entre les poils du pubis et le nombril :

— La tragédie est un moment joyeux.

Un souffle de vent venu de la mer des Nuées balança mollement les feuilles des liserons, déposant des pollens luminescents dans les cheveux et sur le front des hommes. La belle TinTao Lotus Dragon bleu se dirigea vers la porte en sautillant au plafond, avant de se laisser tomber comme un flocon léger de neige terrestre pour accueillir les policiers de la territoriale de Paroxis, le capitaine Pix en tête, qui tendait déjà sa main pour déclencher l'ouverture des portes du café par disparition momentanée des battants de quartz fantôme. Il fallait prier pour que ce système hautement sophistiqué ne tombe pas en panne comme tout le reste, sinon, il faudrait rentrer dans le bistrot en passant par les fenêtres ! Mauvaise idée, quand on cherchait avant tout à calmer une clientèle sanguine aux grandes prédispositions d'acrobate.

Les flics de la territoriale entrèrent en groupe serré

dans ce bar, devenu après quatre heures seulement d'existence explosif.

LES VIGNES DE PLATON

Tout le monde surveillait l'arrivée de Pix, Joyce, Salam, Cali, mais lui, on ne l'avait pas vu venir. Pédowen Crambes. Deux cartons de vin dans ses bras courts, posés sur son gros ventre. Il pouffa de rire. Ses pommettes rosirent en découvrant le grand comptoir, le bruit, les clients accoudés, le cul des filles. Sa grosse moustache grise frémit de contentement. Pédowen Crambes s'était mis en tête de planter cinq hectares de cépage moscato dans le cratère Platon, un cépage que l'on trouvait dans l'île de Pantelleria, une île volcanique italienne de quatre-vingt-trois kilomètres carrés entre la Sicile et la Tunisie, dont le sol présentait des aspects similaires à celui de la Lune. Pédowen s'acharnait à produire sur le terroir lunaire l'équivalent des vins traditionnels *passitos*, des vins moelleux élaborés à partir de grappes séchées au soleil après les vendanges pour en concentrer l'arôme. Un joli breuvage, haut en alcool, mais qui cassait la tête. Alors pour Pédowen, un café sur la Lune, c'était l'assurance d'être diffusé et goûté, aimé et reconnu, dans des conditions de consommation identiques à celles d'un joli bar à vins dans une rue de Bordeaux. Pédowen avait organisé une dégustation pour Bob et TinTao Lotus bleu, qui avaient poliment décliné l'invitation, préférant vendre dans leur grand bar de la bière et différents alcools de soufre, de bauxite, de cristal et de célestite verte et jaune. Pédowen Crambes, ancien vigneron et commercial retors à Saint-Émilion, dans la province du Bordelais, en plein centre des Territoires unis, qu'il avait quitté alors qu'on y faisait, vu la chaleur du climat, des vins australiens, ne lâchait pas facilement l'affaire. Il s'était mis en embuscade derrière les flics qui tanguaient au milieu de la route et les avait suivis pour sauter dans le café comme un diable qui rentre dans sa boîte ! Les bras chargés de pinard. Pour la surprise vineuse. Du coup, les flics saouls que Digitale Caribou Couille de saumon voulait déchiqueter de ses grosses pattes de grizzli passèrent quasiment inaperçus. Les gars se glissèrent au comptoir entre Colby Pewulwuw le géologue et Milus Stilitano Genet le piqueur, repoussant Spot le mercenaire gardien des pierres précieuses contre Vérex Diamant, le sculpteur avec son piaf sur la tête. Sacrée belle brochette de professionnels de différentes professions, tout de même ! Seize grandes mains toutes expertes dans leur spécialité, seize coudes bien plantés sur le comptoir de quartz vivant. Ça allait picoler cette nuit, voire, comme on le disait à une époque, dans quelques bars sur la Terre, picoler grave !

Bob sauta au cou des quatre flics qui lui avaient rendu de grands services. TinTao leur fit quatre bises à chacun, flottant au-dessus du comptoir, horizontale dans l'air du bar surchauffé, en équilibre sur un petit doigt tendu, papillonnant devant leur visage comme un oiseau-mouche devant les calices de quatre fleurs. Pix le tournesol, Joyce le pavot, Salam la rose et Cali le pavot. D'une poussée de son ongle, TinTao s'envoya devant la pompe à bière, ses claquettes firent le son de deux pièces d'or qui tombent sur le sol, puis elle servit les fonctionnaires en riant :

— La police, elle veut picoler !

Le petit rire de TinTao pouvait tirer des larmes tant il était fin et fragile, une porcelaine peinte, et les motifs qu'on y lisait racontaient sa peine et son malheur, ses cicatrices, toutes ces heures de torture subies dans la prison forteresse chinoise, et les viols répétés. Sa peine ne s'effaçait pas. Ne lui laissait aucun répit. Elle parlait peu. Ne disait que quelques mots en riant. Des plaisanteries. De peur de fondre en larmes, au bout d'une phrase trop longue, trop pleine de sens. Exténuée. Elle ne s'éloignait jamais des quelques expressions de rien. Du petit abri de la blague, du pain des mots quotidien. Plus loin, c'était l'orage. Les nuits, parfois, Bob la berçait. Comme une enfant terrorisée qui pleure. TinTao Dragon bleu muait sa souffrance en rires fins comme des perles. Translucides. Tièdes. Doux. Nacrés. TinTao faisait de son incommensurable douleur une joie sans retenue. Une eau de jouvence. Un panache de rosée. Un poème vital. Le sang d'un amandier. Une herbe fine qui penche. Une fourmi rouge au bout. Souvent, elle citait un poème du grand poète japonais, Yosa Buson, qui était né sur la Terre en 1716 près d'Osaka. Un haïku de printemps :

— Un cerisier / Boude / Le printemps.

TinTao Lotus Dragon bleu était aussi un cerisier qui boudait le printemps. Bien qu'elle fût magnifiquement en fleur.

Digitale avait reconnu le carton dans les bras du petit moustachu à la tête rouge. Et elle adorait le vin ! Tous les vins. Le blanc, le rouge et le rosé, qu'elle mélangeait dans un même verre de la taille d'un seau, au fond duquel elle avait préalablement déposé, enroulé sur un nid de feuilles d'érable, un serpent vivant mais seulement assommé. Elle buvait ça les lendemains de cuite, au Golden Seal, en mangeant une omelette aux pommes de terre, pour se refaire le palais. Pédowen Crambs, vigneron amoureux de sa parcelle de Lune, le clos Platon, qui mourait d'envie de parler œnologie et cépages, terroirs, vendanges et millésimes, robes et bouquets, en faisant déguster son vin, ne savait pas encore qu'il venait de croiser le regard fou de l'étrangleuse des crus.

— On peut goûter ?

Pédowen écarquilla ses yeux de bonheur. Il s'assit à table avec Digitale Caribou et commença à déboucher les flacons sous le regard détaché de Spartacus. Lui ne regardait que les mains de Digitale, épaisses, puissantes, douces et fragiles à la fois. Il suivait le tracé des veines qui remontaient comme des rivières lunaires épaisses et chargées de rochers sous sa peau marbrée pour aller disparaître dans la profondeur de ses avant-bras. Il suivait mentalement ce sang lourd jusqu'à son cœur. Spartacus entrait dans le cœur lourd de Digitale en nageant dans cette mélasse. Il passa des tourbillons. En avala de grandes gorgées. Le légionnaire pour un instant nageur de combat dans le cœur de la géante. Digitale but une bouteille, puis une deuxième, puis une troisième à la suite, quasiment sans déglutir. Le vin moelleux dégringolait dans sa gorge comme les cascades dans le cerveau fou de Vérex. Elle posa son bras autour des épaules de Pédowen Crambs qui disparut dans la masse des muscles. Sa moustache frissonnait. L'ogresse rebut une bouteille. Rota. En remerciement, elle posa sur le front de Pédowen un gros baiser appuyé bruyant et baveux. Spartacus, qui ce soir d'ouverture du premier café sur la Lune revenait petit à petit à la vie, aurait aimé sentir ce baiser sur son front, l'humidité de ses lèvres sur sa peau, sur son torse, sur son ventre, l'haleine avinée de Digitale sur ses lèvres entrouvertes. Sa langue dans sa bouche, comme une bestiole énorme, qui se tord, se mélange, s'enroule, vous envahit. Le vin plein de soleil faisait briller les yeux bleu-gris de Digitale. Elle soupira d'aise, éclata de rire de bonheur, et ses lèvres s'ouvrirent sur un gouffre odorant. Spartacus se sentit grandi par l'incroyable beauté de Digitale. Elle irradiait. Sa grâce tendue. Sa force. Sa violence. Spartacus tendit son bras et plaqua sa main sur l'épaule de Pédowen Crambs, qui disparut encore un peu plus sous les masses, pour le remercier de ce cadeau inattendu. Ces nectars qui rendaient Digitale aussi belle. Elle but une bouteille encore. Spartacus en but une à son tour. Le légionnaire et la serveuse des Grands Lacs trinquaient, les yeux dans les yeux, le cœur contre le cœur, bouteille contre bouteille. Les battements synchrones de ces deux cœurs puissants faisaient se percuter en vol les poussières en suspension dans l'air. Le comptoir se régla sur ce rythme. Les bulles fines des bières se décollaient du fond des verres alignés à la vitesse des pouls. Elles éclataient au nez des buveurs dans le tempo des poitrines affolées. La Môme Lune et la bande à Fokine sur le dôme entendaient ces cœurs battre et leurs propres cœurs se réglaient sur le rythme de ces cœurs amoureux. Le cœur de la Môme Lune et celui de Fokine s'augmentèrent du cœur de Digitale et de celui de Spartacus. Les deux mômes sentirent leurs cœurs devenir gros comme quatre amours tassés en boule. Boum ! Boum ! Zarmine rosit des joues, ça tapait dans ses tempes, dans son cou. De fines gouttes de sueur bleue perlaient sur le front de Fokine. Tout le bâtiment pulsait comme un cœur posé sur la surface cendre de la Lune. Avec dessus et dedans quarante-cinq corps embarqués. L'arc-en-ciel du cocon touareg moirait ses couleurs à l'unisson. Les cris des gosses qui jouaient autour des feux s'harmonisaient avec l'ensemble. Posés sur ce môle de violence et de douceur, comme en équilibre sur sa toute pointe, s'ajoutaient les pleurs délicats d'un bébé du désert.

Les miliciens du PPLP passèrent leur masque et leurs lunettes de protection contre ces lumières vivantes trop puissantes et trop chaudes. Les arabesques s'enroulaient sur elles-mêmes et montaient le long des ridelles du camion. À coups de pied, les paramilitaires faisaient retomber sur la route les serpents multicolores. Qui remontaient. Se multipliaient. S'enroulaient. Retombaient. La poussière soulevée par les battements de tous ces cœurs enfermait petit à petit le camion de la milice du Parti raciste pour une Lune propre dans une brume épaisse et suffocante. La procession des gitans approchait. On commençait à entendre leur chant. La croix enflammée qui ouvrait le cortège illuminait déjà les hautes verrières des abattoirs municipaux. Bob Feinn sortit dans la cour arrière. La navette pourrie crashée des Flying Stones continuait à fumer mollement parmi les morceaux d'arbres brisés. Les gitans fêtaient santa Catharina, la patronne des bonnes volontés sur la Lune. En ouvrant son premier café, Bob méritait, aux yeux des Gitans, une bénédiction de santa Catharina. Ils s'installeraient dans la cour arrière, pour la messe et le partage du sel. Bob leva les yeux pour apercevoir les mômes posés sur le dôme de La Pleine Lune comme une volée d'oiseaux. Il se signa. Remercia Dieu pour sa générosité. Le ciel au-dessus de nos têtes. Les étoiles dans le ciel. La Terre. Les hommes au bar. Les femmes en transe. La bière. L'alcool de cristal. TinTao Dragon bleu. Et une brassée d'enfants. Et ce grand cœur qui bat. Qui bat. Qui bat ! Bob aperçut une silhouette qui grimpait comme une mouche le long du mur. C'était un tout jeune garçon à la tignasse rousse, dont le pantalon de toile épaisse tenait par une ficelle, les pieds nus crottés et pleins de paille, ce qui sur la Lune était un exploit.

— T'es qui, toi ? cria Bob.

— Je m'appelle Frédéric ! M'sieur, je suis mormon, m'sieur ! répondit le gamin, avant de poursuivre sa progression de drosophile vers le dôme et les enfants perchés.

— Sois le bienvenue, mormon ! cria Bob.

— Merci, m'sieur, répondit le gamin, qui jouait à monter et descendre le long du mur, pour le plaisir rigolo de se balader tête en bas.

Bob Feinn se signa une nouvelle fois. Et puis, avant de rentrer, il cria, à l'adresse des gosses perchés sur son toit et du nouveau gamin roux qui se prenait pour une mouche :

— N'oubliez pas, les mômes, vous êtes ici au centre de l'Univers !

Dix-huit voix de mômes, toutes aussi fraîches et claires les unes que les autres, lui répondirent, à l'unisson :

— Non, m'sieur ! On n'oubliera pas !

Bob retourna dans son beau bar. Heureux comme tout.

Pédowen Crambs, étouffé par les deux monstres gorgés de vin jaune moelleux fort en alcool, sentait sa moustache trembler à chaque coup de ces boutoirs. Les pompes cardiaques des deux fauves brassaient violemment de l'amour et du vin. Digitale et Spartacus le fixèrent avec affection. Petit bonhomme avec un gros ventre et une tête rouge. Deux tigres repus. Spartacus lui tapota la joue. Digitale lui mordit l'oreille. Lui glissa le bout de sa langue dedans. Lui caressa la cuisse. Lui pinça le téton. Lui passa la main sur la braguette. Lui suçota la joue. Lui serra le cou. Lui tordit le nez. Au Broken Bone, elle avait mangé le nez d'un client, après l'avoir embrassé par-dessus le comptoir, lui avoir mâchouillé la lèvre supérieure, arraché une poignée de cheveux, elle lui avait croqué net le pignouf. Digitale avait nettement des penchants cannibales. Une oreille, un doigt, un nez, une bite, ça lui faisait sa *kemia*. Elle relâcha son étreinte. Spartacus se recula sur son siège. Hocha la tête de satisfaction. Pédowen Crambs du clos Platon sourit. Content de son travail. Oui. Vraiment, c'était un joli vin. Ce hochement de tête d'un client concentré sur son cru dans un bar sur la Lune était une belle récompense. Il en aurait presque versé une larme. Au début, sa vigne, personne n'y croyait. Pour la simple raison que la petite parcelle de cinq hectares de cépage moscato se trouvait enclavée entre la centrale nucléaire en arrêt confinée sous sarcophage et les champs solaires bombardés de météores. Il avait fallu une vraie volonté de vigneron pour passer tous les obstacles et tirer du corps de la Lune ce sang que Digitale et Spartacus avaient bu comme de l'eau. Rasséréné, Pédowen Crambs sortit du café en trottant sur ses jambes courtes, il alla chercher au cul de sa petite navette commerciale siglée « Grands vins des quatre quartiers », garée sur le parking, à droite du bar, près des extracteurs de gaz, quatre autres cartons de clos Platon et en dispersa les quarante-huit bouteilles sur toutes les tables, pour tous les clients qui voudraient.

— C'est cadeau pour La Pleine Lune !

Et puis il se rassit entre Digitale et Spartacus. Les yeux humides. La bouche en cul de poule sous sa moustache grise en guidon. À croire que le petit bonhomme à pattes courtes avait apprécié la grosse langue de Digitale plantée profond dans le conduit de son oreille gauche.

— Je fais aussi des vins rosés, leur dit-il, ses deux mains posées sur la table de lave, doigts croisés, comme en prière.

Digitale prit sa tête rouge dans sa main, lui serra fort la mandibule, et lui roula une pelle si violente que le choc des dents de Pine d'ours contre les dents du vigneron lui en fit valser deux ! Les incisives ivoire de Pédowen Crambs s'envolèrent dans l'air surchauffé pulsé instable du bar, traversèrent en tournant comme des toupies les protubérances des explosions lumineuses, évitant miraculeusement tout obstacle vivant, jusqu'à survoler la tête dégoulinante de sueur d'Angus le sonar, qui, fou de joie, les goba. Les recracha. Les ravala. Comme il l'avait fait avec sa propre dent cassée par la police finlandaise, qui voltigeait devant son nez à l'intérieur de la navette qui l'expatriait vers la Lune. Angus le fou sautillait de joie en suçotant les dents cassées de Pédowen Crambs au bon goût de vin moelleux. Il se tortillait dans sa combinaison graisseuse orange. Ses jambes lestées d'acier faisaient trembler les soubassements du bar et les couloirs des mines chaque fois qu'il retombait. Les vibrations remontaient les tunnels des mines et s'y séparaient en deux vagues à chaque embranchement. Une pierre triangulaire se détacha du plafond du tunnel au kilomètre 32 de la mine Mauralycus, libérant un rubis sang de pigeon de la taille d'un enfant. La gemme géante roula sur le sol, laissant exploser ses feux dans l'obscurité de l'étroite galerie. Angus le sonar ressentit cent pointes brûlantes dans la peau de ses omoplates et se mit à hurler de douleur. À se tordre. À saliver. À rire et à chanter. Il se mit à pleurer de douleur et de plaisir. Tous les Guaqueros ayant reconnu la spécificité de cette douleur sursautèrent et crièrent ensemble en levant leur verre :

— Un rubis ! Un rubis !

— Un rubis ! criait TinTao de sa petite voix de porcelaine fine.

Et puis ils reprirent en chœur. Tous criaient. Tous tapaient du pied. La violence des chocs de tous ces pieds sur le sol faisait jaillir des gouttes de sang de la mâchoire blessée de Pédowen, il se mit, comme tout le monde, à crier : « Un rubis ! Un rubis ! », expulsant une brume de gouttelettes de sang qui, repoussée par les mouvements des corps massifs des clients surexcités, revenait se déposer en pluie dans ses cheveux bouclés. Balthazar thaï s'accrochait comme il le pouvait au crâne lisse et mouillé de Vérex qui maintenant se mettait aussi à sautiller et à chanter. Les flics lui avaient refilé de l'acide méduline. Il avait les yeux dans le front.

— Rubis ! Rubis ! Rubis ! Rubis ! Rubis !

Le chant vira à l'hymne.

— Les coffres ! Les coffres ! Les coffres ! Les coffres !

Même Rico Damato le tunnelier s'y était mis et chantait à la gloire du braquage des coffres ! Les quatre flics de la territoriale criaient aussi, leur verre levé, sans trop savoir de quoi il retournait :

— Les coffres ! Les coffres ! Les coffres !

Fokine, sur le dôme, reprit : « Les coffres ! Les coffres ! Les coffres ! », suivi par tous les mômes de sa bande de fuyards ! « Les coffres ! Les coffres ! Les coffres ! », accompagnés par Frédéric le mormon qui se baladait toujours tête en bas et pieds nus sur les murs en riant :

— Les coffres ! Les coffres ! Les coffres !

LES BRAQUEURS

Jamais on n'avait vu, ni sur Terre, ni sur la Lune, ni nulle part ailleurs dans l'espace infini, pareille bande de braqueurs ! Billy Bully Crâne de piaf dansait au centre du bar. Les Flying Stones faisaient vibrer les micaschistes sur le rythme du chant des Guaqueros en furie. Milus Stilitano criait par-dessus tout le monde que, « de la planète Uranus, paraît-il, l'atmosphère serait si lourde que les fougères sont rampantes ! Les bêtes se traînent écrasées par le poids des gaz ! À ces humiliés toujours sur le ventre, je me veux mêlé ! Si la métempsychose m'accorde une nouvelle demeure, je choisis cette planète maudite, je l'habite avec les bagnards de ma race ! Parmi d'effroyables reptiles, je poursuis une mort éternelle, misérable, dans les ténèbres où les feuilles seront noires, l'eau des marécages épaisse et froide ! Le sommeil me sera refusé ! Au contraire, toujours plus lucide, je reconnais l'immonde fraternité des alligators souriants ! ». À sa droite, Spot, le mercenaire au visage tatoué, semblait pris par le charme des mots de Jean Genet. Il balançait sa tête dans la houle des mots. « Alligators » le fit sourire méchamment. Ses lèvres violettes découvrirent une dentition serrée de carnassier. Passé ce court instant où le poème le rendit captif, il se remit à crier :

— Les coffres ! Les coffres !

Il croisa le regard de Joyce Mulligan, le petit flic de New York rouquin aux joues tachetées de rouge, qui chantait à l'unisson :

— Les coffres ! Les coffres !

On devinait chez lui une immense fatigue, malgré son visage rose poupin d'adolescent. Spot cherchait dans les traits de ce flic les possibles rides du voyou. Et ne les trouvait pas. Cali Sincelejo puait le malhonnête et c'était pour Spot une très bonne nouvelle. C'est lui qui revendait les acides. Salam était un petit flic transparent. Un petit frère. Un suiveur. Pix le poète avait des dispositions pour les traverses. De toute la troupe réunie dans le bar, le plus excité des excités était Franz Tiers Admunsen, le conducteur d'engins, le beau gosse. Il sautait sur place comme un enfant capricieux en criant : « Les coffres ! Les coffres ! Les coffres ! », terriblement impatient de monter au braquage. Pour le sport ! Pour l'exploit ! Pour la beauté ! Pour l'œuvre ! Entre chaque petit saut, il se passait la main dans ses cheveux brillants pour les recoller, en ajoutant que « nous serons les plus grands gangsters de l'Univers ! » Kyprianoù le blond, dans son costume vert fluo d'employé à la propreté de la Lune, faisait son sourire benêt. Tous ces voyous réunis dans un si petit espace lui donnait le frisson, lui qui n'avait de toute sa vie jamais volé même un bonbon. C'était plaisant de passer du statut de poisson rouge à celui de barracuda. Angus le fou criait en tapant des mains sur le comptoir :

— Les coffres ! Les coffres !

On ne voyait plus les dents de Pédowen Crambs voltiger devant sa bouche. Il avait dû les avaler. Rico s'était tu. Il regardait en direction de la terrasse. Frédéric marchait à quatre pattes sur la grande baie du café, il la traversait en diagonale, tête en bas, collé comme une mouche. Damato le reconnut immédiatement, pour l'avoir rencontré au centre de rétention administrative, alors que déjà le gamin arpentait la cage de verre en se régalant d'être si léger, les mains plaquées et les doigts de pied tout crottés en éventail, il se souvenait comment il collait sa figure contre la paroi de verre et comment il riait de toutes ses grandes dents, au milieu de cet empilement monstre de cinq mille cages blindées. Le gamin s'arrêta au milieu de la vitre. Aplatit son nez dessus. Fixa Rico. Rico lui fit un signe de la main. Dans le vacarme assourdissant des Flying et des buveurs en folie, ils se parlèrent en lisant sur leurs lèvres :

— Tu te souviens de moi, je suis Frédéric.

— Bien sûr que je me souviens, moi je suis Rico, comment tu vas ?

— Je vis la tête en bas !

— Je suis heureux de te voir !
— Moi aussi !
— Tu fais quoi ici ?
— Je suis parti de chez moi !
— Tu habites où ?
— Dans le ciel !
— As-tu vu une petite fille qui s'appelle Automne et une jeune femme en sari jaune qui s'appelle Shamra ?
— J'en ai vu plein !
— Ma petite à moi et ma femme à moi ?

Frédéric ne répondit pas, semblant ne pas comprendre, il sourit à Rico, avant d'escalader la façade, collé sur la vitre, et de disparaître sur le toit. Rico regarda la Terre à travers les lumières extravagantes du bar. Et si elles étaient encore là-bas ? Fantômes errants sur les terrains vagues de la banlieue. Si la Gitane avait menti ? Rico dévisagea les Guaqueros saouls et heureux, l'un après l'autre. Pourquoi une Gitane mentirait-elle à un paumé sur un trottoir de Pigalle ? Face à lui, complètement à l'opposé du long comptoir, Vérex, défoncé aux acides, tirait la langue et se faisait avec ses mains aux doigts de titane des oreilles de lapin. Spot lui assénait des petits coups de poing dans la tempe. Rico regardait Colby le géologue parler avec son caillou. Angus le fou venait de régurgiter les dents de Pédowen et tentait de se les fixer sur la mâchoire, à l'emplacement de ses propres dents manquantes. Digitale mangeait l'oreille de Crambs pendant que Spartacus lui finissait ses bouteilles. Rico Damato se dit que peut-être, sa nouvelle famille était là. C'étaient eux. Avec la Môme Lune électrique et Frédéric la Mouche, Balthazar Gavroche thaï Altaïr le piaf bourré d'alcool de cristal qui nidifiait sur les têtes, dormait entre les seins de Soyzheu, volait à l'envers et se tapait le bec dans les murs. Avec TinTao petit Dragon bleu de soie rouge qui volait au-dessus des clients comme un bombyx du Mûrier et Bob Feinn qui rugissait comme un lion pour tenir tout son monde en respect. Et Billy Bully Crâne de piaf qui se battait, se battait, gueule cassée, cervelle écrasée, poings serrés ! Et Milus Stilitano Genet qui gueulait ! Riait ! Triton le jeune Werther avait coincé un bâton de dynamite entre ses dents et mimait de fumer comme un richissime propriétaire des coffres bondés de la Compagnie générale des mines ! Boum ! Il faisait son riche. Dangereusement. Entre deux bouffées imaginaires tirées de son cigare explosif, il criait :

— Boum ! À la santé de la Compagnie des mines ! Boum ! À la santé de la puante famille Werther ! Boum !

Bob Feinn resservit tout le monde. La mousse s'élevait au-dessus des pintes comme autant de nuages d'orage.

— Mes amis mes amours, murmura Rico entre ses lèvres pincées, pour n'être surtout entendu de personne.

Mais TinTao Graine légère avait saisi la phrase depuis l'autre bout du bar, dans ce maelström de sons elle avait capté, et répétait en riant à tous ceux qu'elle croisait dans son vol de retour vers la pompe à bière :

— Mes amis mes amours ! Mes amis mes amours !

Et elle riait ! Leur déposant à chacun un tout petit baiser pointu sur la tête.

— Mes amis mes amours ! Mes amis mes amours !

Petite fille de soie torturée violée qui voltigeait en riant au milieu des amis et des amours.

— Mes amis mes amours ! Mes amis mes amours !

Le café La Pleine Lune méritait vraiment de rester ouvert éternellement.

LULA

— Et alors moi, je suis la cinquième roue de la navette ?!

Lula essayait de se faire resservir. Elle s'était installée au comptoir entre Pix et Joyce Mulligan. Elle tirait sur sa longue cigarette ocre jaune et lâchait dans l'espace des petits anneaux de fumée. Lula avait tenu des boîtes de nuit à Phnom Penh et était venue sur la Lune tenter une nouvelle fois sa chance. Changer de vie. En ouvrant des salons de massage et des saunas alimentés en vapeur par le sous-sol bouillant de la planète. Elle employait des masseuses chinoises, ce qui lui valait d'avoir toujours pas mal d'ennuis avec le clan Tang Gaozong. Elle venait juste d'entrer dans le bar, en même temps que Paoli Pilo, le berger corse, et Andrew, l'ancien cheminot de Liverpool, qui, occasionnellement, lui servaient de gardes du corps. Lula avait de grands yeux bleu-verts malachite étincelants de ruse. Une bouche pulpeuse cerise. Les cheveux corbeau coiffés en cloche. Un bustier de soie. Une jupe étroite qui lui descendait juste sous le genou. Des bas noirs brodés d'étoiles. Des talons aiguilles astucieusement alourdis qui lui permettaient de marcher élégamment sans devoir exhiber des semelles épaisses et disgracieuses. Elle laissait toujours sur le rebord fin de son verre une trace épaisse de rouge à lèvres. « Pour le personnel ! » C'était son mot. Lula était née à Belleville, à Paris, en France. Il lui restait, trente-cinq ans plus tard, encore deux grammes quarante-cinq dans le sang de cet alcool des rues. Lula dégrisait de Paris, lentement, lentement. Hambourg. Trieste. Bangkok. Phnom Penh. Elle avait bien bougé. Sa tête. Ses jambes. Sous des milliers d'hommes, son corps. Elle avait épousé un comte autrichien, un savant grec, un promoteur chinois de Hong Kong, un capitaine de corvette de la marine nationale brésilienne bisexuel déjà marié à un commandant des troupes d'élite de montagne, un industriel dans le retraitement des déchets acides, un prix Nobel de physique, jusqu'à s'amouracher quelques mois d'un fabricant de cuvettes de WC en céramique pour trains à super-grande vitesse. Elle avait aimé un maharadja. L'avait trahi pour un pianiste, qu'elle avait quitté pour un pépiniériste spécialisé dans la replantation et l'entretien des dernières jungles terrestres. Lula était une amoureuse. Un cœur à dix places. Un corps de rêve. Une voix de chatte sur un toit brûlant. Andrew Dugan et Paoli Pilo se seraient fait tuer pour elle. Ses deux anciens gardes du corps, d'ailleurs, s'étaient fait décapiter par les Chinois. On avait retrouvé leurs têtes dans deux marmites de soupe aux nouilles, offertes pour le Nouvel An chinois par le clan Gaozong aux moines nécessiteux.

— Tu m'as manqué, mon Bob ! lança-t-elle, entre deux ronds de fumée bleue.

— Toi aussi, ma Lula !

Bob bombait le torse. Ses équipes étaient là. Manquait Lyra. Monk. Luc. Tranchant. Clobs. Gatcho. Soprano. Lula lui adressa un clin d'œil complice. Bob se perdit un instant dans son profond regard bleu-vert. Ils s'aimaient. Elle leva son verre de cristal et trinqua à sa santé.

— Vive l'amour !

Elle se retourna. Digitale, toujours assise à table face à Spartacus, mangeait un doigt de Pédowen saoul et ravi. Elle lui avait mangé une oreille et croqué le bout du nez. Crambs, cramoisi et souriant, plein de son joli vin qui le rendait si fier, les tempes ruisselantes, jouissait de se faire manger au bar par cette monstrueuse mante religieuse. Elle le grignotait, petit bout par petit bout. Il lui tendit son petit doigt qu'elle croqua d'un coup de dent. Il éclata de rire, ivre de plaisir. Digitale Caribou avala la phalange sans mâcher. Puis s'envoya cul sec une autre bouteille de ce joli vin de Lune. Un vin de partage. Un vin chaud. De convivialité. Elle lui mordit la joue. Un morceau du cou. Pédowen faisait les yeux au ciel. Amoureux de sa belle voisine. Amoureux de ses dents. De ses lèvres qui le suçotaient et le dévoraient petit à petit. Peau par peau. Gramme par gramme. Patiemment. Consciencieusement. Sans haine. Avec douceur et gourmandise. Cette nuit, au café La Pleine Lune, dans les cris des Flying Stones et les chants délirants des clients ivres explosifs, Pédowen Crambs allait disparaître dans le ventre de sa nouvelle amie. Un soir, au Golden Seal, une boîte de Mont-Tremblant, elle avait après l'amour dévoré un de ses amants. Revenue aujourd'hui à la vie dans ce beau bar nouveau-né, réapparue pleine et heureuse dans ce miracle de chaleur et de furie, Digitale Caribou avait retrouvé l'appétit. Spartacus dévisageait amoureusement Digitale Caribou qui se régalait. La dague qu'il portait au côté balançait mollement dans l'air pulsé. Le fusil de Cali Sincelejo flottait en tournant lentement devant les miroirs d'argent. Le comptable en chef de la Caisse des prêts et sa femme Murielle Edison en longue robe de gala en taffetas synthétique, notables invités de marque, un bouquet de fougères à la main, poussèrent la porte du café La Pleine Lune au moment où Digitale Caribou gobait un œil de Pédowen en extase. Murielle, qui avait avalé un en-cas avant de venir, eut un hoquet. Elle expulsa un petit vomi. Le comptable en chef de la Caisse des prêts et son épouse légèrement barbouillée ressortirent et filèrent à toutes jambes dans la nuit étoilée, sans même que Bob Feinn et TinTao ne les aient aperçus.

Un nouveau feu venait de s'allumer sur le continent américain. Fokine et sa bande dansaient sur le toit, sous le regard amusé de la Môme Zarmine. La musique des Flying et les cris de Soyzheu avaient fini par les faire exploser. Petits mômes en transe, sous le ciel noir étoilé et la Terre qui brûlait. Frédéric le mormon trottait sur la façade face au parking tête en bas. En riant. En criant. En chantant. Inlassablement le même refrain.

— Une bête sur la Lune ! Qui trottine qui trottine ! Une bête sur la Lune ! Qui trottine qui trottine !

Il remonta sur le toit et se mit à danser frénétiquement avec les fuyards, en marchant sur les mains, toujours la tête en bas. Les dix-sept mômes exécutaient sur le dôme du bar un ballet sorcier. La Môme Lune électrique Zarmine tournait sur sa boule d'acier, à contresens du mouvement des fuyards emmenés par le chef Fokine. La grande excitation qu'elle ressentait créait tout autour d'elle de larges arcs électriques. Ses courts cheveux roux crépitaient. Ses lèvres humides lançaient des étincelles. Ses grands yeux verts ne perdaient pas une miette du spectacle du long corps souple de Fokine Face bleue qui se tordait, se pliait et se détendait comme une fine branche décontrainte de jeune arbre fruitier. Tous les âges additionnés des dix-huit mômes effervescents donnaient le joli nombre rond de deux cents ans. Deux cents ans d'enfance couraient sur le toit du bistrot. Autant dire une seconde d'enfance pure. L'âme du parfum. Le sirop. La vie en herbes folles sur le toit de la Lune. Un autre groupe de notables entra. Il s'agissait du trésorier des Magasins généraux accompagné de son épouse et de ses deux grands adolescents de dix-sept ans qui s'impatientaient de sortir en ville alors que le soleil était caché. La longue nuit lunaire les faisait frissonner. Quand ils poussèrent la porte, Digitale cassait le crâne de Pédowen à mains nues, comme une grosse noix, pour lui sucer le cerveau. Crambs continuait à couiner, malgré les coups et les craquements des os, sa joie et son bonheur d'être à elle. Sa chose. Sa viande. Il voulait devenir son corps. Son sang. Son jus. Peut-être avait-il bu un peu trop de son joli vin moelleux haut en alcool ? Peut-être la solitude des hauts cratères Platon lui avait-elle trop pesé ? Digitale mordit dans l'hémisphère droit. On ne refusait pas à un si petit homme un si grand amour. Pour la seconde fois en moins d'un quart d'heure, les notables firent demi-tour, sans féliciter le patron et la patronne pour leur jolie décoration du bar, ni même boire le verre de l'amitié. Le plus grand des adolescents tomba dans les pommes au milieu des liserons. Son père et sa mère le portèrent comme un sac jusqu'au parking des invités et s'enfuirent en dérapant sur la route glissante des arabesques touaregs. Bob Feinn l'Irlandais, chassé un jour de la banlieue de Belfast par les bombes protestantes, sautillait sur place de bonheur, derrière le long comptoir Gabriel, dans le rythme des Flying Stones, en rugissant. Ivre de bière. Ivre de joie. Surpuissant. Insouciant. TinTao voulut tirer une pinte à la pompe. Rien ne coula. Elle s'exclama : « Il a tout bu, la police ! » en riant.

LES SOUS-SOLS DE LA PLEINE LUNE

Bob se dirigea vers une porte d'argent marquée PRIVÉ et descendit l'étroit escalier qui menait aux sous-sols de La Pleine Lune. Trente-sept marches plus bas, la chaleur y était étouffante. Dix énormes colonnes de quartz portaient le bâtiment comme sur pilotis, au-dessus d'une mer de nectar couleur bois en fermentation, au centre d'une grotte creusée dans l'ancien canyon Pitatus de drainage des laves de la taille d'une cathédrale. La vapeur brûlante et sucrée faisait tourner la tête. Cinq Chinois en barque allaient et venaient sur cette soupe pour en mélanger la mélasse de leurs avirons de cuivre. Bob actionna les vannes qui se trouvaient sur le tableau de marbre, dans la cabine de pilotage vitrée en surplomb du lac d'alcool. Le niveau de la bière se mit à monter, à s'élever en gros bouillons noirs moussus, comme si un monstre marin avait nagé dans les profondeurs de cet alambic géant et se propulsait à grands coups de sa nageoire caudale. Les vagues chahutèrent les barques d'or des brasseurs chinois qui durent s'asseoir, le temps que la mer de houblon se calmât tout à fait. Quand le niveau de la bière fut revenu à son point de service, Bob gratifia les nautiles Han d'un large et franc sourire, puis il remonta l'étroit escalier taillé dans la cyanite jaune citron qui éclairait ses pas, pour aller reprendre sa place de patron derrière le comptoir géant. Lula dansait debout sur Gabriel. La cigarette entre les lèvres. Elle caressait ses hanches du bout de ses ongles vernis. Elle avait ôté ses talons aiguilles. Trempait la pointe de ses orteils dans la mousse des pintes, qu'elle se faisait lécher, méticuleusement, l'un après l'autre, par les quatre flics. Pix lui suçota longuement l'orteil droit. Il parlait à sa cheville. Lui dédiait un poème. TinTao distribuait des billes de vitamines salées aromatisées aux herbes sauvages des contreforts des monts Apennins.

MARINETTE

Mme Péton Marinette, qui habituellement travaillait à la cantine de l'école communale de Paroxis le bas, sortit des cuisines, où elle avait préparé des canapés à la poudre de viande bleue, bénévolement, pour aider. Elle portait un bonnet de protection hygiénique sur la tête. Avait noué autour de sa taille un tablier blanc. Elle passa le long du comptoir pour présenter à tous le plateau. Timidement. Puis elle disparut vite en cuisine, un peu décontenancée par toute cette fête et tout ce brouhaha, glissant au passage à M. Colby Douglas Nicholls Pemulwu qu'elle adorait la jeunesse et que vraiment c'était une jolie inauguration, que ça changeait un peu de d'habitude, « surtout les longues nuits, qu'est-ce qu'on s'ennuie, monsieur Pemulwu ! » afin d'y préparer des chouquettes soufflées de tourmaline melon d'eau. Seule en cuisine, elle but un petit verre d'alcool de cristal et pensa à son mari décédé le jour du premier anniversaire de leur installation sur la Lune, ils arrivaient de Ping Shu, anciennement Bucarest, la laissant seule avec le chat en pierre. Samuel aurait bien aimé une fête comme celle-là. Oui. Il aurait chanté ! Une petite larme apparut au coin de son œil. Et puis elle se reprit.

— Du courage, ma fille ! On n'est pas là pour pleurer !

Elle se moucha, essuya ses yeux, puis commença, en reniflant sa peine légère, à malaxer de ses mains fines la pâte à beignets d'eau. Un nuage de gaz mordoré passa au-dessus des toits des hangars. Elle se frotta les mains sous le jet de vapeur. S'approcha de la fenêtre qui donnait sur la cour pour la fermer. Ça puait l'œuf. Elle resta un moment à contempler les ombres de la banlieue. Elle se signa, découvrant santa Catharina perchée sur un autel portée par six pénitents.

LE CHRIST EN FLAMMES

La croix enflammée de la procession gitane colorait en rouge les arbres du verger. Ils avaient quitté la route et approchaient de l'arrière-cour du café par ce qu'on appelait communément le chemin des Abattoirs, et qu'on désignait officiellement par son enregistrement cadastral, le 3765.A.M. Longimus. Elle serra ses deux mains, ferma les yeux et pria. Une prière courte, chuchotée à la fenêtre, sous la Terre qui brillait sur la tour des Douanes comme un point sur un i. Elle demanda au Bon Dieu puissant et miséricordieux la protection de M. Feinn et de Mme Tao. Le chant gitan se mêlait à son murmure. La ferveur chrétienne trouvait sa nourriture en abondance au confluent de ces deux cours d'eau. Elle rouvrit les yeux. La procession d'une centaine de silhouettes stoppa à la frontière de la grande arrière-cour. Les flammes se réfléchissaient sur la surface de la mare, sur les feuilles larges des nénuphars en plaques fines de tourmaline polychrome. Les enfants, en début du cortège, portaient tous, dans leurs cheveux, des couronnes royales serties de pierreries. Les femmes montraient à chacun de leurs doigts une bague étincelante. Les tissus de leurs robes brodées emprisonnaient la lueur vive des flammes de la croix du Christ ressuscité dans le cœur des rubis. Les vieilles femmes gitanes sombrement vêtues, à l'arrière du cortège, levaient leurs bras au ciel et agitaient leurs mains piquées au centre de la paume d'une pierre taillée tache de sang comme les stigmates du Fils crucifié.

Marinette rouvrit les yeux. Bouleversée. Éblouie. S'élevait de ses mains une odeur impossible et pourtant présente de fleur d'oranger. Aucun oranger ne poussait sur la Lune et, par conséquent, aucune fleur non plus de cet arbre terrestre qui n'avait pas été acclimaté. Seule l'âme triste et enjouée de Marinette pouvait exhaler dans la cuisine de La Pleine Lune des fragances de cet arbre fruitier. Son cou sentait la vanille. De ses seins lourds montaient un parfum de farine. Elle retourna à sa table de travail et se remit à malaxer la pâte à beignets d'eau. De son poignet droit plié, elle remonta une mèche de ses cheveux échappée du bonnet élastique. Une longue boucle rousse qui se colla à son front brillant. Dans le bar, Andrew Dugan, accoudé entre Billy Bully Crâne de piaf et Kiprianoù le roux qu'il avait réussi à séparer d'un bon coup d'épaule, comme le chirurgien sépare d'un coup de bistouri deux siamois, chantait, en levant le poing :

— *Get up, stand up ! Stand up for your rights ! Get up, stand up ! Stand up for your rights !*

ANDREW

Andrew Dugan, ancien cheminot à Liverpool, ancien rugbyman, syndicaliste forcené, avait été expulsé de la Terre pour bagarres de rue, appels à la rébellion, incendies volontaires, dégradations, coups et blessures à agents de la force publique, attaques de bâtiments publics, émeutes, distribution de tracts appelant au soulèvement des populations, braquage d'une succursale de la Royal Bank of England, manifestations interdites, violences urbaines, enlèvement d'une personnalité dans le milieu des ventes d'armes, injures publiques envers la reine, vol de munitions à la caserne de Burrhough, crachats et miction sur le carrosse royal, introduction nocturne dans les palais de la royauté, vol de chevaux dans les haras royaux, attaque de la prison de haute sécurité de Sheffield avec libération de cent trois prisonniers, destruction partielle par explosif d'un mur de la célèbre tour de Londres. Un poème. Il chantait en regardant son pote Paoli Pilo, le Corse, qui s'était glissé entre Spot le tatoué et Vérex le défoncé. Les yeux bleu turquoise de Dugan brillaient. Il souriait à Paoli comme on sourit à son grand gosse, avec ce sous-entendu, toujours, qu'on pouvait lire dans le fond de son regard allumé : « T'as vu comme je fais le con ? T'es fier de moi ? »

— *Get up, stand up ! Stand up for your rights !*

Deux grands gamins ultra-violents. Amoureux fous de Lula.

GET UP, STAND UP ! STAND UP FOR YOUR RIGHTS !

Lula s'agenouilla sur le comptoir et déposa un baiser sur les lèvres tuméfiées de Billy Bully les Poings d'or Crâne de piaf. Le vieux boxeur ferma les yeux, pour savourer cette friandise qui lui tombait du ciel. Personne ne l'avait embrassé depuis au moins vingt ans. Le dernier à lui avoir fait montre d'affection, c'était un chien errant qui l'avait réveillé dans son carton, sur le trottoir de l'ancien Quincy Bar, en lui léchant copieusement la face. Juste après ce baiser appuyé, le chien s'était léché les fesses, et puis il avait filé dans les rues désertes de Huntsville. Billy Bully avait revu un jour ce compagnon d'infortune, mort dans le fossé, au bord de la nationale 65 qui menait au désert du Nouveau-Mexique, aux abords d'un élevage de crotales dont on destinait le venin aux laboratoires pharmaceutiques de Phoenix. Quelqu'un lui avait mis un coup de fusil. Paoli Pilo regardait le boxeur noir se faire bécoter par Lula, de l'acide dans les yeux. Un poing américain à pointes de diamant pendait à une grosse chaîne en argent autour de son cou. Quand il était saoul, Paoli Pilo ramenait sa mâchoire inférieure en avant, façon prognathe, Dugan disait que Paoli faisait Popeye. Expression que personne d'ailleurs ne comprenait. Dugan se l'était fait souffler par Face cachée, le libraire, qui lui avait raconté Popeye un jour où il l'avait aidé à transporter mille cartons de vieux livres de la navette de fret à sa grotte, le torse nu, et qu'il avait fait jouer ses muscles hâlés dans le soleil comme un mariolle. Faire Popeye. Et quand Paoli Pilo faisait Popeye, ça voulait dire que les coups allaient pleuvoir. Pour l'instant, Pilo ne faisait rien d'autre que fixer méchamment le vieux boxeur en grâce. Dugan vida sa pinte cul sec. Puis il posa sa joue contre le comptoir. Lula posa un pied dessus, puis l'autre. Elle se mit en équilibre sur sa joue. Bras en l'air, à la manière d'une ballerine. Elle exécuta quelques pas de danse sur la joue mal rasée de son garde du corps. Andrew Dugan chantait pendant qu'elle faisait les pointes dans sa chair. Les ongles vernis noirs, affûtés, griffaient la joue de son hôte, y imprimaient profondément une géométrie barbare, comme on sculpte dans l'écorce d'un arbre, de la pointe d'un couteau, des mots d'amour. Il se recula, dégageant sa joue du comptoir de quartz, Lula toujours en équilibre sur sa pommette. Puis il redressa sa tête. Lula se posa délicatement sur le haut de son crâne. Elle se mit à tourner sur elle-même, comme une petite poupée de boîte à musique. Dugan accompagnait le mouvement, ses mains dans le dos. Les deux rotations lentes créèrent un brin de nostalgie inattendu. Billy Bully Crâne de piaf regardait Lula danser, jeune déesse qui refaisait battre son cœur. C'était un nouveau combat à mener. L'amour. Billy Bully se remit à aimer sur le ring de son âme ! Il ne bougeait pas. Rien ne trahissait l'échange des coups. Sauf son cœur qui battait. Et le sang dans son cou qui tapait. Sur sa tempe. Aime, Billy ! Aime ! Le cœur droit ! Le cœur gauche ! Ton cœur, Billy ! Baisse ta garde ! Lève ton cœur ! Les Flying Stones entonnèrent un chant lent. Lourd. D'une fréquence terriblement basse. Qui faisait vibrer la chair. Colby Douglas Nicholls Pemulwuw les suivit, il fit sourdre du tréfonds de sa gorge un triste chant aborigène, fait de vibrations lourdes, lentes, régulières, profondes, comme remontées du noyau de la planète. Les esprits des Homelands sortirent des cratères et formèrent dans le ciel étoilé un serpent géant. Le serpent vert et argent se laissa tomber sur le cocon du camp touareg. S'enroula dans les arabesques colorées. Les loups hurlèrent à la vie. Les gamins autour des feux crièrent de joie au fond de La Matrice. Cent flûtes accompagnèrent la mélodie fine de Jaïni. Le moineau Balthazar quitta le crâne de Vérex pour les cheveux corbeau de Lula. Il se posa sur la poupée qui tournait au-dessus des clients. Tourna avec elle. À la même vitesse que la Môme Lune électrique Zarmine qui tournait, toujours assise à la toute extrémité supérieure du dôme, sur sa grosse boule d'acier, au centre du groupe de fuyards qui dansaient. Tout tournait. La Terre et les étoiles. La Lune et toutes les étoiles de la galaxie. Et Lula. Et Zarmine. Et le piaf Balthazar. Tout virait. Tout chavirait. Tout circulait. L'espace entier s'enroulait autour de ce comptoir de quartz palpitant. Les hommes s'enroulaient autour des hommes. Les cœurs autour des cœurs. La vie s'entortillait aux branches des rêves comme un liseron luminescent. Angus le fou donnait de grands coups de talon qui le faisaient décoller. Il allait se cogner violemment au plafond et retombait devant son verre. Il refrappait le sol. Remontait s'éclater la tête, en criant de joie. Les frères Kiprianoù chantaient maintenant une berceuse slovaque, dont on disait qu'elle avait été inventée par un montreur d'ours, pour calmer sa lourde bête brune, les longues nuits d'hiver, quand la tristesse envahissait son compagnon de galère et que l'ours pleurait dans la paille, des heures durant, loin de la montagne, des ruisseaux et des fleurs, loin du miel, des baies sauvages, loin des truites vif-argent, loin des siens, attirant les larmes sur la face pleine de paille jaune d'or du jeune dompteur, fraternellement. Les douaniers Piotr et Taurus s'étaient approchés de la scène improvisée et fixaient les seins de Soizheu avec concupiscence. Taurus bavait un peu. Comme un chien. Le douanier en second avait le regard et la force d'un chien d'attaque. Digitale Caribou finissait d'avaler la tête de Pédowen Crambs dans l'indifférence générale. Spartacus regardait la Terre si belle, étrange et suspendue, si légère, dans le ciel sombre. La plaque noire et mordorée des bayous de Louisiane couverts depuis plus d'un siècle d'une couche épaisse d'hydrocarbures renvoyait les rayons du soleil en milliers d'arcs-en-ciel. Une voix derrière lui vint murmurer ces mots :

— Le vrai cafard ne pond ses œufs énormes et bariolés que dans le crâne d'un combattant. Ces œufs couvés à l'aveuglette éclosent en éclatant sous la forme d'une fusée lumineuse à six pétales, un pour chacune des couleurs fondamentales. Les fusées montent au zénith et s'aplatissent, éclaboussent de chansons à la mode les parois de cristal de la caserne qui ne peuvent contenir les hautes aspirations de tous les soldats possédés.

La voix se tut. Le légionnaire se retourna. Face cachée venait d'arriver par la porte de derrière et déjà il faisait cadeau au soldat cafardeux d'un peu de Mac Orlan. Il posa sur la table devant le soldat *Quai des brumes*, un vieux livre sale et déchiré. Taché de graisse et de vin. Spartacus prit le livre dans ses mains. L'amena à ses narines. Le papier sentait la chèvre.

Seuls les Massaïs en élevaient quelques dizaines pour le lait. Sans doute les guerriers campaient-ils aux abords de la grotte aux livres, loin des brigades de Colombiens et des militaires irakiens, sur la face cachée. Peut-être même que Face cachée vivait avec une femme massaï. Qu'il avait un bébé massaï et une chèvre à lui, au milieu des livres, pour le nourrir.

— Bois du vin, / Car tu dormiras longtemps sous l'argile, / Sans un intime, un ami, un camarade, une femme, / Veille à ne jamais dire ce secret à personne, / Les tulipes fanées ne refleuriront jamais.

Face cachée leva son verre de vin moelleux qu'il avait trouvé sur une table et trinqua au cafard. Le légionnaire trinqua avec lui. Digitale posa la main qu'elle grignotait pour lever sa bouteille en hommage au nouvel arrivé. Angus continuait à monter s'éclater au plafond. TinTao avait arrêté de servir, elle s'était appuyée, dos au mur, derrière le comptoir, les jambes croisées, ses yeux mi-clos, elle fumait une minuscule pipe d'opium en céramique. Les dragons brodés sur sa robe enroulés à ses jambes fines semblaient assoupis. Les nénuphars sur ses petits seins flottaient sur l'eau de sa respiration lente. Ils allaient et venaient au rythme de ses lèvres cerise pincées sur l'embout de la pipe. Le rêve de TinTao s'élevait au-dessus d'elle, en un nuage bleu qui dessinait un dauphin. Le dauphin indigo nageait et sautait hors des fumées qu'il dispersait de sa queue, avant qu'elles ne se soient reformées, comme une vague nouvelle de l'océan, pour l'engloutir à nouveau. Face cachée déposa sur le comptoir, face à TinTao, un recueil de poèmes de Basho, *Friches* :

— De fleurs d'herbes d'eau / Est parée sa chevelure / Voyez la plongeuse.

Face cachée portait la barbe et les cheveux longs, une soutane de pèlerin, une arbalète à visée nocturne et un carquois dans le dos. Une bretelle croisée sur sa poitrine retenait un profond sac de bure rempli de livres qui pendait lourdement sur sa hanche gauche. Le libraire portait aux pieds des sandales de fer qui tenaient grâce à des lanières d'acier blond lacées jusqu'aux mollets. Ses mains étaient gantées de chèvre odorante. À chaque gorgée de vin qu'il avalait, il croquait un petit bout du bord du verre qu'il mâchouillait, soi-disant qu'il adorait le goût subtil du verre pilé. Ses yeux étaient blancs. Comme ceux d'un aveugle. Sa vue pourtant était parfaite. À l'entraînement, Face cachée fichait à tout coup un carreau dans l'œil d'un hooligan à la distance de trente mille pieds – compte tenu du manque de gravité et des vents lunaires, c'était un véritable exploit. Un bandeau rouge serrait ses cheveux. Ses lèvres toujours entrouvertes sur un sourire gracieux laissaient apercevoir une dentition saine, parfaite. La belle Lula dansait lascivement, en équilibre de toupie sur le crâne de son garde du corps en pâmoison, entre Kiprianoù le Chypriote blond et Franz le cascadeur qui s'étaient écartés pour les regarder voler. Lula s'abandonnait, les paupières closes, dans l'odeur suave de la sueur tiède qu'exhalait le corps brûlant de Dugan, à la terrible douceur du bar. Au loin, dans la plaine Deslanders, un groupe de hooligans de Lune se formait. Quatre-vingts nazis, ivres de violence et de haine, prêts à en découdre. Ils hurlaient leur chant de guerre et leur folie résonnait jusqu'au cratère Ptolémaeus. Ils s'armaient. Se défonçaient à l'acide KKK.

— Pour venir cramer ce café de Bougnoules, de Juifs, de gouines et de pédés !

L'équipe des docks n'était plus très loin. Les Marins pilotaient des engins chenillés blindés légers, dépassaient des meurtrières des barres d'acier. Les Touaregs entonnaient un chant guerrier. Les Gitans psalmodiaient leur prière en s'installant dans la cour à l'arrière du grand bâtiment. Bob eut un mauvais pressentiment. Il regarda tous ses gars accoudés. Les Guaqueros identifièrent dans le regard inquiet de Bob Feinn un signal d'alerte. Personne ne bougea. Mais tout le monde parut comprendre. S'il le fallait, la nuit serait sanglante. Le bar ne plierait pas.

LE CODE D'HONNEUR DU LÉGIONNAIRE

— Légionnaire, tu es un volontaire servant la France avec honneur et fidélité. Chaque légionnaire est ton frère d'armes quelles que soient sa nationalité, sa race, sa religion. Tu lui manifestes toujours la solidarité étroite qui doit unir les membres d'une même famille. Respectueux de tes traditions, attaché à tes chefs, la discipline et la camaraderie sont ta force, le courage et la loyauté tes vertus. Fier de ton état de légionnaire, tu le montres dans ta tenue toujours élégante, ton comportement toujours digne mais modeste, ton casernement toujours net. Soldat d'élite, tu t'entraînes avec rigueur, tu entretiens ton arme comme ton bien le plus précieux, tu as le souci constant de ta forme physique. La mission est sacrée, tu l'exécutes jusqu'au bout et, s'il le faut, en opération, au péril de ta vie. Au combat, tu agis sans passion et sans haine, tu respectes les ennemis vaincus, tu n'abandonnes jamais ni tes morts, ni tes blessés, ni tes armes, hurlait Milus Stilitano Genet au visage de Spot le mercenaire tatoué.

À la droite de Spot, Vérex tanguait. L'eau dans son crâne faisait des tourbillons. Des bouillons. Des vagues de notes sourdes. Des flots d'arpèges. Spartacus se leva et vint s'accouder entre Franz le beau gosse et Triton

Werther, le jeune artificier. Il but une pinte. Se récita secrètement le code d'honneur : « Au combat, tu n'abandonnes jamais ni tes morts, ni tes blessés, ni tes armes », et rebut. Silencieusement.

LA SIXIÈME HEURE

Les Gitans avaient conquis l'arrière-cour. Comme le souhaitait Bob, tous les clients de La Pleine Lune s'étaient rassemblés à l'extérieur. Leur groupe serré faisait face au groupe nombreux des Gitans du camp Fra Mauro. Un jeune garçon chantait, la mèche devant les yeux, la chemise couleur sang ouverte sur une croix d'or tatouée sur la poitrine, la serpette de jaspe au ceinturon d'amétrine, ou pierre du Diable, *el Tío*, l'Oncle, c'est ainsi qu'ils surnommaient le démon. Sa pure voix de cristal montait charmer les anges. Au centre Bob Feinn, terriblement ému, agenouillé devant santa Catharina et la grande croix du Christ en feu, recevait du patriarche Kalderash la fleur de sel bénie. Les mômes du dôme s'étaient assis sur le rebord du toit pour ne rien perdre du spectacle. Les grandes flammes dansaient. Selon la tradition, TinTao l'épouse tenait au-dessus de la tête de son mari le Cœur du Christ palpitant, un rubis vivant arraché au corps supplicié de la Lune. L'âme des Homelands revint rôder près des vergers. Le serpent s'enroula dans les arbres. Une vieille gitane passa entre les clients du bar et leur posa à chacun sur la langue une fleur de sel, puis elle traça sur leur front une croix à la teinture rouge tirée des fleurs persistantes d'héliacintes. Avec leur croix sanglante du Christ sur le milieu du front, les clients de La Pleine lune saouls et armés ressemblaient de plus en plus à une armée sainte. Franz Tiers Admunsen avait posé un genou à terre et priait avec ferveur. Angus Paasinen Vasa Torp le sonar louchait pour tenter d'apercevoir la croix du Fils du Dieu tout-puissant sur son front. Taurus en nage et les mains jointes se balançait larmoyant en implorant la Madone. Il regardait le ciel. Ses yeux rouges exorbités. Sa bouche lippue blanche d'une épaisse salive. Piotr Tropovitch fixait la Terre que les flammes hautes de la croix faisaient trembler, songeur. Lointain. L'œil vague. Pensant au vent glacial dans les bouleaux. À la glace sur les étangs. Aux renards blancs. Aux lièvres des neiges. Vérex voyait dans les flammes de la croix un dragon de métal en fusion. Les Flying Stones avaient couvert leur nudité d'un écran peaucier siliceux de jaspe pour ne pas heurter les Gitans. Valoche reçut la croix sanglante sur le dessin de sa cervelle tatouée. Soizheu prit la main fripée de la Gitane dans ses mains et y déposa un baiser. La vieille femme posa ses lèvres sèches sur le front de la chanteuse. La bénit, en lui murmurant, dans un souffle fin et sifflant comme une herbe :

— Longue vie, ma fille.

Balthazar reçut l'onction sur le dos. La croix du Fils martyr le couvrait d'une aile à l'autre et de la tête à la queue. Minuscule moineau de ville venu de Mouffetard à Paroxis pour vivre la passion des croisés de La Pleine Lune. Il s'envola avec sa croix sur le dos pour aller se poser sur la tête de Spot, le mercenaire tatoué. Spot, jambes écartées, bras croisés, écoutait, en suçotant le grain de sel béni sur le bout de sa langue, le patriarche bénir, au nom de cette sainte Rom brûlée vive en Roumanie, la Bonne Volonté de Bob Feinn, le colosse irlandais. Rico Damato cherchait du regard, dans la tribu gitane, une jeune femme capable de lui dire où trouver sa femme et sa petite fille mortes émigrées sur la Lune. Il croisa le regard noir en feu d'une adolescente en prière qui le fixait. Une grenade explosa dans le lointain. Une fusée éclairante tirée par les hooligans traversa le ciel. Une autre tomba sur le dôme, neutralisée aussitôt par Fokine. Cali Sincelejo ramena contre son ventre le fusil qu'il avait à l'épaule. Face cachée le libraire, agenouillé sous la sainte couronnée, le regard tourné vers le sol en signe d'humilité, ôta la sécurité de l'arbalète plaquée dans son dos d'un mouvement de la main si rapide qu'il en était invisible. Damato ne lâchait pas la jeune Gitane. Elle non plus ne le quittait pas des yeux. La forme du visage. La bouche. Les mains. Les cheveux. On aurait dit Shamra et Automne revenues à la vie en un seul corps adolescent. L'une et l'autre mêlées. L'ovale du visage de la gosse et le regard noir de la mère fusionnés. La vieille Gitane s'approcha de Rico et lui traça la croix sur le front. Il lui saisit le bras.

— Dis-moi, par pitié, où sont ma femme et ma fille.

La vieille femme le regarda droit dans les yeux. Elle posa sa main froide sur sa joue. Caressa sa barbe naissante.

— Elles sont dans tes yeux, ne les ferme jamais.

Elle glissa de côté pour oindre Billy Bully. Les flammes de la croix posaient un voile rouge sur ses cheveux frisés gris. Mélangeant les époques et les planètes, mélangeant les personnes, mélangeant tout, Billy remercia la Gitane en l'appelant Miss Tudy. Merci, Miss Tudy !

Lui revint en bouche le goût miellé de la tarte aux quetsches sur le trottoir du Quincy Bar. Le grand Christ enflammé réchauffait son cœur et ses os. Faisait frémir sa cervelle en bouillie. Il lança son bras et tapota affectueusement l'épaule de Kyprianoù le roux en prière devant lui, comme pour s'assurer qu'il était bien là. Le jumeau ivre et bouleversé par la beauté juvénile de santa Catharina se retourna, présentant la moitié de son visage en pourpre, et lui sourit tendrement, comme seuls peuvent le faire un père, une mère, un ami prêt à mourir pour vous, un grand frère ou un amant. Les escarbilles s'élevaient dans le ciel, aussitôt happées par le serpent géant des Homelands vert et argent dressé parmi les arbres du grand verger. Au loin, des lumières blanches clignotaient derrière les verrières des abattoirs. Le vent chaud qui descendait depuis Copernicus se chargeait au passage du son sec des pistolets à tuer et des scies. Une étoile morte il y a cent mille ans s'éteignit dans le ciel. Une autre, naissante, se mit à briller. L'enfance de l'étoile entra dans la pupille de TinTao. Une rafale de vent plus puissante ramena sur la cour le chant des guerriers massaïs. Fokine les aperçut au loin qui venaient des Appenins en dansant, par-delà les lacs acides, nus, le torse et les bras couverts de pierres précieuses, les jambes ocre jaune d'une boue de cendre, le bouclier de peau et la lance à la main. Une grenade incendiaire tomba sur le parking. Enflamma une prise de gaz qui explosa en torchère. La vieille gitane invita Bob à se relever. À baiser les pieds nus de la sainte. Il caressa les plis de sa robe sculptés dans une ligne longue et torsadée d'émeraude. La Môme Lune électrique Zarmine se mit debout sur la boule d'acier. Une aube rose se levait derrière les tours. Jaune. Verte. Bleutée. Une armada de méduses lumineuses géantes remplit le ciel à l'horizon des docks sud.

LES MÉDUSES
SEMAEOSTOMEAE

Les Chinois utilisaient les méduses *Semaeostomeae* pour se déplacer dans les airs et éviter les routes peu sûres. Des nacelles pendaient sous l'ectoderme, accrochées aux tentacules. Le pilote dirigeait la méduse à l'aide de tiges électrifiées plantées dans sa bouche. Chaque méduse pouvant transporter jusqu'à dix passagers, trente méduses géantes apparues dans le ciel voulaient dire que possiblement trois cents Chinois du clan Gaozong approchaient dangereusement du café La Pleine Lune. Les voiles roses translucides des unes et bleutées des autres remplissaient le ciel noir d'une clarté opaline. Le mouvement lent de leur corps brassait l'air jusqu'au sol, soulevant sur les champs cultivés et les hangars de la banlieue des tornades de poussière. Les méduses en volant émettaient un son, un chant, pareil au chant puissant des baleines au fond des plus grands océans de la Terre. Trente méduses ensemble lâchaient un cri qui faisait trembler les toits. Résonnait dans la tête et contractait les mâchoires. Les Inuits, les Peuls, les Guinéens fuyaient. Au signal, les garimpeiros s'enfonçaient dans leur mine. Tout le monde avait peur des Chinois. Lesquels voulaient imposer leur ordre strict. Leur religion. Leur économie. Leur philosophie. Leur façon de vivre. Et même leur cuisine, qui, sur la Lune, se résumait à de grosses soupes parfumées faites d'eau chaude soufrée, avec des nouilles de lichen, des haricots bleus de souche et des champignons noirs de cratère jetés dedans, avec parfois des vers blancs de cristaux de lac aux algues acides pour améliorer l'ordinaire. Une cuisine ascétique. Une cuisine exsangue qui affamait les travailleurs de force jusqu'aux contremaîtres des serres. Provoquait des carences propices aux hallucinations religieuses. Une cuisine pauvre pour forcer l'esprit à la méditation. Une cuisine de soumission. La Pleine Lune, avec sa cuisine de snack que l'on servirait en terrasse, ses bières et ses alcools puissants, tranchait nettement avec l'esprit des Tang. Les Gaozong considéraient le bar comme un lieu dissident. Les Tang voyaient d'un mauvais œil l'ouverture de ce premier café sur la Lune, contraire aux préceptes du bouddhisme, qui invitait à se libérer de la cause de la souffrance en se libérant du désir, autant dire l'exact opposé du comptoir, générateur de délires mythomanes, de désirs inassouvis, de courts envols, de bonheurs fugaces et d'amères tristesses, qu'il fût sur Terre à Barcelone, à Brest ou à Hambourg, sur la Lune ou partout ailleurs dans les recoins de l'Univers. En voulant ouvrir ce premier café sur la Lune, Bob Feinn l'Irlandais s'était fait de terrifiants ennemis.

L'ombre des méduses géantes passa sur les silos, traversa les vergers bleus qui naissaient dès la sortie de la ville et s'étiraient le long des champs électriques, glissa sur le minaret de la mosquée des Nuées, sur le fin clocher de la cathédrale Arzachel, le dôme doré du temple bouddhiste des Humeurs. Tout l'air déplacé au loin faisait déjà trembler la flamme vive de la croix. Bruisser les feuilles dans les vergers céruléens. Se balancer les herbes. Claquer les drapeaux des entreprises sur les tours des bureaux. Se soulever en épis souples les cheveux longs des Gitans. S'emmêler sur son front lisse les fines mèches de TinTao. Les méduses translucides et suspendues dans leur propre clarté azur et cornaline faisaient du grand ciel noir de la Lune une mer colorée riche et profonde, aux algues molles, à la houle lente de tentacules urticants. Les filaments empoisonnés passaient au ras des bâtisses. Frôlaient la cime des arbres. Les Chinois pouvaient tuer toute la population d'un village en un passage, il leur suffisait de survoler les huttes en rase-mottes en laissant glisser sur les habitants le harpon terminal des tentacules des méduses *Semaeostomeae* chargés de poison mortel. Ils avaient en une nuit exterminé un campement de fortune paschtoun, au motif que ces guerriers refusaient d'aider à la construction de la Grande Muraille de Lune, qui devait être visible depuis la Terre, et asseoir leur suprématie. Une femme morte était restée accrochée, des jours entiers, aux tentacules emmêlés de la large méduse de tête, entortillée dans les filaments, ils l'avaient traînée sur tous les toits, dans les champs, sur le départ des tunnels des mines. Le corps de la morte rebondissait sur les murets d'enceinte. Le pilote, sur ordre des dignitaires embarqués, l'avait traînée dans les fossés profonds au bord des routes, dans les cailloux des cratères, sur les pentes des volcans, pour l'exemple. Il n'était bientôt resté qu'un peu de chair accrochée aux filaments recourbés.

LE REFUGE

Le chef Fokine ordonna le repli. Tous les mômes sautèrent du toit dans la treille de liserons luminescents et entrèrent se réfugier dans le café. Bob Feinn montra du doigt le vol des méduses qui approchait. La vieille gitane se signa. Jeta une poignée de fleur de sel au pied de la sainte aux yeux clos qui souriait d'extase. Tous les agenouillés se remirent sur leurs pieds. Les gitans portèrent leur sainte dans le bar et la posèrent au centre du comptoir Gabriel. Elle était à peine un peu plus grande qu'une personne réelle. Le comptoir de quartz se mit à palpiter de cette lumière divine qui tombait de son front couronné illuminé. Tous les gitans s'installèrent aux tables, réunis en cercle autour du plus vieux. Les clients habitués reprirent leur place au comptoir. Piotr le douanier, Taurus, Rico, Angus, Kiprianoù le roux à la gauche de Billy Bully Crâne de piaf, Kiprianoù le blond à sa droite, puis venaient Franz,

Spartacus, Digitale, Triton, Colby, Pix, Joyce Mulligan, Salam, Cali Sincelejo, Milus Stilitano, Spot, et enfin Vérex le sculpteur défoncé. Il ne restait de Pédowen Crambs que ses chaussures vides sous la table près de la porte d'entrée. Balthazar thaï le croisé volant reprit sa place première dans les cheveux de la frêle TinTao Dragon bleu. Toutes ces croix rouges sur les fronts alignés dessinaient un cimetière. Bob ferma les portes. Servit une tournée générale de bière épaisse, d'alcool de cristal et de vin moelleux. Il posa au pied de la sainte un pain de roses et un verre de vin. Baisa ses pieds nus qui dépassaient des plis de sa robe. La sainte semblait protéger La Pleine Lune depuis son poste élevé, comme *o Cristo rédentor*, le Christ rédempteur, au sommet du Corcovado, bras en croix, protégeait du haut de ses sept cent dix mètres la somptueuse baie de Rio et ses vingt-huit millions de Cariocas entassés dans la fournaise, au milieu de la forêt tropicale humide envahissant jusqu'au plein cœur de la gigantesque ville de cinq mille kilomètres carrés, grouillante jusqu'au sommet du Pain de Sucre, miné par des millions d'habitats sauvages vétustes troglodytes. Fokine et sa bande de fuyards s'étaient assis par terre au fond de la salle à droite, la salle du billard obsidienne acajou, aux cannes de lapis-lazuli et aux boules de jade lavande, encore un chef-d'œuvre de Vérex, adossés aux murs de dioptase bleu-vert. Frédéric la Mouche continuait sa balade en marchant tête en bas sur toutes les parois qui se présentaient devant lui. Il alla se coller au plafond, pour mieux voir à l'envers santa Catharina qui priait, debout sur le comptoir, pour les âmes damnées des buveurs. La Môme Lune, assise près de Fokine, dévorait de ses grands yeux émeraude cet endroit mystérieux qui sentait les herbes chaudes et la sueur aigre des hommes, la graisse, la chèvre, la poudre de viande bleue, le vin et la fumée des feux, les algues et le brouillard, la ferraille rouillée, détaillait ce lieu étrange qu'elle avait découvert il y a quelques heures seulement et dont il lui semblait qu'elle en connaissait déjà les secrets. Les seize fuyards exténués s'allongèrent les uns sur les autres, l'un sa tête sur un ventre, l'autre son bras replié sur une cuisse, lui sa jambe sur une autre jambe, elle sa main serrée blottie dans la main ouverte de cet autre gamin assoupi, une bouche entrouverte sur des cheveux défaits, un nez tordu sur un pied, et s'endormirent paisiblement en un buisson ardent de mômes entremêlés. Fokine les Dents bleues resta éveillé à protéger le sommeil réparateur de sa bande. La Môme Lune sentit l'engourdissement la gagner tout doucement. Elle tenta de résister, résister, mais s'endormit douillettement enveloppée dans la chaleur compacte qui s'élevait du groupe. Altamira agitait ses jambes à toute vitesse, dans son rêve elle courait. Vendomine parlait de puits profonds. Stanolus ronflait. Palette riait en dormant, tandis que Zacharie, le visage enfoui dans les cheveux longs de Silatchich, pleurait à chaudes larmes. Amadeus agitait ses mains comme s'il se battait en songe. Étarke dormait à plat sur le dos, parfaitement immobile et silencieux, la bouche grande ouverte. Le jeune Houzon tétait en rêvant la peau fine du cou de Stanolus. Salvador le voyou suçait suavement son pouce. Bakongo serrait fort Carroll dans ses bras. Castro avait amené ses lèvres contre les lèvres de Graff. Il avait entortillé ses doigts dans la tignasse rousse de Lishimin. Tous les gosses imbriqués n'en formaient plus qu'un seul. À déplacer la main de l'un à l'extrémité du groupe serré, on aurait fait bouger le pied d'un autre du côté opposé. Le mouvement passant d'une jambe à un bras, d'une tête à un ventre, d'un pied à un dos, d'un dos à un autre dos comme une vaguelette qui traverserait d'une berge à l'autre ce lac d'enfants. Fokine salua le libraire Face cachée accoudé au comptoir entre Franz et Spartacus, à l'aplomb de la sainte, qu'il visitait souvent dans sa grotte aux livres sur la face de la Lune qui ne voyait jamais la Terre. Le chef des fuyards adorait comment le libraire ermite lui racontait la Terre invisible et la vie là-bas. Lui décrivait par le menu le cœur ouvert et l'âme à nu des hommes, qu'il disait conserver dans ces livres en papier. Fokine ne savait pas lire. Alors Face cachée lisait pour lui. Il prenait les mots écrits sur le papier, les mettait dans sa bouche et les envoyait dans l'air que Fokine entendait. C'était un peu comme un père qui fait manger son gosse malade. Qui lui met dans la bouche petit à petit tout son repas, à coups de cuillère. Face cachée attendait que Fokine ait bien compris sa bouchée, avant de remettre dans sa tête une autre becquée. C'était affectueux. C'était très doux. Fokine n'avait pas été habitué à une pareille douceur. À la sollicitude. À la tendresse tout simplement. Fokine était autodidacte de l'amour et de l'affection. Quand on considérait comment il dirigeait sa bande, on pouvait dire que Fokine à la face bleue était doué pour l'amitié. La Môme Lune avait posé sa tête rousse sur l'épaule du chef assis contre elle. Aucune décharge électrique n'avait brûlé sa chair. La Môme électrique se déchargeait complètement quand elle était en sécurité et en sommeil. Fokine lui passa sa main bleue dans les cheveux. Lui caressa la joue. Les lèvres, du bout de ses doigts teints. La Môme Zarmine ronronnait comme un chat près du feu. Le libraire Face cachée regardait affectueusement le tas de mômes endormis, en sirotant lentement son alcool de cristal, dans l'ombre de la sainte au sourire bienveillant.

Le chant des méduses se fit plus fort et plus présent, plus lourd et plus profond. Plus oppressant. Plus inquiétant. Les murs se mirent à trembler. On entendit le claquement caractéristique des filaments empoisonnés qui touchaient le dôme. L'ombre envahit la terrasse. Puis une clarté bleutée tomba sur les liserons. L'avant-garde des méduses se positionna au-dessus de la route. Les pilotes évitaient soigneusement les miliciens du PPLP descendus du camion et alignés, une matraque à pointe électrique dans la main. Les paramilitaires avaient mis des masques noirs sur leur visage. L'armada des méduses géantes s'immobilisa au-dessus du bâtiment du café. Le vent puissant né de leurs larges voiles mollement agitées secouaient les feuilles des liserons géants, envoyaient valser contre la façade les branches brisées des arbres des vergers. Les rafales firent couler les nénuphars de tourmaline sur la mare de l'arrière-cour, crevèrent et dispersèrent dans les tourbillons de poussière et de cendre les poches de pollen or. Les gitans se mirent à chanter une ballade rom. Le vin moelleux de Pédowen Crambs réchauffait le ventre des anciens. Digitale eut la sensation qu'au bout de cette interminable nuit lunaire, elle allait mourir. Elle prit la main de Spartacus et la serra de toutes ces forces en lui souriant. Elle pouvait voir le reflet de la croix sanglante tracée sur son front dans le bleu clair apaisé de ses yeux. Mourir au comptoir d'un bar, c'était une sorte d'aboutissement logique. Un rêve qui finissait. Un point final au poème. Elle amena leurs deux mains serrées sur le pied tiède de la sainte. Digitale murmura :

— Oui.

Spartacus lui répondit, dans un souffle aux relents d'alcool inaudible pour autrui :

— Oui.

Discret mariage de comptoir. Venir mourir sur la Lune après s'être autant battu dans tous les bars de la

Terre, c'était un exploit, moins spectaculaire toutefois pour Digitale Caribou Couille de saumon Pine d'ours que venir s'y marier. Digitale déposa un baiser sur les lèvres brûlantes du légionnaire. Ils restèrent, lèvres contre lèvres, immobiles, une éternité.

Elle ouvrit grand sa bouche. Il écarta ses lèvres. Digitale lui avala la langue. Il la laissa couler au fond de sa gorge. Elle la suça. L'enserra d'un mouvement puissant de sa glotte. Spartacus visitait le fond de la gorge de Digitale de la pointe forte de sa chair mobile, longue et épaisse. Digitale criait de plaisir du fond de son gosier plein. Le gémissement rauque faisait vibrer les joues bleutées du légionnaire en transe amoureuse. Spartacus fouissait la gorge de Digitale Caribou à lui décrocher la mâchoire. Il lui capturait les cheveux à pleines mains. Caressait sa nuque. La plaie sur la lèvre de Digitale se rouvrit. Spartacus lécha le sang qui barbouillait ses lèvres luisantes d'une épaisse et précieuse salive. Il lui redéposa sur la langue un peu de son sang qu'il avait régurgité. Spartacus se mordit violemment la langue. Son sang se mêla au sang de Digitale. Caribou tétait le sang jailli de la plaie ouverte comme un lait nourricier venu du cœur. Voyant ça, Fokine se pencha doucement et déposa un baiser léger sur les lèvres veloutées de la gamine endormie. Il se redressa, sa face bleu indigo fendue d'un large sourire de mariolle, les yeux tout brillants de fierté ! Son frère cœur tapait dans sa poitrine à grands coups de ses poings. Fokine était amoureux ! Il enfouit son visage dans la tignasse de renard de la petite Zarmine. La Môme Lune sentait bon le feu des laves et la liberté. Elle embaumait les pierres chaudes, l'écorce entaillée des arbres fruitiers et le vent. Il la serra fort dans ses bras protecteurs. Souriait. Fokine se demanda si Zarmine ne feignait pas de dormir blottie contre sa poitrine. Il aurait aimé ce subterfuge. Il caressa son genou rond. Elle frissonnait. Se pelotonnait. Recroquevillait ses doigts de pieds crottés. Jamais personne n'avait tenu Zarmine dans ses bras. Elle rêvait. Elle volait. Revivait. Une larme coula sur sa joue. Tomba sur le sol entre Fokine et elle. Faisant pousser une drôle de fleur encore inconnue sur la Lune : une pâquerette.

Un môme rom sortit un harmonica de sa poche et se mit à jouer. Les hommes commencèrent à taper dans leurs mains. La jeune gitane aux yeux noirs de feu se mit à danser, frappant le sol de ses talons de fer, sous le regard envoûté de Damato.

Les Massaïs s'arrêtèrent à la limite de l'épais rideau des filaments nacrés gris empoisonnés des méduses en vol stationnaire, à la lisière des grands vergers. Ils allumèrent un feu blanc de feuilles humides et de branches. Une grenade hooligan explosa dans la cour. Brisant les écrans et les tables. Marinette sortit de la cuisine, les mains pleines de farine, terrorisée. TinTao la fit asseoir à une table dans la salle du billard. Marinette tremblait de la tête aux pieds. La patronne lui servit une bonne rasade d'alcool de cristal. La vue des gosses endormis sur le sol la rassura. Elle se calma. Sa petite robe noire était toute saupoudrée de sucre blanc. Elle s'en excusa auprès de Fokine, qui la dévisageait crânement, son bras noué autour du cou de sa petite fiancée sauvage. Les Flying Stones s'étaient assises sur le rebord de la scène et picolaient consciencieusement tout ce qui passait à leur portée. Les croix rouges sur leur front éclataient sous le feu des lasers toujours officiants. Vérex Pic fixait Marinette, assise sur sa chaise, dans la position de la Penseuse oubliée de Rodin. À travers ses acides méduline il la voyait nue, épaisse, lourde, potelée, luisante aux articulations, brillante aux fesses débordant de leur socle, puissante aux genoux, sombre aux pieds, d'une matière charnelle augmentée de cent replis de bronze patiné délicats. Marinette s'était remise de sa peur. Elle souriait à Fokine le Bleu. Les enfants endormis lui faisaient un bien fou. Billy Bully Crâne de piaf perdait pied et ne cessait d'appeler Miss Tudy. Lula s'était assise à une table reculée et massait son mollet droit en fumant une cigarette. Sa jupe étroite remontée jusqu'en haut de ses cuisses croisées gainées de noir. Penchée en avant, on pouvait voir ses seins laiteux flotter dans l'échancrure en V de son bustier de soie. La fumée lui tirait un fin trait gris-bleu sur la joue, la forçant à garder la paupière basse. Angus le fou contemplait les seins blancs de Lula avec une envie folle de téter.

Un cliquetis assourdissant, comme une pluie de verre, emplit l'espace. Les filaments urticants des méduses géantes attaquaient les arabesques du cocon massaï. Les couleurs se prirent dans les filaments empoisonnés et grimpèrent jusqu'aux nacelles d'acier suspendues. Étouffèrent le pilote et tous les occupants, s'entortillèrent au corps flottant de la méduse. Une *Semaeostomea* géante s'écrasa dans les terrains vagues derrière le trou de La Matrice, soulevant un gigantesque nuage de poussière noire qui masqua la Terre et les étoiles un long moment. Les cris de douleur de la méduse agonisante, dont les voiles aussi étendues que celles d'un navire soulevaient une tempête de cendre, recouvrirent les champs de la Lune jusqu'au lointain cratère Manilius, une concession minière des compañeros mexicains, alertant les villages birmans construits dans la mer des Humeurs, les Pashtons du Golfe central, les Texans de l'océan des Tempêtes, faisant sortir les mineurs de tous les trous de la Lune comme des insectes affolés. Les miliciens du PPLP s'avancèrent au milieu de la route et s'alignèrent en ordre de bataille, frappant le sol de leurs puissantes matraques électriques pour neutraliser les lianes de couleur qui leur montaient aux jambes. Une lance massaï, lancée depuis l'horizon des vergers, vint se ficher dans la porte du camion. Une autre lance se planta dans le corps mou d'une méduse. Les hooligans avaient atteint le parking latéral et détruisaient à coups de barre d'acier les véhicules stationnés à la lumière des torchères de gaz enflammées. La dernière cariatide, endommagée par la navette en perdition des Flying Stones, se décrocha du toit et tomba au milieu des haineux délirants. Ils s'acharnèrent sur la tête de la statue comme sur une personne humaine et finirent de la réduire en poudre à grands coups de leurs pieds ferrés. Un hooligan voulut s'en prendre à la vieille fusée dorée X43C de la Nasa qui clignotait joyeusement au bord de la route 36 juste devant le bar. Face cachée alla se poster sur la terrasse et lui décocha un trait d'arbalète dans la cuisse. Les hooligans qui l'accompagnaient, excités par le sang qui jaillissait de sa cuisse, se mirent à dépecer leur coreligionnaire à coups de machette comme un ennemi blessé. Cette violence extrême avait été importée de la Terre mère, où le réchauffement climatique, le chômage, la montée des eaux qui noyait les côtes et les îles en forçant les populations à l'exil, les ouragans, les typhons, les virus, les guerres, la pauvreté, la famine, le désespoir, avaient forgé une nouvelle race d'hommes et de femmes ultra-violents. Beaucoup de gens avaient fui cette terreur en venant sur la Lune pour finalement se retrouver la tête prise dans les mêmes tenailles, en butte au même cancer.

Face cachée rerentra dans le bar et retrouva tranquillement sa place au comptoir, dans l'ombre sacrée et la lumière divine de santa Catharina extatique. Bob Feinn, qui ne voulait aucun ennui pour cette soirée d'inauguration de son grand et beau café, voyait s'éloigner d'heure en heure son autorisation administrative d'ouverture d'un débit. La guerre qui se préparait au-dehors lui mettait la rage au cœur. Encore une guerre ! Toujours une guerre ! De Belfast à Kananga, de Djibouti à Douala, de Chiang Mai à Haïfa, de Tachkent à Ispahan, de Xinjiang à Paroxis, de la Terre à la Lune, de la Lune à Neptune et de Saturne à Jupiter ! Sur quelle planète fallait-il fuir pour avoir enfin la paix ?

LA BIÈRE DE L'AMITIÉ

Bob Feinn caressa de sa grosse main les têtes d'éléphant d'or de sa rutilante pompe à bière. La vie pouvait être simplissime et joyeuse. Les pachydermes d'or crachaient la bière de l'amitié, on se saoulait et l'on dansait, on s'enivrait et l'on chantait ! Bob posa sur l'assemblée un regard attendri. Spartacus mâchouillait la langue de Digitale, la Gitane au regard noir de feu dansait en faisant tournoyer ses longs cheveux libres dans les éclats aveuglants des lasers au centre de la tribu rom soudée qui tapait dans ses mains, les mômes dormaient en tas, Fokine le voyou bécotait la Môme Lune assoupie, en glissant sa main bleue sous sa robe de plaques de lave polies rivetées qui cliquetaient sous ses doigts. Minuscule TinTao, assise en lotus sur une étroite étagère haut perchée, se repoudrait tranquillement le nez, les pieds nus. Ses sandalettes flottaient devant elle. Balthazar en avait choisi une pour s'en faire une navette. Posé sur le talon, il pilotait la claquette en donnant des petits coups de barre avec sa queue. Andrew Dugan avait pris Billy Bully Crâne de piaf par le cou et tentait de le calmer. Miss Tudy ! Miss Tudy !

Le vieux boxeur était en proie à une crise de panique, se croyant toujours sur la Terre, à Huntsville, seul et paumé, brisé, sale et humilié, dans son carton. Andrew lui murmurait à l'oreille comme on murmure à celle des chevaux. Lui serrait le bras de son autre main. Spot s'était rapproché de la porte et surveillait les miliciens. Vingt bonshommes entraînés au combat de rue, fous de violence, animés d'une seule passion, broyer de l'os. Bob déverrouilla le fusil fixé derrière le comptoir. Marinette, que l'alcool fort rendait sereine, retourna en cuisine finir la préparation de ses beignets. Elle alla à la fenêtre, l'ouvrit et se mit à insulter copieusement les hooligans qui se battaient encore une fois entre eux dans l'arrière-cour. Trois monstres de graisse s'acharnaient sur un plus petit bonhomme au crâne rasé ensanglanté, à coups de barre d'acier. Elle referma la fenêtre. Haussa les épaules. Et plongea suavement les doigts dans la pâte à beignets d'eau, fine, lisse et tiède, sans grumeaux. Un météore de poussière et de glace à la longue queue argent traversa tout le ciel depuis Grimaldi jusqu'à Théophilus, faisant pleuvoir sur la ville des nuées d'étincelles givrées.

LES MARINS DES DOCKS

Les marins abandonnèrent leurs véhicules au rond-point des grands extracteurs d'eau et continuèrent à pied. Quarante gars en uniforme rayé des docks. Pantalon de toile bleue. Bottes noires armées. Bras nus et gants de titane en cotte de mailles. Le crochet au ceinturon. Ils marchaient en chantant une chanson de marine. Tous mesuraient bien deux mètres et pesaient dans les cent cinquante kilos. Les gars des docks se chargeaient de tout le fret, le chargement et le déchargement des marchandises sur les navettes de commerce et leur réembarquement sur les trains de chenillards, comme sur n'importe quel port terrestre. Tout transitait par eux. La plupart avaient travaillé sur le port autonome de Marseille, à Barcelone, Amsterdam ou Hambourg. Certains avaient officié sur le port de New York ou celui de San Francisco. Sur le port d'Atlanta en Géorgie recouverte par l'océan Atlantique. À Hawaï. Lagos. Halifax. Shanghai ou Rotterdam, Haiphong, Rio ou Alger. Ou bien sur le port nouveau d'Arnhem, depuis que les digues avaient cédé et que la mer du Nord avait noyé la presque totalité des Pays-Bas. Bon nombre d'entre eux avaient été condamnés et expulsés sur la Lune pour trafic de drogue ou trafic d'armes. Viols. Meurtres. Proxénétisme. Actes de barbarie. Enlèvements. Tous cependant n'étaient pas de dangereux criminels. Quelques dockers avaient choisi l'exil sur la Lune pour le simple attrait du changement. D'autres simplement pour mieux gagner leur vie, le travail sur les docks de Lune étant très bien payé. D'autres tout bonnement pour avoir un travail. Bien qu'ils fussent des montagnes de muscle, des forces brutes, certains marins étaient des poètes et des rêveurs, que l'idée de vivre sur la Lune avait fait chavirer, attirés par cette Lune qui les enveloppait d'une lueur mercure, la nuit, tandis qu'ils déchargeaient les cargos.

Le meneur d'équipe se faisait appeler Héraclius, un vrai nom de gladiateur. Un Grec de Thessalonique. Et faisait partie de cette dernière catégorie d'explorateurs romantiques. Un rêveur d'espace. Dévoreur d'années-lumière. Une nouvelle race d'Ulysse, Odusseus, guerrier et grand marin, fils de Laërte, époux de Pénélope, roi légendaire d'Ithaque. Héraclius se voyait roi des docks. Que la bagarre excitait. Que le poème embarquait. Héraclius, grand marin de Thessalonique, citait constamment et avec une facilité déconcertante le grand poète Homère, Hésiode, Tyrtée, Simonide de Céos, Archiloque, Hécatée de Milet, Thalès, Héraclite, Parménide, Zénon, Anaxagore, Démocrite, Eschyle, Sophocle, Euripide, Aristophane, Hérodote, Thucydide, Xénophon, Lysias, Isocrate, Démosthène, Eschine, Socrate, Platon, Aristote, Théocrite, Callimaque, Apollonios de Rhodes, Ménandre, Théophraste, Diogène, Zénon de Cition, Épicure, Pyrrhon, Carnéade, Ératosthène, Aristarque, Polybe, Diodore de Sicile, Denys d'Halicarnasse, Plutarque, Flavius Josèphe, Arrien, Posidonios, Épictète, Marc Aurèle, Lucien de Samosate, Diogène Laërce, Strabon, Ptolémée, Pausanias, Philon d'Alexandrie, Héliodore, Longus, saint Paul, saint Justin, saint Irénée, Clément d'Alexandrie, Origène, Plotin, Porphyre, Jamblique, Eusèbe de Césarée, saint Athanase, saint Basile le Grand, saint Grégoire de Nazianze, saint Grégoire de Nysse, saint Jean Chrysostome, tant sa mémoire était immense, sa tête bien faite alliée à un corps surpuissant. Curieusement, c'est grâce à sa culture qu'il tenait ses hommes en respect et dans l'obéissance. Tous le louaient pour la force de ses muscles et la puissance de sa pensée. Un dieu grec installé sur la Lune. L'image de ces hommes, le torse nu sous les rayons cuisants du soleil, ployant sous des charges terribles malgré la faible gravité de la planète, l'emportait sur la peur acide qu'ils provoquaient. C'étaient surtout leurs yeux. Bleu froid acier. Qui vous tuaient rien qu'à vous fixer. Sur un sourire vicieux. Tous ces hommes étaient beaux. D'une égale carrure. D'une taille identique. Tous sortis de la même carrière de marbre. Tous nés du même ciseau. La braguette gonflée crasseuse à force d'être tripotée. Héraclius marchait devant. Ses cheveux blonds sous un bonnet de marin. Une indisciplinée mèche or frôlant ses yeux. Un large sourire sur son visage de marbre clair. La mâchoire carrée. L'arête du nez aplatie d'un coup de poing. La pommette entaillée. Un cou de taureau sur des épaules énormes. Le biceps droit tatoué d'un dragon soulevant un navire. Des cuisses épaisses sous la toile bleue serrée. Et son pas si léger. Le patron des docks du golfe Torride flottait sur la route. Il dansait. Un couteau dans chaque main. Le pas cadencé des dockers faisait sur la 36 le bruit d'un océan de fer en tempête. Le chant des marins sur la houle de leurs bottes ferrées ravivait la nostalgie des ports glacés du Nord dans la longue nuit lunaire.

LE GOÛT DE LA GUINNESS

Bob Feinn passa la main dans sa barbe pour faire remonter à ses naseaux les derniers relents de brume irlandaise maintenant dispersée encore prisonniers de ses poils roux. Une dernière profonde inspiration. Il entendit les appels des pêcheurs sur la jetée de Lerwick dans les Shetland. Le cri des ponts rouillés. La bise à travers les empilements des casiers. Le clapotis mou contre les coques mazoutées. Le sac et le ressac contre l'étrave des chalutiers. Le grincement des câbles d'acier. Il sentit sous ses doigts le grain fin de la rouille. Dans sa main moite, l'écaille collante des poissons. Sous sa langue, la robe noire en soie de la Guinness. Il entendit le bruit des bombes dans les rues de Belfast et le crépitement des armes automatiques des soldats. Les explosions dans la prison de Xinjiang. Les cris de joie des femmes libérées et les hurlements de douleur des gardiens déchiquetés. Il était temps que ce vacarme cessât. Pour laisser place aux rires de TinTao et aux bavardages des clients de La Pleine Lune, tranquillement accoudés devant leur verre, à perdre un peu de leur temps lunaire, en paix avec le monde, familiers des étoiles, à regarder la Terre légère, entre deux gorgées fraîches, suavement. À parler du dernier passage bruyant d'une météorite. Des vents malins qui soulèvent les cendres et font sur les meubles de cuisine une couche de poussière d'un centimètre et demi ! Des vergers bleus en fleurs. De la pluie fine qui nous manque. Des salauds de patrons. Et du braquage des coffres de la Compagnie des mines, inlassablement ! Interminables discussions de comptoir. Tout un monde en mots. L'Univers raconté. Forcément augmenté.

Bob croisa le regard bleu-vert malachite étincelant de Lula. Elle lui envoya un baiser de sa bouche pulpeuse cerise. Bob Feinn ravala sa peine, renifla un bon coup, se tapa sur le ventre, leva haut son verre et souhaita une longue et belle vie de comptoir à tous les accoudés ! Billy Bully regarda le verre levé comme un trophée brandi par un arbitre à la fin d'un combat victorieux. Il but cul sec, se retourna et se dirigea vers la porte. Malgré les recommandations de Bob et de Dugan, Billy sortit sur la terrasse et pissa dans les liserons. Puis, désorienté, il se dirigea vers la route et la ligne noire des miliciens armés. Bob, qui se plaignait auprès des Kyprianoù des sales habitudes de clochard de Billy :

« On ne pisse pas dehors sur les liserons quand on a dans le café des magnifiques toilettes aspirantes en damburite lilas ! Il a été élevé où ?! », n'avait pas vu Crâne de piaf partir à l'opposé et se jeter dans la gueule des loups. Quand il regarda dehors, c'était pour voir Billy approcher des hommes du PPLP en armes, ses poings d'or levés, prêt à combattre, à cogner, prêt à gagner.

LA MORT DE BILLY BULLY LES POINGS D'OR

Tout se passa très vite. Billy se mit en garde face au groupe de miliciens. Sautilla comme sur un ring. Droite ! Gauche ! Ta garde, Billy ! Ta garde ! Un militaire sortit du rang et lui assena un grand coup de poing dans la poitrine à l'emplacement du cœur. Un autre homme en noir bondit et lui frappa le visage en rafale. Billy Bully chancela. Tomba sur les genoux. Se releva. Puis il se mit à danser, avant de reculer de quelques pas. Plié en deux. Les mains sur les hanches. Incapable de respirer. Il étouffait. Il se redressa. La bouche grande ouverte, cherchant l'air. Ses lèvres avaient blanchi. Puis il revint en direction du café, en traînant les pieds, les épaules tombantes, en zigzaguant. Il s'arrêta pour vomir. Ses jambes en coton ne pouvaient plus le porter. Il s'accrocha aux liserons de la terrasse. S'assit sur une chaise sous la treille. Bob sortit, suivi de Rico et de Colby. Les trois hommes l'entourèrent. Billy tournait de l'œil. Bob le tenait par les épaules, cherchait à croiser son regard. Les yeux de Billy se révulsaient. Sa mâchoire inférieure pendait. Franz les rejoignit avec un verre d'alcool. Bob lui en imprégna les lèvres. Le secoua. Lui frappa les joues. Lui cria des mots à l'oreille pour tenter de le faire revenir. La tête de Billy Bully partit en avant. Bob la lui releva. Il ne respirait plus. Sa tête lourde repartit en avant. Son cœur ne battait plus. Pour le faire réagir, Bob lui parla de Miss Tudy. Elle est là, Billy ! Miss Tudy veut te parler !

Les frères Kiprianoù regardaient leur ami mourir à

travers la vitre, incapables de le rejoindre. Incapables d'intervenir, comme ce jour où le petit Kiprianoù avait regardé son gros copain se noyer dans le maïs sans pouvoir bouger. Incrédule et paralysé. Les faux jumeaux regardaient leur ami partir sans pouvoir rien faire. Asphyxiés. Terrifiés. Bob le gifla. Le secoua. Le serra dans ses bras pour le réchauffer. Lui massa la nuque. Lui pinça les joues. Il lui frotta les mains. Billy ne bougeait pas. Il lui montra la Terre haute dans le ciel noir.

— Miss Tudy, Billy ! Regarde ! Elle te fait bonjour de la main ! Reviens Billy ! Reviens !

Bob le prit sans ses bras et le porta dans le café. Son grand corps était mou. Léger comme celui d'un gosse. Billy Bully les Poings d'or avait retrouvé son poids de petit cireur de chaussures dans la banlieue de Jackson, Mississippi, quand, penché des heures sur sa boîte de cirage, il rêvait de viande en sauce et d'épis de maïs grillés assaisonnés de rondelles de citron trempés dans le sel. Le vieux Billy boxait maintenant chez les poids demi-plumes. Ses bras pendaient. Ses poings d'or balançaient. Angus, Triton, Franz et Milus Stilitano s'écartèrent. Bob l'allongea sur le comptoir, sa tête grise contre les pieds nus de santa Catharina en prière. Couché sur le comptoir, Billy paraissait encore plus grand. Une asperge. Ils lui ôtèrent ses chaussures d'acier, libérant des grands pieds noirs aux ongles jaunes incarnés. Des chevilles maigres boursouflées par les sangles serrées. Bob lui ramena les mains sur le ventre. Posa son oreille sur son cœur. Lui tira la paupière pour inspecter sa pupille. Recolla l'oreille à sa poitrine décharnée. Les Flying Stones s'étaient levées. Incrédules devant l'étrange spectacle de ce grand Noir mort allongé sur le comptoir. Le quartz géant avait viré au rouge. Gabriel tentait de réchauffer le corps. Faisait passer dans le dos du cadavre l'esprit bouleversé de tous les clients, pour ramener Billy dans le présent du bar. La Môme Lune Zarmine s'était réveillée en sursaut, envoyant dans la main baladeuse de Fokine une terrible décharge électrique. Elle sauta sur ses jambes. L'âme de Billy passait dans le quartz du comptoir, comme une eau de pluie bue par les racines d'un arbre. Une masse bleutée incluse se diffusa sur toute la largeur du quartz, de la forme d'un corps qui serait allongé sur le dos à la manière d'un gisant pris dans la glace. L'avatar de Poings d'or se reformait en une buée fine de cristal roi au cœur du grand comptoir. La vieille gitane s'approcha de Billy et lui posa ses mains à plat sur le visage. Lula, toujours assise, la cigarette entre les lèvres, regardait les hommes en noir qui se parlaient au milieu de la route, et riaient, imitant le vieux boxeur désarticulé, le parodiant en chimpanzé. Sans laisser rien paraître de son dégoût, elle les observait, jusqu'à l'écœurement. Triton sortit sur la terrasse, alluma la mèche courte d'un bâton de dynamite, l'envoya au milieu du groupe des paramilitaires. L'explosion fut terrible. Expédiant des jambes et des bras à travers tout le grand ciel étoilé. Triton Werther s'avança vers eux. Allumant une autre cartouche qu'il expédia par-dessus les ridelles du transport de troupes. Le camion noir pulvérisé s'enflamma. Les miliciens se dispersèrent. Les flèches massaïs se plantèrent dans les champs alentour. Héraclius se mit à courir sur la route, à la tête des marins des docks qui hurlaient. Ils percutèrent les miliciens de plein fouet. Héraclius planta droit son couteau dans le cœur de leur chef qui faisait le salut nazi en direction de la Terre en feu. Les quarante marins fracassèrent à coups de poing, à coups de bottes ferrées et de barre d'acier, les côtes et les crânes des tortionnaires. Des jambes et des têtes arrachées par les explosions flottaient dans le ciel noir de la Lune, parmi des poches gazeuses de sang que les vents d'altitude ramenaient en nuages coagulés. Les hommes hurlaient. Marinette sortit de la cuisine, un plat de beignets fumants dans chaque main, et, voyant le mort allongé sur le comptoir Gabriel, les cumulonimbus de sang dans le ciel rougi, retourna s'y enfermer définitivement. Trois marins s'employaient à dégager une clairière dans les filaments des méduses à coups de leur lame courbée. Une lance massaï arrivée de nulle part transperça le cou d'un commando irakien. Une meute de grands loups se rassemblait au loin. La poitrine des marins se parait des médailles coulées dans le sang de leurs ennemis. Les arabesques touaregs s'entortillaient aux corps suppliciés et les tiraient vers le fond de La Matrice. Le chant doux des femmes touaregs se mêlait aux cris de guerre des dockers. Triton lança une cartouche en direction d'une méduse qui s'approchait du dôme. L'explosion la dispersa en une mousson rosée de débris gélatineux. Le pilote et les passagers Tang tombèrent lentement entre les mains des marins qui les cassèrent en mille morceaux. Les mouvements lents des voiles des Semaeostomeae ramenaient sur le dôme du bar une fine couche de rosée sanglante. Lustraient les feuilles larges des liserons de la terrasse. Les vapeurs se condensaient sur le fronton est de gypse de la bâtisse et s'écoulaient en filets rouge clair zigzaguant jusque sur les bacs fleuris poussés contre le mur pour égayer le parking.

Triton allait nonchalamment au milieu des corps, claudiquant, la taille ceinte d'une lourde ceinture d'explosifs. Il s'essuya le front. Le sang en suspension dans l'air se déposait sur ses cheveux et coulait comme une sueur le long de ses joues. Des gouttelettes perlaient au bout de ses longs cils. Il voyait tout en sang. Le ciel et la Terre. Les miliciens. Les marins. Le cocon touareg.

Les usines et les hangars. Les extracteurs d'eau. Les lumières de l'autoroute. L'alcool lui tournait la tête. Lui tourmentait les sens. Le café La Pleine Lune brillait dans la goutte comme un phalène pris dans l'ambre. Il alluma une cartouche et la lança sur un groupe de trois fuyards qui se dissimulaient derrière le véhicule commercial de Pédowen Crambs. Ils furent pulvérisés. Le van chenillé du vigneron explosa, dispersant des centaines de litres de vin dans l'air déjà saturé d'hémoglobine. Le vin mêlé au sang déposait sur le bonnet des marins une drôle de soupe. Une portière siglée « Pédowen Crambs, vins de Lune », avec une adresse et un contact, traversa le ciel de Paroxis en tournoyant pour aller se planter dans la pelouse fraîchement tondue d'une résidence à la sortie sud du quartier Lénine. L'autre portière, sur laquelle on avait peint trois bouteilles, vin blanc, vin rouge et vin rosé, traversa les fenêtres du dernier étage du bâtiment du Conseil et s'encastra dans le mur, juste au-dessus du Bureau des aides à l'agriculture. Pédowen Crambs n'aurait jamais rêvé pareille publicité. Les hooligans, qui s'étaient repliés derrière les grands hangars des vergers, devant les ateliers automatisés de transformation et les minoteries bio céruléennes, jaillirent sur la route en hurlant. Les dockers les accueillirent à coups de crochet et de barre d'acier. Les marins se battaient avec rage. Avec grâce. Les muscles de leur corps jouaient sous la clarté bleutée tombée des méduses et transformaient la brigade en une étonnante statuaire. Triton découvrait au milieu du champ de bataille la beauté stupéfiante de ces marins en guerre. Werther tournait sur lui-même, au milieu des flaques que les arabesques colorées buvaient dans un bruit goulu de succion animal. Emmenée par le vieux Abdesselaam, une troupe de guerriers touaregs s'extirpa du précipice de La Matrice et apparut entre les blocs de béton et les ferrailles tordues, le sabre à la main. Leur visage masqué par le voile bleu. On ne voyait de leur visage que leurs yeux noirs. Zosma suivait. Aldebaran à ses côtés. Un groupe de hooligans fonça droit sur eux. Les guerriers bleus se replièrent, entraînant leurs poursuivants dans les éboulis de pierres et le dédale des ruines au fond du trou. Ils disparurent entre les blocs de lave, comme des esprits. Les femmes avaient creusé des pièges dans la cendre, de simples trous dont le fond tapissé de blocs pointus disjoints avalait les chevilles et pliait les os. Plusieurs hooligans ivres s'y brisèrent une jambe. Ainsi immobilisés, aussitôt, ils étaient pris à la gorge par les loups. Les flammes des feux répartis dans tout le camp tremblaient sur leurs visages dévorés. Les enfants du désert volaient d'un bord du trou à l'autre, faisant pleuvoir sur les assaillants une pluie tenue de cailloux pointus. Au centre du tapis des couleur vives, une femme assise près d'un feu allaitait son bébé, sans bouger. Sans trembler. Sans se soucier de toute cette violence barbare. Le bébé était nu, ses pieds seulement entourés de chiffons, dans la lumière d'or et de cuivre il tétait, ses grands yeux noirs perdus dans les yeux de sa mère penchée, surpris parfois par le craquement sec d'une pierre au feu dilatée. La lumière d'une étoile frappa précisément son front moite. L'éclat de l'astre s'ajouta aux éclats obsidienne dorée de ses prunelles. Un loup bleu montait la garde aux pieds de la mère. Un météore enflammé traversa le ciel du camp. Sa lueur empourpra le visage du bébé. Le vent levé attisa les flammes du brasier. Les escarbilles tournoyèrent en formant dans l'air la silhouette d'un renard rouge des sables bondissant. La mère retira son sein. Une minuscule goutte de lait perlait à sa pointe. Le bébé se mit à pleurer et la femme lui redonna son sein. Le corps décapité d'un hooligan tournoyait en s'élevant dans les courants d'air ascendants. La femme se mit à chanter pour son enfant qui mangeait dans la chaleur des mèches vermillon. Le cocon lumineux géant se refermait lentement sur les ultras piégés. Certains réussirent à s'enfuir en direction de la mer des Vapeurs, où les attendaient, en armes, les grands guerriers Pashtouns, tandis que des miliciens du PPLP en fuite se faisaient intercepter et hacher menu par les compañeros mexicains à l'abord des mines de diamants dans le cratère Mongonatus.

La Lune, en cette nuit rêvée d'ouverture du premier café sur la planète, était devenue en cinq heures un immense champ de bataille. On se battait au crochet de débardage, à la serpette, au couteau, à la barre d'acier, au sabre, à la hache, à la lance, au fusil laser, à la dynamite, à l'arbalète, dans l'indifférence totale des autorités, de la police et de l'armée, qui n'intervenaient jamais dans ces conflits entre bandes et factions au prétexte qu'ils s'exterminaient entre eux et que la Lune ne pouvait s'en porter que mieux. Respectant les consignes, les forces de l'ordre ne se mobilisaient qu'en cas d'attaque des résidences et des commerces de Paroxis le bas, en raison d'une possible mise en danger des populations profondes. Le libraire Face cachée s'était posté devant la porte de l'arrière-cour et tirait des carreaux sur tout ce qui bougeait, citant Cioran entre deux tirs :

— En mourant, on devient le maître du monde !

Puis il visait et tirait à nouveau, accompagnant l'agonie de sa victime d'une phrase du philosophe :

— C'est le propre de la douleur de n'avoir pas honte de se répéter !

À un jeune fasciste beau comme un dieu qu'il venait de frapper au cœur, il dédicaça un court poème du poète Mallarmé. Face cachée tira des dizaines de carreaux de céramique dans le plancher d'acier des nacelles des méduses toujours en vol stationnaire, sans résultat. Leurs cris terrifiants, graves, obsédants, résonnaient dans les plaines alentour, jusque dans les rues paisibles et protégées de Paroxis le bas, l'autre Lune, l'autre monde, l'autre société enfouie. La termitière bourgeoise. Tandis qu'on se battait sauvagement en surface, on vaquait tranquillement à ses occupations dans les profondeurs de la cité. Les gosses allaient à l'école. Les plus grands au lycée. Les adultes faisaient leurs courses dans les grandes surfaces niveau treize, ou travaillaient dans les bureaux niveau moins huit, neuf, dix, seize. Les restaurants cuisines du monde niveau moins cinq ne désemplissaient pas. Les jardins niveau moins onze accueillaient toujours plus de nounous à poussette et de promeneurs. On se serait cru sur la Terre, quand, le dimanche, dans les campagnes fleuries, on cueillait en famille de fragiles et fins bouquets sauvages alors qu'à vingt kilomètres de là, seulement, à vol d'oiseau, on torturait par la faim, la privation de sommeil et le froid les opposants au régime en place, dans des camps. On pendait dans les prisons du centre-ville de Munich, on décapitait dans des centres de rétention organisés en face des salles de spectacle bondées et des cinémas de Hanoi. On torturait dans la prison Alexander Busch, sur Broadway, quand, plus loin, sur le même trottoir, se jouait la dix millième version de *My Fair Lady*. Torture et peine capitale intégrées à la ville, qu'on s'y habituât, qu'on s'endormît paisiblement, blotti contre le flanc de ses proches voisins suppliciés. Bâtiments officiels, joliment décorés. Entre Laverie 3000 et pizzéria. Comme une tache sur le tissu social lavé et parfumé. Un vent de sable recouvrit tout l'État du Texas et celui de la Géorgie. Une vigie des brigades scientifiques de surveillance stellaire, installée sur les toits vitrés de la préfecture, accaparée par son travail, insouciante des combats, nota les données relatives à ce vent, sa vitesse et sa direction, la surface des terres exposées, fit un rapport sur une explosion nucléaire en Ukraine destiné aux autorités de sécurité civile terrestres, puis ouvrit un dossier sur un dégagement de poussières volcaniques qui s'étendait de Porto Alegre, au Brésil, à Mendoza, au Chili. Un pied coupé passa devant le miroir du télescope. Le scientifique employé du ministère, en bon bureaucrate, nota dans son compte rendu, à l'heure précise de l'explosion nucléaire : Passage d'un pied botté de grande taille, possiblement cinquante et un.» Une musique légère tombait de la Terre et remplissait l'espace, c'était un morceau joué pour la première fois en 1930 et que les mers chaudes du globe restituaient. Il s'agissait de «New Kinda Blues». Le scientifique, grand amoureux de jazz, nota en marge de ses carnets noirs, entre deux catastrophes majeures : «Enfin, une bonne nouvelle : le retour de Lionel Hampton.»

LA GUERRE TOTALE

Fokine jaillit du café avec sa bande et sauta au milieu de la route, un autre bond les envoya dans les fils du cocon multicolore qu'ils escaladèrent comme des araignées. Passé le cratère Wilhelm, ils traversèrent Capuanus et c'est au centre de la mer des Nuées qu'ils encerclèrent un groupe de hooligans qu'ils rouèrent de coups. Fokine arracha une oreille à leur chef d'un coup de dent. Puis il s'enfuirent vers Arzachel, additionnèrent leur force à celle des guerriers peuls qui s'apprêtaient à combattre les clans australiens en maraude meurtrière, les Kupa Piti, «hommes dans les trous», lesquels se plaisaient à tirer sur les agriculteurs isolés dans leurs champs de patates pyrites, sur les mineurs des villages d'Albatéginus, comme ils le faisaient déjà chez eux, la nuit, sur les aborigènes qu'ils prenaient dans les phares de leurs véhicules 4×4, sur les meutes de dingos, sur les diables de Tasmanie et sur les kangourous. Les Peuls s'étaient parés de plusieurs rangs de colliers qui battaient leur poitrine, de bracelets aux poignets et aux chevilles. Ils avaient leur visage tout entier peint en blanc. Les cheveux noués en fines tresses rouges. Entièrement nus. Le dos scarifié à coups de lame en diamant. Presque tous avaient eu le ventre perforé à plusieurs endroits par des pointes de flèche, leurs cicatrices avaient pris la forme de petites boules proéminentes de chair violette. Des clous à grosse tête de galène brillaient plantés dans leurs mollets pour alourdir leur marche et les maintenir au sol. L'air autour d'eux sentait le camphre et la fumée, la graisse étalée sur la lame des lances. Des entrailles de la Lune montait un grondement sourd et continu. La vibration faisait cliqueter les pierriers, décrochait de larges coulées de cailloux qui glissaient le long des pentes raides des cratères.

Le chef Fokine et les siens se cachaient dans les fumerolles. Vendomine avait reçu un coup de couteau profond à la hanche et Stalonus la portait. Les fuyards et le groupe de guerriers peuls s'installèrent en haut d'un pic d'où l'on dominait les cratères, les mers, les champs cultivés, les villages épars, les milliers d'étroites entrées des mines précieuses, les mouvements des véhicules ennemis, la ville de Paroxis en entier et le dôme de La Pleine Lune brillant avec sa grosse boule d'acier qui tournait. Fokine souffla sur sa main brûlée, sa peau bleue boursouflée par la décharge de la Môme électrique sentait la viande grillée. Des fusées incendiaires continuaient à tomber aux abords du café encerclé. Fokine plissa ses yeux. Ravala sa salive. Les lèvres de la Môme Lune Zarmine tremblaient encore sur les siennes. Il gardait dans sa joue le fantôme du battement léger de son cœur. Dans l'oreille le chant des Gitans. Dans le ventre une faim des autres hommes. En mémoire, l'image de ce grand comptoir de quartz, la beauté de santa Catharina, la douceur des traits du visage de l'homme mort allongé. Fokine cracha entre ses pieds, sur le tapis de pierres chaudes. Renoua son foulard autour de son cou. Frappa ses cuisses. Puis il ordonna à sa bande de se remettre en route et d'y retourner. Les guerriers peuls obéirent à ce jeune garçon autoritaire, au visage bleu, comme s'il s'était agi d'une divinité apparue dans leurs rangs pour les mener au combat. La nouvelle armée dévala la crête Alphonsus et bientôt traversa la mer des Nuées comme un esprit des Homelands, laissant sur le sol de poussière et de cendre une trace massive et large, non humaine, comme celle de la lourde queue épineuse d'un dragon. Les fuyards criaient de joie. Leur liberté les grisait. Altamira, Carroll, Graff et Lishimin portaient Vendomine gravement blessée au-dessus de leur tête, à bout de bras. Leur solidarité les transcendait. Les dangers les augmentaient. Les gouttes de sang versées payaient la note due au destin qu'ils s'étaient choisi. Vivre libres ou mourir ! Quatre militaires yougoslaves qui s'étaient mis en travers de leur route furent transpercés. Les Peuls soulevèrent les corps au bout de leurs lances, retirèrent les piques et les abandonnèrent flottant en carré sur les prés bleus de Capuanus. La violence se propageait partout comme une onde. La Lune se couvrait de cadavres. Les fanatiques irakiens affrontaient les Berbères dans la mer de la Sérénité. Les Turcs attaquaient les Birmans sur les bords de la mer du Froid. On aurait dit que la folie née des miliciens en noir au centre de la route 36 se propageait à la vitesse de la lumière dans cet espace sauvage. Le vent soufflait depuis Ératosthène. Disséminait les gaz. Transportait de poche en poche des myriades de flammèches. Le chef Fokine sautait d'un pied sur l'autre en chantant. Les mômes et les cent guerriers peuls striaient de leurs bonds la profonde nuit étoilée, sauterelles argent à long sabre, guerrières. La poussière soulevée créait après leur passage des champignons noirs de la hauteur d'une tour. Les fuyards promenèrent sur Thebit et Purbash leur ballet fantastique. Zigzaguant entre les pics blancs et les cratères. Rallongeant à loisir les trajets. Le chef Fokine semblait avoir tout oublié. Le bar et les combats. La Môme Lune Zarmine et la sainte enjouée. Il jouait. Et les gosses tous ensemble jouaient avec lui à jouer, entraînant les guerriers dans leur ronde. Les Peuls, au corps fin, musclé, racé, leur torse plat encombré de pierreries, brillaient sous la lueur cristalline bleutée de la boule Terre. L'enfance des uns traversait l'esprit endurci des autres et y introduisait de la joliesse. De l'insouciance. Du poème. Du déni. De loin, ce vol serré de mille éclats tourbillonnants aurait pu faire croire aux paysans berbères qu'ils allaient voir, impuissants, leurs récoltes dévorées. Fokine criait en boucle un bout de poème que lui avait fait apprendre le libraire Face cachée et qu'il aimait beaucoup, sans toutefois le comprendre, mais sa petite musique le charmait :

— Les salades d'escarole / Dansent en robe à paniers / Sous la lune blonde et molle / Qui se lève pour souper !

Le chef des fuyards sautait sur place, les pouces glissés dans le ceinturon.

— Les salades d'escarole / Dansent en robe à paniers !

Les fines gouttelettes de sang jaillies de la hanche ouverte de Vendomine posaient sur le groupe élargi une récolte abondante de petits fruits. Les mômes jouaient à les cueillir sur le bout de leur langue comme on faisait une razzia sur les cerises dans les vergers terrestres. Vendomine se sentait bue par ses frères et sœurs de cavale. Ses seuls véritables amours. Elle riait. Gloussait. Pestait. Tournait de l'œil. Perdait connaissance quelques secondes et revenait aux joies claires de la vie. L'agonie de Vendomine devint visible sous forme de buée. Altamira, Carroll, Graff et Lishimin déposèrent leur camarade inconsciente sur le sol. Et dansèrent, dansèrent autour d'elle, soulevant une poussière épaisse qui finit par recouvrir son corps entier et la faire disparaître. Fokine s'agenouilla. Traça du doigt un cercle sur le tumulus de cendre grise. Planta un mégot de cigarette. Se releva d'un bond. Leva le poing droit au-dessus de la tombe. Aussitôt la troupe des quinze fuyards accompagnés des cent guerriers peuls repartit en courant à travers la plaine, coupa dans les vergers, contourna les hangars des navettes, les bâtiments des douanes, se faufila entre les camions-bennes chenillés des abattoirs, en hurlant sa peine et sa joie. En criant sa force. Sa hargne. Sa volonté. Sa violence. Sa liberté. La perte de Pax Vendomine renforçait encore la cohésion du groupe des évadés. Sa mort était une récompense. Quel môme, tranquillement installé dans son petit cube stérile et surchauffé de Paroxis le bas, pouvait se vanter d'être mort heureux, fier et libre, au combat, porté jusqu'à la fin par ses camarades de cratères et de vent, le visage tourné vers le ciel immense constellé d'étoiles ? Fokine avait la rage. La fidélité. L'amour. Son sourire laissait poindre ses longues canines bleues affûtées. On l'aurait ouvert en deux, on aurait découvert que son cœur lui aussi était bleu roi. Comme les plus profonds océans sur la Terre, il brassait de puissants courants. Le chef Fokine fit un bond par-dessus l'à-pic d'une faille. Accéléra sa course parmi les éboulis. La faim au ventre. La belle petite Môme Zarmine prendrait dans la bande la place de la défunte Vendomine ! C'était décidé ! Gamine abandonnée des siens dont la cuisse fine et légère n'était pas plus électrique, quand elle dormait, que la peau veloutée des melons d'eau. Zarmine, devenue membre à part entière des fuyards, aurait pour mission d'électrocuter les bourgeois pendant que la bande cambriolerait leurs riches demeures. Alors on rebaptiserait la Môme Zarmine la Môme Éclair ! Il savourait déjà ce recrutement.

Une fusée éclairante avait remis le feu à la navette des Flying Stones pliée dans les branches, embrasant les arbres des vergers. La croix du Christ s'était éteinte et fumait tristement au centre de la cour arrière du bar dévastée. Les méduses avaient pris de l'altitude et ondoyaient sur place, haut dans le ciel. On continuait à se battre sur la route et dans tous les quartiers de la banlieue alentour. Les marins des docks du golfe Torride s'étaient fait encercler par une meute de loups qui les extrayaient, méthodiquement, l'un après l'autre, du cercle défensif, pour les saigner. Héraclius de Thessalonique attrapait les loups par la peau hérissée du dos et leur déboîtait la mâchoire. Deux loups s'acharnaient sur ses jambes, en arrachaient des morceaux de chair. Aucune douleur ne transpirait sur son visage. Il louait Zeus, Poséidon, Aphrodite, Hestia, Apollon, Dionysos, Hermès, Arès, dieu de la guerre, Déméter, Héphaïstos, Artémis et Hadès, le maître des enfers. À chaque loup qu'il tuait il associait une divinité de l'Olympe. Grâce à Héraclius des docks, les dieux grecs se sentaient comme chez eux sur la Lune. Il tomba à genoux. Un loup lui prit le crâne entre ses crocs. L'os craqua. La guerre des marins du golfe Torride allait prendre fin. Héraclius loua Athéna et s'effondra. Les mille loups venus de toutes les grottes disséminées sur toute la surface de la planète finirent leur repas. L'âme du marin des docks entra dans l'esprit de la louve qui lui dévorait les tripes et le cœur. Vingt-quatre heures plus tard, la louve mettrait bas. Six louveteaux bénis d'Hadès. Sur Terre, le volcan islandais Eyjafjallajökull crachait toujours ses tonnes de cendres, depuis plus d'un siècle, faisant du nord de l'Europe un monde à la perpétuelle nuit. Ce fut la dernière image que vit Héraclius. Un loup blanc, en lui léchant le visage ensanglanté, lui ferma les yeux. Puis il planta ses crocs dans ses lèvres pour un dernier baiser. Digitale Caribou serrait un milicien par la gorge et lui dévorait la nuque, agenouillée au milieu de la route, ses cheveux noirs illuminés par les tiges enroulées des arabesques multicolores jaillies du désert des nomades. Le jeune soldat implorait la pitié de Digitale, priait son Dieu. Digitale ressemblait à la déesse de la violence pure sortie d'une profonde forêt. Elle plongea la main dans sa nuque déchiquetée et en arracha les vertèbres. Spartacus la surveillait depuis la terrasse. La paume sur le manche souillé de sa dague en céramique à double tête de mouton. Ébloui par sa force et sa bestialité. Jamais encore il n'avait vu pareille colère. Marinette s'était enfermée dans la cuisine. Assise à table, devant une cruche en onyx pleine d'alcool blanc de cristal. Le regard fixe. Les épaules tremblantes. Dos à la fenêtre, par laquelle on voyait les grands feux gagner les abattoirs et les bouchers brûler, les incendies semblaient guidés par la main du peintre Jérôme Bosch.

Les fumées s'accumulèrent au-dessus de Paroxis, se mélangeant au sang noir en suspension. Il pleuvrait bientôt sur la Lune une averse hémorragique. Cent corps ouverts meurtris flottaient inanimés dans l'espace devant le bar. Un jeune militaire geignait, le ventre ouvert. Sa bouche, par sa profonde plainte animale, expirait un nuage épais de fins cristaux rhomboïdes pourpres. La flûte de Jaïni avait recommencé à couvrir tous les sons de son voile léger. Le chant des femmes vint s'endormir sous les cailloux après y avoir dissimulé, loin du fracas des armes, les pleurs des bébés. Balthazar vint se poser sur l'épaule du légionnaire et, voyant tous ces morts, pépia à son oreille une triste plainte en piaf des rues. Spartacus tourna la tête vers le moineau déboussolé. Et lui souffla dans les plumes.

— Chiale pas, p'tit piaf, on va se barrer.

LES SIRÈNES DU JOUR

Spartacus donna un coup de pied dans le dos de Digitale, pour lui faire lâcher prise, comme à un chien. Il la tira de sur le cadavre, la souleva, la remit sur ses pieds, la prit dans ses bras. La serra fort, pour l'immobiliser et la calmer. Lui faire reprendre ses esprits. Une petite fille traversa la route devant eux en courant. Piotr sursauta en voyant cette gamine en chemise de nuit se faufiler entre les nuages de sang, il but une gorgée, puis soudain il se précipita sur la terrasse quand il vit que c'était la sienne, sa petite Lyra terrorisée ! Il la saisit dans ses bras et la rentra vite dans le bar. Elle était pieds nus. Glacée. En pleurs. Alors que Spartacus le légionnaire serrait Digitale Caribou en transe, Piotr, le douanier veuf, serrait fort sa petite contre son cœur en la couvrant de baisers. Il l'assit sur le comptoir entre

Franz et Colby, à la place laissée par Digitale, Spartacus et Triton. TinTao lui servit un verre de suc céruléen bien épais. La petite but son verre sucré en regardant du coin de l'œil tout autour d'elle tous ces gens accoudés et bizarres, la haute statue de santa Catharina debout en prière sur le grand comptoir traversé de lumières colorées, elle dévisagea les gitans réunis en cercle à l'autre bout du café, aperçut de l'autre côté la petite fille aux cheveux roux et au visage rond qui allait, comme elle, en petite robe et les pieds nus, tout ce petit monde pour qui son père était sorti et l'avait laissée. Lyra laissa couler timidement son regard sur le grand bonhomme allongé qui semblait dormir sur le comptoir, malgré l'agitation et le vacarme des bagarres et les assourdissantes explosions de boules incendiaires, ses mains osseuses gentiment croisées sur sa poitrine creuse et ses grands pieds noirs nus serrés l'un contre l'autre et qui ne sentaient pas tellement bon. La petite Lyra balançait ses pieds minuscules en regardant les grandes raquettes noires aux ongles et à la corne jaunes de Billy Bully Crâne de piaf. Kyprianoù le roux caressait le front du vieux boxeur mort. Kyprianoù le blond ne sortait pas la pointe de son nez rouge et luisant de sa bière, peut-être pour ne rien voir. Ne pas savoir. Ne pas pleurer. Pas de larmes au comptoir ! Il fallait enchaîner. La chaleur du café entrait petit à petit dans la gamine. Son père lui murmura des mots doux à l'oreille. Souffla sur la mèche blonde coupée droit qui lui barrait le front. La soie de ses cheveux d'ange voltigea devant ses yeux d'un bleu si pur et lumineux. Encore mouillés de larmes. La petite s'était enfuie du bloc 13, quand des cris sauvages montés de la rue et des coursives l'avaient réveillée et paniquée. Elle avait frappé chez des voisins qui n'avaient pas ouvert. Chez Tacatac, le vieux vigile boiteux de quartier payé par la ville de Paroxis le bas pour aider les habitants de Paroxis le haut dans leur vie quotidienne, emploi fictif, jamais on ne voyait Tacatac dans une rue, même pas au hublot vert de son cube. La petite, seule et paniquée, avait appelé, pleuré, crié, sans résultat, comme dans les nombreux quartiers défavorisés abandonnés sur la Terre, on n'y voyait plus, depuis bien longtemps déjà, ni gardienne ni gardien, même plus un pompier, un flic, une épicerie, une banque, une pompe à essence ou un chauffeur de bus ! La gosse avait plongé dans la nuit, traversé un groupe de loups qui s'était lentement ouvert devant elle pour la laisser passer, une compagnie rouge enragée d'Autrichiens explosés aux acides et, plus loin encore, des Texans armés de piques électriques qui, bien trop occupés à en découdre avec un groupe de paras irakiens, n'avaient pas aperçu cette petite souris de quelques grammes se faufiler entre leurs outils. Minuscule bestiole vivante et belle. Plus légère que la vie légère. Plus petite que la graine. Fin acide aminé. Elle avait voltigé. Jusqu'au bar. Jusqu'au comptoir. Où son père, vite dessaoulé, la couvait maintenant comme son trésor retrouvé, qu'il aurait pu perdre, après l'avoir abandonnée au bloc en cette nuit explosive imprévue des longs couteaux.

La petite fut définitivement rassurée quand, sur sa tête, l'oiseau vint se poser. Elle le reconnut pour l'avoir eu en pension quelques jours, à l'arrivée du piaf depuis le café Le Tournebride de Mouffetard sur la Terre. C'est dans le bloc maison de Piotr et Lyra que le pierrot Balthazar de Paris s'était acclimaté à sa nouvelle planète, qu'il avait réappris à voler sans partir au moindre coup d'aile comme une flèche au plafond. Mais très vite, bien sûr, le gavroche des petits verres avait manifesté son envie d'espace, de bruit, d'éclats de voix, de musique, de gros mots, d'invectives, de mauvaise haleine, de bagarres, de gueule de bois, d'odeurs d'alcool. Un moineau de bistrot est un moineau de bistrot. Incapable de vivre bien longtemps dans l'univers protégé d'une fillette, fût-elle la meilleure des copines de jeu et le plus grand des petits amours. Balthazar quitta la tête de la gamine pour se poser sur le nez encore chaud de Billy Bully, il pépia, s'envola vers Rico Damato qui fixait la gosse de Piotr assise sur le quartz avec des yeux d'enragé. Il lui fallait sa gosse. Absolument. Un rêve fou. D'avoir sa petite Automne assise devant lui, dans le bar, comme au centre du monde, sur le comptoir comme sur un trône, petite reine au coude à coude avec toutes les dangereuses divinités. Et Shamra qui danserait dans son sari orange, belle et vivante, devant tous, en cachette amoureux. La joie. La fête et le bonheur. Honneur à l'amour et fidélité aux vivants. Rico irait chercher dans la mort sa petite et sa femme pour les ramener dans le vivant, il trouverait le chemin.

La vieille Gitane psalmodiait sa prière en tenant Soizheu par les mains. Les yeux dans les yeux. Angus avait posé sa figure contre le comptoir, nez écrasé contre le quartz, mains sur la tête, il priait. Le serpent géant avait quitté son nid au milieu des flammes du verger pour venir s'enrouler sur le dôme de La Pleine Lune. Sa tête dressée pour voir au loin de possibles ennemis approcher. Qu'il balançait de gauche à droite, d'avant en arrière, en sifflant. Colby Pemulwuw sentit sa présence sur ses épaules, sa langue bifide fouillait fébrilement entre les fins replis graisseux de sa nuque. La Môme Lune électrique Zarmine vint se placer devant le corps de Billy. Elle lui toucha la main. Une terrible décharge lui traversa le corps. Elle posa sa joue contre son épaule. De chacun de ses cheveux rouges jaillit un éclair blanc qui fit tressauter le cadavre. La

Môme Lyra observait la Môme Lune, près d'elle, pleine d'étincelles. Petite déesse électrique perdue sur la planète et comme chez elle dans le bistrot. Depuis la toute jeune Môme Lyra jusqu'à la très vieille gitane, en passant par le boxeur mort, le bar exposait à la vue de tous tous les âges de la vie. Spartacus entra, poussant devant lui Digitale Caribou, hilare, le visage barbouillé de sang. Il l'installa à une table. La débarbouilla de son pouce qu'il mouillait de sa salive. Comme un parent le fait à sa gosse revenue de faire une ventrée dans les haies sauvages de mûres et de myrtilles. Digitale se laissait laver, les yeux fermées. Mains à plat sur les cuisses. Les griffes rentrées. Un ronron profond dans la gorge. Comme un tigre repu. Et maintenant, c'était Paoli Pilo, l'ancien berger sauvage des hautes montagnes corses, qui s'y mettait. Il serra les poings. Sa mâchoire inférieure en avant, il refaisait Popeye, avec l'envie soudaine de distribuer des coups. Il écarquillait ses petits yeux bleus fiévreux. Ronds et vitreux comme des billes. Pour se venger. De quoi, de qui ? De tout. De la vie. Du ciel. Du vent. Du mauvais goût des choses. De l'amertume. Des mauvais rêves. Des sales réveils. Des bords cassés. Des crocs des chiens et des vers dans la viande. Du froid. Des heures. Des mois. Des peurs cachées sous les couvercles. Des entailles. Des mares profondes. Voyant la mandibule inférieure de son meilleur pote s'agrandir démesurément, Andrew Dugan le cheminot se décala pour venir s'interposer entre Spot et lui. Pilo voulait s'accrocher avec Vérex, mais aussi avec Spot et aussi avec les quatre flics, ça finissait par faire beaucoup. Andrew lui serra le bras, lui déboîta presque l'épaule en lui montrant la gamine de Piotr qui avait pleuré suffisamment. Il était grand temps de calmer le jeu. Les hooligans continuaient à hurler leur haine autour du bar et dans les rues de Paroxis le haut.

Il ne fallait pas, cette nuit, se tromper d'ennemi. Paoli sourit à la petite et lui tira la langue en louchant pour la faire rigoler. Paoli était un môme de bar de trente ans, fleur bleue, fidèle, triste parfois, heureux par explosions, souvent violent. Jamais il n'aurait fait peur ou mal à la gamine. Lui-même, môme abandonné, avait pris trop de coups. Bob Feinn avait sorti le fusil de derrière le bar et s'était approché de la porte. Cali Sincelejo, le flic de Bogotá aux mains brûlées, tenait le sien contre sa poitrine, coincé sous son bras gauche replié. Face cachée, le libraire, était rerentré. Lui aussi s'était rapproché de la porte d'où il surveillait la terrasse et fixait, plus loin, la route 36, son arbalète armée dans les mains. Il lisait le slogan toujours clignotant à la pointe de la vieille fusée dorée : VOUS ÊTES ICI AU CENTRE DE L'UNIVERS. L'air amusé. Avec toujours ses livres amis, serrés dans le sac profond qu'il portait sur la hanche en bandoulière, citant encore Cioran :

— On meurt depuis toujours et cependant la mort n'a rien perdu de sa fraîcheur, c'est là que gît le secret des secrets.

Il sortit précipitamment sur la terrasse, tira un carreau dans la tempe d'un milicien qui passait en courant, puis se replia à l'abri, non sans avoir respiré au passage les suaves pollens des liserons de la treille, ni jeté un regard sur la pleine Terre. La nuit lunaire n'en finissait pas. Jusqu'au miracle éblouissant. Qui donnait le frisson aux colons. Ce moment étrange où la terre gibbeuse réapparaissait dans le ciel pour marquer la fin de la nuit lunaire et le petit matin d'ici, puis viendrait le dernier quartier de terre, le dernier croissant de terre, la nouvelle terre, invisible depuis la Lune, qui correspondait ici au plein midi, puis viendrait ensuite le premier croissant de terre, le premier quartier de terre, la terre gibbeuse et la pleine terre à nouveau, qui correspondait, pour ici, à la nuit lunaire. Trois cent soixante heures de jour, de l'aube naissante au crépuscule finissant, suivies de trois cent soixante heures de nuit, depuis le crépuscule finissant à l'aube naissante. Croissant de lune vu depuis la Terre, croissant de terre vu depuis la Lune, pleine terre vue depuis la Lune et pleine lune depuis la Terre. Les planètes jumelles se faisaient de grands clins d'œil et de gigantesques saluts. La journée sur la Lune convenait bien à Face cachée, avec quinze jours terrestres de jour pendant lesquels il cultivait ses plantes, partait en transhumance avec ses chèvres dans les prairies de lichens de la mer du Froid jusqu'au lointains cratères Aristoteles et Archimedes, il y chassait les rats et les lapins géants importés d'Australie qui pullulaient dans ces contrées herbues, et ses quinze jours terrestres de nuit pendant lesquels il lisait ou réparait les livres des auteurs anciens et racontait la biologie des mots aux quelques visiteurs de passage, pendant lesquels il aimait sa femme et apprenait les mondes à son fils massaï. Le chef Fokine venait souvent lui rendre visite, pendant les pires heures bombardées du jour à son zénith, quand il valait mieux se protéger des terribles rayonnements cosmiques en émigrant vers la face cachée. Fokine installait sa bande de fuyards dans la sombre grotte aux livres et les seize mômes évadés, allongés, mains sous la tête, jambes croisées, écoutaient en ronronnant le libraire Face cachée leur lire à haute voix des drôles d'histoires, et raconter pendant des heures sans se lasser la planète Terre et ses habitants, dont il disait que toute la vie dans l'Univers venait de là. Et possiblement aussi la mort. Que l'homme avait selon lui le don d'exporter un peu partout. Une année-lumière, autrement dit neuf mille quatre cent soixante milliards de kilomètres parcourus en un an, n'userait pas sa volonté de destruction. Face cachée le prouvait d'ailleurs par l'exemple, lui qui avait déjà tué en cette soirée d'inauguration onze personnes et en avait blessé bien trente de ses redoutables carreaux d'arbalète. Face cachée pouvait pleurer à chaudes larmes sur un poème, la seconde suivante frapper pour tuer sans hésiter. Peut-être était-il le Livre personnifié. Ici capable de l'empathie la plus profonde, là du pire et salace assassinat. Du plus beau Don Quichotte au pire antisémite. Aux fuyards allongés et charmés, bercés, quelques-uns endormis dans la chaleur affectueuse que dégageait l'exercice de la lecture, il lisait Giono, Oblomov et Casanova, dans un concert de grincements de dents qui venaient du fond de la grotte, là où, grouillants, entassés contre la paroi, les rats bouffaient Ferdinand Céline pris à son piège. En cette nuit de meurtre désorganisée, Face cachée avait clairement choisi ses livres. Clairement choisi son camp. Il tuait à tout va les treillis rouges et les uniformes noirs.

Le visage bleu de Fokine apparut sur la route. Le môme dansait. Accompagné de ses fuyards et des cent guerriers peuls, leurs lances levées. Dix Touaregs se postèrent au bord du précipice de La Matrice et levèrent leurs sabres sur leur passage. Le serpent géant des Homelands vert et argent se laissa couler depuis le dôme sur la treille puis glissa jusqu'à la route où il se sépara en milliers de fils colorés, minuscules serpents qui s'emmêlèrent avec les lianes et les arabesques du cocon de La Matrice pour siffler avec elles. Mille milliards de serpents se mirent à siffler et le son de leur chant remplit tout le ciel de la ville. Les Touaregs se joignirent à la danse des Peuls. Fokine s'était mis de côté et regardait, les mains sur les hanches, tous ces guerriers de Lune fêter l'issue des durs combats. Amadeus, Silatchich, Zacharie, Étarke, Houzon,

Palette, Stanolus, Salvador, Altamira, Bakongo, Carroll, Castro, Graaf et Lishimin s'étaient pris par la main et lancés dans une ronde dont la vitesse les emportait, les soulevait, les envolait ! Ils se mirent à tourner comme un diadème de mômes au-dessus de la danse des guerriers vainqueurs. Leurs rires de cristal retentirent jusqu'au cratère Schiaparelli, colonisèrent l'espace du golfe de la Rosée au cratère Théophilus, de la mer des Nuées à la faille de Philolaus. Ils chantèrent pour Vendomine. Bientôt se mirent à pleuvoir sur toute la Lune les larmes claires dispersées de la patrouille volante des quinze fuyards moins une, faisant pousser çà et là sur les pierres et les cendres, sur les toits des abris de mine, dans les cheveux des bébés endormis sur les nattes, dans les mains ouvertes des guerriers en transe, des petites fleurs nouvelles encore jamais vues sur cette planète, des boutons d'or. Le dôme du café La Pleine Lune se couvrit d'un parterre de ces pétales inconnus. Une goutte tomba sur la tête de Vérex. Aussitôt, une fleur d'un beau jaune or lui poussa au sommet du crâne ! Bob Feinn leva les yeux à son plafond pour y découvrir une lézarde toute fraîche. Il jeta un regard assassin à Paoli Pilo et Andrew Dugan qui, pour rendre service – il fallait absolument être prêt pour l'inauguration ! – et bien que ça ne fût pas leur boulot, lui avaient fait par amitié quelques travaux au black.

Des sirènes retentirent dans tout le grand ciel de Paroxis, sur Lansberg, Postojna, Yarmùk, Nog Bok, Lake Charles, Mandar, Qaïdam, sur toutes les villes de la Lune, tous les villages, les hameaux, les bourgades, les oasis, les forts, les ports, depuis chaque haute tour, chaque extracteur d'eau, chaque casernement, chaque bâtiment officiel, chaque pylône, chaque base de lanceur, qui indiquaient l'heure venue de la mi-nuit lunaire et l'arrivée prochaine d'un fil ténu de nouveau jour. Une poudre d'abord qui saupoudrait le dos rond de la Terre. Elle arriva dans le hurlement des alarmes. Une ombre fine apparut sur le bord externe du globe terrestre. La Terre se faisait gibbeuse. TinTao se mit à applaudir et à embrasser Bob sur sa grosse barbe qui sentait fort l'ours et l'alcool. Tous les clients levèrent leur verre. Bienvenue au fin petit jour ! Les incendies illuminaient les villages de mineurs, les plaines, les silos et les vergers, les grands abattoirs finissaient de se consumer dans un immense panache de fumées graisseuses jaunes et noires sans que personne ne soit intervenu pour mettre fin au carnage. Andrew Dugan se remit à chantonner : *Get up, stand up ! Get up for your right ! Get up, stand up, don't give up the fight !* en regardant le ballet guerrier sur la route et les lueurs pourpres au lointain, sous l'armada opaline des méduses Tang qui s'éloignaient. Les sirènes se turent. On réentendit les cœurs des humains battre et le cœur du quartz Gabriel pulser. La ronde des enfants montait haut dans le ciel, tournait devant la Terre au bord océan souligné d'un fin liseré nouveau de soleil argent. La petite Lyra reçut plusieurs gouttes dans ses cheveux blonds, tombées de la malfaçon du plafond, et les fleurs or lui firent toute une couronne de princesse du premier bar. Le plafond tout neuf fuyait de plus en plus. TinTao se mit à fleurir aussi, et Pix, et Digitale, et Milus Stilitano, et Franz le beau gosse, et Soizheu, et Colby, et Angus le fou ! Le cercle des Gitans devint une parcelle de jardinier. Vérex, tremblotant sous acide, un fragile champ d'or chahuté par les vents. Tout un comptoir de fleurs se développa sous la sainte des Bonnes Volontés en prière. Deux gouttes lui tombèrent sur les paupières. Santa Catharina se mit à pleurer des fleurs. La Môme Lune posa ses lèvres sur la main bosselée de Billy Bully Crâne de piaf. Ses lèvres crépitaient sur sa peau rêche. Elle lui caressa la joue, dans un feu d'artifice d'étincelles. Jamais la Môme Lune n'avait pu toucher le corps d'un autre être à satiété. Jamais elle n'avait senti de la peau amie contre sa peau sans que la brûlure qu'elle lui infligeait ne mît fin immédiatement à la rencontre. Une fleur avait poussé sur le front du boxeur. Une autre juste sur la bosse de son nez, comme sur un talus en bord de route. Un bouton d'or avait poussé sur le crâne minuscule et hérissé de Balthazar. Une musique étrange, profonde, terriblement triste, douce, se mit à tomber sur les arabesques vivantes du trou de La Matrice. Sur les fruits des vergers. Les éboulis. Les laves. Les terrasses. Car les océans chauds de la Terre restituaient à nouveau des musiques longtemps dissoutes au cœur de leurs vagues et dispersées dans leurs tempêtes. Cristaux illuminés. Billie Holiday se déposait en bruine sur les feux criminels, sur les prairies sauvages, sur les champs cultivés et sur les ouvrières penchées, sur les hommes au travail et sur leurs bébés. Sur les mineurs birmans, les Massaïs, les Tanzaniens, les Peuls, les Touaregs, les Berbères. Sur les Pashtouns. Sur la bande à Fokine. Sur Vendomine morte. Sur les fuyards envolés. *Southern trees bear a strange fruit, blood on the leaves and blood at the root, black body swinging in the Southern breeze, strange fruit hanging from the poplar trees,* « Les arbres du Sud portent un étrange fruit, du sang sur les feuilles et du sang aux racines, un corps noir qui se balance dans la brise du Sud, étrange fruit suspendu aux peupliers ».

Billy Bully Crâne de piaf rouvrit les yeux. Les terribles décharges électriques de la Môme Lune lui avait fait repartir le cœur ! Il s'assit sur le comptoir. Regarda autour de lui, hébété. Puis, ayant retrouvé ses sens, il se remit sur ses jambes flageolantes. Mais, se croyant encore une fois à l'infirmerie du Blue Obama Stadium, il demanda à Kyprianou le roux, fou de joie de voir Billy revenu, si le combat s'était bien passé.

— T'as gagné, Billy ! criait Kiprianoù. T'as gagné ! Tu l'as mis dans les cordes ! T'es le meilleur !

L'autre Kyprianou, le blond maigre, ne put faire sortir aucun son de sa gorge. Alors, tout simplement, il tendit les bras en l'air en V comme sur les tribunes surchauffées du Blue Obama Stadium. Il aurait souhaité mille bras tendus vers le ciel pour acclamer Billy ressuscité !

Billy, redevenu Billy Bully les Poings d'or, bomba le torse qu'il avait terriblement douloureux. Le combat avait dû être terrible ! Indécis sur quinze rounds, jusqu'à l'assaut final, direct ! Suivi d'un crochet ! Uppercut et direct droit ! Il se commanda une bière et la but d'un trait au milieu de tous ses supporters en liesse, réunis au petit bar des boxeurs, dans l'avenue Kingston Bridge, face au grand stadium. Des Gitans priaient la Madone pour lui avoir donné la force. Une vieille femme, tout en noir, s'était agenouillée à ses pieds et remerciait le ciel pour son retour miraculeux. Billy Bully les Poings d'or découvrit même que, pour l'occasion exceptionnelle de son retour au plus haut niveau, tout le monde s'était couvert de fleurs ! Billy voulut montrer ses poings d'or mais il partit en arrière. Ses pépites ! Les frères Kyprianou le prirent chacun par une aisselle. Le vieux boxeur cassé mais vainqueur avait du mal à se porter. Ils lui remirent ses chaussures après avoir massé un peu ses pieds glacés. Ils embrassèrent TinTao, saluèrent tout le monde, et l'entraînèrent vers le cube de vie au cinquième sous-sol sans hublot de Paroxis le bas, qu'il ne boive plus, ne danse plus, cesse de combattre sur le ring de sa tête, mange un morceau et se repose un peu. Mais surtout, qu'il ne meure plus ! La Môme Lune regarda Billy Bully et ses acolytes en tenue fluo de la propreté de la Lune s'éloigner en zigzaguant, raccompagnés sur quelques dizaines de mètres par le vol turbulent et les loopings de Balthazar au crâne fleuri. Le trio amoureux disparut. Le piaf traversa le groupe des guerriers en transe, dépassa le chef Fokine, s'éleva pour rejoindre la couronne tournoyante et criarde des enfants volants. La vieille Gitane s'agenouilla devant Zarmine et se mit à prier *Santa Luna milagros*, la sainte Lune qui faisait des miracles. La Gitane lui posa un baiser sur la joue. Sans souffrir. Déchargeant la gamine électrique d'un simple contact. Alors, pour la première fois de sa vie, la Môme Lune put sentir sur sa joue les picotements terribles causés par les poils durs et fins comme des aiguilles de la moustache d'une très vieille femme. Son visage s'illumina d'un rire que personne n'avait encore jamais vu ! Un fin ruisseau torsadé jamais entendu ! Bob Feinn et TinTao petit Dragon bleu dévisagèrent la Môme Lune heureuse comme tout. Fokine revenait en courant, son visage bleu illuminé, un sabre volé à la ceinture, tandis que Frédéric le mormon descendait le long de la façade du café, tout échevelé, la tête en bas, collé comme une mouche. Il regardait dans le bar en écrasant son nez. Il riait. Devant la Terre dont le croissant d'ombre lentement augmentait.

Bob Feinn fixa Spartacus qui avait un jour sauvé TinTao, fit un clin d'œil à Rico, sourit à Milus, à Piotr, à Digitale, à Angus, puis il leva son verre et trinqua aux voyages des hommes qui sont sans fin.

QUATRE CENT VINGTIÈME HEURE DE NUIT

Les sirènes retentirent à nouveau. Puis se turent définitivement quand le fin quartier de Terre se dessina plus précisément dans le ciel pour la naissance du nouveau jour lunaire. Impossible de déterminer d'où vint le signal, mais soudain tous les mineurs jaillirent ensemble de tous les trous de mine creusés au flanc de tous les cratères, de tous les orifices étroits percés dans toutes les mers, sous l'à-pic des plus énormes météores, au centre de toutes les plaines, sur les parois abruptes de toutes les failles sur la surface entière grêlée de la Lune, milliers de garimpeiros vifs et précis qui se saisirent des cadavres abandonnés, des parties de corps orphelines, des têtes, des membres épars, des armes, les traînèrent et les firent disparaître dans les trous, en un éclair. Les silhouettes agitées pouvaient tirer à toute vitesse dans leur nid vingt fois leur poids, pareilles à de gros insectes nettoyeurs coléoptères nécrophages. Les corps furent emportés. Les traces effacées. Le calme revenu. L'enseigne lumineuse du café La Pleine Lune avait cessé de clignoter, VOUS ÊTES ICI AU CENTRE DE L'UNIVERS, déconnectée. Le bar était éteint. Plus rien ne bougeait, ni devant, ni dedans, ni dans les alentours. Les parkings étaient déserts. Les vergers ne fumaient plus. Les torchères de gaz avaient été éteintes. Les liserons géants de la treille en terrasse avaient été arrachés. Les tables et les chaises retirées. La boule d'acier ne tournait plus à la toute extrémité du dôme. Le cocon géant de La Matrice avait lui aussi disparu. Les feux du camp s'étaient éteints. Les tapis de couleur dissous dans le sol. Restaient les ruines. Les ferrailles qui pointaient des blocs brisés de béton. Le panneau géant vantant la construction prochaine du grand quartier d'affaires qui devait abriter des bureaux et des banques. Aucune lueur ne montait, derrière les poudrières, le cimetière, et les casses de navettes, sur le camp des Gitans. La lueur douce venue de la Terre créait des ombres bleues sur les têtes brisées des cariatides du fronton. Rien ne vivait. Les voix remontées des océans chauds s'étaient tues. Au loin apparurent des éclats blancs sur des pare-brise. Une colonne de véhicules à chenilles transportant les ouvrières agricoles s'approchait. Elles étaient, cette fois-ci, toutes mexicaines et portoricaines. Les femmes se levèrent et s'agglutinèrent contre les vitres pour voir le bar allumé à la sortie nord de la ville. Passé un moment de stupeur, de tristesse, de rage, elles se rassirent et continuèrent le trajet vers les champs, presque toutes silencieuses. Une Portoricaine souffla sur le carreau de la fenêtre et dessina un cœur dans la buée, qu'elle transperça d'un coup de langue comme elle l'avait déjà fait, pleine d'amour pour ce gros bonhomme barbu qui lui avait souri tendrement, planté au bord de la route, devant ce grand café illuminé comme un quasar. Le chauffeur du second transport ralentit, un ancien huissier du palais de justice de Reno, Nevada, la ville des divorces rapides, qui passait plus de temps au bar Jacks Vine, de l'autre côté de la rue, avec des clients cassés tous porteurs d'un bracelet plastique d'identification d'hôpital, que devant les portiques de sécurité, tourna la tête en direction du bar, plissa les yeux pour lire, haussa les épaules et accéléra, la mine dépitée. Puis les deux véhicules blancs chenillés de la Coopérative monopolistique agricole disparurent en direction des collines, laissant juste derrière eux un long nuage de poussière qui fut vite dispersé par le vent.

Rien d'autre en surface que ce vent.

Tandis que l'activité battait son plein dans la ville souterraine de Paroxis le bas. Les puits circulaires ouverts sur les places du haut en diffusaient les lumières changeantes dans Paroxis désert. Des centaines de navettes allaient et venaient, se croisaient au cœur de ce gouffre vertigineux, sans jamais se toucher. Des silhouettes orange s'agitaient aux millions de hublots des bureaux des administrations qu'une armada d'employés de nettoyage s'appliquaient à rendre parfaitement transparents, tandis que des jardiniers suspendus s'activaient à piquer des fleurs mauves sur les mousses ventouses des jardins publics verticaux. Le vent des rues bouchait ou nettoyait à loisir la surface de verre des puits de lumière de ces couches épaisses de poussière grises et poreuses, mangeuses de lumière, ce qui faisait que, dans certains quartiers abandonnés de Paroxis le haut, mal dotés en employés de nettoyage, on n'avait plus vu Paroxis-le-Bas depuis longtemps. On s'oubliait petit à petit, les uns les autres. On se serait cru revenu à la grande époque terrienne du monde désertique et brûlé du haut invisible pour ceux du monde gras et commercial enfoui du bas. Il aurait suffi pourtant de lever les yeux au ciel pour apercevoir toute la misère étalée au-dessus de sa tête. Mais le monde avait préféré regarder ses pieds. Le résultat de tout ça se voyait bien, sur la Lune, en regardant par terre, comme en levant les yeux vers la Terre dans le ciel. Australie en feu. Golfe du Mexique noir de pétrole. Continents de glace dérivants. Amazonie désertique. Inde sous les eaux. SMS panique. Et pourtant ! La Terre, magnifique bille de verre toujours jeune et bleue malgré la puanteur et les fumées, posée sur les toits des hangars et des silos de Lune, en ce petit point de matin nouveau, poudreux calme et silencieux, veillait maternellement sur l'âme du tout vivant.

Une explosion sourde, profonde, se fit entendre du côté de Regiomontanus. Puis une autre plus cassante lui répondit vers la mer des Humeurs. Faisant trembler les cubes de vie dans Paroxis le bas, s'ouvrir des failles nouvelles dans la banlieue de Paroxis le haut. Le sol trembla à Fra Mauro. Reiner. Timocharis. À croire que tous les mineurs étaient tombés en même temps sur un filon traversant. Peut-être qu'ils pulvérisaient les corps qu'ils avaient préalablement enfoncés entre deux blocs de roches, une technique déjà connue des artificiers militaires sur Terre pendant les combats en milieu souterrain, les cadavres soumis aux charges brisantes rentraient dans le cœur de la paroi des grottes et disparaissaient sans laisser de traces, comme une main dans l'eau.

Un autre convoi d'ouvrières agricoles, des Siciliennes, des Asiatiques, des Grecques, des Estoniennes et des Portugaises, cinq transports des exploitations salines de chrysalides, ralentit à son tour en passant devant le grand bar. Comme des gamines, toutes les filles collèrent leur nez en rigolant à la vitre embuée. Le chauffeur jeta un œil dans son rétroviseur sur toutes ces belles croupes tendues de solides travailleuses. On pouvait lire, sur un écran liquide planté devant la porte maintenant condamnée par une épaisse plaque d'acier noir riveté, en cristaux rouges :

PAR ORDONNANCE DES AUTORITÉS PRÉFECTORALES
DU SECTEUR NORD DE PAROXIS
ORDONNONS POUR L'ÉTABLISSEMENT DE DÉBIT 4 DIT
LA PLEINE LUNE
FERMETURE DÉFINITIVE

Les travailleuses des champs de cocons que la soif de vin et de parlottes, de danses, d'amours fugaces, soyeux, désespérés, de langues humides au goût tiède et amer, avait émoustillées se rassirent et s'enfoncèrent tristement dans leur siège sale et défoncé. Une petite paysanne japonaise, fine et légère comme TinTao, entonna une chansonnette, court et luisant brin de paille, un éloge de l'ivresse. Le chauffeur, qui se voyait déjà passer son jour de congé une main sur une bière et l'autre sur une fesse, murmura, en direction des murs lointains de la préfecture :

— *Vaffenculo !*

Et le train de véhicules s'éloigna en laissant derrière lui un long nuage de poussière, qui fut lui aussi très vite dispersé par le vent. Une météorite fit tinter la cloche de la chapelle de la Fraternité Notre-Dame d'Espérance. Un fin voile terne couvrait déjà le dôme du café La Pleine Lune. Bientôt, il faudrait poser une plaque du souvenir, pour les familles de Paroxis le bas sorties pour le pique-nique ou la promenade : « Un jour, à cet endroit, et pendant quelques heures, des humains, hommes, femmes et enfants, ont vécu au centre de l'Univers. »

L'eldorado

LA VIOLENCE

Soixante degrés au fond de la mine. Trois cents mètres de profondeur dans le ventre de la Lune. Un bruit assourdissant. Milus le piqueur, à genoux dans cette étuve, tapait au marteau pneumatique dans la roche qui paraissait inattaquable. Une veine blanche barrait la paroi rocheuse. La marque de calcite et de dolomite qui traversait le schiste graphitique noir était la promesse de cristaux d'émeraude. Stilitano lâcha son marteau-piqueur pour une petite pioche. Le silence revint dans le boyau. Colby le géologue, à quatre pattes, de toute manière on ne pouvait pas se tenir debout dans cette veine, analysait les *morallas*, premières émeraudes de qualité moyenne, mais qui en promettaient d'autres, magnifiques. Milus suait à grosses gouttes. L'humidité terrible collait ses cheveux à son front. Il travaillait torse nu, malgré les dangers des blessures par les éclats. Dans l'espace confiné du boyau, des milliers de minuscules éclats verts apparaissaient sous le faisceau des lampes bleues, incrustés dans la peau de son torse, fines pointes d'émeraude hexagonales qui s'étaient fichées dans son épiderme quand il tapait dans ces pierres de qualité inférieure, légèrement plus jaunes, pour dégager ensuite avec d'infinies précautions les joyaux les plus beaux. Ces plaies sèches brillaient dans son épiderme, faisant de la poitrine de Stilitano un bijou de chair, de sang, de silicate naturel d'aluminium et de béryllium. Et il recommençait à citer Genet pour se donner du cœur à l'ouvrage :

— « Je nomme violence une audace au repos amoureuse des périls. On la distingue dans un regard, une démarche, un sourire, et c'est en vous qu'elle produit les remous. Elle vous démonte. Cette violence est un calme qui vous agite. »

Les mots de Jean Genet résonnaient dans les étroits couloirs de la mine, remontaient de boyau en boyau vers la surface de la Lune où ils éclosaient comme une fleur mauve du bagne. Angus le sonar se tenait assis derrière eux deux, le dos à la paroi, le cul dans les déblais, dont il remplissait de simples seaux qu'il faisait passer à Franz, qui les faisait passer à Rico, qui les balançait dans le boyau supérieur, où Spot et Triton les chargeaient sur un wagonnet. Quand le travail le demandait, chacun abandonnait sa spécialité pour faire le même travail harassant que tous. Rico le tunnelier lâchait sa machine et Spot le mercenaire lâchait ses armes et ses sacs de transport de gemmes scellés pour brasser du débris et parfois manier la pioche. De boyau en boyau, de goulot en étranglement, on remontait à la surface ces tonnes de débris que Franz le conducteur d'engins repoussait au bulldozer dans le fond du cratère Clavius, où des centaines de Guaqueros, parmi les plus pauvres des plus pauvres et sans droit à une concession, fouillaient inlassablement parmi les tonnes de gravats à la recherche de gemmes qui auraient échappé à la vigilance de l'équipe. Angus râlait tout seul en remplissant ses seaux. Ses longs cheveux dégoulinants collés à ses épaules. Il avait toujours les deux dents de Pédowen Crambs, le vigneron digéré, plantées à la place des deux siennes, ça le faisait légèrement zozoter. Il ne ressentait rien. Ni douleur dans les omoplates, ni picotements violents dans la nuque, ni chocs électriques à la mâchoire, qui aurait pu renseigner l'équipe sur la présence éventuelle d'une gemme de grande taille. Angus Paasinen grommelait. Remâchouillait sa mauvaise humeur et sa rancœur. Angus le fou ne pensait qu'au bistrot ! Au corps de TinTao. Aux nichons lourds de Soizheu. Au ventre salé de Grid la rousse qu'il avait léché. Aux doigts de pieds de Lula la danseuse qu'il avait suçotés. À la grande gueule de Bob Feinn l'Irlandais. À la mousse de bière qui leur était tombée dessus comme une avalanche de printemps. Quand, en passant en camion débâché de la mine pour venir travailler, après cette nuit magique d'ouverture du premier café, ils avaient découvert le panneau scellé devant le bar FERMETURE DÉFINITIVE, ils en étaient devenus silencieux comme des morts. Le déclenchement d'une charge dans une mine proche leur explosa les tempes. Milus tomba sur le dos. Colby partit en avant et se cogna contre la pierre. La poussière soulevée dans le boyau les aveugla. Rico gueula :

— Qu'on ne bouge plus ! Mouillez les foulards !

Les gars sonnés restèrent allongés dans les débris, tête-bêche, à regarder le plafond du tunnel en attendant de reprendre leurs esprits. Le blast avait frappé dur les tympans, choqué les poumons et les ventres. Tout tournait. La musique du bar leur revenait. Une guinguette en orbite autour des yeux de Low la foldingue. Alcool de cristal à la commissure des lèvres brillantes de Valoche au crâne rasé. Éclats vifs sur les lames des couteaux. Jeune Gitane en prière et croix du Christ en feu. Spot le mercenaire avait pris un caillou en plein front et saignait, ajoutant de la couleur fraîche à son vieux tatouage. Angus le fou de génie, schizophrène grave, mathématicien à Helsinki, laissa filer son esprit mou secoué par la pentrite. Il récita une longue litanie de nombres qui ne voulaient de prime abord rien dire : «21 11 10 15 6 10 15 5 14 8 10 14 4 4 15 28 11 15 31 1 18 27 7 18 21 1 19 26 5 21 16 5 22 8 11 22», Angus couché sur le dos dans les gravats, les yeux fixes, ne s'arrêtait pas. Ce pouvait être la combinaison rêvée d'un coffre ! Mais à mieux y regarder, en reconstituant des trios de nombres, on avait 21 11 10, 15 6 10, 15 5 14, qui ressemblaient fort à des dates, le 21 décembre 2010, le 15 juin 2010, le 15 avril 2014, et ainsi de suite, le 8 octobre 2014, le 4 avril 2015. Colby Douglas Nicholls Pemulwuw reconnut les dates des différentes éclipses de Lune depuis 2010 jusqu'à 3000, dates archi-connues de tous les habitants de la Lune, pour la simple raison qu'on vous les rentrait en mémoire au centre de rétention administrative le jour de votre arrivée sur la planète, avec toutes informations utiles et moins utiles à la vie quotidienne ici. Angus se vidait la tête des dates marquant les moments forts de la mécanique céleste. Il délirait.

— Quand le Soleil, la Terre et la Lune sont alignés dans cet ordre, la Lune entre dans l'ombre projetée par la Terre. En bloquant les rayons du Soleil, la Terre projette une ombre dans l'espace et la Lune peut se retrouver dans cette ombre. La Lune totalement éclipsée devient rougeâtre parce que les rayons du Soleil sont courbés par l'atmosphère terrestre. Une éclipse totale de Lune peut durer jusqu'à une heure quarante-cinq.

Il se tut. Colby saignait des oreilles. Murmurait. Pourquoi la Compagnie générale des mines donne-t-elle congé à tous ses employés chaque jour d'éclipse totale de Lune ? Et pourquoi voit-on, dans le ciel de Maginus, comme un feu tournoyant de couleurs brûler une heure quarante environ, presque tout le temps du phénomène ? Les coffres de la Compagnie générale des mines s'ouvrent-ils en grand le temps de l'éclipse totale de Lune, réagissant aux fréquences particulières des rayonnements célestes extraordinaires à ce moment-là ?

On pouvait espérer ! Colby ravala sa salive noire de roche pulvérisée. C'était une théorie comme une autre, mais une partie plus sauvage et sensible de son esprit affûté de traqueur du bush lui soufflait : « Mieux qu'une autre ! » Colby Douglas avait du mal à remettre de l'ordre dans ses réflexions. Couché dans cet étroit tunnel de mine du diamètre d'un trou à rats, brûlant, choqué, étouffant. D'ailleurs, Pemulwuw rêvait plus qu'il ne pensait. Son esprit flottait sur la cime des choses comme sur la canopée, entre la couche de cendre et le ciel plein d'émeraudes, le bar, les coffres, Tjukurpa le temps du rêve, l'éclipse, il entendait le son du *yikadi*, le pépiement de Balthazar, le vent sur le mont Hothman, les vagues déferlantes sur la grande barrière de corail, il buvait les vins de la vallée Hunter, sentait Uluru, baisait la bouche cerise de TinTao. Son esprit aborigène passait le Great Dividing Range et puis s'en revenait à l'éclipse. Angus le sonar s'était redressé sur un coude et cherchait ses dents dans la poussière et les gravats. Bien qu'il fût encore étourdi, il dénicha parmi la caillasse deux petites émeraudes pointues de la taille de deux canines de rongeur et se les piqua profondément dans la mâchoire en grimaçant. L'écho de l'explosion s'éloigna d'eux jusqu'à taper dans les falaises enfouies de Ptolémaeus, pour leur revenir, assourdi et dangereux. Un morceau du plafond se décrocha. Les sept s'envoyèrent de poste à poste le signal pour dire que personne n'était gravement blessé. Une vapeur chaude de soufre envahit le boyau, stagnant à quelques centimètres du sol, laissant une fine couche d'air au ras des débris. Ils enfouirent leur visage dans la pierre concassée. À trois cents mètres de profondeur sous la surface de la Lune, les gars cherchaient leur oxygène, la bouche dans la caillasse brûlante. Le soufre charriait des chants. La voix forte des cueilleurs de coton du Mississippi et le chant des baleines. Rico entendit le cri des forains place Pigalle. Les tirs à la carabine. Angus le fou les tigres du zoo qu'il excitait en leur envoyant des pierres. Les chiens. Les sirènes de flics. Triton entendit distinctement la voix de sa mère qui lui criait de venir à table. Les explosions dans les chais. Les hommes s'étouffaient lentement. Des violons. Des bongos. Des coups de marteau sur le fer. Des chorales d'enfants. Le cri strident des aigles dans les Rocheuses. Le chant des Indiens. Le cœur de la Lune hurlait. TinTao dansait dans le tunnel. Elle riait. Fine et légère. Bille de cristal tombée d'entre les pierres disjointes. Bob servait des bières à tous. La mousse sentait l'orage. La Môme Lune Zarmine traversa le tunnel en courant et disparut derrière les éboulis. Fokine, les mains sur les hanches, toisait les gars qui mouraient, en riant. Une sirène de bateau. Les mouettes. Le bruit des vagues. Le vent. Le crépitement des feux. Et des ordres hurlés : « Giclez des camions ! Giclez des camions ! » Le fer rougi dans l'eau. On frappe à la porte. Du papier déchiré. L'eau coule dans la chambre du bébé. Rico vit venir Shamra et la petite Automne. En sari jaune étincelant. En petite robe à fleurs. Elles se penchèrent sur lui. Au moment où la petite embrassait son père mourant sur la joue, une seconde explosion souffla tous les boyaux sur cinq kilomètres et chassa les vapeurs de soufre mortelles. L'air frais envahit les réseaux. L'équipe rouvrit les yeux. Se remit à respirer. Les bouches ouvertes comme celles de carpes remises à l'eau. Ça sifflait de tous les naseaux. De tous les poumons. Les sept cœurs frappaient la roche comme autant de coups de pieds bottés d'acier. Les bras se remirent à bouger. Les jambes à se replier. Les têtes à se soulever. À s'extraire petit à petit du caillou. La gueule dans la cendre, Triton murmura, entre deux toux grasses de poussière :

— Cartouches Trihix... instable... mèche courte... les Mandchous... merci les gars !

— Enfoirés de connards de Mandchous de merde ! gueula Spot, beau comme un dieu de la guerre avec sa gueule tatouée pleine de sang frais, en guise de remerciements virils. Je vais tous vous retourner et tous vous enculer tellement je vous aime !

LE RETOUR DES SEPT GUAQUEROS

Ils sortirent de la mine, sales, ensanglantés, lumineux. Le petit jour se faisait sur la Lune. Le frisson de la clarté retrouvée. De la vie sauvée. Être là. La force. La douceur. Le grand honneur d'être vivant. Rico marchait devant. À sa droite, Milus, à la droite de Milus, Angus. À sa gauche, Triton, à la gauche de Triton, Franz. Derrière eux, qui fermaient la marche, Spot ensanglanté et Colby. Leurs pas lourds soulevaient sur la Lune une tempête de cendre blanche qu'on aurait pu voir depuis Katmandou au Népal. Ils prirent le camion et se dirigèrent vers le bar. Tandis que Franz conduisait, les six, sans se parler, sous la bâche à l'arrière, préparaient du matériel. Quand ils arrivèrent devant ce qui avait été un joli café, ils furent frappés par le silence et la désolation soudaine. La petite mort du bar. Comme une forêt qui aurait été rasée. Une ville engloutie. Une mer asséchée. Un rêve brisé. Un cœur sali. Le sol entre la route et la terrasse avait été labouré par de nombreuses et lourdes chenilles. Les autorités de Paroxis avaient dû envoyer une grosse équipe un peu après qu'ils furent partis. Les choses avaient dû se faire vite. Une embuscade. Bob Feinn n'avait eu le temps de prévenir personne. Où étaient TinTao ? Marinette ? Les autres ? Les mômes ? Les costauds ? Les maigres ? Les gros ? Les fleur bleue et les étrangleurs ? Andrew ? Pilo ? Les sept sautèrent du camion, chargés du matériel, et firent sauter les plaques d'acier rivetées sur la porte de La Pleine Lune Chez le Piaf, cassèrent à la masse les quartz scellés par les flics et pénétrèrent dans le bar sombre et désert. Seuls brillaient dans l'obscurité les têtes en or des éléphants des pompes à bière. Le bar sentait encore l'alcool et la sueur. La peau de TinTao. La barbe de Bob. Le miel lourd et sauvage des gitans. Le sang. Le quartz du comptoir Gabriel ne battait plus. Il avait perdu sa vibration de pulsar. Ils inspectèrent les lieux. Rien ni personne dans la cour derrière. Rien ni personne en cuisine. Mais un chant montait des sous-sols du bar. Rico se dirigea vers une porte d'argent marquée PRIVÉ. Colla son oreille. Ils descendirent. Spot le mercenaire devant. Rico en second, jusqu'à Triton qui fermait la marche. Une voix hurlait. Monstrueuse. De plus en plus puissante, rageuse et désespérée à mesure qu'ils descendaient dans cette étuve. Un cri de cyclope aveuglé. Le commando déboucha sur une mer de bière fumante étale dans une grotte ! La chaleur y était étouffante, la vapeur enivrante. Cinq barques flottaient sur cette mélasse. Et, sur l'une d'elles, la petite TinTao ramait, tirant l'énorme Bob Feinn attaché par les pieds à une courte chaîne, flottant sur le dos dans la bière noire, qui hurlait sa rage et sa terrible peine ! La patronne faisait des ronds dans la bière sur son embarcation d'or en chantant de sa voix de cristal une berceuse chinoise, tandis que le patron pleurait à gros diamants en crachant à la face de l'Univers entier un chant fou de guerrier irlandais. Les sept Guaqueros encerclèrent cette mer épaisse. Bob s'était ficelé autour du ventre une charge à fragmentation. Sur un signe de Rico, Triton se glissa dans la bière. Plongea. Se glissa sous les fesses du suicidaire gonflé de houblon. Ôta la sangle. La charge glissa du ventre de Bob Feinn qui ne sentit rien tellement il avait bu. Triton désamorça l'engin et, plutôt que sortir de cette mer de bière brune, se mit à boire à son tour. Rico, voyant Triton boire, sauta dans la bière chaude, Angus bien sûr, voyant Triton sauter, sauta et Colby, voyant Angus plonger, plongea, Milus, Spot, tous se retrouvèrent à barboter dans ce bain de bulles comme dans un jacuzzi ! Balthazar Gavroche arriva de nulle part en piaillant pour se poser sur l'énorme ventre de Bob, examina calmement la situation, les vents et les houles traversières, comme un albatros nain sur une île au milieu de l'océan, aussitôt suivi de Spartacus et Digitale qui avaient suivi le piaf pour découvrir la porte du bar défoncée ! Et Vérex, amoureux, qui avait suivi Digitale Caribou Couille de saumon Pine d'ours pour l'immortaliser dans son atelier. Tous sans hésiter plongèrent tête la première !

La douce TinTao continuait à ramer, tirant lentement derrière sa petite embarcation d'or Bob Feinn, l'amour de sa vie, au milieu des sept Guaqueros revenus à la vie qui se laissaient couler, remontaient, se jetaient des regards fous, riaient, replongeaient, buvaient ! Buvaient ! Inventant un étrange ballet nautique. Digitale s'était mise nue, dévoilant une poitrine d'acier et des couilles de taureau. Vérex contemplait les seins de Digitale, les testicules de Caribou, en rêvant de grands Maillol. Les vagues de bière chahutaient les corps.

Passaient par-dessus les têtes. Blanchissant tous les cheveux d'écume. Tempête encore jamais vue sur la Lune. Première historique dans un premier café fermé. Billie Holiday se remit à chanter dans tous les océans chauds de la Terre. Une larme coula sur la joue bleutée de la patronne. Depuis la prison de Xinjiang, la petite voleuse des montagnes chinoises n'avait pas pleuré. La larme brillait comme mille étoiles mourantes et tous les gars la virent. Alors cette minuscule larme au milieu de toute cette bière fut la goutte de trop. Comme on le disait en mots surannés, dans certains vieux films que l'on pouvait voir avant, sur la Terre, dans des petites salles noires, au fond desquelles des yeux fixes brillaient, maintenant, ça va barder !

LA FAILLE

Ils s'installèrent dans le café fermé, tous feux éteints. Ils avaient porté Bob pour l'asseoir à table près de la porte close. Les autres s'étaient égaillés dans tout l'espace silencieux. Angus s'était allongé sur le comptoir. Rico Damato s'était couché par terre, mains derrière la tête, comme cette nuit où, square d'Italie, il avait décidé de quitter la Terre et d'embarquer à la base de Pantin. Balthazar avait rejoint le nid des cheveux noirs de TinTao. Spartacus s'était allongé dans la salle à droite, la tête de Digitale sur son ventre, la tête de Vérex sur le ventre de Digitale. Triton s'était assis à l'autre extrémité, le dos contre le mur opalin, à côté de Franz et de Colby. Spot avait choisi de s'accouder devant la pompe aux éléphants. Milus se tenait debout en sentinelle et surveillait dehors. Personne ne parlait. On entendait les respirations des uns et des autres. On percevait par instants un éclat fugace sur une pointe de botte ou une boucle de ceinturon. L'obscurité de velours enveloppait les silhouettes. Adoucissait les contours. On aurait dit tous ces corps dispersés par une explosion de météore. Une fois l'œil accoutumé, on pouvait voir un fin rai de lumière venu de dehors frapper un rubis sur une trompe d'éléphant. Puis un point de lumière pulsatile dans le cœur du comptoir Gabriel. Une étoile lointaine qui réémettait ses ondes au centre du quartz. On entendait un peu de vent dehors. Les vibrations des navettes souterraines de Paroxis le bas remontaient dans le sol du bar à travers les colonnes des pilotis et passaient dans le sol pour monter dans les jambes. Rico sentait dans son dos ces vibrations intermittentes et pensait au métro de Paris. Il comptait les secondes dans sa tête, entre chaque passage des navettes rapides. L'air empestait la bière et le soufre. On entendait une petite brise de Lune souffler dans les vergers calcinés. Le sifflement des véhicules d'un convoi d'ouvrières agricoles. Un départ de navette depuis les lanceurs de Pitatus. Et puis plus rien. Sinon le son des dents d'Angus qui frottaient les unes contre les autres. Une goutte de sueur tombée du front de Spot tinta sur le quartz du comptoir. Une seconde goutte plus tard. Puis le clic caractéristique de la sécurité remise d'un doigt à une arme automatique. Le frottement des ailes de Balthazar thaï qui s'étirait. Le grincement lointain et régulier des champs d'éoliennes. Les méduses des Chinois qui refaisaient leur ronde. Le dragon d'une torchère. Une louve qui appelait ses petits. Une explosion dans les villages berbères. Un soupir de Triton. Le tapotis d'un ongle contre le rebord du chapeau de brousse de Colby. Un gargouillis d'estomac. Le tic-tic de la toute pointe d'un poignard qui égrène le temps sur le sol. Un petit rot de TinTao. Le craquement des hautes tours de verre des extracteurs d'eau. La vibration plus forte maintenant et toujours régulière d'un pulsar géant à travers le quartz du comptoir. Et toujours pas un mot des hommes.

Une fois de plus, le premier à la ramener dans ce silence de commencement du monde, ce fut Milus Stilitano, qui surveillait toujours dehors afin qu'aucun groupe ne pût les surprendre dans leur nouveau repère. Il marmonnait.

— Pas d'accès aux coffres, pas de gardiens, pas de miradors, pas de lasers, pas de champs électriques, pas de mines bondissantes, pas de frises, pas de tranchées...

— Pas de livraisons, ajouta Rico.

— Pas de personnel, ajouta Franz.

— Pas de drones stationnaires, ajouta Spot.

— Rien de visible, synthétisa Milus.

— Tout invisible, précisa Colby, qui avait toujours fait de l'invisible le miel de son esprit.

— Pas de traces de passage au sol, finit Colby, ils passent pas par là.

— Trop d'invisible ! cria Angus, en riant.

— Par où alors ? demanda Spartacus.

— Par où ? demanda Digitale, qui intervenait pour la première fois.

— Par où ? lança TinTao de sa voix de cristal, qui venait se poser doucement sur le fil tendu des parleurs.

Balthazar pépia, et ça voulait probablement dire : « Par où ? »

— Par où, merde !? hurla Bob, qui venait de se réveiller de son alcool mais n'avait rien perdu des débats.

— Par l'autre côté de la Lune ! cria Angus le génie. L'autre côté ! L'accès est sur la face cachée ! Le point opposé ! Un ! Deux ! A ! B ! Pôle Nord-pôle Sud !

Il criait si fort qu'il en perdit une de ses deux dents

d'émeraude. Il riait, cognait le bout de ses pieds l'un contre l'autre comme on applaudit. Il continua :

— Trois mille quatre cent soixante-quinze kilomètres de couloir en ligne droite jusqu'aux coffres en sous-sol du cube, faut chercher là-bas !

Un ange passa. Après un temps, Spot, en s'essuyant le sang qui recommençait à couler de sa plaie rouverte sur son front, lança, d'une voix mauvaise :

— Je comprends rien avec lui.

— C'est traversant ! cria Angus. Ça passe par le diamètre !

Les yeux des Guaqueros brillèrent dans la pénombre. Spot enleva machinalement la sécurité de son arme automatique.

— En face ?

— Caché ! Une aiguille à travers la Lune ! cria Angus, en salivant abondamment.

— C'est pas Face cachée qui nous fait une embrouille ?

— Ta gueule ! cria Spartacus, et son cri fit vibrer son ventre, qui vit vibrer la joue de Digitale posée sur son ventre de bronze, qui rajouta de l'eau aux acouphènes de Vérex qui avait la tempe posée sur le nombril de Digitale.

Spot caressa la tête des éléphants. Il sursauta.

— Ils nous les passent sous le pif !

— Voilà ! renchérit Angus.

— Un jour, j'ai vu des mouvements de transports, j'ai pas percuté !

— Voilà ! recommença Angus.

Triton réfléchit un moment avant de reparler.

— Trois mille quatre cent soixante-quinze kilomètres de couloir surveillés, minés, gardés, on n'y arrivera pas.

— Si ! s'écria Franz Tiers Admundsen, le beau

gosse qui cherchait toujours à réaliser le plus extraordinaire exploit jamais réalisé par un humain.

Il se remit debout pour se faire plus convaincant : Si ! Si ! On peut !

Le silence revint dans le bar obscur.

— Et même si, reprit Damato, toujours allongé sur le sol, mains sous la tête, pieds croisés, on fait quoi pour les sortir d'ici ?

Un silence plus épais encore revint dans le bar, de moins en moins obscur, à mesure que Gabriel le comptoir revivait.

— De toute façon, reprit Triton Werther, on pourra pas rentrer comme ça, on pourra jamais rentrer.

— Alors ? demanda Colby, en soulevant son chapeau graisseux pour s'éventer, avant de le revisser sur ses cheveux blancs et bouclés.

— Alors ? murmura Angus.

Il se tut un temps, pour ménager son effet.

— Faut pas rentrer !

Il éclata de rire en se tapant sur le ventre, dans lequel brillait entre deux cailloux sa dent d'émeraude qu'il venait d'avaler. Sa combinaison orange expulsa dans l'air un nuage de poussière. Tous se turent, attendant qu'Angus le fou achevât d'élaborer sa pensée. Il répétait, en partant d'un petit rire aigu de diable :

— Faut pas rentrer ! faut pas rentrer ! Hi hi ! Faut pas rentrer !

Il se mit à battre fort des mains dans l'air. À les faire tourner devant ses yeux. Puis il les ramena le long de son corps et ferma les yeux. Il rouvrit le droit. Le referma. Rouvrit le gauche. Tira la langue. Pendant que les gars attendaient que lui, le sonar, se décidât. On réentendit le tic-tic de la pointe d'un poignard sur le sol. Le grincement lointain des éoliennes. Le craquement des sols chauds. Le sifflement d'un tir laser derrière les abattoirs. Milus passa sa main sur le livre glissé dans sa ceinture et la laissa descendre sur le renflement de son sexe, machinalement, en scrutant au loin, en fouillant dans la nuit qui finissait. Colby amena entre ses lèvres le caillou qui pendait à son cou. Triton, la tête appuyée au mur, les yeux fermés, mâchouillait un bout de mèche lente mouillée. Spartacus caressait les longs cheveux de Digitale étalés en jardin sur lui. Le son de sa main dans le crin se mêlait à celui du crépitement des grains de poussière électrique. Angus laissa pendre son bras droit le long du comptoir. Derrière lui, TinTao flottait, à demi endormie. Penchée en arrière. Une onde traversa les murs et les corps. S'éloigna. Faisant rouler les pierres des talus. Caressant au loin les joues des bébés qui dormaient, yeux grands ouverts et poings serrés. Faisant trembler les épaules des guerriers sentinelles. Tordant les fumerolles. Passant à rebrousse-poil sur le dos des loups. Puis l'onde revint. Douce et forte. Augmentée du voyage. Alors Angus, sans ouvrir les yeux, dit :

— Il ne faut pas entrer dans le coffre, il ne faut pas partir avec les pierres, il faut partir avec le coffre entier, avec le cube d'acier de mille milliards de tonnes !

Personne ne répondit. Personne ne bougea. Angus se mit à siffloter par le trou laissé vacant par sa dent d'émeraude avalée. TinTao, maintenant complètement endormie, s'éleva doucement, lentement, au-dessus du comptoir. Elle passa au-dessus de lui. Les deux visages se frôlèrent. Il chuchota pour elle :

— Byrgius, Fourier, mer des Humeurs, Bullialdis, Arzachel, Catharina.

Et, quand elle l'eut dépassé, il répéta en criant les noms des cratères et des mers pour que tous entendissent ! Les gars, affalés partout dans le bar, sourirent. Le tic-tic de la pointe du poignard sur le sol cessa. Rico ferma les yeux. Lui, si dur, fit sa gueule d'ange. Et tous, intérieurement, prononcèrent son nom : la faille.

LE GRAND FEU D'ARTIFICE !

La faille s'appelait faille Namatjira, du nom d'un des plus célèbres peintres australiens qui vécut sur la Terre entre 1902 et 1959. Albert Namatjira. Colby Douglas Nicholls Pemulwuw, géologue sur la Terre, sélénologue sur la Lune, avait découvert l'existence de cette faille en étudiant les mouvements sismiques de la croûte lunaire et l'avait baptisée du nom de son illustre ancêtre. La faille courait du cratère Byrgius au grand cratère Catharina en passant par la mer des Nuées. Une faille souterraine. Comme un coup de couteau à l'intérieur d'une pomme, invisible de l'extérieur. Il suffisait de mesurer la différence de radioactivité qui existait entre la faille et ses alentours pour la suivre de la surface et la tracer sur une carte tout à fait facilement. D'une longueur de trois mille kilomètres et d'une profondeur d'environ mille kilomètres. Colby avait chanté trente heures à l'aplomb de cette faille après l'avoir découverte pour y faire entrer les esprits du bush. Ils vivaient là, comme des ours dans leur grotte. Tout un peuple d'esprits créateurs Waparitja avait colonisé les entrailles de la Lune. En se couchant sur le sol, en collant son oreille, on pouvait entendre leurs discours et leurs chants. Il suffisait pour y accéder de passer par le puits de mine mandchou qui portait le nom de Qing et qui était abandonné.

Ce puits possédait trois entrées. Ils passèrent par le boyau Alpha. Les sept Guaqueros étaient chargés comme des mules de lourdes charges d'explosifs. Colby ouvrait la marche en chantant pour demander aide et force aux esprits. Il vit le serpent géant lui apparaître et leur ouvrir la marche. Le boyau descendait en pente douce dans les basaltes avant de plonger raide dans l'olivine et les silicates de fer. Rico pensait à sa gamine, Franz Tiers Admunsen à ses ancêtres, Milus à Genet, Spot à tous ces hommes qu'il avait un jour tués, Angus pensait aux chiens qu'il avait mangés, Triton ne pensait à rien. Ils descendirent de plus en plus profond dans le ventre de la Lune. La chaleur terrible les brûlait. La sueur les faisait luire comme ces gemmes qu'ils étaient venus chercher un jour sur cette planète. Angus boitait. Il aboyait. Le soufre leur arrachait les yeux et les poumons. Franz s'arrêta pour vomir du sang. Ils repartirent. Plus loin encore et plus profond. Ils durent se décharger des caisses pour passer un boyau. Triton saignait du nez. Leurs visages ressemblaient à des fleurs, ces coquelicots qu'un jour sur la Terre on trouvait au bord des routes. Ils firent une courte halte. Silencieux. Le plafond du tunnel brillait de mille rubis gros comme des poings. Une voûte céleste de maharadja. Angus le sonar éclata de rire. Il se tordait sous les picotements qu'il ressentait partout dans ses jambes. Cracha de la bile. Milus cita Genet pour donner de la force à tous, il dit :

— Le vêtement des forçats est rayé rose et blanc. Si, commandé par mon cœur l'univers où je me complais, je l'élus, ai-je le pouvoir au moins d'y découvrir les nombreux sens que je veux : il existe donc un étroit rapport entre les fleurs et les bagnards.

Les rubis au plafond du tunnel scintillaient comme ils ne l'avaient jamais fait. La sueur évaporée des corps se déposait sur eux et les augmentait. Les éveillait. Les nourrissait. Ils repartirent. Enfin, à la sortie du boyau, comme sur un précipice, ils arrivèrent à la faille. Un gouffre gigantesque s'ouvrait devant eux. Un chemin large de cinq pieds courait le long de la paroi. Ils le prirent. Jusqu'à un alignement de grottes. Le serpent géant s'enroulait dans le vide. Des chants montaient du centre de la Lune. Des cris. Des rires. Des prières. Ils déposèrent les caisses. Triton commença son travail. On entendait les coassements de milliers de crapauds. Il plaça précisément les charges. Ils repartirent. Replaça des charges. Des heures durant, ils avancèrent au bord du gouffre, dans la fournaise, à poser les explosifs. Arzachel. Catharina. Ils étaient pleins de vent et de rêves. Les muscles acides. Ils regardaient Triton installer les détonateurs sur les charges avec lenteur et méthode. Sa mèche blonde dans les yeux. La sueur dégoulinait de ses tempes à son cou. Le long de son torse. Ses fines mains expertes réglaient les détonateurs. Rico chantonnait une vieille rengaine, les roses blanches, ma jolie maman. Sa voix tombait dans le gouffre, avalée par le serpent. Les charges suaient. L'instabilité des explosifs. Triton Werther Main d'ange tremblait. Les poils de Spot s'enflammèrent. Il cracha sur son bras. Étala la salive. Franz prenait feu dans ses cheveux. Ils rêvaient de bière. Pensaient aux éléphants d'or de la pompe. Au comptoir Gabriel si doux au toucher. Angus dansait d'un pied sur l'autre en regardant en bas. On entendait comme un torrent de lave couler dans les profondeurs. Milus murmurait un poème en sicilien. Encore deux charges à poser. La dernière. Un vent souterrain sifflait dans les grottes. Un immense oiseau bleu battait des ailes dans le gouffre et brassait les fumées. Les gaz faisaient tourner les têtes. S'envoler les esprits. Triton se secouait la tête pour rester éveillé. Une fois toutes les charges mises et tous les détonateurs placés, ils s'en retournèrent, silencieux, par où ils étaient venus.

Tous les attendaient dans le bar fermé et éteint. Depuis Piotr le douanier à Vérex le sculpteur en passant par la bande à Fokine, la Môme Lune, Digitale et Balthazar, Billy Bully et les jumeaux Kiprianoù, Taurus et Face cachée. Fokine avait passé le mot. Rameuté les équipes :

— On s'en va !

Le comptoir Gabriel illuminait les visages. La Môme Lune ne pouvait quitter des yeux le beau visage bleu du chef des fuyards. Spartacus, adossé au mur du fond, attendait que ça pète. Ils s'allongèrent tous sur le sol du bar. À regarder le plafond. Drôle de ciel. Triton sourit à la petite TinTao. Puis il actionna les charges.

Alors, depuis la Terre, on vit une terrible explosion embraser le ciel ! Un morceau de la Lune se détacha et s'éloigna dans le grand Univers. Le bar et les coffres de la Compagnie générale des mines de Lune disparurent pour toujours dans la nuit.

Ce fut, certainement, le plus grand braquage de tous les temps !

Cette bande devint célèbre sous le nom de la bande de La Pleine Lune.

Maintenant, le bar pouvait rouvrir.

Si vous voyez cette planète nouvelle passer une nuit au-dessus de vos fenêtres, laissez tout, sautez sur cette tranche de Lune et partez !

Boire un coup avec Bob, TinTao, Rico, Angus, Triton, Franz, Colby, Milus, Spot, Piotr, Taurus, Vérex, Spartacus, Balthazar, Billy Bully Crâne de piaf, Kiprianoù le blond, Kiprianoù le roux, la Môme Lune, Digitale, Valoche, Soizheu, Low, Grid, Conchitas,

Fokine, Amadeus, Silatchich, Zacharie, Vendomine, Étarke, Houzon, Palette, Stanolus, Salvador, Altamira, Bakongo, Carroll, Castro, Graaf, Lishimin, Pix, Joyce, Salam, Cali, Lyra, Andrew, Pilo, Lula, Frédéric, Shamra, Automne, Face cachée, Pédowen Crambs... et les autres, qui naviguent sur ce morceau de Lune en riant, en parlant, en chantant, le cœur paré des plus incroyables joyaux.

FIN

DU MÊME AUTEUR

Merci Bernard
(en collaboration)
Balland, 1984

Autopsie d'un nain
roman
Ramsay, 1987

Brèves de comptoir
Michel Lafon, 1987 à 1998

Tue-tête
roman
Bernard Barrault, 1989

Palace
(en collaboration)
Actes Sud, 1989

La Carte des vins
roman
Michel Lafon, 1993

Vous me croirez si vous voulez
Flammarion, 1993

10 000 Brèves de comptoir
tome 1
Michel Lafon, 1993
et « J'ai lu », n° 3978
tome 2
Michel Lafon, 1995

Les Coccinelles de l'Etna
roman
Gallimard, 1994

Chiens de comptoir
avec Blandine Jeanroy
Michel Lafon, 1996
et « J'ai lu », n° 4699

Chut !

roman
Prix populiste 1998
prix Alexandre-Vialatte 1998
prix Bacchus 1998
Julliard, 1998
et « Pocket », n° 10521

L'Eau des fleurs

roman
Julliard, 1999
et « Pocket », n° 10980

Brèves de comptoir

théâtre
Grand Prix de l'humour noir
Julliard, 1999

Les Nouvelles Brèves de comptoir

théâtre
Grand Prix de l'Académie française du jeune théâtre
Grand Prix de l'humour noir
Julliard, 1999

10 000 Brèves de comptoir

tome 3
Robert Laffont, 1999

Chiens de comptoir

avec Blandine Jeanroy
Julliard, 2000

Chats de cuisine

avec Blandine Jeanroy
Robert Laffont, 2000

Brèves de comptoir

texte intégral
Robert Laffont, coll. « Bouquins », 2002

Apnée

roman
Julliard, 2006
et « Pocket », n° 12826

Brèves de comptoir, l'anniversaire !
Robert Laffont, 2007
et « Pocket », n° 13695

Les Quatre Saisons des brèves de comptoir
vol. 1 : Le printemps
Pocket, n° 13631
vol. 2 : L'été
Pocket, n° 13632
vol. 3 : L'automne
Pocket, n° 13633
vol. 4 : L'hiver
Pocket, n° 13634

Les Nouvelles Brèves de comptoir
vol. 1
Robert Laffont, 2008
et « Points », n° P2512
vol. 2
Robert Laffont, 2009
et « Points », n° P2588

Brèves de comptoir
adaptation théâtrale avec Jean-Michel Ribes
vol. 1 : Une journée
vol. 2 : Une année
vol. 2 : Une semaine
Actes Sud Papiers, 2010

COMPOSITION : GRAPHIC-HAINAUT À CONDÉ-SUR-L'ESCAUT
IMPRESSION : CPI BRODARD ET TAUPIN À LA FLÈCHE (00-08)
DÉPÔT LÉGAL : FÉVRIER 2012. N° 107184 (66684)
IMPRIMÉ EN FRANCE

DERNIERS TITRES PARUS

P2718. Haine, *Anne Holt*
P2719. Les jours s'en vont comme des chevaux sauvages dans les collines, *Charles Bukowski*
P2720. Ma grand-mère avait les mêmes.
Les dessous affriolants des petites phrases
Philippe Delerm
P2721. Mots en toc et formules en tic. Petites maladies du parler d'aujourd'hui, *Frédéric Pommier*
P2722. Les 100 plus belles récitations de notre enfance
P2723. Chansons. L'Intégrale, *Charles Aznavour*
P2724. Vie et opinions de Maf le chien et de son amie Marilyn Monroe, *Andrew O'Hagan*
P2725. Sois près de moi, *Andrew O'Hagan*
P2726. Le Septième Fils, *Arni Thorarinsson*
P2727. La Bête de miséricorde, *Fredric Brown*
P2728. Le Cul des anges, *Benjamin Legrand*
P2729. Cent seize Chinois et quelque, *Thomas Heams-Ogus*
P2730. Conversations avec moi-même.
Lettres de prison, notes et carnets intimes
Nelson Mandela
P2731. L'Inspecteur Ali et la CIA, *Driss Chraïbi*
P2732. Ce délicieux Dexter, *Jeff Lindsay*
P2733. Cinq femmes et demie, *Francisco González Ledesma*
P2734. Ils sont devenus français, *Doan Bui, Isabelle Monnin*
P2735. D'une Allemagne à l'autre. Journal de l'année 1990
Günter Grass
P2736. Le Château, *Franz Kafka*
P2737. La Jeunesse mélancolique et très désabusée d'Adolf Hitler
Michel Folco
P2738. L'Enfant des livres, *François Foll*
P2739. Karitas, l'esquisse d'un rêve, *Kristín Marja Baldursdóttir*
P2740. Un espion d'hier et de demain, *Robert Littell*
P2741. L'Homme inquiet, *Henning Mankell*

P2742. La Petite Fille de ses rêves, *Donna Leon*
P2743. La Théorie du panda, *Pascal Garnier*
P2744. La Nuit sauvage, *Terri Jentz*
P2745. Les Lieux infidèles, *Tana French*
P2746. Vampires, *Thierry Jonquet*
P2747. Eva Moreno, *Håkan Nesser*
P2748. La 7e victime, *Alexandra Marinina*
P2749. Mauvais fils, *George P. Pelecanos*
P2750. L'espoir fait vivre, *Lee Child*
P2751. La Femme congelée, *Jon Michelet*
P2752. Mortelles voyelles, *Gilles Schlesser*
P2753. Brunetti passe à table. Recettes et récits
Roberta Pianaro et Donna Leon
P2754. Les Leçons du Mal, *Thomas Cook*
P2755. Joseph sous la pluie. Roman, poèmes, dessins
Mano Solo
P2757. Ouvrière, *Franck Magloire*
P2758. Moi aussi un jour, j'irai loin, *Dominique Fabre*
P2759. Cartographie des nuages, *David Mitchell*
P2760. Papa et maman sont morts, *Gilles Paris*
P2761. Caravansérail, *Charif Majdalani*
P2762. Les Confessions de Constanze Mozart
Isabelle Duquesnoy
P2763. Esther Mésopotamie, *Catherine Lépront*
P2764. L'École des absents, *Patrick Besson*
P2765. Le Livre des brèves amours éternelles, *Andreï Makine*
P2766. Un long silence, *Mikal Gilmore*
P2767. Les Jardins de Kensington, *Rodrigo Fresán*
P2768. Samba pour la France, *Delphine Coulin*
P2769. Danbé, *Aya Cissoko et Marie Desplechin*
P2770. Wiera Gran, l'accusée, *Agata Tuszyńska*
P2771. Qui a tué l'écologie ?, *Fabrice Nicolino*
P2772. Rosa Candida, *Audur Ava Olafsdóttir*
P2773. Otage, *Elie Wiesel*
P2774. Absurdistan, *Gary Shteyngart*
P2775. La Geste des Sanada, *Yasushi Inoué*
P2776. En censurant un roman d'amour iranien
Shahriar Mandanipour
P2777. Un café sur la Lune, *Jean-Marie Gourio*
P2778. Caïn, *José Saramago*
P2779. Le Triomphe du singe araignée, *Joyce Carol Oates*
P2780. Faut-il manger les animaux ?, *Jonathan Safran Foer*
P2781. Les Enfants du nouveau monde, *Assia Djebar*
P2782. L'Opium et le Bâton, *Mouloud Mammeri*
P2783. Cahiers de poèmes, *Emily Brontë*
P2784. La Rage au cœur. Anthologie de poésie algérienne
P2785. Tibère et Marjorie, *Régis Jauffret*